하늘은 온통 푸른색
2

멜리사 다 코스타 지음 · 이재형 옮김

TOUT LE BLEU DU CIEL

17

그들은 10월 초, 캠핑카 서비스 구역에 단둘이 있었다. 마지막 휴가객들은 도로와 풍경을 떠나 따뜻한 난방 아래 지붕을 찾아갔다. 조안과 에밀에게는 바로 지금이 다시 떠날 순간이었다. 그들은 에우스 주변 마을을 한 시간 동안 돌며 서비스 구역을 찾았다. 포크는 아래 벤치에 얌전히 앉아 있었다. 조안은 큰 검은 코트로 몸을 감쌌다. 난방 문제도 슬슬 고민될 때였다.

조안이 조심스럽게 제안했다.

"가스용 보조 난방기 어때요?"

두 사람은 천천히 채워지고 있는 물탱크를 붙잡고 있었다. 차가운 바람이 그들을 스쳤다.

"예… 이렇게 하면 전기를 연결시키지 않아도 추위에 떨진 않을 거예요."

그들은 이 캠핑카에서 겨울을 나지 않기로 합의했다. 가을의 일부만 그곳에서 보낼 예정이었다. 너무 추워지면, 현지 사람들의 집에 머물 것이다. 또한 아마도 얼마 동안은 미르티유의 집에서 지낼 가능성도 있었다. 그녀는 작별 인사를 하면서 그 점을 강하게 강조했다. 그녀는 차갑고 단호한 푸른 눈빛을 하고 있었는데, 자신을 짓누르는 슬픔을 절대로 들키지 않으려는 듯 보였다.

"크리스마스 때 꼭 다시 와요."

조안은 자신의 전화번호를 남기고, 미르티유의 번호도 받았다. 그들은 작은 집을 떠나 손을 흔들며 작별했다. 포크는 조안의 팔에 안겨 있었고, 카니이유는 등을 둥글게 말고 그들을 바라보았다.

그들은 이제 화장실 오물통을 비우는 일을 시작했다. 그건 그다지 즐거운 일이 아니었다.

"그리고 가스버너용 새 가스통도 필요하고… 장도 좀 봐야 하고…."

"오늘 오후에 할까요?"

그러고 나서 그들은 다시 모험을 떠날 준비를 마칠 것이다.

프라드의 대형마트에서 하루를 보낸 그들은 이전보다 더 많은 짐을 싣고 도로로 들어섰다. 냉장고는 가득 찼고, 포크를 위한 작은 모래 상자와 사료, 모래도 여러 봉지 준비되었다. 조안은 포크가 따뜻하게 잘 수 있도록 작은 바구니도 마련했다. 휴대용 가스 보조 난방기와 가스통도 구입했다. 이걸로 몇 주일 동안 버틸 수 있을 것이다.

도로로 나서자 계기판은 이미 16시를 가리키고 있었다. 그들은 목적지를 정확히 정하지 않았다. 에밀은 대략 카탈루냐 피레네 지역 쪽으로 향하려 했다. 에우스로 가다보면 결국 거기서 멀어지기 때문이었다. 그는 그래도 조안에게 확인했다.

"카탈루냐 피레네 지역으로 다시 갈까요?"

그녀는 무릎 위에 큰 지도를 펼쳐놓았고, 거기에 집중하느라 바로 그에게 대답하지 않았다.

"조안?"

"네?"

그녀는 얼굴을 들어 그를 바라보았다. 그녀는 그가 뭐라 말할 틈도 없이 손가락으로 지도 위의 한 지점을 가리켰다.

"봐요. 우리 지금 여기 있어요."

그녀는 그들이 장을 본 프라드를 가리켰다.

"바닷가랑 꽤 가까워."

그녀는 손가락을 지중해 쪽으로 움직였다. 아르젤쉬르메르와 콜리우르에 작은 점들이 표시되어 있었다.

"네, 맞아요. 우리가 동쪽으로 꽤 벗어났네요."

그녀는 잠시 침묵하며 손끝으로 프라드에서 아르젤쉬르메르까지의 경로를 다시 따라갔다.

"우리… 바닷가에 들를 수 있을까요?"

그녀는 조심스레 그를 바라보며 덧붙였다.

"영불해협 말고 다른 바다를 본 적이 없거든요."

그는 전혀 예상을 못 했다는 듯 생각에 잠겼다. 한 여성이 멍한 눈빛과 자신의 운명에 대한 무관심한 태도로 이 캠핑카에 올라탔다. 그가 "여정 말인데… 우리 아직 정하지 않았어요.라고 말했을 때, 그녀는 어깨를 으쓱하며 대답했다. "전 아무래도 상관없어요." 그 말은 그를 오싹하게 만들었다. 그런데 오늘, 바로 그 여성이 지도를 집중해서 들여다보며 바다를 보고 싶다고 한다. 정말 놀라운 일이다. 그는 자기가 그녀에게 삶의 의욕을 되찾아준 건지, 아니면 미르티유나 산, 포크, 오래된 종탑과 돌을 깔아 만든 골목길들 덕분인지 알 수 없었다.

"물론이죠."

그녀는 만족스러운 표정을 지으며 지도를 접어 무릎 위에 올려놓았다.

"그럼 직진할까요?"

"네."

그녀는 도로를 바라보며 미소 지었다.

그들은 페르피냥 근처 주유소에서 주유를 위해 차를 멈췄다. 조안은 화장실로 들어갔다. 주유는 끝났지만 조안은 여전히 돌아오지 않고 있었다. 에밀은 결국 건물 안으로 들어가 커피를 사기로 했다. 이미 17시였다. 하루가 순식간에 흘렀다. 해가 질 즈음 바닷가에 도착할지도 몰랐다.

그는 주머니에서 동전을 찾아 커피 자판기로 다가갔다. 자판기에 동전을 넣고 종이컵에 커피가 담기기 시작하는 순간, 그는 조안의 목소리를 알아듣고 고개를 들었다. 그녀는 세 걸음 정도 떨어진 곳에 한 남자와 함께 서 있었다. 처음에는 그의 뱃속 깊은 곳에 무거운 느낌이 스쳤다. 왜냐하면 그가 가장 먼저 떠올린 생각은 "저 사람은 레옹이야"였기 때문이다. 그것은 그에게 명백하게 다가온 사실처럼 느껴졌다. 분명 레옹일 수밖에 없었다. 그가 그녀를 찾아낸 것이었다. 도대체 어떻게?

"손님?"

한 여성의 목소리가 조금 조급하게 그에게 다가왔다.

"자판기 끝났나요?"

그는 정신을 차리고 더듬거리며 컵을 꺼냈다.

"네… 네, 미안합니다."

그는 조용히 조안과 남자가 나누는 대화를 엿듣고 싶었다. 여전히 숨이 막히는 듯했다. 이제 무슨 일이 일어날까? 그녀가 그와 함께 떠날까?

남자가 고개를 저으며 말했다.

"아니, 이건 정말 진짜가 아네요."

"아니라구요?"

"예. 이건 다 관광객용일 뿐이예요. 진짜 어촌 마을을 찾으려면 더 북쪽으로 가는 게 좋아요."

에밀은 하마터면 커피를 쏟을 뻔했다. 그 남자는 레옹이 아니라, 무슨 이유에서인지 조안과 대화를 나누고 있는 완전히 낯선 사람이었다.

"나르본 근처로 가면 거대한 석호가 있어요. 그 주위에는 매력적인 작은 마을들이 있습니다. 페리아크드메르, 바주, 그뤼상… 제가 가장 잘 아는 곳들이죠."

남자가 코 위로 안경을 올렸고, 에밀은 눈치채지 않게 그를 관찰했다. 30대, 어쩌면 그보다 더 위일 수도 있었다. 서른넷에서 다섯? 약간 촌스러운 초등학교 교사 스타일의 남자였다. 베이지색 코듀로이 바지, 촌스러운 올리브색 브이넥 스웨터, 흰 셔츠 깃. 둥근 안경. 가운데로 탄 가르마.

조안은 정보를 제공해 준 그에게 감사 인사를 했다.

"정말 친절하시네요."

"천만에요. 모든 사람이 콘크리트 해변을 좋아하는 건 아니니까요!"

그들은 함께 웃었다. 에밀은 갑자기 그 남자가 조안을 꼬시는 건 아닌지 궁금해졌다. 그는 컵 뒤에서 웃음을 억누르며 생각했다. 불쌍한 조안! 그러다 그는 자기가 아무 이유 없이 심술을 부리고 있다는 걸 깨달았다. 하지만 그래도 그렇지, 이 남자, 조안의 손가락에 끼워진 결혼반지를 봤어야지! 아니, 뭐… 그녀가 아직도 반지를 끼고 있다면 말이야…. 에밀은 그녀가 여전히 반지를 끼고 있는지 확인하려 했다. 그녀는 반지를 낄 때도 있었고, 안 낄 때도 있었다. 그것은 그녀의 기분에 따라서, 혹은 깜박하고 잊어버려서 세면대 가장자리에 놓여 있었다. 그는 반지를 빼지 않았다. 지금 그의 기억 상태로는 반지를 영영 잃어버릴지도 모르기 때문이었다. 그러면 너무 아쉬울 것이다. 이건 그들에게 소중한 추억이니까. 손가락에 끼워진 반지를 볼 때면, 그는 그들이 했던 약속을 떠올렸다. 그러면 마음이 놓였다.

그는 가능한 한 빨리 뜨거운 커피를 마시려 했다. 남자와 조안은 이제 작별 인사를 하고, 몇 마디 덧붙이며 조금 어색한 미소를 교환했다. 남자는 안경을 다시 올리고 떠났다. 조안은 건물을 나왔고, 에밀은 서둘러 그녀를 따라갔다.

"조안!"

그녀는 놀란 표정으로 돌아봤다. 그는 주차장 쓰레기통에 컵을 버리고 빠른 걸음으로 그녀에게 다가갔다. 이제 그가 남자에 대해 말을 꺼낼지, 혹은 북쪽으로, 나르본 쪽으로 가자는 말을 어떻게 꺼낼지 궁금했다. 그는 얼굴에 미소를 띠며 말했다.

"출발할까요?"

조안은 조수석에 조용히 올라탔다. 그는 시동을 걸고, 그녀가 자리에서 몸을 살짝 흔드는 것을 보았다. 그녀는 곧 얘기할 것이다.

"좋은 곳이 있다는 말을 누군가에게 들었어요. 지중해 근처, 어촌 마을이 있는 석호 지대래요."

그녀는 시선을 피하지는 않았지만, '남자'와 친해졌다는 사실을 피하려는 듯 '누군가'라는 말을 사용했다. 살짝 부끄러운 걸까? 가끔 그녀는 정말 어린아이처럼 보였다.

석호를 향해 달려갔다. 하늘은 어두워졌고, 조안은 라디오를 켰다. 그녀는 창가에 기대어 조용히 졸고 있는 듯 보였다. 그는 자꾸 궁금해지는 걸 멈출 수 없었다. 왜 그녀는 안경 쓴 남자에 대해 한마디도 하지 않을까? 그러다 길을 가던 중, 믿기지 않는다는 듯 의문이 생겼다. '설마 그 남자가 마음에 들었던 걸까?' 그는 그 남자의 촌스러운 코듀로이 바지와 올리브색 브이넥 스웨터를 다시 떠올렸다. 아무리 그래도 그렇지…

"조안?"

그녀가 천천히 몸을 일으켰다. 유리창에 김이 살짝 서려 있었다.

그녀가 물었다.

"도착했어요?"

"예, 거의 다 왔어요. 어느 마을로 가야 되죠?"

그녀는 표지판을 살폈다. 밖이 어두웠다. 19시였다.

"페리아크드메르… 그 사람이 말해줬어요. 그 방향으로 가면 돼요."

그녀는 "그 사람"이라고 말했다. 속마음 깊이, 그녀는 정말로 낯선 사람과의 이 평범한 대화를 그에게 숨기려고 한 걸까? 아니면 오히려 그가 이 일을 크게 부풀리는 건 아닐까?

"조안?"

"네?"

그녀는 주변 풍경을 응시했다. 별로 보이는 것이 없었다. 밤이 찾아왔다.

"레옹은 무슨 일을 했어요?"

그녀는 대답할 때 목소리가 극도로 긴장되어 있었다.

"왜요?"

차 안에서는 그녀의 얼굴을 볼 수 없었다. 너무 어두웠다.

"그냥… 궁금해서… 혹시 당신이 다니던 학교에서 만난 사람이었는지 해서요."

그녀는 목을 가다듬고, 좌석에 깊숙이 몸을 파묻었다.

"네, 맞아요. 그는 초등학교 교사였어요."

그는 입가에 떠오른 웃음을 억누르기 위해 초인적인 노력을 했다. 가슴 속에서 웃음이 치밀어 올랐지만, 기침으로 눌러야 했다. 그는 도로에 집중하려 했지만, 계속 생각했다. '그래서 그런 거구나… 그녀는 코듀로이와 가운데 가르마를 좋아하는구나.'

조심해야겠다고 느꼈다. 곧 있을 만성절 휴가 기간… 방심하면 고속도로 휴게소에서 초등학교 교사와 함께 떠나버릴지도 모른다. 이번에는 웃음을 참을 수 없었다. 다행히 조안은 다시 유리창에 몸을 기댄 채 잠들어 있었다.

페리아크드메르 근처에 도착했을 때는 너무 어두워서 경치를 제대로 즐길 수 없었다. 멀리 마을의 불빛과 오른쪽 길을 따라 펼쳐진 염수석호만 눈에 들어왔다. 도로 옆에는 움푹 들어간 작은 공터가 있었고, 그곳에는 두 개의 피크닉 테이블이 놓여 있었다.

그가 제안했다.

"여기서 하룻밤 주차할까요?"

조안은 고개를 끄덕였다.

"마을은 내일 둘러보면 돼요."

"좋아요."

그는 캠핑카를 공터에 주차하고 시동을 껐다. 조안이 문을 열자 짠내 나는 바닷물 냄새가 차 안으로 스며들었다. 바다 냄새였다. 그는 부모님이 매해 여름 빌리던 발라르플라주 근처의 방갈로를 떠올렸다. 마조리와 그는 2층 침대에서 잤다. 그가 바다를 못 본 지 참 오래되었다. 거의 2년 만이다. 짧은 시간이지만 그에게는 영원처럼 길게 느껴졌다. 로라는 예고 없이 바다로 주말 여행을 떠나는 걸 참 좋아했다. 그때 그들은 차 안에서 잠을 자곤 했다. 좌석을 뒤로 젖히고 침낭 속에 몸을 쏙 집어넣은 채 말이다.

조안이 코를 찡그리며 말했다.

"이 냄새 좋아요."

그는 그녀의 말을 따라 하며 차에서 나왔다. 다리를 쭉 뻗으니 기분이 좋았다. 에우보다 훨씬 따뜻했다. 밤이라 밖에서 저녁을 먹기엔 좀 추웠지만, 낮에는 충분히 가능할 것 같았다. 에밀은 고양이 포크의 울음소리를 들었다. 그는 조안이 문을 열고 포크를 안아서 조심스럽게 걸어오는 모습을 보았다.

"포크, 바닷바람이 좋니? 아직 익숙하지 않지?"

에밀은 공터를 가로질러 도로를 건넜다. 맞은편에는 거대한 석호가 펼쳐져 있었다. 멀리 형체들이 보였다. 아마도 분홍 홍학일 것이다. 그는 눈을 가늘게 뜨고 소리쳤다.

"조안! 조안, 저거 좀 봐요!"

몇 초 후, 그녀가 포크를 안고 따라왔다.

"뭐예요?"

"저기 보여요? 나무 부교가 있어요."

그들은 함께 눈을 가늘게 뜨고 바라보았다. 약 100미터 떨어진 곳에, 나무로 된 부교가 석호 속으로 길게 뻗어 있었다.

"엄청 길죠?"

"예."

"끝이 없는 것 같아요…."

그들은 여기서 멈췄다. 캠핑카 문은 열려 있었고, 포크는 불만 섞인 울음을 냈다.

조안이 말했다.

"배고파 죽겠어요."

"오늘 아침 임무는 나무 부교 탐험입니다! 다시 한번 말합니다. 오늘 아침 임무는 나무 부교 탐험입니다!"

에밀은 줄 사다리를 벽에 고정하려 애썼다. 그는 오늘 아침 기분이 매우 좋았다. 오랜만에 푹 잤다. 햇살이 캠핑카 지붕을 뚫고 들어왔고, 갈매기 소리가 그를 깨웠다. 조안은 이미 아래로 내려가 있었다. 그는 그녀가 핸드폰을 숨기고 있는지 궁금했다. 그리고 내려가 보니, 테이블이 예전처럼 밖에 설치되어 있었다. 두 개의 컵, 버터, 잼도 놓여 있었다. 다시 시작이었다. 어린아이 같은 기쁨이 그를 사로잡았다. 지난 몇 주간의 무거움은 사라졌다. 모험이 다시 시작됐다.

조안이 꾸짖는 척 했다.

"진정해요! 무슨 일이예요?"

그는 그녀가 즐거워하고 있다는 걸 분명히 알 수 있었다. 그의 좋은 기분이 조안의 기분까지 더 좋아지게 만든 것이었다.

"바닷바람인 것 같아요."

그녀가 고개를 끄덕였다.

"자, 같이 갈래요?"

그녀는 그가 아침을 먹으러 오기를 기다리고 있었다. 그녀는 접이식 의자 중 하나에 앉아 긴 검은 드레스를 살짝 걷어 올려 종아리가 햇볕을 받을 수 있게 했다. 포크는 탁자 아래 누워 낮잠을 자는 것처럼 보였다.

그가 의자에 털썩 앉으며 한숨을 내쉬었다.

"길을 다시 달리니 정말 기분이 좋네요,"

"정말 그래요."

아름다운 하루가 시작되고 있었다. 기온이 25도까지 올랐다. 갈매기들이 하늘 높이 선회하고 있었다. 에밀은 눈을 가늘게 떴다. 멀리 페리아크드메르 마을이 보였다. 분홍빛과 연어색 지붕을 한 집들, 잔잔한 물결의 석호들, 바람에 흔들리는 키 큰 풀들. 여기저기서 한두 마리의 분홍 홍학이 느긋하게 물고기를 잡고 있었다. 그리고 수평선까지 이어지는 듯한 나무 부교가 있었다.

에밀이 일어서며 물었다.

"갈까요?"

"뭐라구요?"

그는 아침을 거의 먹지 않았다. 홍차만 한 잔 마셨을 뿐이었다. 하지만 그는 산책을 나가겠다고 굳게 결심한 듯 보였다.

"좋아요… 알았어요."

조안은 방금 깨물은 사과 조각을 내려놓았다.

"포크는 여기 두고 가요."

그는 자신이 조안보다 훨씬 앞서 달리고 있다는 것을 알고 있었다. 하지만 그럴 수밖에 없었다. 바다의 공기가 그를 어린 시절로 데려가는 듯했다. 그는 부교 위를 밟고 싶었고, 분홍 홍학들을 향해 달려가고 싶었고, 손끝으로 키 큰 풀들을 살짝살짝 만지고 싶었다. 그러나 한 어부가 있는 지점에 다다르자 속도를 늦췄다. 물고기들을 모두 쫓아버리고 싶지는 않았기 때문이다.

조안은 한참 뒤에 있었다. 그녀는 고개를 들고 걸으며 공기 속의 소금기를 음미하는 듯 보였다. 그는 잠시 어부 옆에 멈춰 서서 물속을 들여다보았다.

“여기서 뭐 잡아요?”

에밀이 카키색 모자를 쓴 남자에게 물었다.

그는 놀랐다. 그는 50대 남자를 예상했지만, 남자는 그의 또래처럼 보일 정도로 젊었다. 얼굴에는 아직 여드름 자국이 남아 있었다. 청년이 미소 지었다.

“그런 질문을 하는 걸 보니 이 근처 사시는 분은 아니군요.”

에밀은 어깨를 으쓱했다.

“네, 그렇다고 볼 수는 없죠.”

“우린 여기 석호에서 여러 가지를 잡아요. 농어, 도미, 가자미, 숭어… 근데 이 지역의 스타는 장어예요.”

그는 놀라움과 불쾌함이 섞인 표정을 지었다. 그는 장어를 좋아하지 않았다. 누가 그걸 언급하기만 해도 털이 곤두섰다. 청년이 큰 소리로 웃었다.

“그런 표정 짓지 마세요. 장어 스튜 요리는 맛있습니다.”

“장어 스튜 요리요?”

그가 못마땅한 표정을 짓자 청년이 웃음을 터뜨렸다.

“예. 아니면 부리드 요리[지중해의 생선요리]로 해 먹어도 맛있죠.”

“그 단어는 처음 들어봅니다.”

바로 그때 조안이 언제나처럼 어딘가 멍하니 생각에 잠긴 표정과 느리고 차분한 걸음걸이로 모습을 나타냈다.

젊은 남자가 에밀 옆에 멈춰 선 조안에게 말했다.

“안녕하세요.”

"안녕하세요."

에밀이 조안의 반응을 살피며 말했다.

"장어를 잡고 있어요,"

"아."

조안은 별다른 감정이 없는 듯했다. 다소 관심 있는 표정이긴 했지만 그뿐이었다.

"양동이에 장어가 있어요?"

에밀이 살짝 두려운 표정으로 옆에 놓인 통을 가리키며 물었다.

"아니요, 오늘 아침에는 못 잡았어요."

그는 낚싯대를 거치대에 걸어놓고 뻣뻣한 동작으로 일어섰다. 아마 몇 시간째 여기 앉아 꼼짝하지 않고 있었던 모양이다.

"우리 아버지가 페리아크에서 식당을 운영하세요. 장어 요리를 아주 잘 하시죠. 한 번 가보시면 좋을 거예요."

그는 에밀의 머뭇거리는 표정을 보고 웃었다.

"장어만 요리하는 건 아니에요. 여기서 가장 맛있는 도미 요리도 있어요. 식당 이름은 '낚시하는 날'이에요. 중세 지구에 있죠."

에밀과 조안은 서로를 보고 고개를 끄덕였다.

"좋아요. 한번 가볼게요."

청년이 공손하게 물었다.

"이 근처에 머무르실 예정인가요?"

에밀이 대답했다.

"캠핑카 여행 중이에요, 마음 가는 대로 이 지역을 돌아다니고 있어요."

청년의 얼굴이 기대감으로 환해졌다.

“와! 멋지네요!”

“어제 밤에 페리아크에 도착했어요. 그전에는 에우스에 있었고요.

“에우스 정말 좋아요! 저도 여러 번 가봤어요. 여기 오래 머무르실 계획이에요?”

두 사람은 어깨를 으쓱했다.

“잘 모르겠어요… 언제든 가고 싶은 곳이 생기면 떠나죠.”

청년의 얼굴에는 경이로움이 가득했다. 그런 표정을 지으니 에밀보다 훨씬 어려 보였다.

“이런 여행 스타일 정말 좋아요! 언젠가는 저도 할 거예요. 캠핑카 타고 강아지랑 떠날 거예요.”

그는 자기가 너무 흥분했다는 걸 깨닫고 덧붙여 말했다.

“오늘 밤, 아버지 식당에서 저녁 드시려면 제가 안내해 드릴 수도 있어요. 지역에서 좋은 곳도 몇 군데 알려드릴게요.”

청년의 열정이 전염되었다. 에밀은 조안이 관심 있게 고개를 끄덕이는 걸 보았다.

“페리아크는 여전히 진정한 어촌 마을로 남아 있어요. 주민은… 제 생각에 일 년 내내 사는 주민은 700명도 채 안 될 거예요. 고운 모래사장은 어떤 시설도 들어서지 않은 채 그대로여서 오버 투어리즘의 폐해에서 벗어날 수 있었답니다.”

조안이 나무 부교를 가리켰다.

“저 끝까지 가보려고요.”

청년이 큰 소리로 웃었다.

“끝까지 가는 건 힘들 거예요! 호수를 한 바퀴 돌 수 있도록 이 부교를 만들었어요. 한 바퀴 도는 데 한 시간 걸립니다.”

"부교를 걸어서 한 바퀴 돌 수 있나요?"

"네. 분홍 홍학을 좋아한다면 정말 즐거우실 거예요."

그때, 거치대에 놓인 낚싯대가 움직이기 시작했다.

"오! 문 것 같아요."

소년은 무릎을 꿇고 낚싯대 릴을 조작했다.

"젠장… 바늘이 부러진 것 같아요."

그는 낚싯대와 씨름하며 끊어진 줄을 원망했다.

"우린… 잠시 비켜줄게요. 방해하고 싶지 않네요."

청년은 장비를 수리하느라 정신이 팔려 고개를 끄덕였다.

"그럼… 오늘 밤 '낚시하는 날'에서 만나요."

"네, 좋아요."

그들이 멀어져가자 청년이 물었다.

"그런데 이름이 뭐예요?"

소년의 이름은 세바스티앙, 스물다섯 살이었다. 에밀보다 한 살 어렸다. 그는 두 사람이 부교로 올라가기 전에 그렇게 알려주었다. 이 만남은 이미 기분이 아주 좋은 상태였던 에밀의 기분을 한층 더 좋게 만들었다.

"정말 여행을 다시 시작하게 돼서 기뻐요."

그는 조안이 고개를 끄덕이는 걸 보았다.

그는 저녁에 조안이 켤 촛불의 불빛 아래에서 자신의 수첩에 쓸 수 있는 말을 상상하며 걸었다. 그는 연못의 짠내가 바다 냄새보다 훨씬 강하다는 점, 10월의 햇살이 여름보다 훨씬 부드럽고 쾌적하다는 점에 대해 쓸 것을 알고 있었다. 하늘에서 갈매기들이 그리는 원과 그들의 울음소리, 눈앞에 남기는 흰 흔적들, 나무 부교 위를 걷는 발자국 소리, 거의 움직이지 않는 물과 진흙 냄새, 덤불 사이로 지나가는 물고기들, 멀리서 무리 지어 있는 분홍 홍학들, 그들이 아무 말 없이 걸을 때 하늘에서 움직이는 태양의 모습, 연못가에서 햇살을 물에 담아 기록하는 60대쯤 되는 한 여성, 녹슬어 버린 채 연못가에 버려진 오래된 노란 배까지. 에밀은 아마도 조안이 사물과 풍경을 보고 느끼는 방식이 이와 비슷할 거라며, 이러한 세부 사항 하나하나를 기록하려 애썼다.

"조안…."

그는 산책 내내 함께한 침묵을 깨고 말을 건넸다.

"네?"

"그… '마음챙김 명상'이라고 부르는 건 뭐에요?"

그는 그녀 얼굴에 놀란 듯한 미소가 떠오르는 것을 보았지만, 그녀는 금세 그것을 지워버렸다. 그는 다소 당황한 표정으로 덧붙였다.

"주변의 작은 세부 사항에 집중하는… 그런 느낌?"

그녀는 고개를 끄덕였다.

"맞아요. 어느 정도는요.… 일종의 관조적 명상이라고 말할 수 있어요."

그는 얼굴을 찡그리고 장난으로 위협적인 표정을 지으며 말했다.

"어려운 말로 날 헷갈리게 하지 마요!"

하지만 조안은 웃으며 고개를 저었다.

"전혀 어렵지 않아요. 그냥 잠시 정지하고 현재를 관찰하는 거예요. 주변에서 일어나는 일과 내 안에서 일어나는 일 모두를… 작은 디테일까지 기록하고, 그 디테일이 내 안에서 어떻게 느껴지는지도 보는 거죠. 이해했어요?"

"아버지가 가르쳐준 건가요?"

그녀는 고개를 끄덕였다.

"네. 아버지에게는 그게 유일한 삶의 방식이었어요. 미래에 대한 걱정이나 과거에 대한 후회를 잊고, 현재에 집중하는 법을 배우는 거죠. 처음에는 어렵지만, 연습하다 보면 자연스럽게 몸에 배요."

그녀는 시선을 석호로 돌렸다.

"시간이 지나면, 습관이 되고… 풍경을 보고, 음식을 맛보고, 음악을 들을 때 자연스럽게 하게 돼요."

"언젠가는 나도 그렇게 될 수 있겠지요. 당신 말대로, 과거에만 살거나 미래에 대한 불안 속에 갇혀 있다 보면, 세상에는 아름다움이 있다는 걸 잊어버리게 돼요… 거의 모든 것에는 아름다움이 있는데 말예요… 어릴 때는 그걸 자연스럽게 느꼈잖아요, 그렇죠? 돌멩이에 은빛 반짝임이 있는 것만 봐도 놀라워하고… 깃털 하나만 봐도 감탄했죠. 민들레를 주워서 그 강렬한 노란색에 감탄하고. 그런데 나중엔 그게 못생겼다고 생각하게 돼요. 민들레를 그냥 잡초로 여기게 되잖아요."

둘은 웃었다.

"맞아요, 어릴 때는 이런 걸 자연스럽게 하죠."

에밀은 눈썹을 찌푸렸다.

"그럼 그다음에는 잊어버리는 거예요?

"맞아요… 미래를 계획하고 사회적 성공을 거두고 돈을 버느라, 자연스럽게 놓치게 돼요."

한 마리 갈매기가 그들 위를 날며 날카로운 울음소리를 냈다.

"매일 아주 잠깐이라도 의식적으로 주변을 둘러보려고 노력하면, 그 감각이 다시 돌아올 거에요." 조안이 눈으로 새를 따라가며 말했다.

"정말요?"

"물론이죠."

"나도… 여행하면서 조금 시작한 것 같아요. 로안에서 살 때는 사소한 문제에만 몰두했거든요. 실연당했다는 사실을 곱씹느라, 그리고 직장에서 지루해 죽을 지경이었던 탓에 너무 바빴어요…."

마치 한 장의 페이지가 넘어가고, 완전히 새로운 이야기가 쓰여지는 것 같다. 변하지 않는 건 조안과 그, 그리고 그들의 캠핑카뿐이다. 그 외에는 모든 것이 다시 한번 바뀌었다. 풍경도, 배경도, 분위기도, 냄새도, 햇살도. 이제 더 이상 산도, 목초지도, 소나 양도 없다. 자갈이 깔린 오솔길이나 고지대의 작은 호수들도 더 이상 없다. 이제 그들 앞에는 호수가 있고, 하늘이 맑을 때 멀리서 바다가 보인다. 짭조름한 바닷내음, 갈매기들, 그리고 분홍빛 홍학들. 이 새로운 이야기의 등장인물들도 새롭다. 세바스티앙과 그의 개 럭키. 그들은 아니와 미르티유, 그리고 까나이유를 대신해 등장했다.

그 첫날, 페리아크드메르를 설레는 마음으로 서둘러 둘러본 뒤, 그들은 '낚시하는 날' 식당에 자리를 잡았다. 그곳은 이 지역의 전형적인 식당으로, 파란색 식탁보와 어부들의 배가 그려진 그림들이 벽 곳곳에 걸려 있었다. 세바스티앙은 에밀 맞은편에 앉아 있었고, 그의 개 럭키(크림색의 긴 털을 가진 래브라도)는 그의 발치에 엎드려 있었다. 에밀은 이 청년이 자기 또래라는 사실이 믿기지 않았다. 세바스티앙에게는 어린아이 같은 순수함이 있어 더 젊어 보였다. 그는 모든 것에 감탄했고, 말도 많았다. 무엇보다 자기 마을을 열렬히 사랑했다. 에밀은 그 마음을 이해할 수 있었다. 그들이 이날 오후에 본 바에 따르면,

페리아크드메르는 오크어 지역의 아름다운 작은 마을로, 중세의 좁은 골목길과 돌길이 그대로 보존되어 있었다. 마을의 중심은 작은 광장과 그 한가운데의 분수대였다. 광장에는 플라타너스 그늘 아래 테라스 자리가 있어, 사람들은 그곳에 앉아 음료를 즐길 수 있었다. 그런데 소란스러운 이유는 사람들 때문이 아니라, 나무에 둥지를 튼 갈매기들 때문이었다. 조금 전, 분수대 옆에는 한 화가가 앉아 14세기에 지어진 요새 같은 생폴 교회를 그리고 있었다. 조안은 잠시 걸음을 멈추고 그 모습을 바라보았다.

"늘 그림을 배우고 싶었어요."

식당 메뉴판을 앞에 두고 그들은 쉽게 결정을 내리지 못했다. 세바스티앙은 아버지 식당의 명물인 장어 스튜를 먹어보라고 설득하려 했다. 그러나 조안은 자신은 동물을 먹지 않는다고 조심스럽게 말하며 모둠 샐러드를 선택했고, 에밀은 그냥 구운 도미 요리 한 접시를 주문하는 데 그쳤다.

"오늘 뭐 봤어요?"

그는 그들이 하루 동안 있었던 일을 이야기하는 것을 들은 뒤, 작은 페리아크 항구에 대해 이야기했다. 이 항구는 배들이 고기잡이를 마치고 돌아오는 모습을 바라보며 앉아 있기 좋은 곳이라고 했다. 또 자신이 작은 낚싯배를 타고 즐겨 다니는 수많은 섬들과 늪지대 이야기도 꺼냈다.

"아버지가 저의 열여덟 번째 생일 선물로 주셨지요."

그는 마을을 둘러싼 포도밭에 대해서도 말했다.

"이 지역은 아주 뛰어난 와인을 생산해요. 개성이 뚜렷하죠. 꼭 한 번 맛봐야 해요. 대부분의 와이너리는 방문객들에게 열려 있어요."

그는 고운 모래사장과 모래언덕, 그리고 숲에 대해서도 얘기했다. 마을은 마치 수많은 풍경들이 모여 이루어진 곳처럼 보였다. 조안은 그의 이야기에 완전히 빠져들었다. 음식이 나왔다. 그녀가 조심스럽게 물었다.

"여기서 쭉 살았어요?"

그는 고개를 끄덕이며 럭키에게 장어 한 조각을 줬다.

"저는 여기서 태어났어요. 아버지는 평생 어부로 살아오셨죠. 15년 전에 식당을 열기로 결심하면서 고기 잡는 일을 그만두셨어요. 그다음엔 제가 그 일을 이어받았죠. 아버지를 대신하기 위해 열여섯 살 때 학교를 그만뒀어요. 그리고 2년 전에 아버지가 제게 배 한 척과 럭키를 선물로 주셨어요. 하루 종일 배 위에서 혼자 있을까 봐 걱정되셨던 거예요."

"부모님이랑 같이 살고 있어요?"

"어머니는 이제 안 계세요. 아주 오래전에 떠나셨어요. 기억도 나지 않아요. 아버지와 저, 둘뿐이에요."

"외동이예요?"

"네. 아직 아버지랑 같이 살아요. 하지만 결혼하면 제 집을 얻을 거예요… 물론 제 미래의 아내와 함께요. 항구 근처에 집을 가지고 싶어요."

"다른 곳으로 가보고 싶다는 생각은 안 해봤어요?"

"오, 그럼요! 언젠가는 꼭 그럴 거예요. 럭키와 함께 캠핑카를 타고 여행을 떠날 거예요. 결혼하기 전에 꼭 해봐야겠죠!"

조안은 미소를 지으며 마치 어린아이를 바라보듯이 그를 다정하게 바라보았다. 두 사람은 비슷한 삶의 이야기를 가지고 있었다. 사실상 모르는 사람이나 다름없는 어머니, 삶에서 모델 역할을 하는 아버지,

형제자매의 부재, 한 번도 떠나본 적 없는 마을. 세바스티앙에게 그 마을은 페리아크였고, 조안에게는 생쉴리악이었다. 고요함과 혼자 있는 것을 특별히 좋아하는 성향도 뚜렷했다.

조안이 장난스럽게 물었다.

"여자친구 없어요?"

"아니요. 마을에 젊은 여자가 별로 없거든요."

"정말요?"

"어부의 아이들은 모두 떠났어요. 대부분 공부를 마치고 나르본이나 베지에에 정착했죠. 페리아크는 너무 조용해서 관심 없어요. 전 괜찮아요." 그는 장어 한 입을 삼키며 덧붙였다. "내일… 아니면 언젠가 배를 타고 안내해 드릴게요."

세 사람 모두 디저트인 배와 호두 크럼블을 먹고 있는 동안, 세바스티앙은 그들의 여행에 대해 호기심 어린 눈으로 질문했다. 그들은 그에게 푸자크, 아르티그, 미디봉과 그 노새 부리는 사람들의 길, 바레즈, 글레르 호수, 뤼즈생소뵈르, 제드르, 보데앙, 모세, 에우스, 그리고 폐허가 된 콤므 마을에 대해 이야기해 주었다. 세바스티앙은 입을 살짝 벌리고 눈을 반짝이며 부러워했다. 에밀은 조안이 말을 하도록 내버려 두었다. 그는 자신이 그들의 여정 중 일부를 잊었다는 사실을 깨달았다. 뤼즈생소뵈르와 제드르는 당연히 기억하지 못했는데, 블랙아웃이 아직 풀리지 않았기 때문이었다. 그러나 그것뿐만이 아니었다. 그는 보데앙을 떠올리기가 어려웠고, 바레즈도 잊고 말았다. 거리를, 주변 산들을 떠올리려 할 때마다 모든 것이 뒤섞였다. 아르티그에서 보이는 봉우리들과 모세의 거리들이 혼동되었다. 심지어 이 자갈길이 모세가 아니라 에우스의 거리일지도 모른다는 생각까지 들었다. 그래서 그는 말을 멈추었다. 불안감이 점점 더 커졌기 때문이다. 그는 얼어붙은 채 침묵했고, 더 이상 조안과 세바스티앙이 산과 목초지, 석양에 대해 이야기하는 것을 듣지도 못했다.

조안이 마을 외곽에서 캠핑카로 돌아가는 길에 물었다.

"괜찮아요?"

"예, 왜요?"

"너무 말이 없어서요."

"졸려서 그래요."

그들은 천천히 국도를 따라 캠핑카를 세울 수 있었던 공터에 도착했다. 에밀은 조안이 열쇠를 가지고 있다는 사실을 깨닫고 씁쓸한 기분이 들었다. 이제 중요한 열쇠와 모든 중요한 것들은 그녀가 관리한다. 에밀은 에우스에서, 특히 여행 마지막 무렵에 실수를 여러 번 저질렀다. 그녀는 더 이상 그를 신뢰하지 않는다. 에밀은 그녀 말이 맞다는 건 알지만, 그래도 기운이 빠지는 건 어쩔 수 없었다.

그는 밤새 한숨도 자지 못했다. 그는 불안함에 짓눌린 채로, 새벽이 올 때까지 포크를 품에 꼭 껴안고 있다가 결국 깊은 잠에 빠져들었다.

그는 이 모든 것이 쉬울 거라고 생각했다. 로안과 가까운 사람들을 떠나, 목적 없이 걷고, 장소와 배경, 풍경을 바꾸면, 자신을 기다리는 일을 잊거나 적어도 받아들이기 쉬워질 거라 믿었다. 하지만 그것은 잘못된 생각이었다. 그는 아직 자신의 과거를 놓아줄 준비가 되어 있지 않고, 미래와 작별을 고할 준비도 되지 않았다. 그는 조안 앞에서 괜찮은 척하려 노력했다. 그녀는 이런 상황을 겪을 필요가 없으니까,

그녀 역시 자신만의 짐을 지고 있으니 말이다. 실제로, 그들이 도착한 지 사흘째 되는 아침, 그는 그녀에게 물었다.

"레옹이 이제는 전화 안 해요?"

설거지를 하고 있던 조안은 등을 돌린 채 대답했다.

"내 전화기는 몇 주째 꺼져 있어요."

그가 다른 질문을 하지 않았는데도, 그녀는 덧붙였다.

"나는 내가 언젠가는 돌아갈 수 있을지 잘 모르겠어요."

그는 뜨거운 차를 삼키려다 거의 질식할 뻔했다.

"무슨… 난…."

그는 끝내 말을 마치지 못했다. 예상했던 일이었다. 전화가 점점 뜸해지고, 결혼 서류에 서명했을 때… 그녀가 언젠가 돌아갈 확신이 있었다면 이렇게 하지 않았을 것이다. 그녀는 조리대에서 몸을 돌려 그를 마주했다. 전에 본 적 없는 묘한 표정이었다. 마치 우수에 젖은 듯한.

"나도 돌아갈 줄 알았는데… 그러다 그와 떨어져 있는 동안 다시 웃게 되었어요. 그래서…."

그녀는 말을 끝내지 않았다. 에밀은 그녀가 무슨 말을 하려 했는지 추측하려 했다. '그러면 돌아갈 이유가 없다는 거야. 그러니 계속 행복하고 싶다는 거겠지.'

18

10월 7일, 오후 1시

둘 호수가 내려다보이는 부교 위에서였다.

하늘은 주황빛이었다. 따뜻한 가을날이었다. 페리악드메르는 내 마음에 작은 위안을 주었다. 불안감은 여전했지만, 기후와 풍경의 부드러움이 이를 조금 완화시켰다. 나는 매일 저녁 둘 호수 위로 지는 일몰보다 더 아름다운 해넘이를 본 적이 없는 것 같다. 물은 선홍색으로 빛났고, 온통 붉은빛 위로 분홍 홍학들이 검은 그림자처럼 또렷하게 보였다.

나는 매일 저녁 이곳에 오는 것이 습관이 되었다. 부교에 앉았다. 가끔 포크가 나와 함께 있었다. 그는 캠핑카 주변에서 자신의 영역을 넓히는 습관을 들였다. 그는 부교 위를 걷고 물 냄새 맡는 것을 좋아했다. 그는 키 큰 풀 사이로 헤엄치는 물고기의 움직임을 따라갔다.

어제 우리는 세바스티앙이 말했던 페리악을 발견했다. 아주 작은 항구로, 배들이 묶여 있는 유일한 부교가 있었다. 그곳에는 여전히 화가가 있었다. 그는 부교 위에 책을 편 채 앉아 있었다. 이번에는 배를 그리고 있었다. 그 후 우리가 떠났을 때, 조안은 시내에 있는 한 미술품 가게에 들어가 몇 점의 그림과 붓, 유화 물감을 샀다. 그녀는 오늘 아침 일찍 그것들을 들고 나갔다. 나는 그녀가 정확히 어디로 갔는지 알지 못했다.

세바스티앙은 그 다음 날 우리를 하루 동안 배로 데려가 페리악드메르 주변의 섬들을 보여주기로 했다.

그들은 모두 세바스티앙의 초록색 배에 앉아 부드러운 가을 햇살을 즐기고 있었다. 바람이 살랑살랑 불어와서, 물결이 딱 보기 좋을 정도로 잔잔하게 일렁였다. 럭키는 배 앞쪽에 올라앉아 갈매기들을 향해 짖고 있었다. 포크도 함께 있었다. 조안은 잠시 동안 그를 큰 버드나무 바구니 안에 숨겼는데, 개와 고양이 사이에 다툼이 생길까 봐서였다. 둘은 경계심을 가지고 서로 냄새를 맡았고, 럭키가 너무 가까이 오면 포크는 뱉는 행동도 서슴지 않았다. 그래서 포크가 바구니 안에서 얌전히 있는 것이 더 안전했다. 배는 천천히 미끄러지듯 나아갔다. 노를 열심히 젓는 것은 세바스티앙이었다. 조안은 큰 검은 모자에 얼굴을 가린 채 배 옆으로 몸을 숙여 마치 배의 선체를 살피듯 바라보았다. 그녀는 몸을 일으키며 물었다.

"당신 배 이름… 소설에서 따온 건가요?"

에밀은 세바스티앙이 환하게 미소 짓는 것을 보았다.

"알고 있어요?"

"물론이죠!"

"제가 가장 좋아하는 책이에요!"

에밀도 배 이름을 알아내기 위해 몸을 숙였다. '알키미스트(연금술사)'. 그 이름은 그에게 아무런 의미가 없었다. 소설 이야기는 들어본 적이 없었다. 그는 여전히 자신이 둔하고 무거우며, 조금은 바보 같은 느낌을 받았다. 이런 모든 것을 검게 보게 만드는 것이 불안 때문인지 확신할 수 없었다. 아마 그럴 것이다.

세바스티앙은 그들에게 여러 섬을 구경시켜 주기로 했다. 그래서 소풍 도시락과 텐트를 준비해 오라고 했다.

에밀이 놀라서 물었다.

"텐트요?"

"네. 너무 춥지 않으면, 섬에서 캠핑을 하고 싶을 수도 있으니까요…."

그 생각에 그는 마음이 들떴고, 가슴 한가운데를 조이고 있던 불안의 매듭이 풀리는 것을 느꼈다.

보트에는 다시 침묵이 내려앉았고, 에밀은 물었다.

“여기는 어딘가요? 이 늪지는 둘 호수보다 큰 것 같네요?”

세바스티앙이 고개를 끄덕였다.

“우리는 바주-시장 늪지에 있어요.”

그는 손을 갈색 머리카락에 쓸어 올렸고, 덕분에 머리카락은 더욱 헝클어졌다.

“바주 역시 진정한 매력을 지닌 마을인데, 페리악이랑 분위기가 비슷해요. 이 지역을 떠나기 전에 꼭 한번 방문해야 합니다.”

조안이 모자 뒤에서 다시 모습을 드러냈다.

“여기도 어촌 마을인가요?”

세바스티앙이 고개를 끄덕였다.

“예. 그런데 당신은 어디 출신이에요?”

“생쉴리악, 생말로 근처예요. 거기도 어촌 마을이에요.”

그러자 세바스티앙이 신나서 외쳤다.

“헉! 당신이 바다의 딸인 줄은 몰랐어요!”

에밀은 그들이 말하는 것을 듣기보다는 바라보고 있었다. 그는 두 사람의 대화에 끼어들고 싶은 마음이 없었다. 어차피 그들은 이미 자신의 존재를 잊은 듯 보였다. 요 며칠 그를 괴롭혔던 불안함 때문에 기분이 안 좋은 게 아니었다. 조안을 감탄하며 바라보는 세바스티앙의 시선, 바로 그게 문제였다.

“괜찮아요?”

그들이 길쭉한 모양의 섬에 도착했을 때 조안이 다가와 물었다. 에밀은 앞서 걷고 있었고, 세바스티앙은 보트를 해안에 묶고 럭키의 목줄을 채우고 있었다.

"네."

그는 화제를 바꾸려 했다.

"포크랑 같이 있어요?"

"아니요. 세바스티앙이 보트에 두고 오라고 했어요. 새가 엄청 많대요… 보호종이래요… 포크가 공격하면 안 되잖아요."

"그럼 럭키는?"

"세바스티앵이 목줄을 잡고 있어요."

세바스티앙과 럭키는 이미 그들에게 다가가고 있었다. 에밀은 누가 더 열심히 달리는지 알 수 없었다.

하지만 그곳이 너무 아름다워서, 에밀은 우울했던 기분도 잊어버렸다. 내리자마자, 세바스티앙과 럭키를 따라가던 그들은 곳곳에 새 둥지가 있는 것을 보았다. 땅에도 둥지가 흩어져 있었다.

세바스티앙이 알렸다.

"조심해요!"

조안이 물었다.

"이게 뭐예요?"

"갈매기 둥지에요."

"오!"

그녀는 둥지 앞에 무릎을 꿇었다.

"아기 새도 있나요?"

"아니요, 새끼는 봄에 낳아요… 하지만 보세요… 그들은 우리 존재를 다른 동료들에게 알리고 있어요."

그는 하늘을 가리켰다. 열 마리 정도의 갈매기들이 크고 시끄러운 울음소리를 내며 빙빙 돌고 있었다.

"보통 갈매기들은 우리가 오는 걸 그리 반가워하지 않아요…."

럭키는 사방으로 짖어대었고, 그게 하늘의 갈매기들을 더 짜증나게 하는 것처럼 보였다.

조금 더 가서 작은 호수와 폐허가 된 작은 집을 발견했다. 이곳에서도 새들은 둥지를 틀고 보금자리를 만들었다. 거기서 조금 더 멀리 가자 세바스티앙은 흙으로 메워진 우물을 가리켰는데, 그곳은 목이 길고 부리가 굽은 '이비스'라는 새들이 앉아 쉬는 곳이었다. 세바스티앙은 지역 동식물에 대해 완전히 알고 있는 것 같았다. 그는 갈매기 새끼는 일 년 내내 회갈색이라 쉽게 구별할 수 있고, 이 종은 보호받는다고 알려주었다. 또한 섬에는 왜가리도 살고 있지만, 왜가리는 둥지를 떨기나무 속에 모아서 짓는 것을 좋아한다고 설명했다.

그들은 고운 모래사장이 있는 해변에 들러 소풍을 즐겼다. 바닷바람이 그들의 얼굴을 때렸고, 에밀은 잠시 누워 눈을 감았다. 불안감이 천천히 사라지는 것 같았다.

몇 시간 후, '알키미스트'호를 타고 다시 바다로 나간 그들은 술리에 섬을 발견했다. 그것은 물 위로 솟아오른 바위 능선이었다. 세바스티앙은 그 섬에는 새들만 오고, 바위가 물에 잠겨 있어서 배가 닿을 수 없다고 알려주었다. 그들은 섬을 한 바퀴 돌고 나서 나디에르 섬을 향해 항로를 잡았다.

"어디서 하룻밤을 보내고 싶다면, 여기에요."

섬이 눈앞에서 점점 커지자 세바스티앙이 말했다.

"아, 그래요?"

"유령 마을이에요. 폐허가 많아 바람을 막아줄 겁니다. 텐트를 칠 수 있을 거에요."

배가 작은 섬에 가까워지고, 노을빛에 물든 폐허가 눈앞에 나타났을 때, 두 사람은 딱 한 번 눈을 맞췄을 뿐이지만 무슨 일이 있어도 오늘 밤은 여기서 보내게 될 거라는 걸 바로 알 수 있었다.

"정말 대단하네요."

조안이 혼잣말처럼 속삭이며, 지평선을 바라보았다.

그녀는 다시 해변으로 돌아와 초록색 보트 위에 앉아 손으로 햇빛을 가리며 저녁노을을 바라보았다.

그들은 섬과 폐허 마을을 한 바퀴 돌면서 한마디도 하지 않았다. 심지어 세바스티앙조차 침묵했다. 집들은 서로 밀착하거나 좁은 길로 분리되어 있었고, 남은 것은 폐허뿐이었다. 몇몇 집은 지붕에 기와가 남아 있었고, 놀랍게도 싱크대와 벽난로 같은 가구 일부가 남아 있었다. 세바스티앙은 1930년대까지 어부 가족들이 이곳에 살았다고 설명했다. 그들은 포르 라 누벨에서 다리를 통해 들어올 수 있었다. 또한 지역 단체에서 일부 집을 복원하고 있다고 덧붙였다.

"몇 년 안에는 이 섬에서 다시 사람이 살 수도 있겠네요."

그들은 바람과 추위로부터 그들을 보호해 줄 높은 폐허 한가운데에 텐트 두 개를 세우기로 했다. 그들이 텐트를 치고 자리를 잡자 세바스티앙이 불을 지피겠다고 말했다. 조안은 노을을 즐기려고 해변가로 가서 '알키미스트'호 위에 올라앉아 혼자만의 시간을 가졌다. 에밀은 조금 떨어진 부드러운 모래 위에 앉았다. 그는 검은 노트를 가져오지 않은 것을 후회했다. 글을 쓰고 싶었다. 풍경의 아름다움을 묘사하고 싶었다. 순간의 마법을 기록하고 싶었다. 해질녘 반짝이는 조안의 머리카락. 그녀 옆에서 모래 속 먹이를 찾고 있는 포크의 그림자. 모래 위에 조용히 놓여 있는 작은 어선과 노.

불안과 침울함은 한동안 사라졌다. 오늘 밤 이곳에 있어서 에밀은 행복했다. 세바스티앙이 말을 너무 많이 하고, 아는 척이 심해서 짜증이 나긴 했지만, 그래도 그를 만난 건 잘된 일이라고 생각했다. 그가 묘한 눈빛으로 조안을 바라보고, '코엘료의 소설 〈연금술사〉'를 읽는 게 거슬리긴 해도 말이다. 어쨌든 에밀은 스스로 그렇게 믿기로 했다.

그는 조안이 포크와 함께 자신에게 다가오는 소리를 듣고 고개를 들었다.

"이런 석양은 좀처럼 본 적이 없어." 그녀는 그 옆 모래 위에 몸을 던지듯 앉으며 말했다.

그는 고개를 끄덕였다. 그는 지난 스물여섯 해보다, 이번 3개월간의 여행에서 더 많은 석양을 보았다는 생각을 했다. 그녀가 자신을 바라보고 있다는 것을 느꼈지만, 그는 그녀와 눈을 마주치지 않으려 애썼다. 대신 연못과 지는 태양의 마지막 붉은 빛을 계속 바라보았다.

"에밀, 괜찮아요?"

그는 이 질문이 올 것을 예감하고 있었다. 그래서 눈을 마주치지 않으려 했다.

"예."

그는 여전히 그녀를 쳐다보지 않았다. 잠시 동안 모래를 만지작거리며 손가락 사이로 흘려보낼 뿐이었다. 포크가 다가와 그의 손 냄새를 맡아보더니, 별 관심이 없는지 그냥 가버렸다.

"요즘 딴 생각을 하는 것 같아 보여요."

그는 불안감이 다시 몰려오는 것을 느꼈다. 왜 그녀는 지금 그 이야기를 꺼내고 싶은 걸까? 왜 내일이나 다른 날까지 기다릴 수 없었을까? 아니면 아예 묻지 않을 수도 있었을 텐데? 그는 편안했다. 한동안은 불안을 달래는 데 성공했었는데, 이제 그녀가 어리석은 질문들을 들고 나타난 것이다.

그는 이를 악물고 대답했다.

"괜찮아요."

그 불안감이 그의 폐와 가슴을 압박하고, 목을 막았다. 잠시 시간이 흐른 뒤, 조안이 다시 말을 꺼냈다. 에밀은 이제 정말 미칠 노릇이었다.

"당신은 너무 조용하고 존재감이 없는 것 같아요."

그는 침을 삼켰다. 세상에, 설마 그녀가 그를 막다른 곳까지 몰아붙이진 않을 것이다. 이러다간 정말 울어버릴지도 모른다. 왜 오늘 밤 그는 이토록 바보 같을 정도로 마음이 약해지는 걸까?

"글쎄, 우리 성격이 뒤바뀐 것뿐이에요. 예전엔 내가 두 사람을 위해 말해야 했고, 당신은 입을 열지 않았잖아요. 이제는 반대예요."

그도 그렇게 퉁명스럽고 딱딱하게 말하고 싶진 않았다. 자기 행동이 후회되기도 했지만, 지금은 어떻게든 스스로를 방어해야만 했다. 여자가 질문 좀 퍼부어댄다고 해서, 이 멋진 노을 앞에서 질질 짤 수는 없으니까 말이다.

"당신은… 그렇게 생각해요?"

조안의 목소리는 부드러운 듯 하면서도 머뭇거렸다.

"…내가 말을 너무 많이 한다고요?"

그는 이번에는 어쩔 수 없이 그녀를 바라보았다. 자신도 놀랄 정도로 따뜻한 감정이 솟구쳤다.

"아네요. 아네요. 조안. 당신이 나아져서 기뻐요… 당신이…."

그는 손끝으로 모래에 자국을 내며 할 말을 찾았다.

"당신이 다시 웃기 시작했다는 거… 당신이 말한 대로..."

그녀는 여전히 걱정스러운 얼굴이었다. 그는 그녀의 손을 잡아 위로해 주고 싶은 마음이 들었지만 끝내 그러지 못했다. 그녀는 결혼 반지를 끼고 있지 않았다.

"그런데 당신은 무슨 일이에요? 우리가 길을 떠났을 때는 지금보다 훨씬 더 행복했잖아요?"

"그렇게 보여요?"

"네."

그는 그녀가 왜 갑자기 그렇게 슬퍼 보이는지 이해하지 못했다. 그녀가 중얼거리는 소리를 들을 때까지는.

"혹시 당신이 혼자 길을 계속 가고 싶다 해도… 나는 이해할 거에요…."

"그만해요, 조안! 바보 같은 소리 좀 하지 마요!"

"어쩌면 당신은 이제...지쳤을지도 몰라요."

"그거랑은 아무 상관 없다고요!"

"내 눈엔 다 보여요."

"대체 뭐가 보인다는 거에요?"

"내 곁에 있는 당신이, 불이 꺼진 것처럼 생기를 잃었다는 것이요."

그는 그녀의 말에 충격을 받아 할 말을 찾지 못했다. 그건 전혀 사실이 아니었다. 오히려 정반대였다. 그는 더듬거리며 말을 꺼내려고 했다.

"그 반대예요, 조안! 당신이 내 눈을 열어줬어요. 세상의 아름다움을 보여줬잖아요, 당신이…."

"이 결혼은 실수였던 것 같아요… 당신, 그 전엔 행복했잖아요."

그는 격렬히 고개를 저었다. 아무리 말해도 그녀를 완전히 설득할 수는 없을 것 같았다.

"아네요. 그건 병 때문이에요. 내 기억 때문이에요. 그게…."

그는 깊게 한숨을 내쉬었다.

"난 모든 걸 잊기 시작했어요. 일상적인 일뿐 아니라, 여행의 과정조차 기억에서 지워지고 있어요."

그는 자신의 목소리가 떨리는 것을 느꼈다. 눈에 눈물이 가득 찼다. 조안이 그것을 볼까봐, 그는 시선을 늪지로 돌려 감추었다. 울지 않겠다고 다짐했지만, 감당이 안 됐다.

"난 준비가 안 됐어요… 준비됐다고 생각했는데, 이제 와서 생각해보니 준비가 안 된 것 같아요."

조안은 그가 숨을 고르고 마음을 다잡을 시간을 주었다. 그녀가 말을 할 때는 목소리가 너무 작아서 거의 들리지 않았다.

"미안해요."

침묵이 해변을 덮었다. 해는 완전히 졌고, 포크는 보트 옆에 몸을 웅크렸다.

조안이 부드럽게 속삭였다.

"내가… 이야기해 줄게요. 만약 당신이 우리의 여행을 잊어버린다면… 내가 이야기해 줄게요."

그는 뺨을 타고 흐르는 눈물을 느꼈지만 닦지 않았다. 그러면 조안이 그가 우는 것을 알게 될 테니까. 그는 코를 훌쩍이지 않으려고 고개를 저었다.

"우리 둘 다 일기장이 있으니까… 당신이 그걸 읽어줄 수 있을 것 같네요….”

그녀는 그가 듣고 싶어 하는 말이 아니라는 것을 이해하고 침묵했다. 다시 고요가 찾아왔다. 멀리서 그들은 세바스티앙이 식사를 준비하는 소리를 들었다. 냄비가 바닥에 놓이는 소리였다.

조안이 속삭였다.

“말 안 할 거예요?”

그는 눈물이 연이어 쏟아지는 것을 느꼈다. 그녀가 그 모습을 보길 원치 않았다. 그는 단호하게 대답했다.

“당신, 나한테 너무 친절하게 굴지 말고… 이런 걸 계속 떠올리게 하지 마요… 어차피 내가 가장 먼저 잊게 될 사람은 당신이니까.”

그는 자기가 그렇게 냉정하게 말을 했다는 사실에 스스로도 충격을 받았다. 그는 그녀를 바라보고 싶었고, 품에 안고 싶었으며, 이 말을 만회하기 위해 아무 말이라도 하고 싶었지만, 그러면 안 되었다. 그녀에게 자신이 울고 있다는 것을 보여서는 안 됐다. 그리고 사실 그는 옳았다. 무슨 소용이 있을까? 의사들이 말했듯, 오래된 기억은 그대로 남겠지만, 최근의 기억은 빠르게 사라질 것이다. 그녀는 그의 기억에서 가장 먼저 사라질 사람이 될 것이다.

그녀가 일어나더니 낮은 목소리로 말했다.

“세바스티앙이 도움을 필요로 하는지 볼게요, 알았죠?”

그는 대답하지 않았다. 옆눈으로 그녀가 멀어지는 것을 보았고, 시야가 완전히 흐려지자 눈물이 얼굴을 덮고 입술 끝에서 짠맛이 났다.

반 시간쯤 지났을까, 아마 더 오래였을까, 세바스티앙이 에밀을 찾아왔다.

“식사 준비됐어요. 불 옆으로 와요. 여기 진짜 춥거든요.”

그는 눈물을 닦았다. 조금 가벼워졌다. 울고 나니 마음이 풀렸다. 세바스티앙은 그의 얼굴을 보고도 아무것도 눈치채지 못한 듯했다.

에밀이 말했다.

"포크를 데리러 가야겠어요."

"포크, 어디 있어요?"

"보트에 올라간 것 같아."

정말로 그는 보트 안 작은 의자 밑에 웅크리고 있는 새끼 고양이를 발견했다.

세바스티앙이 호기심 가득한 표정으로 물었다.

"조안의 새끼 고양이에요?"

"우리 고양이에요."

"혹시 두 사람…."

세바스티앙은 눈에 띄게 당황한 듯했다. 그는 두 손을 비틀며 망설였다. 그러나 마침내 질문의 끝이 조심스럽게 흘러나왔다.

"…커플이에요?"

에밀은 즐거운 미소를 지었다. 조금 전까지만 해도 그는 세바스티앙이 조안에게 보이는 관심 때문에 짜증이 났다. 하지만 이제 세바스티앙이 조안을 많이 좋아한다는 사실이 분명해졌다. 그러나 방금 해변에서 그녀와 나눈 대화를 떠올리자, 모든 것이 달라 보였다. 눈물을 흘리고 나니 마음이 한결 가벼워졌다. 무슨 일이 있어도, 조안만큼은 계속 웃게 해줘야 한다.

그래서 에밀은 세바스티앙에게 모든 감정이 사라진 목소리로 대답했다.

"아네요. 그녀는 멋진 여성이지만… 우리는 커플이 아네요."

"아, 그래요?"

세바스티앙은 얼굴을 붉히며 고개를 돌렸다. 에밀은 다시 그에게 미소를 지었다. 세바스티앙은 커다란 아이 같은 순수함이 느껴져서 정말 사랑스러웠다.

결국 저녁은 부드럽고 평온했다. 눈물이 마치 그를 씻어낸 듯했다. 에밀은 새롭고 상쾌한 기분을 느꼈다. 세바스티앙은 큰 모닥불을 피워 올렸다. 조안과 그는 감자와 르블로숑 치즈를 은박지에 싸서 불 속에 던져 넣었다. 그리고 포크 끝으로 그것들을 건져 올린 뒤, 지금은 모두 함께 그 먹을거리를 나누어 먹고 있었다. 에밀은 두 사람에게서 조금 떨어진 럭키 옆에 자리를 잡고 앉았다. 그러자 럭키는 치즈 한 조각이라도 얻어먹고 싶은지 에밀의 무릎 위에 머리를 턱 하니 올렸다. 포크는 여전히 경계 섞인 눈으로 이 래브라도 사냥개를 쏘아보며, 최대한 멀리 떨어진 채 조안의 품속으로 파고들었다. 모닥불은 타닥타닥 소리를 내며 타올랐고, 바닥에는 사람들의 그림자가 어른거렸다.

세바스티앙과 조안은 대화를 나눴고, 에밀은 타오르는 불꽃 소리를 자장가 삼아 눈을 반쯤 감은 채 그들의 말을 들었다. 세바스티앙은 수년에 걸쳐 여러 섬을 배로 여행하며 섬 하나하나를 어떻게 발견했는지 들려주었다. 새들에 대해, 봄이면 부화하는 알들에 대해, 그리고 바위 사이를 물들이는 꽃들에 대해 이야기했다. 그가 말을 이어갈 때마다 조안은 눈을 반짝이며 더 들려달라고 졸랐다. 그는 조안에게 어떻게 얘기해야 하는지 이미 알고 있었다. 두 사람은 서로 닮았다.

밤은 쌀쌀했다. 에밀은 깃털 침낭 속에 몸을 꽁꽁 싸고도 새벽까지 떨었다. 모닥불은 꺼졌고, 폐허의 벽이 바람을 막아주었음에도 바람은 텐트 천 아래로 스며들었다. 조안은 푹 잔 것처럼 보였다. 그녀는 등을 돌린 채 몸을 웅크리고 누웠고, 한 치도 움직이지 않았다.

아침이 되어 에밀이 눈을 뜨자, 그녀는 해변을 거닐고 있었다.

“세바스티앙이 럭키를 데리고 산책 갔어요.”

어젯밤 해변에서 나눈 대화 이후, 그들 사이에는 보이지 않는 작은 장벽이 생긴 듯했다. 그들은 지나치게 예의 바르게 말을 주고받았고, 그래서 오히려 자연스럽지 않았다.

“해 뜨는 거 봤어요?”

그가 그녀 옆에서 나란히 걸으며 물었다.

“아니, 못 봤어요.”

그는 어색함을 감추려는 듯 두 손을 주머니에 찔러 넣었다. 두 사람의 발끝이 모래를 사방으로 흩날렸다. 아침의 하늘은 낮게 드리워져 있었다. 희끄무레한 회색빛이었다. 새들이 다시 하늘을 가르며 날기 시작했다.

그가 태연한 척하며 물었다.

“그림은 어떻게 됐어요?”

“내 그림요?”

“그제 아침에 캔버스 들고 나갔잖아요?… 물어보는 걸 깜빡했어요… 뭐 좀 그렸어요?”

그녀는 그가 어색한 분위기를 풀기 위해 애쓰고 있다는 걸 눈치채고, 밝은 표정으로 대답했다.

“아, 별로였어요… 붉은 홍학을 그리려고 했는데….”

“그래서?”

"결국 기린이랑 황새를 섞어놓은 것처럼 돼버렸어요."

그는 웃음을 터뜨렸고, 그녀도 따라서 미소 지었다.

그가 물었다.

"나중에 보여줄래요?"

"아니, 그건 좀."

"분명 그렇게 나쁘진 않을 거예요."

"아네요. 그래서 정물화를 그리기로 했어요… 초보한텐 그게 더 나을 것 같아요."

"정말 그렇게 생각해요?"

10월 9일, 7시 40분
퐁텐 광장, 돌 벤치 위.
페리악드메르에서 보는 일출.

오늘 아침 6시부터 깨어 있었다. 잠을 잘 수가 없었다. 머릿속은 생각으로 가득한데, 정작 아무것도 잡히지 않았다. 자고 있는 조안과 포크를 남겨두고, 노트와 펜을 들고 페리악의 좁은 골목을 조금 걷기로 했다. 캠핑카를 나서면서 벽장에 있는 배낭을 꺼내려다 조안이 그린 그림과 마주쳤다. 기린과 황새를 섞은 듯한 그림이다. 나는 새어 나오는 웃음을 참지 못하고 소리 없이 웃어버렸다. 그녀 말이 맞았다. 마치 새와 포유류가 섞인 새로운 하이브리드 종 같았다. 너무 귀여워서 몰래 그림을 훔쳐 가방 속에 숨기고 싶을 정도였다.

"뭐해요?"

에밀이 운동복 반바지와 티셔츠 차림으로 작은 욕실에서 나왔다. 손에는 운동화를 들고 있었다. 조안은 이해할 수 없다는 듯 그를 바라보았다.

그녀가 더듬거리며 말했다.

"세바스티앙이 모래 언덕 보여주기로 했는데…."

"응, 알아요. 근데 나는 부교 위에서 달리기를 하고 싶었어요."

그가 신발 끈을 묶기 위해 몸을 숙였다.

"세바스티앙이랑 먼저 가요."

조안은 바로 대답하지 않고 망설였다.

"그럼 나중에 우리랑 합류할 거예요?"

그는 천천히 일어섰다. 그러나 그는 일어섰을 때 그녀가 실망한 듯하다는 사실을 눈치챘다.

"좋아요. 그럴게요."

"우리는 둘 해변에 있을 거에요. 여기서 10분 정도 걸려요."

"알았어요."

그는 머리를 식히기 위해 달릴 필요가 있었다. 그는 거짓말을 한 것이 아니었다. 그리고 자신이 거기에 있든 없든, 세바스티앙과 조안은 타마리스 꽃이나 비슷한 것들에 대한 그들만의 이야기를 나눌 것이 뻔했다. 그는 두 사람을 내버려두고, 대신 운동을 하며 시간을 보내기로 했다. 그는 고독을 즐기기 시작했고, 그것이 놀랍게 느껴졌지만, 여행 첫 4개월 동안 그는 사람은 끊임없이 자신을 새롭게 발견할 수 있다는 사실을 배웠다. 조안이 그 살아 있는 증거였다. 변화는 피레네 산맥에서 시작되었고, 정확히 언제였는지는 이제 그도 잘 기억하지 못했다. 그리고 포크와 미르티유, 결혼식… 모든 것이 빠르게 돌아가기 시작했다. 이제 그녀의 얼굴에는 생기가 돈다. 말을 하고, 질문을 던지며, 온갖 것들에 관심을 보였다. 그리고 이제 그림까지 그리기 시작했다. 며칠 전 그녀는 새 캔버스에 그림을 그리기 시작했고, 그에게 보여주었다. 그녀는 〈연금술사〉와 한 청년, 개 한 마리를 배에 태우고 수평선을 바라보는 모습을 그렸다. 그것을 보니 마음이 살짝 조여왔지만, 그는 미소 지으며 진짜 아름다운 작품이라고 그녀에게 말했다. 그건 사실이었다. 색감은 아름다웠고, 참으로 부드러운 느낌이 배어 있었다. 하지만 에밀은 세바스티앙이 배 위에 있는 그림보다, 돌연변이 홍학들이 그려진 그 그림이 더 좋았다. 물론, 조안에게 그 말까지 하지는 않았다.

그는 연못을 한 바퀴 도는 부교 위를 천천히 달리기 시작했다. 여전히 아름다운 가을 날이었다. 세바스티앙은 인디언 서머라고 말했다. 그는 이런 10월은 수년 만이라고 했다. 캠핑카 안에서도 아직 작은 보조 난방기를 켤 필요가 없었다.

에밀은 부교에 앉아 있는 한 낚시꾼에게 고개를 끄덕여 인사하고, 발걸음을 늦추어 물고기들이 도망가지 않도록 했다. 그는 처음 부교를 걸으며 세바스티앙을 만났던 날을 떠올렸다. 그날도 오늘처럼 아침이었다. 페리악드메르에 도착한 이후 얼마나 시간이 흘렀는지 더 이상 기억나지 않았다. 아마 열흘은 넘었을 것이다. 세바스티앙은 일주일에 하루 휴식을 갖는다. 지난번, 그러니까 이미 일주일 전에는 그 휴일을 이용해 그들을 배에 태워 섬들을 구경시켜 주었다. 오늘은 모래언덕이었다. 시간이 믿을 수 없을 만큼 빠르게 흘렀다. 때때로 에밀은 미르티유에게 전화를 걸고 싶다고 생각했다. 그녀와 헤어진 지 정말 오래된 기분이었다. 에밀은 미르티유가 옆에 있는 게 좋았다. 그들을 바라보던 그 푸른 눈동자도. 미르티유가 있을 때, 조안과 그는 진짜 가족이 된 것만 같았다. 그러나 세바스티앙과는 그저 두 친구일 뿐, 그 이상은 아니었다.

그는 어느 날 저녁 미르티유에게 전화를 걸 수도 있겠다고 생각했다. 그의 휴대폰이 아니라(아직도 켜는 것이 두려워서) 조안의 휴대폰으로 걸 수 있다면. 그녀가 허락한다면…

그는 속도를 올렸고, 심장이 가슴에서 터질 듯이 뛰는 것을 느꼈다. 이렇게 몸을 움직이는 것이 정말 기분 좋았다. 땀으로 흠뻑 젖고 숨이 가쁘지만, 마음은 편안하고 매우 안정된 느낌이었다. 그는 조안과 세바스티앙을 만나기 위해 둘 해변까지 계속 조깅을 하기로 마음먹었다.

해변을 몇 미터 앞두고, 그는 무릎에 두 손을 얹은 채 거친 숨을 몰아쉬며 멈춰 섰다. 달리기를 다시 시작해야 했다. 먼발치로 모래언덕의 능선이 희미하게 그 모습을 드러냈다. 그는 천천히 걸으며 숨을 고르기 시작했다. 멀리 모래 언덕이 그려졌다. 럭키가 모래 언덕을 질주하며 짖고 있었다. 그는 또다시 갈매기를 쫓았다. 몇몇 사람들은 방풍재킷을 두른 채 물가를 걷고 있었다. 그는 가장 가까운 언덕을 돌아 마침내 둘을 발견했다. 조안은 무릎 위에 무언가를 올려놓고 언덕 아래 앉아 있었다. 그녀는 자주 고개를 들어 다시 무릎을 바라보았다. 미르티유의 오래된 빗이 그녀의 머리에 반짝였다. 세바스티앙은 그녀 옆에 쭈그려 앉아 가끔씩 무언가를 손가락으로 가리켰다. 에밀은 그녀가 모래 언덕을 그리고 있다는 사실을 깨달았다.

세바스티앙이 그를 보고 외쳤다.

"안녕하세요, 에밀!"

럭키가 그의 다리로 달려와 반겼다. 조안은 고개를 들어 미소 지었다.

"봐요! 조안이 언덕을 그려요!"

그는 마침내 그들 곁에 다다라 조안의 무릎 위에 놓인 캔버스를 흘끗 바라보았다. 그녀는 그림 그리는 실력이 더 늘었다. 모래사장은 종이 위에서 마치 바람에 밀려 모래알들이 구르는 것처럼 움직이는 듯 보였다. 그녀는 하늘을 실제보다 조금 덜 푸르게, 은은한 회청색에 가깝게 그려냈다. 그림 속에는 세바스티앙이나 럭키의 흔적은 없었고, 대신 모래 위를 스치듯 나는 갈매기 한 마리가 있었다.

조안이 걱정스러운 눈빛으로 물었다.

"어때요?"

하지만 답할 시간도 없었다. 세바스티앙이 대신 말했다.

"정말 잘 그렸어요, 조안! 아버지 식당에 전시할 수 있을 거예요!"

조안은 망설였다.

"아…."

"내가 아버지에게 물어볼 수도 있어요. 하지만 아버지는 분명 당신이 본 페리악드메르의 모습을 정말 좋아할 겁니다. 나도 그래요. 당신의 시선은 참 정확하면서도, 동시에 그림마다 아주 작은 터치로 신비로운 무언가를 더한다는 느낌이 들어요."

조안은 칭찬에 기분이 좋아 보였다. 에밀은 그녀가 시선을 들어 자신을 바라볼 때 얼굴이 붉어진 것을 분명히 보았다. 그는 서둘러 고개를 끄덕이며 자신의 말을 확인했다.

"정말이예요."

세바스티앙이 조안을 너무 빤히 쳐다봐서 에밀은 어쩐지 민망해져서 고개를 돌려버렸다.

"나는 해변 쪽으로 가볼게요…."

조안이 무언가를 더 말하려는 듯했지만, 그는 서둘러 자리를 피하며 럭키에게 가는 척했다.

그날 저녁, 캠핑카 안에서 저녁 식사를 하던 중, 길어진 침묵 속에서 에밀은 아무렇지 않은 표정을 지으며 말했다.

"세바스티앙이 당신한테 마음이 있는 것 같아요."

조안은 물을 마시고 난 뒤, 묘한 눈빛으로 그를 바라보았다.

"왜 그런 말을 하는 거죠?"

"그가 당신을 바라보는 눈빛을 봤을 뿐이에요."

그는 이유도 모른 채 그녀를 당황하게 만들고 싶었다. 그녀가 얼굴을 붉히고 말을 더듬는 모습을 보고 싶었지만, 그녀는 전혀 흔들리지 않았다.

"그는 그냥 어린애예요…."

"스물다섯 살이잖아요."

"나이는 숫자로만 따질 수 없어요."

"정말요?"

그는 그녀의 대답에 너무 동요하거나, 반대로 너무 기뻐 보이지 않으려고 애썼다. 그저 아무렇지 않은 척, 무심해 보이려고 했을 뿐이었다.

"물론 아니죠."

그녀는 다시 접시를 집으며 덧붙였다.

"세바스티앙은 아직 배울 게 많아요."

그는 그녀가 무슨 뜻으로 그런 말을 하는지 알 수가 없었다. 그가 보기에 세바스티앙은 여러 분야에 대해 자신보다 훨씬 더 많은 것을 알고 있었다. 하지만 그는 개의치 않았다. 가슴속 어딘가에서 작은 불꽃이 타오르는 듯한 느낌이 들었기 때문이다.

19

"에밀! 에밀!"

조안이 페리악드메르의 골목길에서 목청껏 외쳤다.

오늘 아침, 그녀는 항구 근처에서 낚시를 하고 있는 세바스티앙과 합류하러 떠났다. 에밀은 아직 잠들어 있었다. 그녀는 그를 깨우고 싶지 않았다. 그래서 테이블 위, 그녀가 준비한 컵 옆에 작은 쪽지를 남겼다.

세바스티앙이 나에게 같이 낚시하러 가자고 했어요. 늦어도 정오까지는 돌아올 거예요. 우리는 항구에서 백 미터 정도 떨어진 카누 가게 쪽에 있을 거예요. 일어나면 우리 쪽으로 오세요.

그녀는 세바스티앙에게 갔다. 몇 번이나 골목을 살피며 에밀이 오지 않는지 확인했지만, 보이지 않았다.

그걸 본 세바스티앙이 말했다.

"집중을 못 하고 있네요."

그래서 그녀는 마음을 다잡고 에밀을 잠시 잊기로 했다. 그러다 교회 종이 정오를 알리자, 정오까지 돌아오겠다고 약속했기 때문에 서둘러 캠핑카로 돌아갔다. 테이블과 컵이 여전히 제자리에 있는 걸 보자 그녀는 뭔가 잘못되었음을 느꼈다. 에밀은 아침을 먹지 않은 것처럼 보였다. 그리고 캠핑카 문이 활짝 열려 있었다. 그녀는 "에밀? 에밀?"

하고 부르다가 이어서 "포크?"도 불렀다. 캠핑카 안은 비어 있었다. 찬장들은 열려 있었고, 마치 누군가 뒤져본 듯했지만, 아무것도 도난당하지 않았다. 증거는 두 대의 휴대전화가 모두 작업대 위에 켜져 있는 상태로 놓여 있다는 점이었다. 에밀의 사진첩 하나가 바닥에 펼쳐져 있었고, 지갑도 열려 있어 신분증이 바닥에 흩어져 있었다. 그녀는 다시 "에밀? 에밀!" 하고 외쳤다.

그가 캠핑카 문을 열어두고 떠날 리가 없었다. 포크가 도망가거나 차에 치이도록 내버려둘 리가 없었다. 대체 무슨 일이 일어난 걸까? 그녀는 에밀이 누구에게 공격을 당하거나 도둑을 맞았을지도 모른다고 생각했지만, 사라진 건 없었다. 그녀는 부교로 향했지만 에밀은 보이지 않았다. 대신 포크가 해를 쬐며 바닥에 누워 있는 걸 발견했다.

"자, 가자. 집으로 가자."

그녀는 당황하지 않으려 애쓰며 캠핑카로 포크를 데려왔다. 그녀는 고양이에게 말을 걸며 마음을 달랬다.

"넌 에밀이 어디로 간 건지 모르겠지?"

그녀는 그가 떠나기 전에 짐을 챙겼는지 확인했다. 하지만 아무것도 없어지지 않았다. 그녀는 서서히 공포에 휩싸이기 시작했다. 캠핑카 문을 닫고 마을로 올라갔다. 심장은 미친 듯이 뛰었다. 그녀는 길에서 마주치는 모든 사람의 얼굴을 유심히 살폈다. 혹시 그들 중에, 또다시 기억을 잃은 채 골목을 헤매는 에밀이 있지 않을까 하고. 그녀는 그의 이름을 불렀다. 처음엔 조용히. 그리고 점점 더 크게.

"에밀!"

두려움이 그녀의 폐를 조이듯 압박했다. 주방 조리대 위에 켜진 채 놓여 있던 두 대의 휴대전화가 그녀의 머릿속에 다시 그려졌다. 그는 대체 무엇을 한 걸까? 또다시 블랙아웃이 찾아왔던 걸까? 누군가에게 전화를 걸었던 건 아닐까?

"에미이일!"

그가 부모님에게 전화를 걸었을까? 자신의 위치를 알려주었을까? 그녀는 그가 블랙아웃을 겪는 모습을 이미 본 적이 있다. 그의 눈에서 혼란을 읽은 적도 있다. 숨이 막혀 허우적거리는 소리를 들은 적도 있다. 그의 눈빛을 보고 그가 자신을 알아보지 못하고 있다는 사실을 알아차린 적도 있다. 만약 그 일이 다시 일어났다면? 누군가가 그를 데리러 올 시간이 있었을까? 가족? 병원? 경찰?

뺨에 눈물이 흐르는 줄도 몰랐다. 그의 이름을 소리쳐 부르는 자기 목소리도 들리지 않았다. 만약 정말 그가 누군가에게 전화를 했다면, 그녀는 약속을 어긴 게 된다. 가족이나 병원이 찾지 못하게 그를 지켜주겠다고 맹세했는데…. 만약 정말 일이 터진 거라면….

그녀는 세바스티앙이 눈앞에 나타난 것을 보고도 이해할 수가 없다.

"조안… 괜찮아요?"

자신의 발걸음이 어느새 '낚시하는 날' 식당 앞까지 닿았음을, 그리고 자신이 그의 도움을 구하러 왔음을 그녀는 그제야 어렴풋이 깨달았다.

"조안, 무슨 일이에요? 왜 울어요?"

그녀는 마음을 가다듬고 차분하게 말했다.

"에밀이 사라졌어요."

"뭐라고요?"

"캠핑카에 없어요. 누군가 모든 물건을 다 뒤져 놓았어요. 어디로 갔는지 모르겠어요."

세바스티앙은 그녀를 테라스 의자에 앉혔다.

“잠시만요… 누군가 캠핑카를 털었나요?”

그녀는 고개를 저었다. 자기가 지금 횡설수설하고 있다는 걸 스스로도 느꼈지만, 너무 당황해서 더는 조리 있게 말을 이어갈 수가 없었다.

“그는 떠났어요. 길을 잃었나 봐요.”

세바스티앙은 고개를 저으며 웃지 않으려 애썼다.

“조안, 진정해요. 그는 성인이에요. 그냥 볼일이 있어서 나간 겁니다. 이 동네에 대해서도 잘 알고 있어요. 길을 잃거나 그런 일은 없을 거예요.”

“그게 아니에요.”

“뭐가….”

“그 사람은 기억을 잃어요.”

“뭐라고요?”

“그를 찾아야 해요. 길을 잃었어요.”

그녀는 이제 확신한다. 만약 그가 기억을 잃은 채 깨어났다면, 자신이 왜 그곳에 있는지 이해하려 했을 것이다. 그래서 그는 찬장을 뒤졌을 것이다. 사진 앨범을 찾았고, 조안의 지갑과 신분증(조안 마리 트로니에라고 적힌)도 발견했을 것이다. 그는 아마 그녀가 누구인지, 자신이 왜 그곳에 있는지 궁금했을 것이다. 어쩌면 그녀가 지갑 안에 보관하던 출생 증명서와 결혼 증명서도 발견했을지 모른다. 그 다음 그는 이해하려고 휴대전화를 켜려 했을 것이다. 아마 누군가에게 전화를 걸었을지도 모른다… 그녀의 피가 얼어붙는 듯 했다. 만약 그가 누군가에게 전화를 걸었다면, 반드시 부모님일 것이다. 그렇다면 그는 자신의 위치를 부모님에게 알렸을 수도 있다. 아니면 그것조차 잊었을지도 모른다. 그는 밖으로 나가야 했고, 고속도로와 골목을 헤매며, 자신이 왜 거기에 있는지 전혀 이해하지 못한 채 완전한 공포 속을 떠돌았을 것이다.

세바스티앙은 그녀를 진정시키려는 듯 두 손을 무릎 위에 올렸다.

"병원이나 경찰서에 전화할까요?"

그녀가 격렬하게 고개를 끄덕였다.

"네. 네, 그렇게 해야 해요."

그녀는 세바스티앙 앞으로 아버지로 보이는 남자가 다가오는 걸 보았다. 머리카락은 희끗희끗하고, 표정은 엄격했다. 그들은 말을 주고받았고, 세바스티앙이 전화기를 요청하는 걸 들었다. 남자는 다시 떠났다.

"전화할 거예요. 진정하세요, 조안."

그녀는 마치 머리가 뒤로 꺾이는 듯, 뒤쪽으로 넘어가는 듯한 기분을 느꼈다. '진정하세요, 조안'이라는 말 때문이었다. 과거에도 같은 공황 상태에서 같은 말을 들었던 기억이 떠올랐다. 그때 그들이 그녀를 물에서 구해주었다.

세바스티앙이 차가운 손을 그녀의 뺨에 올리자, 그녀는 정신을 차렸다.

"조안?"

그녀는 몇 번 눈을 깜빡였다. 세바스티앙이 걱정스러운 얼굴로 그녀를 바라보고 있었다.

"어디 아파요?"

그녀는 고개를 저으며 일어나려 애썼다. 얼마나 시간이 흘렀는지 몰랐다. 잠시 정신을 잃었나 보다.

"전화했어요?"

"방금 얘기했잖아요."

그녀는 다시 눈을 깜빡였다.

"뭐라고요?"

"그가 경찰서에 있어요."

그녀는 머리에 물벼락을 뒤집어쓴 듯한 기분이었다. 살아있다는 사실에 안도해야 할지, 앞으로의 상황에 공포를 느껴야 할지 알 수 없었다. 그를 데리고 갈 것인지, 병원에 맡길 것인지 고민했다.

세바스티앙이 말했다.

"제가 데려다줄게요."

그녀는 저항하지 않았다.

그녀는 경찰서 로비를 달렸다. 세바스티앙이 뒤에서 다가오며 속삭이듯 속도를 줄이라고 말했다. 에밀은 로비의 경찰관 옆 의자에 앉아 있었다. 그녀는 첫눈에 자신이 옳았다는 것을 알아챘다. 그는 다시 블랙아웃을 겪은 것이다. 그의 눈에는 극심한 고통이 서려 있었다. 그는 넋이 나간 듯 멍하면서도, 동시에 형언할 수 없는 공포에 휩싸인 모습이었다.

"제가 데리러 왔어요. 저는 이 사람의 법적 보호자예요."

조안은 경찰관에게 인사할 생각도 하지 않고 이렇게 말했다.

그녀는 지갑과 캠핑카 바닥에서 주운 모든 신분증을 건넸다. 에밀은 그녀를 올려다보고, 그 눈빛이 그녀를 얼어붙게 했다. '당신을 가장 먼저 잊게 될 거예요.' 그녀는 그 일이 일어났음을 깨달았다. 그의 눈은 멍해 보였다. 몇 달간 함께 여행하며 알게 된 그 모든 것을 더 이상 찾을 수 없었다. 그는 그녀를 알아보지 못했다. 더 나쁜 것은, 그녀가 다가와 자신이 법적 보호자라고 말하는 모습을 보고 공포에 휩싸인 듯 보였다는 것이다.

그러자 경찰이 일어나며 그녀의 말을 가로막았다.

"잠시만요, 아가씨. 전화하신 분이세요?"

세바스티앙이 조안 옆에 서서 대신 대답했다.

"네, 그렇습니다. 그녀가… 아니, 이 사람이 길을 잃었고…."

조안이 갑자기 끊었다.

"이 사람은 조기 알츠하이머를 앓고 있습니다."

경찰은 세 사람을 번갈아 바라보았다.

"확실히 이 분은 혼란스러워 보였습니다. 자기가 납치됐다고 생각하는 듯했어요."

조안은 다시 밀려오는 두려움을 떨쳐버리려고 눈을 질끈 감았다. 다 각오하고 시작한 일이었지만, 이런 상황까지는 대비하지 못했다. 그의 기억이 영영 돌아오지 않으면 어떡해야 할까? 억지로라도 그를 데리고 가야 할까?

그녀는 마른 입술을 떨며 간신히 말을 이어갔다.

"그… 그런 일이 있어요… 이 사람은 블랙아웃을 겪습니다... 길을 잃을 때도 있어요…."

"좋습니다…."

경찰은 조안이 건넨 서류를 받아들었다.

"그리고 당신은 누구신가요…?"

"이 사람 아내예요. 저희는 결혼했습니다."

조안이 내뱉은 몇 마디에 세바스티앙은 너무 놀라 눈이 휘둥그레졌다. 에밀은 그저 엄청난 두려움에 사로잡혀 있었는데, 얼마나 무서웠던지 말 한마디조차 내뱉지 못하는 것 같았다.

경찰은 로비 안의 작은 유리 칸막이를 가리켰다.

"우리, 사무실에 들어가서 얘기할까요?"

조안은 유리벽 너머로 에밀을 보았다. 그는 충격을 받은 듯, 움직이지 않고, 말없이 무릎 위에 손을 꼭 쥐고 있었다. 세바스티앙은 그의 옆에 앉았다. 그는 여전히 길을 잃은 듯 방황하는 모습이었지만, 한 가지 다른 점이 있다면 이제 그의 눈에는 공포보다 당혹스러운 불신이 더 짙게 서려 있다는 것이었다.

"말씀하신 대로, 임상 시험 센터에서 관리받고 있었군요?"

"네."

"로안에서요?"

"네, 로안에서요."

경찰은 복사기에서 결혼 증명서 사본을 가져왔다.

"시험을 중단하기로 결정했군요."

조안은 다시 고개를 끄덕이며 삼켰다.

"여전히 치료를 받고 있나요?"

"아니요."

경찰은 수첩에 뭐라고 적었다.

"앞으로 저분에게 각별히 신경을 써야 할 것습니다."

"네… 신중을 기할 게요."

"저 분, 경우에 따라 센터에 보내는 것도 생각해 봐야 할 거 같아요… 이런 불상사를 피하려면. "

그녀는 목이 말랐지만 끝까지 참았다.

"잘 보살필게요."

경찰은 조안의 신분증을 손바닥 위에서 돌려보았다.

"다른 법적 보호자는 없나요? 부모님이라든가?"

그녀는 공포가 가슴을 조이는 것을 느꼈다. 그녀는 가까스로, 낮고 탁한 목소리로 대답 할 수 있었다.

"결혼한 이후로는 없습니다."

경찰은 고개를 끄덕이고 입으로 '쯧' 하는 흡입 소리를 내며 조안의 신분증을 책상 위에 올려놓았다.

"물론입니다. 당연히 그렇죠."

그녀는 마음속에 있던 질문을 참지 못했다.

"누군가에게 연락하신 적이 있나요?"

"뭐라구요?"

"혹시 저분 부모님에게 연락한 적이 있는지?"

"아니요. 저 사람이 막 경찰서에 도착했을 때, 경찰관님 전화를 받았거든요."

그녀는 갑작스레 안도감을 느끼며, 땀에 젖은 손을 바지에 닦고 다시 침을 삼켰다.

"그럼… 데려가도 되죠?"

"물론입니다."

경찰은 일어나 복사본을 모으고, 조안에게 신분증과 결혼 증명서를 건넨 뒤 칸막이 문까지 안내했다.

"앞으로 조심하세요…."

"네… 불편을 드려 죄송해요."

"괜찮습니다, 부인."

그녀가 로비 쪽으로 돌아서자, 먼저 세바스티앙이 다가왔다. 창백하고 어딘가 지친 얼굴이었다.

“저분, 정신을 차린 것 같네요.”

세바스티앙이 몸을 살짝 옆으로 비켰고, 그녀는 어깨를 구부린 채 두 손 사이에 머리를 묻고 있는 에밀을 보았다. 그는 흐느끼는 듯했다.

그녀는 그를 놀라게 하지 않으려고 아주 조심스럽게 그의 어깨에 손을 얹었다. 그러자 그는 고개를 들어 그녀를 바라보았다. 그의 뺨에는 눈물이 없었다. 다만 슬픔과 씁쓸함이 뒤섞인 표정뿐이었다. 그는 입을 반쯤 벌리고는 말했다…

“조안?”

그녀는 감정을 억제하려 애쓰며 고개를 끄덕였다.

“자, 집으로 가요.”

그는 그녀를 따라 경찰서 로비를 나왔다. 세바스티앙은 해가 비치는 현관 밖에서 기다리고 있었다.

에밀이 속삭였다.

“무슨 일이 있었는지 모르겠어요.”

“괜찮아요.”

이제 이 세 사람은 햇살이 가득한 페리아크드메르의 골목길을 걷고 있었다. 그들은 말없이 걸었다. 세바스티앙은 그들 앞에 서서 양손을 주머니에 찔러 넣은 채, 계속 곁에 머물러야 할지 아니면 자리를 비켜주어야 할지 갈피를 잡지 못하고 있었다. 에밀과 조안은 그보다 몇 걸음 뒤처져 걸었다. 조안은 얼굴색이 여전히 창백했지만, 어딘가 안도한 기색이었다. 에밀은 그런 그녀를 계속해서 걱정스러운 눈길로 살폈다.

"울었군요."

"아네요."

"아니, 나 때문에 놀라서… 울었잖아요."

에밀은 그것 때문에 속이 말이 아닌 것 같았다. 그래서 조안은 주제를 바꾸기로 했다.

"경찰서를 나온 뒤로 계속 생각하게 돼요… 우리가 그 일을 하지 않았더라면… 우리가 결혼하지 않았더라면…."

두 사람은 아무 말도 덧붙이지 않았다. 그들은 무슨 일이 일어났을지를 너무나 잘 알고 있었다.

세바스티앙이 골목 모퉁이에 서서 아버지의 식당을 가리켰다.

"이제… 갈게요."

그는 한 발로 몸을 흔들며, 어색하게 조안과 에밀을 번갈아 바라봤다.

"소식 전해주세요… 에밀, 잘 지내길 바랄게요."

에밀이 고개를 끄덕였다.

"조안 도와줘서 고마워요."

"천만예요."

세바스티앙은 목을 긁적이며 발을 흔들다 잠시 머뭇거렸다.

"난… 몰랐어요…당신이 아프다는 걸…그리고 결혼했다는 것도…."

그는 슬프고 실망한 표정이었다. 조안은 약간 냉담하게 대답했다.

"당신이 그걸 알든 모르든 그건 중요하지 않아요."

이렇게 말하고 나서 그녀는 조금 더 부드럽게 덧붙였다.

"애밀은 이제 쉬러 갈 거예요. 나중에 봐요."

"네… 나중에 봐요."

"당신이 그의 마음을 아프게 했어요."

에밀은 자신이 농담을 시도하고 있다는 사실에 놀랐다. 사실 그는 전혀 웃을 기분이 아니었다. 그저 분위기를 조금이라도 덜 무겁고 괴롭지 않게 만들고 싶을 뿐이었다.

조안은 묘하게 감정이 실리지 않은 목소리로 말했다.

"세바스티앵은 곧 괜찮아질 거예요."

조안은 몹시 충격을 받은 듯 보였다. 두 사람 모두 핏기가 없는 얼굴로 캠핑카 앞의 접이식 탁자에 마주 앉았다.

에밀이 제안했다.

"차 한잔 할래요?"

"당신은 좀 쉬어야 해요."

"잠이 안 와요."

그는 일어나 주전자를 채우러 갔다. 그는 자기 때문에 그녀가 이 고생을 하는 것 같아 마음이 무거웠다. 원래의 계획으로는 모든 게 훨씬 단순했다. 그들은 함께 떠날 예정이었고, 그는 기억을 잃되, 그 사실에 아무런 감정도 느끼지 않을 터였다. 그는 이미 그럴 준비가 되어 있었다. 로안을 떠날 때, 그는 모든 이에게 작별을 고했다. 그녀는 그의 가족에게서 그를 멀리 떨어뜨려 놓을 방법을 찾기로 했고, 그녀도 그 조건에 동의했었다.

하지만 문제는, 그로부터 벌써 4개월이 넘게 흘렀다는 것이다. 무엇이 이렇게 모든 것을 바꾸어 놓았을까? 모든 게 그렇게 단순해 보였는데… 조안은 그를 잃었다고 해서 울면 안 되는 상황이었다…. 그리고 에밀은 그녀를 잊게 된다는 생각 때문에 이렇게 무너져 가서는 안 되는 일이었다.

어쩌면… 그는 약간 떨리는 손으로 차를 준비했다. 그때 머릿속에 작은 목소리가 스며들었다. 어쩌면 그들은 결혼하지 말았어야 했을지도 모른다. 어쩌면 함께 그 스튜디오에 들어가 살지도, 고양이를 입양하지도, 같은 침대에서 잠들지도, 케이크 한 조각을 나누며 마음을 나누지도 말았어야 했을지도 모른다.

어쩌면 서로에게 그저 낯선 사람으로 남았어야 했을 것이다. 며칠 전 나디에르 섬에서 그녀가 했던 말이 맞았다. 처음에는 행복했지만, 요즘 그는 점점 무너져가고 있었다… 하지만 그녀가 생각하는 이유 때문은 아니었다.

그는 더는 잃을 것도, 붙잡을 사람도 아무도 없는 채로 길을 떠났다. 그는 부모님과 누이, 그리고 가장 친한 친구를 떠나기로 마음먹었었다. 그의 삶은 로라가 떠났을 때 이미 반쯤 무너졌다. 그리고 그녀가 떠난 뒤에도 희미하게 깜빡이던 작은 불빛은 병이 선고되었을 때 완전히 사라졌다. 그는 이번엔 정말 아무것도 남지 않았다는 평온함 속에서 캠핑카에 올랐다. 영원히 떠날 결심이 서 있었다. 사라지기 전에 인생이 마지막으로 건네줄 몇 조각의 행복만 누리면 되는 거였다. 그게 분명한 약속이었다. 하지만 혼자 떠나는 대신 그는 그 광고글을 올려버렸다… 그러고는 고속도로 휴게소에서 완전히 길을 잃은 그 여자를 태웠다. 그리고 그때부터 서서히 삶에서 사라져가기는커녕, 오히려 더욱 강하게 삶에 매달리게 되었다. 그녀 때문이었다. 그녀가 세상의 모든 아름다움을, 감정의 순수함을, 인간의 선함을 보여주었기 때문이다. 그는 매일 조금씩 더 그녀의 미소를 알아갔고, 그녀가 노트에 글을 쓰는 모습을, 포크를 보살피는 모습을, 하늘을 바라보는 모습을, 그리고 나무 부교에 다리를 꼬고 앉아 있는 그녀를 지켜보는 법을 배웠다.

그는 목을 막고 있는 덩어리를 힘겹게 삼킨다. 그래, 그는 점점 무너져가고 있다. 나날이 불안과 두려움에 잠식되어가고 있다. 그리고 이 모든 건 그녀 때문이었다. 전적으로 그녀 때문이었다. 왜냐하면 그녀가 전혀 예상치 못한 방식으로 그가 다시 삶에 눈을 뜨도록 했기 때문이다. 그리고 지금 그는 그 어느 때보다도 살아 있음을 느꼈다… 이제 조안 덕분에 그는 더 이상 죽고 싶지 않아졌다. 죽는다는 생각만 해도 너무 무서워졌다. 그리고 자신의 기억 속에서 그녀가 사라진다는 생각은 그에게 견딜 수 없는 고통이 되었다.

그는 숨이 가빠지는 걸 참으려 애쓰며 주전자를 집어 들어 잔에 물을 부었다.

그러고는 잔뜩 가라앉은 목소리로 말했다.

"됐어. 이제 시작이야."

그들은 말없이 차를 마셨고, 그제야 얼굴에 핏기가 좀 돌아오는 것 같았다. 조안이 가라앉은 목소리로 물었다.

"전화기… 켜져 있었나요? 누군가에게 연락했어요?"

"휴대전화는 잠겨 있었는데… PIN 코드가 기억이 안 났어요."

그녀는 안도의 숨을 내쉬며 눈을 감고, 다시 물었다.

"내 전화는요?"

"아니요… 아무도 없었어요. 미쳐버릴 것 같았어요… 그래서 그냥 나왔죠."

그들은 다시 천천히 차를 마셨다.

조안이 조용히 물었다.

"페리악을 떠나야 할까요?"

에밀이 어깨를 으쓱했다. 그는 시간 감각을 조금 잃어버렸다. 그것은 그를 서서히 갉아먹는 병의 또 다른 증상이었다.

그가 물었다.

“우리가 여기서 머무른지 오래 되었나요?”

“2주 됐어요.”

그는 그 시간이 길게 느껴지는지도 잘 일 수가 없었다. 그는 떠나고 싶었다. 다시 길을 나서고 싶었다. 하지만, 조안이 여기서 세바스티앙과 럭키와 함께 있는 모습을 보니 참 행복해 보였다. 그런데 그녀가 이렇게 덧붙였다.

“바다 보러 가고 싶지 않아요?”

그녀가 물었다. 그는 잠시 망설였지만 고개를 끄덕였다.

“좋아요. 바다 보러 가요.”

그는 그날 밤 캠핑카 안이 특별히 추운 건지, 아니면 불안 때문에 이렇게 떨고 있는 건지 알 수 없었다. 그는 온몸이 떨리고, 턱이 뻣뻣하며, 이가 부딪혔다. 마치 압박장치에 갇힌 듯, 스스로의 불안에 질식해 그날 밤 죽을 것만 같은 기분으로 숨쉬기조차 어려웠다.

그는 조안을 깨우지 않기를 바라며 기도했지만, 이미 늦었다.

그녀가 속삭이듯 되물었다.

“에밀?”

침대 끝에서 그는 포크가 몸을 둥글게 말고 깊이 잠든 모습을 보았다. 포크는 그중 유일하게 평온한 존재였다.

그는 한밤중에 그녀가 속삭이는 이유를 모르는 척하며 말했다.

“왜요?”

그녀가 다급한 목소리로 덧붙였다.

"괜찮아요? 또 블랙아웃 오는 거예요?"

그는 그녀를 향해 몸을 돌려 마주보았다. 어둠 속에서 침대 베개 위에 놓인 그녀의 얼굴과 머리카락 윤곽을 겨우 알아볼 수 있었다.

"아니. 괜찮아요. 그냥 조금 숨이 막히는 기분일 뿐이에요."

그는 그녀의 이마에 작은 주름 두 개가 생기는 것을 보았다.

"괜찮아요. 다시 자요, 조안."

한 시간이 흘렀다. 포크는 잠을 바꿔가며 잤지만, 조안은 움직이지 않았다. 그는 그녀가 잠들지 않았다는 것을 알고 있었다.

"조안…."

속삭임만으로는 그녀를 깨울 수 없었을 것이다. 그럼에도 그녀의 두 눈은 크게 뜨인 채 그를 바라보고 있었다.

"예?"

그는 잠시 망설였지만, 오늘 아침 함께 겪은 일을 생각하면, 지금 이 순간이 자연스럽게 느껴졌다.

"당신… 혹시…."

그는 침을 삼켰다.

"당신, 혹시… 여기로… 올 수 있을까…."

그는 숨을 헐떡이며 말을 마쳤다.

"…내 곁으로?"

그는 조안의 가녀린 실루엣이 이불을 들어올리고 조용히 다가오는 모습을 보았다. 그녀는 그의 어깨에 머리를 기대고, 작은 손 하나를 그의 팔 위에 올렸다. 그는 그녀를 너무 세게 안을 용기가 나지 않았다.

그녀가 부서질까 봐 두려웠던 것이다.

그는 그녀의 머리를 쓰다듬으며 속삭였다.

"고마워요."

10월 17일, 18시 50분

부교 위. 마지막 일몰, 둘 석호의 일몰.

우리는 내일 바주로 떠난다. 세바스티앙이 배를 타고 구경을 나갔을 때 추천해 준 마을이다. 그다음 그뤼상으로 가서 바다를 볼 계획이다.

가을이 완전히 자리 잡았다. 나무들은 주황빛으로 물들었고, 찬 기운이 찾아왔다. 캠핑카 안 작은 난방기가 이제 본격적으로 돌아간다.

조안은 오후 내내 항구와 모래언덕에 머물며 마지막 페이라크드메르 풍경을 화폭에 담았다. 나는 세바스티앙도 그곳에 있었다는 것을 알고 있다. 그녀와 마지막 시간을 보내고 싶어 했을 것이다. 그녀가 결혼에 대해 그에게 뭐라고 말했는지는 모른다. 아마 사실대로 말했을 것이다.

오늘 저녁에 우리는 페리아크에서 잘 챙겨준 것도 고맙고, 작별 인사도 하려고세바스티앙을 캠핑카 저녁 식사에 초대했다. 나는 가을 채소 그라탱을 준비했다. (내가 언젠가 이런 요리를 할 줄 누가 알았겠는가?) 세바스티앙이 오기 전, 나는 부교에 자리를 잡았다. 마지막 일몰을 보기 위해서였다. 붉은 홍학들이 물 위를 걸었고, 빛나는 루비 같은 반짝임이 물에 스며들었다. 이 부교가 그리워질 것이다. 나는 다음에 볼 풍경도 그만큼 아름다울 거라고 스스로를 다독였다.

세 사람은 캠핑카의 벤치에 붙어 앉아 테이블 주위로 몸을 바싹 붙이고 있었다. 발밑에는 보조 난로가 놓여 있었다. 그럼에도 불구하고 조안은 큰 검은색 가디건으로 몸을 감싸고 있고, 에밀은 목에 스카프를 두르고 있었다. 오직 세바스티앙만이 10월 중순의 쌀쌀한 날씨에 잘 적응하고 있는 듯 보였다. 그는 오렌지가 가득 담긴 바구니를 가져왔다. 그가 말했다. "디저트용이에요." 그들이 그라탱을 먹는 동안 세바스티앙은 앞으로의 여행지에 대해 물었다. 각자는 경찰서 사건과 에밀의 병에 대해 언급하지 않으려고 최선을 다했다. 세바스티앙은 그들이 가는 곳마다 엽서를 보내줄 수 있는지 물었다. 그렇게 해서라도 "그들과 함께 조금이나마 여행하고 싶다'"는 그의 말에, 그들은 기쁜 마음으로 고개를 끄덕였다.

이제 조안은 오렌지 바구니를 테이블 위로 가져오고, 에밀은 주전자와 컵 세 개를 가져왔다. 세바스티앙은 포크와 함께 신발 끈 하나를 뽑아 장난감 삼아 가지고 놀았다.

그가 한숨을 내쉬며 말했다.

"이제 여기는 엄청 조용해질 거예요. 페리악메르의 겨울은 정말 음울합니다."

그는 보통 눈이 내리지 않고, 관광객도 많지 않다고 설명했다. 그의 아버지와 그는 1월에서 3월 사이에 식당을 닫는 경우가 많다. 그러다 조안이 일어나 벽장 속을 잠시 뒤지더니 두 점의 그림을 가져와 세바스티앙 앞 테이블 위에 내려놓았다.

"이거, 당신 거예요."

그는 그녀의 말을 제대로 이해하지 못한 듯 보였다.

"나한테 준다구요…?"

"선물이에요."

그의 얼굴이 환하게 빛났다. 에밀은 그가 조안을 꽤나 좋아했나보다 생각했다.

“원하면 아버지 식당에 걸어도 되고… 아니면 당신이 살게 될 집에 걸어놓아도 돼요.”

20

조안은 검은 숄을 두르고 있었다. 바람은 선선했고 바다 내음을 실어 왔다. 그들은 도로 옆에 차를 세우고 멀리 있는 바주 마을을 바라보았다. 연못 한가운데 솟은 작은 언덕 위에 자리한 마을이었다. 그들은 돌로 지어진 작은 집들과 벽돌색 지붕, 고요한 물 위의 붉은 홍학, 파랑과 흰색이 섞인 작은 배들을 감상했다. 날씨는 훨씬 쌀쌀해졌다. 포크는 겁이 나서 발조차 밖으로 내밀지 못했다.

조안이 물었다.

“예쁘지 않아요?”

그날 밤에도 에밀은 몸을 떨었고, 그녀는 그를 달래기 위해 그의 곁에 누웠다. 효과가 있는 듯했다. 지금 두 사람은 조금 부끄러워하고 있을 뿐이다. 마치 수줍은 두 명의 10대처럼.

그녀가 물었다.

“여기에 캠핑카 세울까요?”

“예, 괜찮을 것 같아요.”

갓길에 작은 공터가 있었다. 여기서 바라보는 바쥬 풍경이 아름다웠다. 작은 돌담도 있어서 앉아 경치를 즐길 수 있다. 만약 내일 교통 소음이 거슬리면 장소를 바꿀 수도 있다.

조안이 속삭였다.

“있잖아요, 생각난 게 있어요….”

그는 그녀가 계속 말하도록 고개를 끄덕여 격려했다.

“불안을 진정시키기 위해서요….”

“응, 계속 말해봐요.”

“생각해봤는데… 음, 아마….”

그녀는 망설이는 듯했다. 그녀가 자신의 생각을 버리려 하는 순간, 에밀이 눈길로 그녀를 격려했다.

“마음 챙김을 연습하면 도움이 될 것 같아요….”

그는 그녀가 도대체 무슨 말을 하려는 건지 잘 이해하지 못하는 듯했다. 자신의 블랙아웃이나 불안에 대해 이야기하고 싶은 마음이 없었다. 잠시만이라도 잊혀지기를 바랄 뿐이었다.

“그게 일상을 부드럽게 하고… 블랙아웃 동안 당신을 현재에 붙들어 줄 거예요.”

“현재에 붙들어 준다고요?”

그녀는 숄을 어깨에 더 단단히 둘렀다.

“응, 현재에… 그러니까….”

그녀는 하늘 회색빛을 바라보며 단어를 찾았다.

“당신의 과거는 사라지고 있어요. 어쩔 수 없어요. 거기에 영향을 줄 수 없어요….”

그녀의 목소리는 언제나처럼 부드러웠다.

“그리고 미래는….”

“내 미래는 존재하지 않아요.”

그녀는 잠시 말을 멈췄고, 그는 그녀가 무슨 말을 하려는 건지 알

것 같았다.

"미래도 사라지고 있어요. 그러니까…."

그녀는 잠시 말을 멈췄고, 그는 그녀가 무슨 말을 하려는지 이해한 듯했다.

"그럼 남는 건 현재뿐이군요."

그녀는 고개를 돌려 그를 바라보고, 그가 이해했다는 듯 안도하는 표정을 지었다.

"당신에게 남는 건 현재예요. 그리고 그건… 어떤 의미에서는... 잘된 일이에요."

그는 약간 씁쓸한 표정으로 그녀를 바라보았다.

"그래요?"

"네. 아버지가 거실 벽에 글귀를 옮겨 적으셨어요. '현재의 순간은 다른 모든 순간보다 우위에 있다. 그것은 우리 것이다.'"

그녀는 오랫동안 이 인용구를 암송하지 않아서 거의 그리워질 정도였다.

"맞아요. 당신이 현재에 집중하는 법을 배운다면 덜 고통스러울 거예요. 과거를 흘려보내기로 결정한다면 덜 괴로울 거예요."

"당신이 그렇게 말하니 너무 쉬워 보이네요, 과거를 흘려보낸다니."

"쉬울 거라고 한 적 없어요."

그녀의 목소리에는 마치 본인의 경험에서 우러나온 듯한 울림이 있었다. 에밀은 갈매기들의 비행을 좇던 시선을 거두고, 어깨를 으쓱하며 그녀 쪽으로 고개를 돌렸다.

"좋아요. 당신이 가르쳐 준다면 받아들일게요."

그녀는 약간의 슬픔이 배어 있으면서도 만족스러운 미소를 지었다.

"좋아요. 도움이 될 거예요."

그가 블랙아웃을 극복할 수 있을지는 모르지만, 조안과 함께 시간을 보내며 지도를 받는 것만으로도 그의 일상은 확실히 편안해질 것이다.

"조안, 아버지 글귀를 다시 말해줄 수 있나요? 노트에 적고 싶어요."

"네, 물론이죠."

그녀의 눈동자가 반짝였다. 마치 갑자기 무언가 떠오른 듯한 표정이었다. 그녀가 말을 덧붙였다.

"캠핑카 문에 써도 될 것 같은데요?"

그는 조안이 자수정 빗을 머리에 꽂고, 문 위에 예쁘게 글자를 쓰는 모습을 떠올리며 기꺼이 고개를 끄덕였다.

"좋은 생각인데요."

"그럼 당신 아버지는 벽에 명언들을 베껴 쓰셨다는 건가요?"

"뭐라구요?"

밖에는 비가 내리기 시작했다. 그들은 캠핑카 안에서 아늑하게 따뜻함을 느끼고 있었다. 조안은 숄에 몸을 감싼 채, 손에는 검은 펠트펜을 들고 있었다. 그녀는 캠핑카 현관문에 자신이 그려 넣은 글자 위를 몇 번이고 덧칠하고 있었다. 그 장면은 에밀이 떠올렸던 모습과 꽤 흡사했다. 다만, 자수정 머리빗만 없을 뿐이었다.

"아버지가 글귀를 벽에 적는 법을 가르쳐 주셨나요?"

그녀는 장난기 어린 어린아이 같은 미소를 지었다. 몇 달 사이 정말 많이 변했다…

"네, 집안 곳곳에 적으셨어요."

"그거…."

"… 독창적이죠."

조안의 미소가 더 장난스러워졌다.

"화장실에도 하나 있었어요. 디노 부차티의 글귀였는데, '신사처럼 대변을 볼 수 있을 때 고통을 더 쉽게 견딜 수 있다'였어요."

평소에 그렇게 조심스럽고 속을 잘 드러내지 않던 조안의 입에서 그런 말을 듣는다는 건, 뭔가 굉장히 우스꽝스러운 일이었다. 그래서 그는 웃음을 터뜨리고 말았다.

그녀가 하던 일을 멈추고 물었다.

"글귀가 마음에 들어요?"

"예. 우리 화장실에도 똑같이 쓰고 싶어요."

"그럼 그건 당신이 직접 베껴 쓰는 영광을 줄게요."

"기분이 좋은데요…."

그들은 다시 진지해졌다. 포크는 벤치 시트 위에서 깊이 잠들어 있었다. 포크는 요즘 하루 종일 잠만 잔다. 조안은 검은 글씨 위를 마지막으로 한번 더 덧칠했다. "현재는 다른 어떤 순간보다도 장점이 있다. 그것은 우리에게 속해 있다." 그리고 그녀는 그 밑에 작고 가느다란 글씨로 작가의 이름을 적었다. 찰스 케일럽 콜턴.

그녀가 마침내 일어서며 말했다.

"자, 됐어요."

그녀는 에밀 옆으로 와서 테이블 앞 벤치에 함께 앉았다. 두 사람은 하얀 문 위에 적힌 그 문장을 함께 바라보았다. 그 문장은 그들의 작은 집에 생명을 불어넣는 듯했다. 약간의 개성과 유머가 더해진, 마치 친밀함의 불꽃 같은 순간이었다.

에밀이 여전히 그 인용문을 바라보며 말했다.

"당신 아버지 같은 분이 내 아버지였으면 정말 좋았을 것 같네요!"

조안은 조금 진지한 표정을 지으며 물었다.

"당신 아버지는 인용문을 좋아하지 않으셨나 봐요?"

"그랬던 것 같아요… 우리 아버지는 좋은 분이었어요. 하지만… 지금 생각해보면, 난 그분을 잘 몰랐던 것 같아요."

"아버지는 일을 하느라 시간을 거의 다 보내셨어요. 집에 있을 때도 늘 피곤해 보이셨죠. 우리와 함께 있으려고 애쓰시긴 했지만… 아마도 항상 걱정이 머릿속을 떠나지 않으셨던 것 같아요. 늘 생각에 잠겨 있었고, 진짜로 우리 곁에 있는 경우는 드물었어요. 일도 있었고, 집 대출금도 갚아야 했고, 큰딸과의 문제도 있었죠... 그런 것들로 늘 힘들어 하셨지요. 나… 나도 이제야 깨달아요. 아버지가 뭘 좋아했는지조차 몰라요. 어떤 음악을 즐겨 들으셨는지, 어떤 꿈을 꾸셨는지도 모르고..."

그는 고개를 저었다.

"이거 참 이상하지 않아요?"

조안을 만나기 전까지 그는 자신이 아버지를 제대로 이해하지 못한 채 살아왔다는 걸 한 번도 깨닫지 못했었다. 그것은 기회를 놓친 만남이었다. 일상에 집어삼켜진 한 남자의 본보기였다. 현재에 머무는 법을 알지 못한 채, 평생을 미래에 대한 걱정만 하며 보낸 사람. 그는 만약 자신이 더 오래 살 기회가 주어졌다면, 그 역시 아버지처럼 따분하고 단조로운 일상에 파묻혀 생을 마감했을까 하고생각했다. 젊은 시절의 그는 저돌적인 사람이었다. 생기가 넘쳤다. 하지만 로라가 떠난 후, 그는 까칠하고 무기력하게 변해버렸다. 아마 그도 아버지처럼 생을 마감했을 것이다. 다만 아버지는 미래를 걱정했다면, 그는 과거에 머물며 후회 속에 사느라 현재를 즐기는 법을 잊었을 뿐이다. 하지만 병이 찾아왔고, 여행을 시작했으며, 조안을 만나게 되었다.

조안이 중얼거렸다.

"안타깝네요."

에밀은 머리를 갸우뚱하며, 여전히 문에 적힌 인용문에서 눈을 떼지 못했다.

"나는 이런 개인적인 감성이 담긴 디테일을 참 좋아해요."

조안이 말했다.

"음, 나도 그래요."

"캠핑카 장식을 계속해야겠어요… 당신 그림도 몇 장 걸 수 있을 겁니다."

그 아이디어가 마음에 드는지 조안이 가볍게 웃었다.

"네."

"그럼 당신 그림을 돌연변이들이랑 같이 걸까요?"

"돌연변이요?"

그녀는 눈살을 찌푸리며 그가 무슨 그림을 말하는 것인지 이해하려 했다.

"기린과 황새의 혼합체."

그녀의 눈이 커졌다.

"그거 못 봤어요?!"

그는 웃기 시작했다. 주체할 수 없이 터져 나오는 웃음은 그의 경악한 표정과 대비되어 더욱 더 커졌다.

"아니, 봤어요."

"하지만…."

그는 더 이상 웃음을 멈출 수 없었다.

"숨겨놨어요!"

"생각보다 별로인가 보네요…."

"에밀!"

그녀는 화를 내야 할지, 부끄러워해야 할지 망설였다.

그러자 에밀이 딸꾹질을 하며 말했다.

"걱정 마요, 조안. 이건 내가 본 그림 중 가장 예쁜 그림이에요."

이번에 그녀는 에밀이 본 것 중 가장 붉고 예쁜 홍조를 띠더니, 서둘러 일어나 등을 돌린 채 이렇게 말했다.

"차 끓일게요."

그는 그녀의 작고 검은 실루엣이 달아나는 것을 바라보다가, 갑자기 그녀를 붙잡아 안고 머리에 입맞춤하고 싶은 충동을 느꼈다. 그리고 그것이 너무나도 있을 법하지 않은 일이라서, 그 역시 얼굴이 붉어지는 것을 느꼈다.

그는 서둘러 말했다.

"그럼… 화장실에 이 글귀를 옮겨 쓸 테니 불러줘요."

"앉아요."

"뭐요? 여기 앉으라고요?"

"네, 여기 앉아요."

"바닥이 딱딱해 보이는데 내 재킷을 깔고 앉아도 될까요?"

"예, 당신이 편하게 앉는 게 목표에요."

그들은 바쥬 마을을 둘러싸고 있는 바쥬-시장 연못 앞, 풀과 흙이 섞인 작은 땅 위에 서 있다. 어제부터 비가 오다 개기를 반복하는 날씨였지만, 마침 비가 잦아든 틈을 타 에밀의 첫 야외 명상 세션을 시작하려 밖으로 나온 참이었다. 바람은 서늘했고, 구름은 금방이라도 비를 뿌릴 듯 험악했다.

"자, 준비됐어요."

그는 등을 곧게 세우고 가부좌를 튼 채로 앉았다. 조안은 그의 옆에 자리를 잡고, 안에 포크가 웅크리고 있는 등나무 바구니를 내려놓았다.

"자, 선생님, 오늘은 어떤 동작을 연습하나요?"

조안은 여전히 진지한 표정을 유지했다.

"먼저, 호흡에 집중하고 그걸 의식해야 해요. 그 리듬, 그로 인해 생겨나는 감각들. 코로 들어오는 공기, 목을 지나 폐로, 그리고 배로 이어지는 흐름… 팽창하는 횡격막… 그로 인해 찾아오는 평온함…."

"실내에서 하면 안 돼요?"

"안 돼요. 다음에는 바람에도 집중해야 하거든요."

"바람?"

"예. 몸에 닿는 느낌, 바다 냄새, 짠맛, 소리…."

"할 게 많네요."

"집중해야 돼요."

"네, 선생님."

그녀는 장난을 치지 않고, 매우 진지했다.

"당연히 가장 중요한 것은 침묵을 지키는 거예요. 생각이 집중을 방해하지 않도록 노력해 보세요. 가장 이상적인 건 머릿속을 비우는 것이지만, 혹시라도 잡념이 떠오른다면 그저 그것이 흘러가는 것을 가만히 지켜보세요. 아주 중립적인 태도로요. 그 생각을 해석하려고 하지 마세요. 알았죠?"

"조안… 비가 올 것 같아요."

그녀는 무시하고 눈을 감았다. 그도 따라서 해야 했다.

"조안…."

그는 눈을 살짝 떴다. 그들이 명상에 잠긴 지 아마 10분쯤 되었을 것이다. 그는 피부 위로 빗방울이 몇 방울 떨어지는 것을 느끼기 시작했다.

그는 다시 말했다.

"조안..."

그의 얼굴은 완전히 무표정해 보이고 두 눈은 감겨 있다.

"비가 오는 것 같아요."

포크는 바구니에서 나와 그들 주위를 빙빙 돌고 있었다. 아마 사냥감을 찾고 있는 듯했다. 비가 왔지만 포크는 전혀 방해를 받지 않는 듯했다.

"내 말 들려요?"

그는 그녀가 여전히 미동도 하지 않자 다시 한번 물었다.

그녀는 거의 움직이지 않는 입술 사이로 낮게 속삭였다.

"좋아요. 당신 피부에 닿는 물의 감각에 집중해요."

그는 그녀가 자신을 놀리는 건지 의심하면서도 그대로 따랐다.

"조안, 이번엔 정말 비가 와요."

가늘게 내리던 빗줄기가 점점 굵어지고 있었다. 빗방울이 그의 얼굴에 더 세차게 떨어졌다. 그가 한쪽 눈을 살며시 떴다. 조안이 몸을 일으켰다.

"아! 뭐 하는 거예요?"

그녀의 갈색 머리카락이 얼굴에 달라붙어 있었다. 그녀는 포크의 바구니를 집어 들었다. 새끼 고양이는 그 안에 꼭 웅크리고 있었다.

"비를 우리 피부에 느껴야 한다고 했잖아요?"

"이제는 비가 아니라 폭우가 내릴 거예요."

정말로, 커다란 구름들이 하늘에서 굽이치며 호수 위로 이동하고 있었다. 에밀은 벌떡 일어났다.

"아무 말도 없이 나를 두고 가려던 거였어요?"

"당신이 너무 집중하는 것 같아서…."

이번에는 그녀가 여전히 진지한 표정을 짓고 있음에도, 그가 보기엔 그녀가 자신을 놀리는 게 거의 확실했다.

"그건 치사한 짓이에요, 조안!"

그녀는 포크의 바구니를 팔꿈치에 걸고, 숄을 머리에 덮었다.

"우리, 뛰는 게 낫겠어요."

그 순간 비가 더욱 거세져, 호수 위로 '똑똑' 소리가 요란하게 울려 퍼졌다. 두 사람 모두 더 이상 주저하지 않았다.

"정말 멍청한 생각이었어요, 조안! 내가 경고했잖아요! 비가 올 거라고 말했잖아요!"

그들은 멈추지 않고 함께 달리며, 물웅덩이를 밟을 때마다 서로에게 물을 튀겼다. 조안의 머리는 숄이 얼굴까지 내려와 완전히 가려져 있었다. 그녀는 거의 앞을 보지 못한 채 달리고 있었다. 그리고 그녀 팔에 걸린 등나무 바구니에서는 흠뻑 젖은 포크의 머리가 쑥 나와 있었는데, 마치 겁먹은 생쥐처럼 보였다. 에밀은 웃음을 터뜨렸다. 초조하면서도 주체할 수 없는 웃음이었다.

"왜 그래요?" 조안이 숨을 헐떡이며 물었다.

"우리 좀 봐요!"

에밀은 젖은 검은 숄 아래에 있는 조안의 얼굴을 볼 수는 없었지만, 그녀가 분명 웃고 있을 거라고 생각했다.

"당신, 스핑크스를 끌고 다니는 거대한 미이라 같아요."

이번에는 빗소리를 뚫고 그녀의 웃음소리가 또렷이 들려왔다.

그들은 멈출 수가 없었다. 달리면서도, 물웅덩이를 뛰어넘으면서도 계속 웃었다. 에밀이 풀숲에 미끄러져 거의 넘어질 뻔했을 때는 더 크게 웃음이 터졌다. 결국 그들은 캠핑카 몇 미터 앞에서 멈춰 섰고, 왜 그렇게 웃는지도 모른 채 허리를 굽히고 헐떡였다. 에밀이 확실히 아는 건, 이렇게 웃은 게 정말 오랜만이라는 사실뿐이었다.

"일어나지 마요!"

"뭐라구요?"

그는 침대에서 깨어났다. 밖에 햇빛이 부드럽게 비치고, 조안도 깨어 있었지만, 매트리스 위에서 천장을 바라보며 움직이지 않았다.

"일어나지 말고 이번엔 명상 상태를 경험해 봐요."

그는 너무 짜증난 티가 나지 않으려 애쓰며 몸을 눕혔다.

"좋아요."

그가 확실히 아는 건, 지금 몹시 배가 고프고 당장이라도 토스트를 먹고 싶다는 것이었다.

"당신 몸의 모든 부분이 매트리스에 닿는 느낌을 느껴봐요. 하룻밤의 잠에서 천천히 깨어나는 당신의 몸, 당신의 호흡, 무거워진 눈꺼풀… 아침에 깨어나는 순간은 아주 소중한 시간이에요. 아직 반쯤은 잠에 감싸여 있고, 하루가 온전히 우리 앞에 펼쳐져 있죠. 아무것도 급하지 않아요. 천천히 하면 돼요….”

그는 그저 그녀를 기쁘게 해주기 위해 그녀의 말을 따랐다.

“조안, 뭔가 묵직한 느낌이 들어요….”

그녀는 만족스러운 미소를 지었다.

“좋아요. 그게 정상적인 거에요. 당신이 감각을 느끼는 법을 익혀가고 있는 거에요.”

“배 쪽이 아주 무거워요.”

그의 눈꺼풀이 살짝 떨렸다.

“그래요?”

“응. 마치 2킬로그램짜리 뭔가가 배 위에서 골골거리는 느낌이야.”

그녀는 이번에는 눈을 크게 뜨고 몸을 일으켰다. 그리고 포크가 에밀의 배 위에 동그랗게 웅크리고 앉아 즐겁게 골골거리는 모습을 발견했다.

“왜 그래요?….”

“내가 그러는 게 아니에요!”

“알았어요, 일어날게요. 어쩔 수 없네.”

“하지만 조안, 내가 아니라 포크라니까!”

이미 늦었다. 그녀는 매트리스 끝까지 기어가고 있었다.

“포크가 나를 방해하려고 온 거에요!”

그녀는 이미 사다리를 내려가고 있다.

“어차피 당신, 집중도 안 하고 있었잖아요.”

“그건 거짓말이에요! 조안!”

그녀는 사라졌다. 그는 참지 못하고 웃음을 터뜨렸지만, 최대한 조용히 웃으려 애썼다.

“조안! 당신은 내 마음챙김 아침을 방해하고 있어요! 내 카르마가 엉망이 돼요! 너를 더 이상 느낄 수 없다고요! 조안? 네 나쁜 기운이 간섭을 일으키고 있어요!”

그는 어린아이처럼 웃었고, 그녀도 아래에서 분명히 웃고 있을 거라고 확신했다.

“당신 차례에요.”

“영감이 떠오르질 않아요.”

“몇 마디만 써도 돼요.”

그들은 시내 중심의 작은 카페에 앉아 있었다. 조안은 세바스티앙에게 보낼 엽서를 그에게 건넸다. 엽서에는 바쥬의 항공 사진이 인쇄되어 있었다. 그녀는 뒷면에 정성스러운 글씨로 몇 줄 적어 놓았다.

“세바스티앙,

이제 출발할 시간이에요. 당신의 친절한 조언 덕분에 바쥬라는 도시를 정말 즐겁게 둘러볼 수 있었어요. 당신이 이미 알고 있다시피 여기 해변들도 진짜 자연 그대로의 모습이에요. 럭키라면 갈매기를 사냥하는 걸 정말 좋아했을 거에요. 나는 여기서 그림을 많이 그리지 못했어요. 자주 비가 와서요. 그뤼상에서 바닷가에 도착하면 다시 그림을 그릴 수 있길 바래요.

사랑을 담아,

조안”

에밀은 머리를 들어 조안을 장난스럽게 바라보았다.

"사랑을 담아…."

그녀는 그에게 날카로운 눈빛을 보냈다.

"다정한 키스…가 더 낫겠네요. 촉촉하고 다정한 입맞춤'이라고 써도 좋을 것 같아요."

그녀는 펜을 그의 머리에 던졌고, 그는 겨우 피했다.

"자, 써요!"

그녀가 명령했다. 그는 그녀가 그렇게 권위적인 태도를 취하는 걸 좋아했다.

"그다음은 미르티유에게 보낼 카드가 있어요."

그는 세바스티앙에게 몇 마디 적었다.

"우리의 작은 여행은 계속됩니다. 약속한 대로, 첫 번째 엽서를 보내요. 추위 때문에 몇 달간은 움직이지 않을 것 같아요. 건강하게 지내요. 곧 만나요.

에밀"

그는 미르티유에게 특별히 신경 써서 글을 썼다.

"사랑하는 미르티유,

우리 길은 바다 근처 바주로 이어졌습니다. 어부와 포도 재배자들의 마을이지요.

조안은 캔버스에 그림을 그리기 시작했습니다. 정말 잘 그립니다.

포크는 서서히 바닷바람에 적응하고 있어요. 포크는 붉은 홍학과 갈

매기, 친절한 래브라도 럭키를 만났고, 작은 어선에도 올라갔습니다. 어제 아침, 조안은 막 잡힌 물고기를 사주었고, 순식간에 먹어치운 걸 보니 아주 좋아하는 것 같아요.

우리는 자주 당신을 생각하며, 크리스마스에 다시 뵐 날을 기다리고 있습니다.저희 대신 카나유에게 입맞춤을 해 주세요. 그리고 우리가 새끼를 아주 잘 돌보고 있다고 꼭 말해 주시고요.

모든 우정을 담아,

에밀."

미르티유에게 보낸 엽서에는 바주의 골목길과 유명한 '해시계 문'이 인쇄되어 있었다. 이 문은 오래된 돌문으로 아치형이며, 마을 입구에 서 있었다. 문 아래 안내판에는 1642년 루이 13세가 스페인 전쟁에서 돌아온 부상 병사들을 받아주고 보살펴 준 마을 사람들에게 감사하며 해시계를 선물했다는 설명이 적혀 있었다.

10월 21일, 12시 11분

캠핑카 앞의 작은 접이식 테이블에 앉아서.

눈부신 햇살 아래의 그뤼상 마을.

그뤼상에 도착했을 때 날씨가 다시 화창해졌다. 그날 아침은 따뜻했고, 아마 20도 정도 되었던 것 같다. 그리고 드디어, 바다가 보였다!

마을을 보고 싶어 가슴이 설렜다. 캠핑카를 주차하다 만난 한 노신사에 따르면, 이곳은 랑그독루시용 지역 전체에서 유일하게 순환형 항구 마을이라고 한다. 순환형 마을이라는 것은, 마을 전체가 교회나 성

을 중심으로 원형으로 지어진 것을 의미했다. 그뤼상은 성을 중심으로 지어져 있었다. 즉, 둥근 마을인 셈이다. 발명자는 폴란드 출신 건축가라고 했다. 어서 가서 보고 싶다.

그날 밤, 조안이 촛불 명상을 가르쳐 주었다. 촛불의 불꽃에 집중하고 그것을 바라보며, 모든 생각을 흘려보내고 마음을 내려놓는 명상이었다. 비록 나는 형편없는 제자였지만, 그녀는 포기하지 않았다... 나는 그날 밤만큼은 꼭 집중하고, 완전히 그 순간에 머무르겠다고 다짐했다.

그날 밤, 조안은 촛불 명상을 가르쳤다. 촛불의 불꽃에 집중하고, 모든 생각을 흘려보내며 마음을 비우는 것이었다. 그는 조안 덕분에 집중하며, 불빛을 바라보고, 눈을 감지 않고, 눈꺼풀을 깜빡이지 않으려 애썼다. 약간 흐릿하게 보였지만, 상관없었다. 그는 그녀가 말한 상태를 느꼈다. 그 미세한 나른함, 내면의 공허, 불꽃이라는 단 하나의 대상.

그 불꽃이 그에게 저절로 다가왔다. 그것은 바람에 흔들리며 꺼질 듯하지만 꿋꿋하게 존재하는 빛이고, 에너지이고, 삶이었다. 그는 불꽃만 보고, 불꽃과 함께 숨 쉬었다. 조안이 불을 끄자, 그는 당황했다.

“나… 해낸 것 같아요.”

그의 목소리는 멀리서 들리는 듯, 매우 희미하게 들렸다. 깊은 곳에서 올라오는 듯했다. 조안은 심각한 표정으로 고개를 끄덕였다.

“저도 그래요… 한 시간쯤 됐어요.”

그는 어둠 속에서 오랫동안 꼼짝하지 않고 있었다. 조안이 이미 잠든 상태에서야 마침내 움직이기 시작한 그는 여전히 당황스러운 표정으로 그녀가 있는 침대칸으로 다가갔다.

"에밀…."

조안의 가녀린 목소리에 그는 잠에서 서서히 깨어났다.

"에밀?"

목소리가 멀리서 들리는 듯했다. 조안은 그곳에 있는 게 아니었다. 적어도 침대 위는 아니었다.

"문제가 있는 것 같아요…."

그는 지난 수년 동안 이렇게 깊이 잠들어 본 적이 없었다. 모두 이 촛불 명상 덕분이다. 그는 돌처럼 잠들었고, 밤새 몸을 뒤척이거나 깨지도 않았다. 그는 보기 드물 정도로 개운하고 평온한 기분을 느꼈다. 그 사실을 깨닫자 기분이 더할 나위 없이 좋아졌다.

조안의 아주 낮게 억눌린 목소리가 다시 들려왔다.

"에밀, 내 말 들려요?"

"네, 금방 가요. 무슨 일이에요?"

"캠핑카 통을 마지막으로 비운 게 언제지요?"

그는 그녀의 말을 잘 이해하지 못했다. 그는 매트리스 끝의 줄사다리가 있는 곳까지 기어갔다.

"통? 그런데 지금 어디 있는 거예요, 조안?"

"웃지 않겠다고 약속해줘요!"

그는 사다리에 발을 올렸다. 그는 조안이 앞뒤가 안 맞게 하는 말들을 도저히 이해할 수 없었다. 그런데 그녀는 어디에 있는 걸까?

"무슨 통 말하는 거에요, 조안?"

그는 아래에 도착했다. 작은 화장실 문이 살짝 열려 있었고, 이상한 냄새가 났다.

"거기 있었어요, 조안? 무슨 일이에요?"

그는 그녀의 대답을 듣기도 전에 얼굴을 보았다. 그녀의 얼굴에는 알 수 없는 미용 팩 같은 것이 발라져 있어 진흙처럼 보였다. 그녀는 곧 울 것 같기도 하고 토할 것 같기도 했다. 조안이 낮게 속삭이는 듯한 소리가 다시 들려왔다.

"화장실 통이 가득 찬 것 같아요."

그는 속에서 무언가가 울컥 치밀어 오르는 것을 느꼈다. 그 기운은 모든 것을 휩쓸어 버릴 듯이 강렬했다. 처음에는 그것이 불쾌한 기분인 줄 알았다. 하지만 곧 그의 어깨가 들썩이며 떨리기 시작했다.

"안 돼요, 에밀! 약속했잖아요!"

하지만 그는 온몸이 경련하는 것을 느꼈다. 그는 애써 자신을 억누르며 가능한 한 진지하게 그녀에게 물었다.

"눈을 감아요, 조안. 눈 감고 마음챙김으로 장면을 느껴 보세요."

그는 조안의 어깨 너머 한곳을 멍하니 바라보았다. 엉망이 된 그녀의 얼굴과 갈색 얼룩이 진 검은색 스웨터, 그리고 역겨움에 눈가에 맺힌 눈물을 차마 보고 싶지 않았기 때문이었다.

"변기를 내리려고 했는데, 전부 다시 올라왔어요

결국 그는 더 이상 참을 수 없었다. 입 밖으로 미친 듯한 웃음이 터져 나왔다. 몸이 제멋대로 들썩거리더니, 태어나서 가장 격렬한 웃음이 쏟아졌다. 그는 숨이 넘어가도록 꺽꺽거리며 웃어댔다. "에밀, 이러면 안 돼!"라며 조안이 힘없이 항의했지만, 그 소리에 그는 더 신이 나서 웃었다.

그에게는 지금까지 본 장면 중 가장 웃긴 장면이었다. 똥을 뒤집어쓴 조안이라니! 조안은 금방이라도 울음을 터뜨릴 것 같더니, 그녀도 결국 같이 웃기 시작했다. 더 이상은 버틸 수가 없었던 것이다.. 그녀도 긴장이 풀려버린 것이다.

그는 딸꾹질을 하면서도 명령하듯 말했다.

"눈 감아요, 조안. 눈을 감고, 이 장면을 온전히 느껴봐요."

그는 숨조차 제대로 쉴 수가 없었다. 그는 배가 너무 당기고 아파서 허리도 못 펴고 힘들어했다.

"냄새에 집중해요… 그 감촉에… 당신 피부에 닿은 그 똥의 따뜻한 느낌에 집중하라고요!"

"저리 가지 못해요?"

그들은 2,3분, 어쩌면 4분 동안 숨이 막히도록 웃어댔다. 멈출 수 없었다. 숨을 고를 수도 없었다. 목이 타 들어가고, 눈에는 눈물이 가득 고였다. 그들은 결국 서 있지 못하고 바닥에 주저앉아, 무릎을 꿇은 채 웃음을 터뜨렸다.

에밀은 겨우 숨을 고르며 생각했다.

"젠장, 이거야말로 세상에서 제일 좋은 치료법이야."

"봐요, 조안! 내가 뭘 찾았는지 봐요!"

오늘 아침, 그뤼상 항구의 왼쪽 둑, 마퇴유라 불리는 곳에서 큰 벼룩시장이 열렸다. 그들은 지난 사흘 동안 도시 곳곳을 누비며 "마퇴유 대형 벼룩시장"이라는 포스터를 여러 번 보았다. 그 아이디어를 낸 건 에밀이었다.

"가서 한 번 구경해봐요. 캠핑카를 좀 더 꾸밀 만한 걸 찾을 수도 있잖아요!"

조안의 얼굴에 열정적인 표정이 떠오르는 걸 보자 에밀은 스스로가 무척 자랑스러웠다.

그녀가 대답했다.

"나는 벼룩시장을 정말 좋아해요."

그는 짐작했을 것이다. 그래서 오늘 아침, 그들은 일곱 시에 일어났다. 벌써 한 시간이 지났다. 그들은 해변가를 따라 늘어선 오래된 물건들로 가득한 노점을 둘러보고 있다. 에밀은 금빛 금속으로 된 태양 모양의 거울을 막 찾아냈다. 거의 녹슬지 않았다. 그는 몇 분만 닦으면 새것처럼 될 거라고 확신했다.

조안이 그에게 다가오며 말했다.

"오! 이거 어때요?"

조안이 그에게 다가오며 물었다.

"어때요? 벤치 위에 놓으면 좋겠죠?"

"예. 정말 예쁘네요."

그는 그녀가 손에 소중히 들고 있는 것을 보고 물었다.

"근데 당신은 뭘 찾았어요?"

그녀는 소중히 들고 있던 물건을 그에게 내밀었다. 그것은 진품 중국산 도자기 찻주전자로, 푸른색과 흰색 꽃무늬로 덮여 있었다.

"차를 많이 마시니까… 생각했어요…."

그녀가 서둘러 에밀의 말을 끊었다.

"멋지네요! 이제 예쁜 찻잔도 찾아야겠군요!"

조안은 고개를 끄덕이며 서둘러 다른 가판대로 향했다. 조금 떨어진 곳에는 오래된 책들이 가득한 가판대가 있었다. 그녀는 그곳에 멈춰 서서 책을 살펴보았다.

두 시간이 조금 지난 뒤 그들은 고운 모래사장 위에서 다시 마주 앉았다. 그들은 비닐봉지의 내용을 쏟아 놓고 오늘 얻은 물건들을 하나씩 살펴보았다. 조안은 세월에 바래 누렇게 변한 책 열 권 남짓, 작고 예쁜 황동 석유램프 하나, 그리고 에밀이 "멋지고 진짜 같다"고 주장했지만 속으로는 장롱 깊숙이 들어가길 바랐던 이상한 모양의 청동 촛대를 찾아냈다.

조안이 물었다.

"그럼 당신은요?"

에밀은 자신의 해 모양 거울 외에도 서로 맞지 않는 네 개의 찻잔을 샀다. 그중 하나는 중국산 도자기로 녹색 용이 그려져 있었다. 두 개는 영국산 도자기로 금빛 가장자리를 두른 붉은 장미로 장식되어 있었다. 마지막 하나는 그걸 판 노인이 설명했듯 상트페테르부르크산 도자기로 파란색과 금색 무늬가 새겨져 있었다. 그들이 탁자 위에 물건들을 늘어놓자 온갖 색과 재질이 뒤섞인 완전한 잡동사니가 되었다. 조금 요란하고 어수선했지만 두 사람은 행복했다. 그것들이 그들의 작은 집에 생기를 불러올 것이라고 믿었다.

10월 29일, 02시 07분

캠핑카 안 벤치에 앉아
그뤼상, 촛불 아래에서

나는 조안과 함께 바닷가에 온 이후로 이렇게 행복했던 적이 없었던 것 같다. 정말 단순하고 평범한 행복이지만, 이렇게 마음이 편안했던 적은 없었다. 결국 그녀가 나를 진정시킨 것 같다. 말도 안 되는 그

놈의 명상 때문인지, 아니면 그냥 그녀의 차분함 때문인지 모르겠지만 말이다. 삶을 대하는 그녀만의 묘하고도 부드러운 방식이 나를 편안하게 해준다.

젠장, 그 고속도로 휴게소에서 그녀를 만난 건 정말 행운이었다. 오직 그녀여야만 했다. 목적지도 없고 계획도 없는 이 여행은, 조안이 없었다면 아무런 의미도 없었을 것이고 이렇게 내실이 있지도 않았을 것이다. 그녀는 이 여행에 색을 입히고, 깊이를 불어넣었다. 그것을 하나의 탐구로, 내 안을 향한, 그리고 우리 둘을 향한 탐구로 만들어 주었다.

나는 곧 죽을 것이다. 그런데 이렇게까지 나 자신과 평화로웠던 적은 한 번도 없었다. 나는 나 자신을, 그리고 예전에 조금은 어리석었던 젊은 시절의 나를 새로운 시선으로 바라본다. 하지만 그 시선은 따뜻하고 너그럽다. 지난 몇 달 동안 나는 성장했고, 한층 더 성숙해졌다. 오늘 나는 더 높이 오르고 싶다. 조안이 가져온 누렇게 바랜 책들 속의 문장들을 계속 읽고, 해가 저문 뒤 촛불 아래에서 그 말들을 곱씹으며 명상하고 싶다.

어젯밤, 나는 조안이 벼룩시장에서 사 온 낡은 책들 중 한 권에 푹 빠져 있었다. 그 책들은 나를 위한 것이었다. 인용문이 가득 담긴 책들이었다. 우리가 캠핑카로 돌아오던 길에 그녀가 내게 선물한 책들이다. 그러다 너무나 아름다운 한 구절을 발견해서, 나는 조안을 깨워 그것을 읽어 주었다. 그녀는 침상 위에서 잠들어 있었다. 그 문장은 이렇게 적혀 있었다.

"만약 우리가 태양이 사라졌다고 울어버린다면, 눈물이 우리로 하여금 별을 보지 못하게 할 것이다."

나는 그녀에게 말했다. 이 말을 이해하게 된 건 전적으로 그녀 덕분이라고. 어떻게든 나를 '지금 여기'에 집중하게 만들려는 그녀의 방식 덕분이라고. 나는 이제 그녀 덕분에 별을 볼 수 있게 되었다고 말했다.

나는 그녀가 훌쩍이는 소리를 들은 것 같았지만, 확실하지는 않았다. 너무 어두워서 알 수 없었다. 그녀는 한동안 아무 말도 하지 않았다. 그러고 나서 조용히, 그 문장을 우리의 머리 위, 침상의 천장에 적어 달라고 부탁했다.

만약 천국이라는 곳이, 저 높은 어딘가에 이 땅의 삶을 마친 이들이 쉬는 장소가 존재한다면, 나는 그녀에게 엄숙히 약속한다. 나는 반드시 그녀를 지켜볼 것이다. 결코 완전히 그녀를 떠나지 않을 것이다.

21

거의 자정이 되어가고 있었지만, 조안은 돌아오지 않았다. 그녀는 하루 종일 모습을 보이지 않았다. 에밀은 그녀가 오늘 아침 일어나던 소리조차 기억하지 못했다. 그녀는 새벽에 캠핑카를 떠난 것이 틀림없었다. 그녀는 짐을 하나도 챙기지 않았다. 심지어는 배낭도 가져가지 않았다. 그가 곧장 의구심을 품지 않았던 것도 바로 그 때문이었다. 그는 그녀가 잠시 산책을 나간 것이라고 생각했다. 하지만 시간이 흘러 밤 11시 50분이 되자 상황이 달라졌다. 그녀는 한 번도 이런 적이 없었다. 평소라면 떠날 때 작은 메모라도 남기고, 언제 돌아올지 알려주었다. 그녀가 하루 종일, 그것도 거의 자정까지 모습을 보이지 않은 적은 없었다. 밖에는 억수 같은 비가 내리고, 바람은 거셌다. 작은 휴대용 난로가 문틈으로 들어오는 차가운 바람을 막아보려 하지만, 역

부족인 것 같았다. 왜 이런 시간에 그녀가 밖에 나가 있을까? 왜 아무 말도 하지 않았을까? 하루 종일 그가 느낀 불안은 점점 깊어지고 무겁게 다가왔다. 그뿐만 아니라, 조안의 핸드폰이 오늘 아침부터 계속 벽장 속에서 진동하고 있었다. 이건 정말 고문이나 다름없었다. 휴대폰이 진동할 때마다 에밀은 몸을 크게 움찔거렸다. 밖에서 들리는 아주 작은 발소리 하나까지 신경을 곤두세우고 있어서, 만약 이 빌어먹을 전화가 또 울린다면 심장이 멈춰버릴지도 모를 정도였다. 그런데 마치 그를 비웃기라도 하듯 갑자기 다시 진동이 울렸고, 그 바람에 에밀은 설거지하던 도자기 찻잔 하나를 싱크대 안으로 떨어뜨리고 말았다.

"젠장!"

찻잔은 깨지진 않았지만, 제법 큰 금이 생겼다. 잘못했다가는 차를 마시다가 입술을 베일 수도 있을 것이다. 윙… 윙윙… 젠장, 도대체 누가 이렇게 끈질기게 전화를 거는 거야? 아마 레옹일 것이다. 하지만 왜 하필 오늘이지? 몇 주째 전화를 안 하더니... 아니, 잠깐… 한 가지 생각이 천천히 그의 머릿속에 스며들었다. 몇 시간 전 이미 떠올렸어야 할 생각이었다. 만약 그게 조안이라면? 조안이 무슨 일이 생겨서, 아침부터 그에게 연락을 하려고 애쓰는 거라면? 그녀는 그와 연락할 다른 방법이 없었다. 그의 휴대전화는 캠핑카 안에 그대로 두고 왔으니까…

그는 설거지를 포기하고 곧장 벽걸이 장으로 달려갔다. 젠장, 왜 이 생각을 진즉 하지 못했을까? 어쩌면 그녀는 어디선가 몇 시간째 그에게 전화를 하려고 애쓰고 있는지도 모른다. 부상을 당했거나, 경찰에 붙잡혔거나… 그 누가 알겠는가? 그는 손을 떨며 급하게 몸을 움직여서 휴대폰을 잡으려다가 조안의 옷가지들을 바닥에 떨어뜨리고 말았다. 마침내, 그는 휴대폰을 움켜잡았다. 그 끔찍한 기계는 여전히 진동하고 있었다. 화면에는 '알 수 없는 번호'라고 표시되어 있다. 그는 잠시 망설였다. 만약 그녀가 아니라면? 하지만 확신이 그를 압도했다. 틀림없이 그녀였다. 아무 예고도 없이 거의 스물네 시간 동안 연락이 끊겼다. 틀림없이 그녀였다. 공중전화 부스에서든, 경찰서에서든, 아니면 몇 시간째 갇혀 있는 다른 곳에서든 간에. 전화를 받을 때 그는 숨이 가빴고, 목구멍에서는 "여보세요"라는 말이 채 나오지 못하고 묻혀버렸다. 수화기 너머로 들려온 목소리는 조안의 것이 아니었다. 그것은 감정에 북받쳐 떨리고 끊어지는 듯한 한 남자의 목소리였다.

"조안! 오늘 아침부터 계속 전화하려 했는데, 안 받더라고… 번호를 숨겨서 걸어봤어… 내 이름이 안 나오면 받을까 해서…."

목소리가 끊기자, 에밀은 말문이 막혔다. 레옹이었다. 이제 그는 어떻게 해야 할지 몰랐다. 전화를 끊을 수도 없었다.

레옹이 다시 물었다.

"조안?"

그는 자기가 얼마나 곤란한 상황에 빠졌는지 깨달았다. 조안이 알게 되면 분명 화낼 것이다.

"조안, 제발, 대답 좀 해봐! 난 너의 침묵을 더 이상 견딜 수가 없어!"

남자의 목소리에서는 고통이 느껴졌다. 에밀은 목을 가다듬고 용기를 내어 말했다.

"전… 사실 조안이 아닙니다."

"뭐라고요?"

남자의 목소리가 전화기에서 끊겼다. 에밀은 힘들게 침을 삼켰다.

"조안은… 지금 여기 없습니다…."

그는 억눌린 흐느낌 소리를 들은 것 같은 느낌을 받았다.

남자가 말했다.

“그럼… 당신이군요.”

“뭐라고요?”

“당신 때문에 그녀가 떠난 거 아닌가요?”

“아네요!”

“그래서 조안이 소식을 전하지 못했던 건가요? 조안은… 지금 당신이랑 같이 있나요?”

에밀이 당황해서 같은 말을 반복했다.

“아니라고요!”

“거짓말하시는군요!”

이번에는 에밀도 더 이상 착각할 수 없었다. 남자가 수화기 속에서 울고 있었다. 억눌린 흐느낌 소리가 들렸다.

“난… 그녀를 그냥 고속도로 휴게소에서 데려왔을 뿐이에요. 그녀는… 나 때문에 떠난 게 아니에요. 확실해요.”

그는 남자를 달래기 위해 최선을 다했다. 그는 자신이 올바른 말을 하고 있는지, 상황을 더 악화시키고 있는지는 알 수 없었다.

남자가 훌쩍이며 말했다.

“아네요. 당신 때문에 그녀가 떠난 게 아네요… 그건 나 때문이에요.”

잠시 침묵이 흘렀고, 에밀은 남자의 울음 소리를 들었다. 숨죽인 흐느낌이 진실을 말하고 있었다.

“그녀가 떠난 건 내 탓이에요. 내가 톰에게 한 일 때문이에요.”

에밀은 전화기를 꼭 쥔 손에 힘을 주며 긴장했다. 에밀은 목이 조이는 듯한 느낌을 받으며 반복해서 물었다.

“톰이라고요? 톰 블루 말인가요?”

레옹은 이상한 소리를 냈다. 놀라서 나는 딸꾹질 같은 소리인데, 그 안에는 약간의 다정함이 담겨 있었다.

"오! 조안이 톰 얘기를 하던가요?"

"조안이…."

그는 이제 도무지 뭐가 뭔지 이해할 수 없었다. 톰 블루가 여기서 왜 나오는 걸까? 그와 레옹은 대체 무슨 관계란 말인가?

"네… 그러니까… 조금…."

레옹은 숨을 제대로 쉬지 못하는 듯했다.

"조안이 무슨 일이 있었는지 얘기했나요?"

에밀은 고개를 저었다. 뭔가 놓치고 있다는 느낌이 들었다. 심장이 가슴을 쿵쾅거리며, 목이 조이는 듯했다.

"어떻게 된 일이냐고요? 무슨 일이 있었냐고요? 조안은… 조안은 그냥… 단지… 그가 파란색으로 그림을 그렸다고 말했어요… 항상… 그리고 하늘을 몇 시간씩 바라봤다고요."

전화기 너머로 숨 막히는 침묵이 끝없이 이어지자 에밀은 자신의 대답이 레옹이 기다리던 것이 아니라는 사실을 깨달았다.

"조안이 그가 누구인지 얘기하던가요?"

"나는… 아니요… 음… 그러니까…."

그는 갑자기 아무것도 확신할 수 없었다.

"그… 그는 조안의 학교 학생이었죠?… 안 그런가요?"

그는 상황이 전혀 그렇지 않다는 기분 나쁜 예감이 들었다. 그리고 곧 들려온 레옹의 대답, 그 힘없고 꽉 막힌 목소리는 그 예감이 틀리지 않았음을 보여주었다.

"학생이 아니었어요."

"아니었다고요?"

"예. 아니었어요."

에밀은 긴장 속에서 숨을 참고 손가락을 전화기에 꽉 쥐었다.

"톰은 조안의 아들이었습니다."

그는 어렵게 침을 삼키고, 이해하려 애쓰며 고개를 저었다.

"뭐… 뭐라고요?"

"톰은 우리의 아들이었습니다."

에밀은 멍한 상태로, 레옹이 방금 내뱉은 말을 반복했다.

"톰이… 당신의 아들이었다고요? 조안에게… 조안에게 아들이 있었다고요?"

그는 다음 말을 들을 준비가 되어 있지 않았다.

"톰은 15개월 전에 죽었습니다. 세 살이 갓 지났었죠."

그는 머리 위로 커다란 납덩이가 떨어진 것 같은 기분이었다. 누군가에게 머리를 아주 세게 얻어맞은 것처럼 멍해졌다. 숨을 쉬기가 힘들어져서 그는 허공에서 필사적으로 공기를 찾았다.

에밀은 힘겹게 숨을 내쉬며 말했다.

"조안의… 아들이… 죽었군요…."

레옹이 전화기 너머에서 다시 말을 이어갔지만, 에밀은 그의 말이 거의 들리지 않았다.

"톰은 정말 특별한 아이였어요… 자폐증이 있었고, 말을 배우지 못했죠. 항상 침묵했지만, 그림을 많이 그렸습니다. 조안은 그를 돌보기 위해 모든 것을 포기했고, 학교에서 하던 일을 중단하고 하루종일 그와 함께 있었죠."

에밀은 벽장의 문고리를 꽉 붙잡았다. 휴대폰을 얼마나 세게 쥐었는지 손에 감각이 없을 정도였다. 레옹은 수화기 너머로 아무런 대답이나 반응이 없는데도 계속 말을 이어갔다. 목이 메어 울음이 터져 나오는데도 아랑곳하지 않고 말을 계속했다.

"그녀는 계속 학교에 살면서 톰이 다른 아이들이랑 어울리게 하려고 최선을 다했어요… 하지만 톰은 너무 달랐어요. 완전히 별개의 세상에서 살고 있는 것 같았죠. 나는 그가 어디를 보고 있는지, 무엇을 보고 있는지, 알 수가 없었어요. 그는 누구에게도, 무엇에게도 마음을 열지 않았지만, 그 빌어먹을 파랑색은 예외였어요… 그리고 조안도 예외였고요. 오직 조안만 그를 만질 수 있었어요."

에밀은 몇 걸음 옮겨 고양이 포크가 몸을 둥글게 말고 있는 긴 의자에 앉았다. 그는 가쁜 숨을 몰아쉬며 간신히 입을 뗐다.

"무슨 일이 있었던 건가요?"

그는 자신이 정말로 진실을 알고 싶은 건지 알 수 없었다. 이제는 아무것도 알 수가 없었다. 그는 다리에 힘이 풀린 채 심장이 터질 것 같은 기분으로 의자에 굳은 듯 앉아 있었다. 레옹의 목소리는 고통스러운 신음처럼 변해갔다.

"톰은 항상 그 파란색에 집착했어요. 하늘, 물… 항상 그 파란색… 나는 톰을 호수로 데리고 갔습니다. 조안은 학교에 남아, 연말 파티가 끝나면 철문을 닫아야 했죠. 그녀는 금세 합류하겠다며, 빨간 자전거를 타고 오겠다고 말했습니다. 샌드위치도 준비해줬죠. 호수는 자연 그대로였어요… 우리는 수영하지 않고, 숲의 서늘함을 즐기기만 했습니다…."

에밀은 온몸의 세포 하나하나가 곤두선 채로 귀를 기울였다.

"나는 톰과 피크닉 가방, 작은 담요를 놔두고, 자전거를 안전 펜스에 묶으러 갔지요. 펜스는 10미터쯤 떨어진 숲 가장자리에 있었습니다. 나는… 톰에게 얌전히 기다리고 있으라고 말했지요. 하지만… 톰의 자전거를 펜스에 묶는 게 쉽지 않았지요. 자물쇠가 녹슬어서요."

레옹은 감정에 휩싸여 말을 잇지 못했다. 에밀은 마음속에서 두려움이 점점 커져가는 것을 느꼈다. 그는 제발 자신이 짐작하는 그 일이 아니길 바랐다. 그 파란색. 그 빌어먹을 파란색.

"아무리 길어도 3분을 넘지 않았을 겁니다. 어쩌면 4분쯤 지났을까… 피크닉 바구니 있는 곳으로 돌아와서, 톰이 거기 없다는 사실을 알아차리는 데까지 걸린 시간 말예요."

에밀은 레옹이 힘겹게 숨을 들이쉬는 소리를 들었다.

"나는 그때 바로 알았어요. 그 애가 그 빌어먹을 호수로 갔다는 걸. 하지만 나는 그 아이가 늘 그랬던 대로 호숫가에 쪼그리고 앉아 있을 줄 알았죠. 나는 그를 들어 올려 혼을 냈을 거예요. 그러면 그는 몸부림쳤을 겁니다. 내가 그를 만지는 걸 도무지 견디지 못했으니까. 조안만이 아이를 만질 수 있었어요."

레옹의 목소리가 갈라졌다. 그래도 그는 말을 멈추지 않았다.

"그렇게… 그렇게 그 애를 보게 될 줄은 정말 몰랐어요…."

그는 또다시 울음을 삼키고, 에밀은 잠시 그에게 숨 돌릴 시간을 주었다.

"생각지도 못했어요... 그 애를 그런 모습으로 발견하게 될 줄은 정말 몰랐단 말입니다..."

레옹은 다시 터져 나오려는 울음을 삼켰고, 에밀은 그가 마음을 추스를 수 있도록 잠시 기다려 주었다.

"머리카락과 티셔츠만 보였어요. 움직이지 않았습니다. 물 위에 떠 있었죠. 처음엔 장난인 줄 알고 소리쳤습니다. '장난피지 말고 당장 물에서 나와!' 나는 움직일 수가 없었어요. 믿을 수가 없었죠. 나는 호숫가에 멍하니 서서 아무것도 할 수 없었어요. 몸이 굳어버린 것처럼 손가락 하나 움직일 수 없었지요. 그러다가 정신을 차리고 톰을 구하러 물속으로 들어갔을 때, 나는 수초랑 진흙, 그리고 떠다니는 나뭇가지에 몸이 걸렸어요. 물속에는 갑자기 푹 꺼지는 깊은 웅덩이도 있었고요… 그것은 사람의 손길이 닿지 않은, 날것 그대로의 거칠고 황량한 야생의 호수였어요... 그 애를 건져내는 건 도저히 불가능했어요! 그 애를 기슭으로 데려올 수가 없었단 말입니다!!"

그는 마치 보이지 않는 누군가의 비난에 맞서 스스로를 변명하듯 말했다.

"정말… 할 수가 없었어요. 불가능했다고요."

차가운 침묵이 몇 초 동안 길게 이어졌다.

"그를 끌어낸 건 경찰들이었습니다. 잠수부들이었죠. 그 사이에 조안이 자전거를 타고 도착했어요. 그녀는 그때 물가에서 반쯤 죽은 사람 같았어요. 나는 지금도 믿어요. 그녀는 그날, 그 호숫가에서 죽은 거예요. 그녀가 쓰러지지 않도록 내가 그녀를 붙잡고 있었던 바로 그 순간에 말입니다."

그는 자신을 덮치는 새로운 고통의 파도를 간신히 이겨내며 말을 이었다.

"차라리 그때… 그녀가 나를 죽였으면 좋았을 거예요. 정말이지… 차라리 톰이 아니라 내가 죽었으면 좋았을 텐데."

침묵이 1분 넘게 이어졌다. 레옹은 계속 흐느껴 울고 있었다. 에밀은 너무 놀라서 정신이 멍해졌다. 그는 방금 알게 된 이 모든 사실이 얼마나 엄청난 일인지 이해해 보려고 애썼다. 톰, 톰 블루. 조안의 아들이었다. 분명 조안이 뭐라고 했던 것 같은데… 하지만 가만히 생각해보니 그녀는 한 번도 자세하게 말한 적이 없었다. 그저 에밀이 묻는 말에만 겨우 대답했을 뿐이었다.

"톰은 당신이 일하던 학교에 있었나요?"

"예. 학교에 있었어요."

그녀는 학생이라고는 말하지 않았다. 그냥 학교에 있었다고만 했다. 사실이었다. 톰은 그녀와 레옹과 함께 학교에서 살았던 것이다. 그녀는 거짓말을 하지 않았다. 그녀는 덧붙여 말했다.

"하지만 톰은 떠났어요."

그녀는 톰이 어디로, 어떻게 떠났는지 구체적으로 말하지 않았다. 하지만 그는 이해할 수 있었다… 그는 톰이 하늘에 살고 있다는 것을 알아챌 수도 있었을 것이다. 그녀는 몇 가지 단서를 남겼다.

"언젠가 그 파란색의 조합을 찾을 수 있을까요? 그 아이를 위해 그림을 그리고, 그 아이를 다시 만나는 날 그 아이를 위해 그걸 그릴 수 있을까요?…"

"톰이 어디로 갔는지 알아요? 톰을 어떻게 다시 찾을 거예요?"

"대략 감이 와요."

"지금 하늘을 바라보고 있을까요?"

"그럴 거라 확신해요."

만약 그가 톰 블루가 학생이라는 사실을 확신하지 않았다면… 만약 그가 그 작은 소년이 그냥 이사를 간 것이라고 확신하지 않았다면… 그는 고개를 저었다. 아니, 결코 짐작할 수 없었을 것이다. 그는 이런 끔찍한 일을 상상할 수조차 없었다. 그는 전화기 너머로 들리는 레옹의 목소리에 깜짝 놀랐다.

"오늘이 만성절이예요… 분명 그녀는 오늘 너무나도 힘든 하루를 보냈을 겁니다. 나는 부모님과 함께 톰의 무덤에 다녀왔어. 조안에게 좀 전해주실래요?"

레옹은 대답을 기다리지 않고 곧바로 말을 이어갔다.

"조안은 어떻게 지내요?"

"조안은…."

그는 그녀가 오늘 아침 아주 일찍 사라졌고, 자신은 그녀가 어디 있는지 전혀 모르고 있다는 사실을 고백할 용기가 없었다. 대신 조금 거짓말을 하기로 했다.

"사실, 썩 잘 지내지는 못해요."

레옹은 고통스러운 신음을 내뱉었다.

"그녀는 나를 죽일 힘이 되살아나기 전에 떠난다고 말했어요."

에밀은 아무런 대답도 할 수 없었다. 하지만 레옹은 마치 자기 자신에게 말하는 것처럼 계속해서 말을 이어갔다.

"내가 조안의 아기를 죽였어요. 그녀는 그게 내 잘못이라고, 내가 그를 계속 지켜봐야 했다고 말했습니다. 그 아이는 위험을 인식하지 못했거든요. 조안은 내가 톰이 파란색에… 물에 집착한다는 걸 알고 있었어야만 했다고 말했어요."

에밀의 기억 속에 조안이 했던 말들이 되살아났다. 조안이 열로 인해 환각을 보며 밤에 그를 레옹으로 착각하고 껴안았을 때 했던 말이었다.

"왜 톰이 물속에 들어가게 놔뒀어… 너도 그 애가 어떤 애인지 알고 있었잖아…."

그리고 나중에, 두 사람이 여행 중에 그녀가 했던 또 다른 말이 떠올랐다.

"남자아이들은 단 몇 초라도 혼자 두면 안 돼요!"

"그는 용서받을 수 없는 일을 했어요. 내가 떠난 건, 그가 그런 일을 저지른 후에는 더 이상 그와 함께 살 수 없었기 때문이에요."

"언젠가 돌아갈지도 몰라요. 아니면 영영 아닐지도 모르고… 만약 돌아간다면… 아마도 수년은 걸릴 거예요."

레옹의 목소리가 이어졌다.

"그리고 장례식이 치러졌어요… 난 조안이 장례식 때문에 그렇게까지 날 원망할 줄은 몰랐습니다."

"장례식 때문에요?"

레옹은 다시 흐느꼈다. 에밀은 끔찍한 일들에 파묻혀서 숨이 막히는 것 같았다. 이야기를 들으면 들을수록, 방금 들은 것보다 훨씬 더 안 좋은 이야기들만 계속 터져 나왔다.

"그녀는 요양원에 있었어요. 약 기운으로 버티고 있었지요. 미사에 참석하는 것만 허용되었습니다."

"그리고 무슨 일이 있었던 거죠?"

"그녀는 톰을 화장하길 원했어요. 바다에 뿌려서 그가 날아갈 수 있게 해주고 싶다는 말도 안 되는 얘기를 되풀이했지요… 하지만 그녀는 약에 찌들어 살고 있었고, 우리 부모님은 화장 이야기는 꺼내지도 못하게 했습니다. 우리 집은 아주 독실한 가톨릭 집안이거든요. 그런 건… 그런 건 상상조차 할 수 없는 일이었고, 게다가 조안은 약에 너무 취해 제정신이 아니었어요….”

에밀은 자신도 모르게 역겨움을 느꼈다. 의도한 건 아니었다. 그저 본능적인 반응이었다. 그래도 레옹이 그렇게까지 했을 리는… 하지만 이어지는 레옹의 말은 일체의 기대를 무너뜨렸다.

“그래서 우리는 그냥 매장했습니다. 조안은 그것도 용서하지 못했어요. 그녀는 미사 도중에 정신줄을 놓아버렸죠. 그래서 강제로 요양원으로 데려가야만 했습니다. 그녀는… 톰의 무덤에 가고 싶어 하지 않았어요. 그녀는 톰이 거기 있는 게 아니라고 줄곧 우겨댔지요. 어쨌든 그녀는 그렇게 생각했습니다.”

에밀은 일어섰다. 갑자기 더 이상 가만히 앉아 있을 수 없게 되었다. 그는 신음하며 불평하는 레옹의 목소리를 견딜 수가 없었다. 그 목소리는 조안을 두 번이나 배신한 목소리였다. 레옹은 자기가 톰 대신 죽어야 했다는 말을 되풀이하면서도 호수 한가운데에서 그 아이를 건져오지 못했다고 했다. 나는 했을 수 있을 텐데, 라는 생각이 에밀의 머릿속에 스며들었다. 만약 조안이 내 아이를 낳았더라면 나는 누구보다도 앞장서서 아이를 지켰을 것이다. 나는 그를 물가로 데려왔을 것이다.

“조안은 거의 1년 동안 요양원에 머물렀습니다. 몸무게가 7, 8킬로나 빠졌지요. 요양원에서 나온 그녀는 저와 함께 집에 있으려고 하지 않았습니다. 그래서 떠나기로 한 거죠.”

에밀은 더 이상 그의 말을 듣고 싶지 않았다. 그는 공포에 완전히 사로잡혔다. 마음속에 하나의 생각이 스며들었다. 이제 숨쉬기조차 힘들었다.

"레옹, 전화를 끊어야 할 것 같아요… 조안이 혼자 비를 맞고 있을 겁니다… 내가 나가서 찾아봐야 할 것 같아요."

"뭐라고요?"

그는 한 손으로 코트를 걸치고, 조리대 위에서 캠핑카 열쇠를 찾았다.

"왜요?"

'그게 내가 생각하는 일이 아니길…' 에밀은 매 순간 자신을 집어삼키는 공포를 억누르려 애썼다.

"그녀는… 그녀는 그냥 잠깐 산책을 나갔어요."

그는 캠핑카 열쇠를 움켜쥐고 점점 더 빠른 말투로 덧붙였다.

"내가 나가서 찾아볼게요, 알겠죠? 정말 이만 전화를 끊어야겠어요. 밖에 비가 쏟아지는데 조안을 혼자 둘 수는 없어요."

레옹은 그의 목소리에서 두려움이 묻어나는 것을 느꼈다. 그는 에밀을 붙잡으려 했다.

"잠깐만요! 조안에게 전해 주세요. 내가…."

"정말 이만 끊어야겠어요…."

그의 절망적인 모습에 에밀은 고개를 끄덕일 수밖에 없었다.

"내 번호는 조안의 전화번호부에 있을 겁니다. 내 이름은 레옹입니다."

"알겠어요. 기억할게요. 이제 가봐야 해요."

그는 대답을 기다리지 않고 전화를 끊었다. 불길한 예감은 점점 더 커져갔다. 그는 쏟아지는 폭우 속으로 몸을 던지듯 밖으로 뛰쳐나갔다.

그는 달리고 물웅덩이에 미끄러지며 그녀의 이름을 외쳤다. 어디로 가야 할지 전혀 알 수 없었다. 그가 아는 것은 단 하나, 오늘이 만성절이라는 것, 레옹이 톰의 무덤을 찾아갔다는 것, 하지만 조안은 한 번도 자신의 아이가 차가운 돌비석 아래 잠들어 있다고 생각한 적이 없다는 것이었다. 그녀에게 톰은 바다 위로 날아올라야 할 존재였다. 어느 날 스크래블을 하던 중, 그녀는 이렇게 말했었다. "나는 화장되고 싶어요. 그래야 날아갈 수 있으니까요." 오늘은 만성절이다. 혹시 그녀는 톰 블루를 찾으러 바다로 간 걸까? 아니면 그를 따라가기로 결심한 걸까? 에밀의 가슴이 조여들며 그의 눈에 눈물이 고였다. 지난 나흘 동안 그녀는 계속해서 그림을 그렸다… 혹시 마침내 완벽한 파란색을 그려낸 걸까? 이상적인 푸른빛을 재현하는 데 성공한 걸까? 그리고 이제 사명을 다했다 생각하며, 그림을 품에 안고 톰에게로 가기로 한 걸까? 어쩌면 그 모든 여행은 단지 그 이유 하나 때문이었을지도 모른다. 수백 가지 하늘의 색을 바라보며, 자신에게 한 약속을 지키기 위해. 그리고… 어쩌면 이미 너무 늦은 걸까?

에밀은 지금까지 달린 것보다 더 빨리 달렸다. 빗물이 얼굴에 흘렀다. 그의 목소리는 바람과 빗소리에 묻혔다.

"조안ㄴㄴㄴㄴㄴ!"

그는 곧장 해변의 오두막들이 늘어선 곳으로 달려갔다. 며칠 전 그곳에서 둘이 함께 피크닉을 했었다. 그 해변에는 오두막들이 바다를 따라 줄지어 물 위에 세워져 있었다. 조안은 그때 원래는 관광용으로 지어진 곳이었지만, 어부들이 다시 손을 봐서 물 위의 낚시 오두막으로 바꿨다고 설명해 주었다. 그녀는 그 이야기를 바닷가 안내문에서 읽었다고 했다. 그런데 생각해보면, 지난 며칠 동안 그녀는 그때처럼 생기 넘치고 활기차게 보였던 적이, 그렇게 많이 웃고, 그렇게 가볍게 보였던 적이 적이 없었다. 그녀는 혹시 톰을 다시 만날 생각에 행복했던 걸까? 그날을 손꼽아 기다리고 있었던 걸까?

"조안느느느느!"

멀리서 해변이 보이기 시작했다. 하지만 어둠이 너무 짙어 사람의 모습은 전혀 구분되지 않았다. 거센 바람이 모래를 휩쓸었다. 그는 숨이 턱에 차오를 만큼 전속력으로 달렸다. 레옹의 이야기, 그리고 여행 내내 조안이 보였던 반응들이 머릿속을 스쳐 지나갔다. 그녀가 톰에 대해 이야기할 때마다 갑자기 북받쳤던 감정, 그리고 그녀가 했던 말. "내 세상의 모든 것이 아름답진 않아요…." 그 모든 것이 이제야 이해되었다. 그는 그녀가 항상 무표정한 얼굴 뒤에 숨기려 했던 고통을, 고속도로 휴게소에서 처음 그녀를 태웠을 때 아무 감정도 없던 그 무관심을, 마치 잃을 것이 아무것도 없는 사람처럼 보였던 그 표정을, 그리고 늘 입고 다니던 검은색 옷을 떠올렸다. 며칠 전 그녀가 감동스러워하며 두 사람 머리 위에 새기고 싶다고 했던 문장이 생각났다. "태양이 사라졌다고 울면, 우리는 눈물 때문에 별을 보지 못한다."

그는 발걸음을 더욱 재촉했다. 이미 속옷까지 흠뻑 젖었지만 신경 쓰지 않았다. 제발, 그녀가 태양을 따라가려 한 게 아니길. 제발, 내가 그녀에게 몇 개의 별이라도 보여줄 수 있었길.

"조안느느느느!"

그는 모래에 걸려 넘어지고, 몇 알의 모래를 삼켰지만, 멀리 검은 형태를 보았다고 믿으며 다시 일어섰다. 그는 다시 소리쳤다.

"조안느느느느!"

그는 그녀를 향해 달려갔다. 그녀였다! 심장이 터질 듯 요동쳤다. 검은 숄에 몸을 감은 채, 흠뻑 젖고, 떨고, 얼어붙은 그녀. 붉고 부은 눈, 푸르게 질린 입술. 그녀였다. 그녀의 시선은 텅 빈 채 바다를 향해 있었다.

"조안!"

그는 숨이 가쁘게 차오른 채 그녀 옆에 무릎을 꿇었다.

"조안, 여기서 뭐 하고 있는 거에요?"

그녀는 이상한 눈빛으로 그를 바라보았다. 눈동자가 꺼진 듯 보였다. 딴 세상에 있는 것 같았다.

"이리 와요."

그는 조금 과하다 싶을 만큼 그녀를 세게 끌어안았다. 그녀는 몸이 얼음장처럼 차가웠고, 벌벌 떨고 있었다. 그는 아직 숨조차 제대로 고르지 못했고, 심장은 터질 듯이 세차게 뛰고 있었다. 북받쳐 오르는 감정 때문에 그의 목소리는 떨렸다

"조안… 당신이 떠난 줄 알았어요. 정말로, 완전히 떠난 줄 알았다고요."

그는 그녀를 더욱 세게 끌어안았다. 차가운 바람과 비가 그들을 휩쓸었지만, 칠흑 같은 어둠 속에서 그들은 그것조차 거의 느끼지 못했다. 그는 그녀의 몸을 문질러 따뜻하게 하려 하고, 머리카락을 쓸어 넘기며, 앞뒤로 가만히 흔들었다. 그리고 그녀의 귀 가까이, 숨결에 섞인 떨림으로, 두려움을 억누르려 애쓰며 빠르게 속삭였다.

"조안, 이제는 더 이상 도망가지 마요. 난 정말 죽는 줄 알았어요. 당신이 날아가 버린 줄 알았다고요. 제발 다시는 그러지 마요. 내가 그 아이를 지킬게요. 당신 아들 톰을 말예요. 머지 않아 나와 톰은 만나게 될 거에요. 알죠? 약속할게요. 내가 그를 지킬 거에요. 그 애가 그린 그

림들이 무엇을 의미하는지 우리가 이해했다고... 그 광활함에 대해서도 다 이해했다고, 내가 말해 줄게요..."

그는 그녀가 자신에게 몸을 기댄 채 울기 시작하는 것을 느꼈다.

"여기 너무 추워요. 어서 갑시다. 이제 집으로 돌아가야 해요. 감기 걸리겠어요. 나, 정말 무서웠어요. 정말이지…."

그는 몰아치는 숨을 몰아쉬느라 잠시 말을 끊었다.

"그게 어쩌면 단지 종잇조각들이고… 가짜 반지였을지라도... 아무 상관 없어요. 조안, 결국 나는 당신을 사랑하게 됐어요. 이제 당신은 당신 마음대로 떠나겠다는 결심을 하면 안 돼요. 우리, 약속했잖아요. 당신은 내 곁에 남겠다고 했고, 나는 톰 블루를 지키겠다고 했어요. 저 위에서 다시 톰을 만나게 되면, 내가 그 아이를 돌보고 지켜줄게요."

그는 품에 안긴 그녀의 몸이 굳어진 것을 느꼈다. 그는 말을 멈추지 않고 아주 빠르게 이어갔다. 자신이 무슨 말을 하고 있는지 자각하고 싶지 않았고, 하려던 말의 흐름을 놓치고 싶지도 않았기 때문이다.

"약속할게요. 있잖아요, 어쩌면 삶이 우리를 만나게 한 건 바로 이 이유 때문일지도 몰라요."

이제 그녀는 더 이상 움직이지 않았다. 그녀는 그대로 얼어붙었다. 파르르하게 질린 입술 사이로 그녀가 나직이 중얼거렸다.

"어떻게 알았어요…?"

그녀가 고개를 들어 그를 바라보았다. 그녀가 의식이 돌아온 것이다. 그녀가 그들의 세계로 돌아온 것이다. 그녀의 얼굴에는 힘든 기색이 역력했다. 하지만 그는 지금 이 순간의 그녀가 그 어느 때보다도 아름답다고 느꼈다.

"그 그림을 본 거에요? 그림을 보고 알아챈 거죠… 그렇죠?"

그는 그녀가 무슨 말을 하는지 알 수 없었다. 하지만, 솔직히 말할 수는 없어서 그저 어깨만 살짝 으쓱이고 말았다.

"바다 앞에서 내가 그린 건 그 애에요. 파란 반바지를 입은 아이."

빗물과 뒤섞인 눈물이 그녀의 얼굴을 타고 흘러내렸다. 그녀가 옅은 미소를 지었고, 떨리는 그 미소 때문에 다시 눈물이 몇 방울 흘러내렸다.

그녀가 물었다.

"예쁘죠, 안 그래요?"

그는 고개를 끄덕이며 눈물이 흐르는 것을 느꼈다.

"그래요. 내가 본 아이들 중 가장 예뻐요."

그의 말은 거짓이 아니었다. 그는 톰 블루를 실제로 본 적은 없었지만, 그 아이가 조안의 아이라는 사실 하나만으로도 확신할 수 있었다. 그는 진심으로 그렇게 느꼈다.

잠시 후, 그들은 천천히 몸을 일으켰다. 에밀은 온몸을 벌벌 떨고 있는 조안을 부축했다. 두 사람은 차가운 빗줄기와 11월의 바람을 맞으며 길을 나섰다. 몰아치는 모래 폭풍 속에서 두 사람은 그저 움직이는 두 그림자, 방황하는 검은 실루엣처럼 보였다. 하지만 그들 안에서는 새로운 무언가가 타오르고 있었다. 그것은 약속에서 시작된 작은 불꽃이었다. 저 높은 하늘에 있는, 한 어린 소년에 대한 약속이었다.

조안은 침대에 누워 있었다. 여전히 떨고 있었다. 이제는 열 때문이었다. 감기에 걸린 듯했다. 얼굴에는 땀이 맺혔고, 이빨이 부딪혔다. 에밀은 주기적으로 위층으로 올라가 그녀에게 젖은 수건을 가져다주고, 쓰던 수건은 다시 가지고 내려왔다. 옆에는 차가운 차 한 잔을 놓아두었지만, 그녀는 손도 대지 않았다. 가스 히터의 부르르 울리는 소리, 문틈 사이로 들어오려는 바람 소리, 조안의 이가 부딪히는 소리만 들렸다. 에밀은 아래층 벤치에 앉아 꼼짝도 하지 않고 있었다. 그도 열이 난 듯했다. 머리가 욱신거렸다. 그는 오늘 밤 자신이 알게 된 모든 것을 도저히 받아들일 수 없었다. 단어들이 머리속에서 소용돌이치면서 현기증이 일어났다.

그 아이는 그녀의 아이였다. 톰은 우리의 아들이었다.

너무나 달랐던 아이….

나는 그를 물가로 데려올 수 없었다!

그 아이는 세상 모든 것에, 모든 사람에게 마음을 닫고 있었지… 그 빌어먹을 파란색만 빼고. 그리고 조안만 빼고.

당신, 그 그림 봤죠? 그걸 보고 알아챈 거야… 그렇죠?

그는 열다섯 달 전에 죽었어. 막 세 살이 되었을 때였지.

그건 단지 종이 쪼가리와… 가짜 약혼반지였을지도 몰라. 하지만 그렇다고 해서 달라지는 건 아무것도 없어요, 조안. 결국 나는 당신을 사랑하게 되었어요.

그는 자폐아였어. 조안만이 그 아이를 만질 수 있었지….

차라리 내가 톰 대신 죽었으면 좋았을 텐데.

그림 속 파란 반바지를 입고 바다 앞에 서 있는 아이가 바로 그 아이야.

그의 금발 머리카락과 티셔츠만이 물 위로 떠 있었죠. 그는 더 이상 움직이지 않았어요. 그저 떠 있었어요.

조안은 그 강가에서 반쯤 죽어 있었어요.

우리는 곧 다시 만나게 될 거예요. 알죠? 내가 그 아이를 지켜줄게요, 약속할게요.

그때 차라리 그녀가 날 죽였더라면 좋았을 텐데요.

결국 나는 당신을 사랑하게 되었어요.

에밀은 마침내 조안이 말한 그림을 찾아냈다. 그림은 벽장 안에 있었다. 그림에는 해변과 오두막, 바다, 갈매기, 그리고 모래 위에 쪼그려 앉은 작은 소년이 그려져 있었다. 소년은 에밀을 바라보고 있는 듯했다. 금발 머리에, 걱정스런 혹은 깊은 생각에 잠겨 있는 듯한 찡그린 눈썹. 파란 반바지를 입고 맨발이었다. 그녀는 이전에 이 그림을 본 적이 없었다. 지난 사흘 동안 그린 것이 틀림없었다. 선들은 흐릿하고 불확실해, 마치 오래된 기억이 서서히 사라지는 듯한 느낌을 불러일으켰다.

그는 그림 앞에서 움직이지 않았다. 바람 소리와 조안의 이가 부딪치는 소리에도 영향을 받지 않았다. 그는 어린 톰의 특징을 기억하려 애썼다. 조안처럼 갈색을 띤 눈, 모래색 머리, 눈썹의 곡선… 나중에 그곳에서 다시 만났을 때, 에밀은 아이를 단번에 알아볼 수 있어야 한다. 서로를 꼭 알아봐야만 한다.

조안은 몸을 떨고 있었다. 열이 펄펄 끓는데도, 그녀는 너무나 추웠다. 발치에는 보조 난로가 놓여 있었고, 그것으로 즉석 탕파를 만들었지만, 여전히 몸 전체를 엄습하는 한기가 느껴졌다. 숨은 거칠고, 심장은 불규칙하게 뛰었다. 생각들은 이미 그녀를 떠나버렸다. 그녀의 마음은 생쉴리아크로, 여섯 해 전, 그녀가 스물세 살이던 그때로 돌아가 있었다. 그녀가 아버지의 뒤를 이어 학교의 관리직을 맡은 지 3년째였다. 아버지와 그녀는 학교 안뜰에 있는 작은 돌집에서 살았다. 아버지는 은퇴 후 작은 채소밭을 가꾸며 하루하루를 보냈고, 그 밭에서 겨우 자라난 채소로 자랑스럽게 수프를 끓였다. 저녁이면 벽난로에 불을 붙였다. 심지어는 여름에도 벽난로를 피웠다. 돌로 지어진 그 집은 언제나 추웠던 것이다. 하지만 그들은 책을 읽으며 불꽃이 타는 소리를 듣는 걸 좋아했다.

조안은 학교의 이런저런 자질구레한 일들을 능숙하게 해냈다. 그녀는 심지어 페인트칠 같은 일도 이상할 만큼 쉽게 해냈다. 아버지를 잘 아는 교사 마리즈는 작은 몸으로 사다리를 오르고 무거운 양동이를 들고 다니는 조안을 볼 때마다 항상 놀라워했다.

"어떻게 이런 일을 다 해내는 거에요, 조안 양? 나뭇가지보다도 가벼워 보이는 몸으로요."

때로는 이렇게 덧붙였다.

"그래도 여자에게 맞는 일은 아니에요."

조안은 아버지가 자신에게 여덟 살 때 그림을 가르쳐주었다는 말을 그에게 하지 않았다. 그녀가 직접 자기 방의 벽을 모두 다시 칠했기 때문이다. 그는 그녀가 노란색, 주황색, 빨간색으로 소용돌이를 그리게 내버려 두었다. 색이 천장까지 번져 나가고, 여기저기에 못생긴 꽃들을 그려놓아도 그대로 두었다. 그녀는 자신과 이렇게 예쁜 방을 만들어낸 것에 큰 자부심을 느꼈다… 그 완전한 만족감은 마치 어제 일처럼 여전히 생생하게 기억되었다.

레옹은 9월 1일, 학교에 도착했다. 그때 그는 겨우 스물네 살이었다. 처음 교사로 임용된 자리였고, 막 학업을 마친 참이었다. 그는 생쉴리악에서 태어났지만, 대학 입학 자격증을 얻은 뒤에 낭트로 유학을 떠났었다.

"당신도 이 학교 다녔나요?"

어느 날 저녁, 조안이 무거운 학교 대문을 닫고 있을 때 레옹이 물었다.

"네."

"나도요. 아마 우리 나이가 비슷하겠네요… 나는 스물네 살이에요."

"나는 스물셋이에요."

"그럼 그때 학교 운동장에서 마주쳤을 수도 있겠네요."

그들이 제대로 대화를 나눈 것은 그때가 처음이었다. 그전까지는 서로 스쳐 지나가며 정중하게 인사만 주고받았다.

"내 이름은 레옹이에요. 레옹 앙드레. 우리 부모님은 담배 가게를 운영하는 앙드레 씨예요. 아실지도 모르겠네요."

그녀는 담배 가게를 하는 앙드레 부부(혹은 앙드레 일가)를 볼 때마다 치밀어 오르는 혐오감을 간신히 억누르곤 했다. 그들은 거의 거만할 정도로 자신들에게 지나치게 도취되어 있었고, 조안의 아버지에게 전혀 예의를 갖추지 않았다. 그녀는 아버지와 함께 우표를 사러 갈 때 그들이 "저 늙은 남자 봐라"라고 속삭이는 것을 여러 차례 들었다. 그들에 의하면 그녀는 '사생아'였다. 앙드레 가족은 소문을 퍼뜨리는 것을 즐겼고, 그것을 먹이 삼아 살아갔다. 조안은 그들이 자신의 출생 소식을 처음 퍼뜨린 사람이라고 확신했다. 그들은 흥분한 듯 속삭이며, 그녀가 창녀와 마을 바보 사이에서 태어났다고 떠들었다.

"그런데 당신은 누구예요? 부모님은 마을 사람이신가요?"

그녀는 자부심과 약간의 도발이 섞인 시선으로 레옹을 바라보았다.

"저는 관리인의 딸이에요."

그녀는 그의 눈에서 순수한 놀라움만을 읽었을 뿐, 악의는 느끼지 못했다.

"아, 당신이군요."

"네, 저예요."

이제야 기억이 났다. 앙드레 부부는 큰 도시에 공부하러 간 똑똑한 아들 이야기를 늘어놓곤 했다. 선생님이 될 아들 말이다. 지금 그 아들이 그녀의 눈앞에 있었다. 그는 부모처럼 거만하거나 잘난 척하는 기색이 없었다. 그가 누구인지 전혀 알아채지 못할 정도였다. 그는 방금 대학교를 졸업하고 나온 청년 같았다. 밤색 빛이 도는 금발 머리에 머리카락 몇 가닥이 눈 앞으로 흘러내렸다. 아직은 어른처럼 보이고 싶었는지, 가르마를 정갈하게 타려고 애쓴 흔적이 보였다. 하지만 그는 아직 진짜 어른은 아니었다. 연갈색 눈동자에, 그에게는 조금 커 보이는 셔츠. 그리고 반짝이게 닦인 구두를 신고 있었다.

"아버지의 자리를 이어받았군요?"

"네."

"저기서 함께 사는 거예요?"

그가 마당 끝, 라일락과 팬지로 둘러싸인 돌집을 가리켰다.

"예."

"참 아늑해 보이네요."

그녀는 고개를 끄덕였다.

"아버지가 식물 키우는 걸 좋아하세요."

둘은 몇 초 동안 서로 바라보며, 무슨 말을 더 해야 할지 몰라했다.

조안은 큰 대문 열쇠를 손가락 끝으로 흔들었고, 레옹은 구두 끝에 있는 작은 돌멩이를 가지고 장난을 쳤다.

"음… 그럼 내일 봐요."

레옹이 마침내 말했다. 그들은 서로에 대해 어떤 생각을 해야 할지 잘 모르는 채, 수줍은 미소를 지으며 헤어졌다.

조안은 옆에서 누군가의 존재를 느꼈다. 이마에 올려진 장갑이 조심스레 치워지고 손길이 그녀의 머리칼 사이를 스쳐 지나갔다.

"괜찮아요?"

그녀는 고개를 끄덕였지만 마음은 이미 다른 곳에 가 있었다.

그녀는 큰 열쇠를 들고 정문 앞에 서 있었고, 레옹은 한쪽 발을 살짝 들고 있었다.

"주말이네요.

"네."

"일요일엔 뭐 할 거예요?"

서로에게 '너'라고 부르지는 않았지만, 대화는 자연스럽게 이어졌다.

"아빠가 나를 데리고 그랭폴레 예배당까지 걸어가고 싶어 하세요."

레옹이 조금 실망한 듯 말했다.

"아, 그래요?"

"당신은요?"

"난 바닷가로 소풍을 갈 건데, 같이 가자고 말하려고 했어요. 하지만 이미 약속이 있군요."

조안은 어깨를 으쓱하며 잠시 생각했다.

"그럼 아버지와 함께 성지에 가시겠어요?"

그러자 그가 놀란 듯 물었다.

"아버님과 함께요?"

"네. 아마 귀찮아하시진 않을 거예요."

레옹은 여전히 한쪽 발에서 다른 쪽 발로 몸을 옮기며 망설이고 있었다.

"정말 괜찮아요?"

그녀는 고개를 끄덕였다.

"그럼… 알겠어요."

그는 진심 어린 미소를 지었고, 그 모습에 조안의 마음은 조금 흔들렸다. 처음엔 그의 진심을 확인하고 싶었지만, 그는 분명 그의 부모와는 달랐다. 그의 얼굴에는 조안의 아버지를 일요일에 만나게 된 것이 진심으로 기쁜 사람의 표정이 떠올라 있었다. 저 앞에 작은 예배당이 보였다. 불과 몇 미터 거리였다. 조안의 아버지가 앞장서서 걷고 있었다. 그는 어디로 가는지도 모르는 듯, 발길 닿는 대로 걷는 사람처럼 묘한 걸음걸이를 하고 있었다. 조안과 레옹은 그 뒤를 따랐다. 그들은 생쉴리아크 만에서 출발해 해변을 따라 이어지는 길을 걸어왔다. 그곳은 바위 속에 오래된 용암의 흐름이 파도처럼 굳어 있는 것을 볼 수 있는 해변이었다. 조안의 아버지는 걸음을 멈추고 그것들을 가리켜 보여주었다. 레옹은 그런 것을 한 번도 본 적이 없었다. 그리고 그들은 절벽 꼭대기로 이어지는 오솔길을 올라갔다. 생쉴리아크가 내려다보이는 그 절벽 위, 바로 그곳에 작은 예배당이 자리 잡고 있었다.

그들은 돌로 된 기념물 앞에 멈춰 섰다. 눈앞에 펼쳐진 풍경은 숨이 막힐 만큼 아름다웠다. 오래된 화강암과 석영으로 지어진 작은 예배당

안에는 흰 성모상이 자리하고 있었다. 잡초들이 오래된 돌기둥을 타고 오르며 받침대를 감싸고 있었다. 예배당 뒤로는 바다와 생쉴리아크의 만, 그리고 계곡 안에 포근히 안긴 작은 마을이 한눈에 들어왔다.

"이곳에는 해질 무렵에 와야 해요."

조안의 아버지가 예배당을 바라보며 말했다.

레옹이 눈을 크게 떴다.

"그래요? 왜요?"

"그때면 해가 낮게 내려앉고, 마을 전체가 따뜻한 빛으로 물들거든요."

레옹은 조안의 아버지가 하는 말과 보여주는 모든 것에 감탄하는 듯했다.

"아빠, 레옹 선생님에게 이 예배당 이야기도 해주세요. 아마 모르실 거예요."

조안이 말했다. 그녀도 그 이야기를 할 수 있었지만, 아버지가 들려줄 때가 더 좋았다. 그의 목소리는 낮고 깊어서 듣는 사람을 사로잡았다.

그래서 아버지는 레옹에게 예배당의 이야기를 들려주었다. 매년 고기잡이를 위해 바다로 나갔던 선원들의 이야기였다. 그들은 여덟 달이나 아홉 달 동안 집을 비웠다. 그래서 그들은 그들이 무사히 돌아올 수 있게 해준다면, 성모님께 감사의 표시로 그들의 아내들이 배를 기다리던 이 자리에 성소를 세우겠다는 약속을 했다고 한다.

"그들의 소원은 이루어졌고, 그들은 약속을 지켰지요. 돌덩이가 몇 주 동안이나 나귀 등과 사람들 어깨에 실려 이곳으로 옮겨졌어요."

레옹은 해질 무렵 다시 돌아가야 한다는 사실이 아쉬운 듯 보였다.

그들은 해변을 따라 내려오며 바다로 조약돌을 몇 개 던졌다.

"그럼 내일 봐요."

레옹이 조안에게 말했다. 그리고 조안의 아버지를 향해 덧붙였다.

"또 뵙겠습니다, 선생님."

돌아오는 길에 아버지가 물었다.

"저 사람이 마음에 드니?"

조안은 고개를 저었다.

"음… 아직 잘 모르겠어요."

하지만 그녀는 곧 덧붙였다.

"일요일에 같이 소풍 가자고 하더라고요."

아버지는 몇 걸음 동안 말없이 걷다가 조용히 말했다.

"네가 이제 어른이 되어 가는구나."

조안은 어깨를 으쓱했다. 자신은 아직 잘 모르겠다고 생각했다. 단지 남자에게 초대를 받았다는 이유로 갑자기 어른이 되는 건 아닐 테니까. 지난여름에도 남자가 한 명 있긴 했지만, 그 짧은 사랑이 자신을 크게 바꿔놓았다는 느낌은 없었다.

"언젠가는 네가 사랑에 빠질 날이 올 거야."

"전 잘 모르겠어요."

"그럼 이 인용구를 지금 주는 게 낫겠구나."

조안은 아버지를 향해 눈을 반짝이며 올려다보았다. 그녀는 언제나 아버지가 말을 '선물'처럼 건네는 방식을 좋아했다.

"어떤 인용구요?"

아버지는 돌길 한가운데에서 걸음을 멈췄다. 그들은 지금 생쉴리아크의 전형적인 골목 중 하나에 서 있었다. 화강암 벽돌 사이로 꽃이 피어나 있는 작은 골목이었다. 마을은 완벽히 보존되어 있었고, 그것은 조안이 이곳을 사랑하는 가장 큰 이유였다. 오래된 염전과 조수로 움직이는 풍차, 그리고 '가르강튀아의 이빨'이라 불리는 고대의 거석이 여전히 남아 있었다.

"들을 준비됐니?"

아버지의 말에 조안은 고개를 끄덕였다. 그의 콧수염과 눈썹 사이에는 언제나처럼 잔가지들이 몇 개씩 붙어 있었다. 조안은 그가 어떻게 그런 이상한 곳에까지 나뭇조각을 묻히고 다니는지 늘 신기했다.

"이건 '모성'에 관한 말이야."

"아, 아빠!"

"왜?"

"저 아직 아이 낳을 준비 안 됐어요!"

"언젠가 하게 되겠지."

조안은 입을 삐죽이며 투덜거렸다. 그녀는 자기가 아직은 어린아이 같다고 느꼈다.

"이 인용구는 이렇게 말하지. '생명을 주기 전에, 먼저 그 생명을 사랑하고, 그 생명이 사랑받게 해야 한다.'"

그는 언제나처럼 진지한 표정을 하고 있었다. 눈썹에 잔가지가 걸려 있어도 그의 표정은 변함없이 진지했다.

"난 이 인용구를 너에게 실천하려고 노력했단다."

조안은 고개를 끄덕였다.

"알아요."

"이 말, 평생 기억해두렴. 알겠지?"

"네."

"만약 언젠가 네가 이 레옹이라는 사람을 사랑하게 된다면, 내가 너에게 삶을 사랑하게 해주었던 만큼 그 사람도 삶을 사랑하도록 만들어주렴."

두 사람은 다시 돌길을 따라 걸었다.

"레옹은 세상에 호기심이 많아 보여. 좋은 일이야… 하지만 아직 아무것도 배우지 못한 것 같구나."

"아빠, 레옹은 선생님이에요!"

"진짜 지식은 졸업장 따위로 증명되는 게 아니야, 조안. 그리고 얼마나 많은 책을 읽었는지로 판단되는 것도 아니야. 그에게 별을 보여주고, 태어나고 죽는 식물들, 해질녘의 아름다움을 보여주렴. 라일락의 향기를 맡게 하고, 바다의 숨결을 들려줘."

"아빠! 그 사람, 그런 거 다 알아요!"

주름이 깊게 패 험상궂어 보이는 그의 얼굴이 그녀를 향했다.

"정말 그렇게 확신하니?"

그리고 그녀는 문득 의심이 들었다.

"아빠, 그 사람의 부모님이 그런 걸 가르쳐줬을까요?"

그녀는 앙드레 부부를 떠올리자 치밀어 오르는 메스꺼운 소름을 참지 못하고 고개를 절레절레 흔들었다.

"아니요, 아마 아니겠죠."

아버지는 조금 씁쓸한 미소를 지었다.

"조안, 나도 그들이 속삭이는 소리를 들었단다. 하지만 그 아이가 그런 부모 밑에서 자란 걸 탓해선 안 돼. 결국 그는 불쌍한 아이일 뿐이야. 그는 가난하게 자랐어."

조안이 발끈하며 말했다.

"그 사람 부모님은 담배가게 주인이에요!"

"조안, 넌 정말 내 딸이 맞니? 가끔은 나도 헷갈린단다."

그녀는 웃음을 참지 못했다.

"소문에는 그렇대요."

"나는 다른 종류의 가난을 말하고 있었단다."

"아."

"너는 아직 배워야 할 게 많아."

"그럼 아빠는요?"

그녀는 약간 발끈한 어조로 되물었다.

"조안, 나도 배워야 한단다. 사람은 평생 배우는 법이야."

그다음 주 일요일, 레옹과 조안은 생쉴리아크에서 가장 아름다운 노을을 바라본 뒤 해변에서 처음으로 입을 맞췄다.

캠핑카는 다시 길을 나섰다. 조안은 이틀째 앓고 있었다. 열이 좀처럼 내려가지 않았다. 에밀은 약국에 가서 약을 받아오고, 그녀를 위해 고기 국물을 준비했다. 그녀가 먹을 수 있는 건 그것뿐이었기 때문이다.

"우리 지금 어디예요?"

아침이 되어 상태가 조금 나아진 조안이 조심스레 침상에서 내려오며 물었다.

"피레네-아틀랑티크 지방의 아스 근처에 도착했어요."

그는 벤치에 앉아 김이 모락모락 나는 커피를 앞에 두고 앉아 있었다.

“좀 나아졌어요? 자, 앉아요.”

그는 자리를 내주며 구겨진 종이 한 장을 그녀 쪽으로 밀어 놓았다.

“이게 뭐예요?”

“미르티유랑 전화했거든요.”

조안의 눈이 커졌다.

“오!”

“당신 열을 내릴 수 있는 방법을 모르겠어서… 그분에게 조언을 구했어요.”

“전화 좀 바꿔주지 그랬어요. 얘기하고 싶었는데.“

“당신은 아기처럼 자고 있었잖아요.”

조안은 실망감을 삼켰다.

“그럼, 무슨 조언을 해주시던가요?”

“자기 집으로 바로 달려와 제대로 치료받으라고 하더군요.”

그는 조안이 그 말을 듣고 웃을 것이라는 사실을 알고 있었다.

“나는 그냥 약사랑 알아서 하겠다고 대답했어요.”

“그럼 이 종이는 뭐예요?”

조안은 낙서를 해독하려 애쓰며 물었다.

“그분이 말하길, 우리가 크리스마스 전까지 자기 집에 돌아오고 싶어 하지 않으니, 최소한 그때까지 당신이 따뜻하게 지낼 수 있도록 해 달라고 하더군요..”

조안은 이해가 가지 않아 눈살을 찌푸렸다.

“그분이 연락처를 줬어요. 이 분은 목동이예요.”

조안은 종이 위쪽에 쓰인 이름과 성을 읽었다. 이폴리트 베르나르.

“이 분이 아스 계곡에 있는 오래된 돌 저택을 개조할 계획이라네요.

프랑스 전역, 때로는 유럽 전역에서 자원봉사자들을 받는데요. 사람들이 이틀이나 일주일, 한 달 동안 머물고, 현장 일 몇 시간을 도와주는 대신 숙식은 제공한다더군요."

"오!"

그녀는 그 아이디어가 마음에 드는 듯했다.

"미르티유에게 다시 전화할래요?"

에밀이 그녀에게 전화를 내밀며 물었다. 하지만 조안은 여전히 얼굴이 핼쑥했다. 그녀는 망설였고, 아직 누군가와 대화할 준비가 되어 있지 않은 듯했다.

"잘 모르겠어요…."

"아니, 잊어버려요. 급한 건 아니니까. 먼저 간단히 간식을 준비해 줄게요, 알겠죠? 당신이 벌써 사흘 동안 제대로 된 걸 먹지 못했으니까요."

그는 주방으로 향하며 과일 샐러드를 만들어 주겠다는 생각으로 움직였다.

"오늘 안으로 아스에 도착할 거예요. 길에 눈이 있어서 더 좋네요…."

하지만 그는 말을 마치지 못했다. 조안이 일어나 벤치 위 작은 창문 앞 커튼을 홱 잡아당겼다. 놀란 눈으로 눈을 바라보는 그녀는 꼭 어린애 같았다.

"눈이 와요…."

"예, 눈이 와요."

"언제부터요?"

"우리가 피레네로 돌아온 뒤부터…"

그는 창문에 코를 붙이고 그녀를 바라보았다. 그녀가 무엇을 생각하는지, 어린 톰은 눈을 좋아했는지, 흰 눈밭에서 쪼그리고 앉아 눈사람을 만드는 모습이 떠오르는지 궁금했다.

눈 덮인 들판과 산들이 연이어 지나갔다. 가끔은 앙상한 나뭇가지 몇 그루가 시야에 들어왔다. 에밀은 앞자리에 앉아 운전하고 있었다. 조안은 벤치 위에 무릎을 꿇은 채 창문에 얼굴을 붙이고 있었다. 그녀는 담요에 몸을 감싸고 있었고, 흙 묻은 머리카락이 이마에 붙어 있었으며, 입술은 추위에 갈라져 있었다. 그녀는 아직 씻고 싶은 마음은 없었지만, 적어도 과일 샐러드는 먹었다.

생쉴리아크 초등학교의 돌이 깔린 작은 마당에서 열쇠 꾸러미가 짤랑거리는 소리가 들렸다. 조안과 레옹은 조안 아버지의 작은 채소밭 한가운데 놓인 작은 테이블에 앉아 있었다. 그녀는 레모네이드를 두 잔 내왔고, 그들은 10월 햇살의 마지막 빛을 즐기고 있었다. 조안의 아버지가 커다란 열쇠 다발을 들고 돌아왔다. 마을로 장을 보러 나선 그는, 마치 약속이라도 한 듯 두 시간 가까이 모습을 나타내지 않았다.

"디들 잘 지냈니, 얘들아?"

조안은 조용히 고개를 끄덕였다. 레옹이 재빨리 인사했다.

"안녕하세요, 선생님."

조안의 아버지는 커다란 밀짚모자를 벗어 테이블 위에 올려놓았다.

"뭐 좀 사왔어요?"

그녀가 바구니를 흘끗 보며 물었다.

"아티초크랑 비트 몇 개, 가지 하나, 무화과 몇 개."

조안은 바구니 속을 뒤지기 시작했다. 아버지는 그들 옆 의자에 털썩 앉았다.

"채소밭에서 올 시즌 첫 호박이 나왔어."

"정말요?"

조안이 고개를 들었다.

"스파게티야."

두 사람은 동시에 레옹의 웃음을 듣고 놀라 돌아보았다. 레옹은 말을 더듬기 시작했다.

"저, 저… 아니, 그게…."

조안의 아버지의 굵고 거친 목소리가 그를 끊었다.

"아니, 우리 밭에서는 국수가 자라지 않아… 국수를 키우는 방법을 아직 못 찾아냈거든… 안타까운 일이지."

조안은 웃음을 터뜨렸고, 불쌍한 레옹은 얼굴이 새빨개졌다.

아버지가 덧붙였다.

"호박이야. 호박의 한 종류지."

그는 갑자기 일어나 레옹을 놀라게 했다.

"자, 이리 와. 내가 보여줄게."

조안은 고개를 끄덕였다.

"어릴 때 나는 저걸 '엄마 레몬'이라고 불렀어."

그 말에 아버지가 미소를 지었다.

"그랬지. 그걸 집까지 들고 오지도 못했잖아… 그땐 키가 겨우 1미터 10 정도밖에 안 됐을 때였지."

그는 일어나 베이지색 바지에 묻은 흙을 털어냈다.

"레옹, 저녁을 우리 집에서 먹고 가지 그래? 그러면 스파게티 호박 요리하는 법을 배울 수 있을 거야."

레옹은 놀람과 기쁨을 감추지 못했다. 그는 어리숙하게 웃으며 물었다.

"정말요?"

조안의 아버지는 고개를 끄덕였다.

"조안이 가르쳐 줄 거야. 얘가 그라탱을 아주 잘 만들거든."

조안도 고개를 끄덕이며 말했다.

"그리고 아빠는 무화과 콤포트를 만들어 주실 거야. 거기에 호두를 넣거든. 정말 맛있어."

레옹은 천국에라도 간 듯한 표정이었다. 그는 미소를 멈추지 못하며 말했다.

"그럼… 네… 좋아요… 초대해 주셔서… 감사합니다… 저 무화과 정말 좋아해요."

조안의 아버지는 거친 목소리로 그의 말을 가로막았다.

"전화는 현관에 있으니까 부모님께 전화해. 그러고 나서, 부엌으로 와. 자, 얘들아, 요리 시작이다!"

조안과 아버지는 각자 익숙한 자리를 되찾았다. 조안은 부엌의 삐걱거리는 식탁 앞, 의자 위에 무릎을 세우고 도마 앞에 앉았다. 아버지는 싱크대 앞에 서서 무화과를 씻고 있었다. 조리 도구들은 작업대에 가지런히 놓여 있었다. 그들은 언제나 각자의 공간에서 이렇게 요리를 했다. 레옹은 조안의 오른쪽에 서서, 어색한 자세로 그녀를 주의 깊게 지켜보고 있었다.

"자, 봐. 반으로 잘랐지? 이제 올리브유랑 소금, 후추를 뿌려서 오븐에 넣을 거야."

"이대로 굽는 거야? 껍질째?"

"물론이지. 자, 올리브유 좀 건네줄래?"

조안의 아버지는 아무 말도 하지 않고, 입가에 미소를 머금은 채 그들을 곁눈질했다.

"좋아, 이제 온도를 180도로 맞추는 거야."

조안이 오븐 앞에 쪼그리고 앉은 채 설명했다.

조안은 레옹에게 양파와 마늘 볶는 일을 맡겼다. 그러고 나서 그녀는 뜨겁게 달궈진 팬에 올리브유를 두르고, 향이 퍼질 때쯤 잘게 썬 토마토 조각을 넣었다. 둘은 불을 조절하며 학교 와 곧 다가올 만성절 방학, 그리고 레옹이 부모님과 함께 떠날 예정인 몽생미셸 여행에 대해 얘기를 나눴다.

"거기 가본 적 있어?"

조안이 대답했다.

"아니."

"언젠가 내가 꼭 데려가 줄게."

조안은 잠시 생각하더니, 입꼬리를 살짝 내밀며 말했다.

"그래. 왜 안 되겠어?"

늙은 아버지는 그들이 오븐에서 꺼낸 스파게티 호박을 포슬포슬하게 긁어내며, 그 안에 토마토와 마늘, 양파로 만든 소스를 섞는 모습을 바라보고 있었다.

"그다음엔 그걸 다시 오븐에 넣는 거야."

레옹은 조안의 말을 충실히 따르며, 그녀가 알려주는 모든 과정을 기억하려 애쓰는 듯했다.

"너는 집에서 요리 안 해?"

"응, 전혀. 적어도 이런 건 안 해."

"그게 무슨 뜻이야?"

"엄마가 요리할 시간이 없대. 늘 냉동식품만 전자레인지에 데워서 먹거든."

조안은 역겨운 듯 얼굴을 찡그렸다. 그 표정은 레옹뿐 아니라, 멀찍이서 무화과 콤포트를 저으며 듣고 있던 아버지의 눈에도 들어왔다.

세 사람은 거실 식탁에 둘러앉았다. 조안의 아버지는 벽난로에 불을 지폈다. 레옹은 거실 벽을 가득 채운 글귀와 문장을 호기심 어린 눈으로 읽어보았다. 그건 명언과 소설의 한 구절, 혹은 누군가의 생각을 적은 문장들이었다. 그중 하나는 조안이 열 살쯤 되었을 때 쓴 것처럼 보였다.

"오늘은 해가 났어. 하늘이 웃는 것 같아."

그 흔들리는 글씨 위에는 파란색 태양이 조그맣게 그려져 있었다.

"그래서, 레옹, 하루 종일 아이들에게 뭘 가르치나?"

조안의 아버지가 조안과 레옹의 접시에 음식을 덜어 주며 물었다.

"아, 여러 가지요. 글쓰기랑 계산, 프랑스 역사, 그리고 인체나 생물학 같은 것도 가르칩니다."

"좋네. 내가 관리인으로 일하던 시절에, 아이들이 직접 채소를 기를 수 있도록 큰 텃밭을 만들자는 제안을 교장에게 한 적이 있었지."

"아주 좋은 생각이네요."

레옹이 이렇게 말하며 고개를 끄덕였다. 하지만 조안의 아버지는 짜증 섞인 투덜거림을 내뱉었다.

"그런데 거절당했어. 필요 없다는 거야."

"아… 아깝네요."

"봐, 요즘 애들은 대부분 스파게티 호박이 뭔지도 모를걸."

레옹은 얼굴이 붉어지기 일보 직전이었지만, 그 노인이 그가 말할 틈을 주지 않았다.

"그럼 네가 아이들에게 가르쳐 주면 되잖아."

레옹은 고개를 끄덕였다.

조안은 그 옆에서 조용히 음식을 조금씩 집어 먹고 있었다.

"있잖아, 레옹. 혹시 관심 있으면, 아이들을 가끔 내 텃밭에 데려와도 돼. 일주일에 한 시간 정도. 물도 주고, 식물 종류도 배우게."

레옹의 얼굴에는 진심 어린 기쁨과 열정이 떠올랐다.

"정말 그래도 될까요?"

"시민 교육 시간이라는 게 있지 않나?"

"네, 있습니다."

"그럼 말야, 그 시간에는 네가 아이들에게 무엇이든 가르칠 수 있지 않겠니? 교장도 거기에 뭐라 하진 못할 거야. 한 번 생각해 봐, 알겠지?"

"네, 그럴게요."

그때, 마일스 데이비스의 음악이 작은 거실 안에 울려 퍼졌다. 조안은 콧노래를 흥얼거리며, 테이블 아래에서 발끝으로 박자를 맞추고 있었다. 아버지는 의자에 몸을 기댄 채 식사 후의 포만감에 젖은 얼굴을 하고 있었다. 조제프의 질문에 용기를 얻은 레옹은 그들에게 자신의 반 아이들 이야기와 독서를 꺼려 하는 몇몇 학생들, 그리고 자신이 겪고 있는 어려움들에 대해 얘기했다.

조안이 제안했다.

"아침에 읽기 시간을 만들어보는 게 어때? 아이들이 책 읽는 걸 휴식이나 놀이처럼 느끼게 해야 해. 아침마다 이야기 하나를 읽어줘. 그리고 아이들이 바닥에 누워서, 곰 인형이나 작은 담요를 안고 들을 수 있게 해. 이야기와 함께 천천히 하루를 시작하도록 해봐."

"정말 그럴까?"

레옹이 망설이듯 묻자, 조안의 아버지가 고개를 끄덕이며 말했다.

"아주 훌륭한 생각이야."

그러자 레옹이 약간 수줍게 말을 이었다.

"이 벽에 적힌 글귀들을 보니까 생각이 났어요… 좀 유치할 수도 있지만… 아이들에게 하얀 캔버스나 큰 천을 하나씩 주면 어떨까요? 그 위에 그날의 영감, 기분, 떠오르는 생각들을 자유롭게 적게 하는 거예요. 그렇게 하면 받아쓰기보다 훨씬 자유로운 방식으로 글쓰기에 익숙해질 수 있지 않을까 해서요…."

조안과 아버지가 미소 지으며 고개를 끄덕이자, 레옹의 어깨가 천천히 펴졌다.

그날 저녁, 레옹이 작은 집 대문 앞에서 조안에게 입을 맞추고 떠난 뒤에 조제프는 부엌에서 설거지 중인 딸 곁으로 다가왔다. 그는 행주를 집어 들고, 그녀가 건네주는 접시를 닦으며 말했다.

"있잖니, 조안. 나는 그 레옹이라는 청년이 참 괜찮은 아이인 것 같구나."

"저도 그렇게 생각해요."

잠시 침묵이 길어졌다.

조안이 말했다.

“그가 저를 부모님께 소개하고 싶대요. 크리스마스 휴가 때 자기 집으로 저를 초대하겠대요.”

노인은 아무런 내색도 하지 않은 채, 침묵 속에서 그 소식을 곰곰이 되새기며 계속 접시를 닦았다.

“그러니까 가서 당당하게 어깨 펴고 행동해. 네 뒷말을 했던 게 얼마나 큰 잘못이었는지 본때를 보여주라고. 내 말 알아들었어, 조안?”

“전 항상 그렇게 해왔어요.”

“알아. 하지만 때로는 감정이 우리를 약하게 만들지. 진짜 사랑이라면 우리를 더 크고 당당하게 만들어야 해. 그 반대여서는 안 돼.”

“알아요, 아빠.”

그녀는 아버지가 자신을 다정하게 바라보는 걸 보지 못했다.

“봐라, 이제 너는 어른이 되고 있구나. 이제는 내가 가르쳐 줄 게 별로 없어.”

그들은 서로 돌아보지 않은 채 미소를 지었다. 그 미소는 각자 자신을 위한 것이었다. 조안의 미소에는 자부심이 담겨 있었고, 아버지의 미소에는 약간의 씁쓸함이 배어 있었다.

앙드레 부부는 저녁 식사 내내 공손하고 예의 바르게 굴었다. 그들은 다소 경멸스러웠지만, 그건 그들의 본성이었다. 조안은 마지못해 그들의 집에 왔다. 레옹은 마을에서 ‘근본 없는 애’니 ‘화냥년 딸’이니 손가락질받는 여자를 부모님께 인사시키러 간다는 사실을 전혀 모르는 사람처럼 싱글벙글했다. 그는 아주 신이 났는지 머리 가르마까지 정성스럽게 타고 나타났다.

조안은 앙드레 부부 앞의 높은 의자에 앉아 차츰 긴장의 끈을 늦추고 있었다. 레옹의 아버지는 한 시간 내내 그들의 담배 가게에 대해 얘기했고, 조안은 흥미로운 척하며 그의 얘기를 들어주었다. 이제 거의 끝이다. 디저트만 남았다. 곧 집에 갈 수 있다.

"자, 디저트 들어요."

앙드레 부인이 과일 타르트를 식탁 위에 올려놓으며 말했다.

조안은 이게 냉동 타르트인지, 아니면 '사생아'를 대접하려고 앙드레 부인이 직접 만든 건지 궁금해했다. 그런 생각을 하고 있던 바로 그때, 역겹도록 살살거리는 목소리가 들려왔다.

"그래서, 조안, 레옹이 말하길 네가 스무 살밖에 안 됐을 때 아버지의 자리를 이어받았다고 하더구나?"

조안은 아버지와 그가 해주었던 조언을 떠올리며, 고개를 치켜들었다.

"네, 맞아요."

앙드레 부인은 부자연스러운 미소를 지으며 접시를 자기 쪽으로 끌어당겼다.

"그전에는 뭘 했니? 공부는 안 한 걸로 알고 있는데, 그렇지?"

"저는…."

조안이 헛기침을 한 번 했다.

"저는 바칼로레아에 합격했고, 그다음엔 아버지와 함께 일하기 시작했어요. 아버지는 2년 뒤에 은퇴할 예정이셨고… 교장 선생님께서 이미 저를 후임으로 생각하고 계셨어요. 그래서 아버지가 저에게 일을 가르쳐주기 시작하셨죠."

식사가 시작되었고, 정적 속에서 달그닥거리는 숟가락 소리만이 울려 퍼졌다.

앙드레 부인이 속삭이듯 말했다.

“흠… “정말 안타깝네요.”

조안은 억지로 예의 바른 표정을 지었다.

“안타깝다니요?”

“이런 시골밖에 몰랐던 젊은 아가씨가… 도시로 나가서 공부도 하고, 세상 구경도 좀 할 수 있었을 텐데 말야.”

앙드레 부인은 귀 뒤로 머리카락 한 올을 넘겼다.

“물론, 관리인이셨던 네 아버지로서는 그럴 여유가 없었겠지만 말이다.”

수년간 드라이를 해서 머리칼이 딱딱하게 굳은 레옹의 어머니가 그녀를 뚫어지게 쳐다보았다. 조안은 억지로 예의를 갖추며, 특히 기죽지 않으려는 듯 어깨를 꼿꼿이 세웠다.

“그건 돈의 문제가 아니었어요. 전… 학교가 편했어요. 학교에서 일하는 게 좋았고요. 도시에서 살고 싶다는 생각은 한 번도 해본 적이 없어요.”

레옹의 어머니는 이 모든 것이 전부 다 꾸며낸 이야기라고 굳게 믿는 듯한 말투로 다시금 나직히 말했다.

“흠….”

레옹은 고집스럽게 시선을 접시에 고정한 채, 누군가 자신을 증인으로 끌어들이지 않기만을 바라는 듯했다.

“물론 개인적인 의견이지만... 나와 내 남편은 우리 아들이 생쉴리아크 밖의 세상도 경험하는 게 꼭 필요하다고 생각했단다. 세상을 넓게 보는 게 중요했거든. 세상에는 다른 곳에도 흥미로운 사람들이 아주 많았으니까.”

이번에는 조안이 냉소적인 표정을 참지 못했다.

"저는 생말로 고등학교에서도 흥미로운 사람은 한 명도 못 만났어요."

그녀는 어깨를 으쓱하며 말을 마쳤다. 식탁 위 공기가 무겁게 가라앉았다. 하지만 앙드레 부인은 다시 공격을 이어갔다.

"물론, 너는 아마… 뭐랄까… 사람들과 어울리는 걸 좋아하지 않는 타입이었을 수도 있겠지."

"전 학교에서 만나는 사람들로 충분했어요. 선생님들이랑 교장 선생님과도 잘 지냈고요."

앙드레 부인은 물을 한 모금 마셨다. 하지만 여전히 입가의 경직된 미소는 풀리지 않았다.

"그래, 그렇겠지. 하지만 젊은 아가씨라면 또래 친구들도 필요하잖니, 안 그래?"

조안은 천천히 숨을 고르며, 너무 익어서 바삭한 과일 타르트를 조용히 씹었다. 그녀는 이 상황에서 해야 할 일을 알고 있었다. 그저 앙드레 부인의 말마다 고개를 끄덕이면 됐다. 그게 이 지긋지긋한 대화를 빨리 끝내는 유일한 방법이었다. 하지만 앙드레 부인은 이미 말을 이어가고 있었다.

"있잖니, 레옹은 낭트에서의 대학 시절을 아주 좋아했단다. 그곳에서 수많은 흥미로운 사람들을 만났지. 그렇지, 레옹?"

레옹은 여전히 접시만 바라보며 건성으로 고개를 끄덕였다. 그러자 앙드레 부인은 웃음이라기엔 민망하게 말처럼 히힝거리는 소리를 내더니, 말을 이었다.

"거기서 여자도 만났단다. 이름은 에스텔이었어. 내 생각에 두 사람은 거의 2년 정도 사귀었던 것 같아….”

“엄마!”

레옹은 식탁을 주먹으로 쾅 쳤고 몸을 곧게 세웠다. 어머니는 자신의 실수를 겨우 알아차린 척하며 손을 입에 갖다 댔다.

“물론… 난 괜히 분위기를 망치려는 건 아니었어. 그저 네가 거기서 즐겁게 지냈다는 사실을 강조하고 싶었을 뿐인데.”

그녀는 조안을 향해 몸을 돌리며 하나같이 달콤하지만 거짓된 사과를 늘어놓았다.

“이건 너랑 아무 상관 없는 얘기야. 널 불편하게 하고 싶었던 건 절대 아니었어. 그런 생각은 내게 전혀 없었단다.”

레옹은 몹시 화가 난 듯 보였고, 식사 자리를 일찍 끝내고 조안을 집에 데려다줄 생각임을 부모님께 알리려는 듯 식탁 위를 손가락으로 초조하게 톡톡 두드렸다. 하지만 앙드레 부인은 다시 물을 한 모금 마신 뒤 얘기를 이어갔다.

“레옹은 정말 낭트를 좋아했단다. 3학년 때는 영국으로 인턴을 갔어. 레옹은 런던도 무척 좋아했지. 언젠가는 다시 그곳으로 돌아갈 생각도 하고 있었어. 물론, 갓 졸업한 젊은 교사로서, 경험을 쌓는 게 중요했지. 사람들이… 음… 교육 수준에서 덜 까다로운 곳에서 말이야… 야망이 적은 곳이지. 그래서 그는 생쉴리아크를 선택했던 거란다.”

레옹의 얼굴이 붉게 달아오르기 시작했다. 식탁을 두드리던 그의 손가락도 딱딱하게 굳어버렸다. 앙드레 부인은 조안을 잡아먹을 듯한 눈길로, 아주 즐겁다는 듯이 그녀를 빤히 쳐다보았다.

“물론, 레옹은 늘 남편과 내게 말했단다. 그리고 우리도 레옹이 여기서 묻혀 살지는 않을 거라고 걸 충분히 이해했지! 아니, 레옹은 2년 정도, 많아야 3년 정도만 머무를 생각이었어. 그 후에는 생말로나 낭트에서 직장을 찾을 계획이었지. 런던에 정착할 생각도 하고 있었고. 정말 멋진 계획들이지. 우리 레옹이 야심이 좀 있거든. 그렇지, 자기야?"

조안은 태연한 척하며 눈 하나 깜짝하지 않으려 애썼다. 그녀는 레옹을 쳐다보는 것조차, 더군다나 시선으로 질문하는 것조차 거부했다. 그녀는 상대방, 즉 다른 마녀에게 그런 만족감을 주고 싶지 않았다. 조안은 그저 고개를 끄덕이는 편을 택했다.

"네. 정말 멋진 계획이에요."

레옹은 밤길에서 조안을 따라잡으려 애썼다. 그녀는 자갈로 포장된 골목길을 빠른 걸음으로 걷고 있었다.

"잠깐! 내가 바래다줄게! 조안!"

조안은 그가 따라잡을 수 있도록 속도를 늦췄다. 하지만 그녀는 침착하게 대답했다.

"나 혼자 갈 수 있어."

"그래도 바래다 주고 싶어."

"난 혼자 걷는 게 좋아."

그는 숨을 고르며 그녀의 속도에 맞춰 걸으려고 애썼다.

"우리 엄마 때문에 미안해… 항상 저렇게 굴거든."

"저렇게, 어떻게?"

"불쾌하게."

조안은 어깨를 으쓱했다. 얼굴은 여전히 태연했고, 그걸 본 레옹은 당황했다.

"엄마가 에스텔 얘기를 꺼낼 필요는 없었어."

"그건 신경 안 써."

그는 그녀의 얼굴을 살펴보며 진심인지 확인하려 했다. 확실히, 조안은 에스텔 이야기에 조금도 관심이 없는 듯 보였다. 그녀는 여전히 머리를 곧게 세우고, 빠른 걸음을 유지하며, 그에게 한 번도 눈길을 주지 않았다.

"런던으로 이사 가는 이야기가 신경 쓰이는 거야?"

그는 그녀를 정면으로 쳐다볼 용기가 없었다. 조안의 대답이 조금 두려웠다.

"아니, 그게 신경 쓰이는 건 아냐. 신경 쓰이는 건 아무것도 없어. 다만… 내가 네 시간을 뺏는다는 생각 뿐야."

"뭐라고?"

그는 조안의 팔을 붙잡아 그녀를 멈춰 세웠다.

"어째서 그런 말을 하는 거야?"

조안은 침착하고 평온한 시선을 유지했다. 그 눈빛 때문에 레옹은 그녀가 열 살은 더 많아 보이는 듯한 느낌을 받았다.

"나는 내가 문화적 함정 속에서 살고 있다고 생각해 본 적이 없어. 이 마을이 좋고, 내가 일하는 학교를 야심이 없는 아이들을 위한 기관이라고 생각하지도 않아."

"그건… 난… 한 적이…."

"난 절대 생쉴리아크를 떠나지 않을 거야. 여기 있는 모든 곳이 좋아. 그리고 나는 절대 아버지 곁도 떠나지 않을 거야."

레옹은 횡설수설하며 고개를 가로저었지만, 조안은 더할 나위 없이 침착하게 평정심을 유지했다.

"나는 네가 이곳에 처박혀서 시간을 낭비하지 않았으면 좋겠어. 네 어머니 말이 맞아. 넌 아주 훌륭한 계획들이 있잖아. 잘못된 사람과 함께하느라 그 일들을 망쳐서는 안 돼. 연인 관계라는 건 서로를 성장시키기 위한 것이지, 상대의 발목을 잡아 멈춰 세우기 위한 게 아냐."

그녀는 잠시 멈춰 숨을 고른 뒤 말을 이어갔다.

"네 어머니가 무척 불쾌했던 건 사실이야. 하지만 우리 둘은 함께할 운명이 아니라는 말은 맞아.."

그녀는 갑자기 다시 걸음을 옮겼다. 레옹은 잠시 반응하다가 뒤따라갔지만, 조안은 이미 멀리 가 있었다.

"잠깐! 조안!"

그는 그녀를 따라 뛰며 다시 팔을 잡으려 했지만, 조안은 그를 밀어냈다.

"그게 거짓말이라는 걸 너도 알잖아! 그건 내가 한 말이 아냐! 그들이 말한 거지! 내가 여기 돌아오고 싶지 않았던 건 사실이야. 어린 시절 친구들과 연락이 끊겼고, 심심할까 봐 두려웠어. 하지만 난 생쉴리악이 문화적 심연이라거나... 혹은... 여기서 인생을 썩히게 될 거라고 말한 적이 결코 없어!"

조안은 그를 쳐다보지도 않은 채 성큼성큼 계속 걸어갔다.

"그리고 그건… 널 만나기 전 얘기였어."

그녀는 점점 더 빨리 걸었고, 레옹은 가까스로 그녀의 속도에 맞춰 뛰었다.

"그건 부모님이 내게 듣고 싶어 했던 말이야! 사실 나는 늘 그들을 실망시켰어. 고등학교 끝나고 나서 그들은 나를 억지로 낭트로 데려갔지. 나는 혼자 도시에서 지내는 게 무서웠어. 그리고 영국 인턴십도 그들이 강제로 시킨 거야! 나는 그들이 원했던 야망 있는 소년이 아니었어. 그들은 내가 변호사가 되길 바랐지. 하지만 나는 변호사가 아니라 교사가 되고 싶었어. 그들에게 처음으로 맞섰던 게 그때였어. 사실, 아직도 그들은 나를 미워해."

그는 숨을 고르기 위해 몇 초간 말을 멈췄다. 조안이 걷는 속도를 늦춘 듯 보이자, 그는 용기를 얻어 말을 이어갔다.

"부모님이 계신 생슐리악으로 돌아오는 게 내키지 않았던 건 맞아. 하지만 그건 다 너를 알기 전이었어. 아버님이 그 예배당이며, 용암이 흐른 자국들을 보여주시기 전, 바다로 낚시를 떠나던 사람들 얘기를 해주시기 전 말야… 지금까지는 그 누구도 나에게 생쉴리악을 사랑하는 법을 가르쳐준 적이 없었거든."

조안은 마침내 걸음을 완전히 멈추었다. 그녀가 레옹을 향해 몸을 돌렸을 때, 그녀의 얼굴에는 약간 슬픈 기색이 서려 있었다.

"그게 사실이야?"

레옹은 숨차하면서 고개를 끄덕였다.

"응, 사실이야. 너를 만난 이후로 나는 생쉴리아크를 사랑하게 됐어. 네 아버지 댁에서 저녁 먹고, 다양한 채소를 구경하고,

조금씩 정원 작업을 준비하는 내 작업 공간 이야기를 나누고, 학생들에게 시를 소개하는 게 좋아… 우리 집에서 내 일에 관심을 두는 사람은 아무도 없어. 부모님께 내 직업은 그저 번듯한 사회적 성공을 증명하는 꼬리표일 뿐이야. 하지만 난 내 일을 사랑해. 학교도, 학생들도, 그리고 무엇보다 마당에 있는 너의 작은 집이 정말 좋아. 이른 아침, 네가 저 안에서 교문을 열 준비를 하고 있다는 걸 생각하면 행복해져. 여덟 시 30분 정각에, 네 손보다도 큰 열쇠 꾸러미를 들고 나타나는 널 보는 게 좋아. 네 걸음걸이, 아이들에게 인사하는 모습, 화초

에 물을 주는 방식까지 전부 다 사랑스러워. 네가 나를 바라볼 때 내가 느끼는 감정들... 네 덕분에 난 내가 더 강하고, 더 대단한 사람이 된 것만 같아. 내가 정말 중요한 사람이 된 것 같은 기분이 들어. 낭트에서는 너 같은 여자를 만난 적이 없어. 난 이제 더 이상 네게서 멀리 떠나 있고 싶지 않아. 만약 생쉴리악에 남아야 한다면, 난 기꺼이 여기 남을 거야."

그녀는 그의 말에 마음이 움직이는 듯 보였지만, 그럼에도 마치 그를 가늠해 보려는 듯, 그의 눈동자 깊은 곳에서 진심을 찾아내려는 듯 여전히 그에게서 거리를 두고 있었다.

"내가 어떻게 해야 네가 날 믿어줄까?"

레옹은 지친 듯 물었다.

"내가 뭘 해주면, 내가 진심이라는 걸 보여줄 수 있을까?"

조안의 눈이 살짝 반짝였다. 그녀는 몇 초 동안 생각하며, 발끝으로 작은 돌멩이를 가지고 놀았다. 그리고 마침내 얼굴을 들어 레옹을 바라보며 말했다.

"우리 작은 집이 그렇게 좋으면, 와서 같이 살아도 돼."

조안은 레옹 얼굴에 나타난 충격과 갑작스러운 창백함을 알아차리지 못하는 듯했다.

"아빠는 내 방을 확장하고 거기서 채소밭이 내다보이는 작은 베란다를 만들 계획이셨어··· 내가 독립적인 생활을 할 수 있도록 말야··· 네가 우리와 함께 살면, 우리만의 공간을 만들 수 있어. 벽을 허무는 건 문제 없어. 그리고 나도 베란다 기초 공사를 어떻게 하는지 정도는 조금 알고 있거든."

조안은 레옹의 넋 나간 얼굴을 보고 말을 멈추었다. 그는 입을 반쯤 벌린 채 눈을 미친 듯이 깜빡거리며 당혹감을 감추지 못하고 있었다.

그녀가 물었다.

"뭐? 무슨 일이야?"

레옹은 고개를 저었다. 머리에 강한 충격을 받은 사람처럼 보였다.

그는 간신히 속삭였다.

"너… 그럴 수 없어."

조안은 이해하지 못했다. 그녀는 눈썹을 찌푸렸다.

"내가 뭘 못 한다는 거야?"

"내가 네 진심을 증명하기 위해 뭘 해줄 수 있는지 물었잖아…."

"알아…."

"그런데 그걸 네가 나한테 해주는 거야…."

그는 지금도 잘 실감이 나지 않는 듯했다.

"너가 나한테 같이 살자고 하는 거야! 너랑 네 아버지랑 함께!"

조안은 입가에 아주 미묘한 미소를 띠며 고개를 끄덕였다.

"받는다는 것도 일종의 관대함이야, 알지… 아마 주는 것보다 더 큰 관대함일 수도 있어."

레옹은 이해할 수 없다는 표정으로 그녀를 바라봤다.

"파울로 코엘료 알아?"

레옹은 살짝 고개를 끄덕였다.

"응… 응, 책 몇 권 읽었어. 〈연금술사〉랑… 그리고 〈브리다〉도 읽었어."

레옹의 당혹감이 커져갈수록, 조안의 미소는 점점 더 흐릿해지고 희미해졌다.

"그의 책 중 하나에서, 주는 것과 받는 것에 대해 말한 적이 있어. 난 그 말에 상당히 동의해."

"아…?"

"그는 '받는 것은 관대함의 행위다'라고 말했어. 받는 것을 받아들임으로써, 너는 상대방이 너를 행복하게 해줄 수 있도록 허락하고… 그럼 상대방도 행복해지지."

조안은 평온하고 차분하게 미소 지었다. 레옹은 몇 초 동안 말을 잇지 못했다.

"그럼… 그러니까 내가 네게 뭘 해줄 수 있냐면… 내 진심을 증명하기 위해서 네가 나한테 해주길 바라는 건… 이 선물을 받아들이는 거야…."

조안은 평온하고 담담한 모습으로 그에게 미소 지었고, 레옹은 몇 초가 지나서야 겨우 말문이 트였다.

"그러니까… 그러니까 내 진심을 증명하기 위해 네게 주어야 할 선물이… 그게… 네가 주는 이 선물을 내가 기꺼이 받아들이는 거라니…."

레옹은 그녀의 거침없는 솔직함과 대수롭지 않게 문제를 제기하는 그 단순함에 완전히 허를 찔렸다. 그의 입은 벌리고 있어야 할지 다물어야 할지, 말을 해야 할지 말아야 할지 몰라 갈팡질팡했다. 그는 단 한 마디도 내뱉지 못한 채 말을 더듬거렸다. 조안은 갑자기 걱정스러운 듯 미간을 찌푸리며 무언가 말하려 했지만, 레옹은 그녀에게 틈을 주지 않았다. 그의 입에서 문장들이 폭포수처럼 쏟아져 나왔다. 감탄 섞인 말들이 고음으로 치솟으며, 거의 비명에 가까운 소리로 터져 나왔다.

"좋아! 알았어! 갈래! 너랑 같이 살고 싶어!"

그날 밤, 생쉴리아크의 크리스마스 장식으로 빛나는 골목에서 그들이 나눈 키스는 가장 아름다운 키스 중 하나였다.

22

에밀과 조안이 아스 마을에 도착해 이폴리트의 영지에 자리 잡은 지 이제 일주일이 됐다. 그곳은 커다란 돌집이었는데, 찾아오는 자원봉사자들의 손길을 빌려 조금씩 천천히 고쳐나가는 중이었고, 겨울이라 그런지 오가는 사람들은 평소보다 훨씬 적었다. 이폴리트는 형편이 넉넉지 않았지만, 일이 더디게 진행되는 것을 전혀 개의치 않는 듯했다. 그는 예순 살 정도 된 남자로, 머리는 대머리였고, 턱 끝에는 물방울 모양의 하얀 염소수염이 조그맣게 나 있었다. 그는 전직 양치기였다. 예전에 기르던 양 떼 중에는 이제 늙은 양 세 마리만 남았고, 그의 곁에는 충직한 개 '미스틱'이 있었다. 이폴리트가 살던 작은 양치기 오두막은 그 영지에서 100미터쯤 떨어진 곳에 여전히 그대로 남아 있었는데, 그는 매일 밤 그곳에서 잠을 청했다.

자원봉사자(11월의 눈 내린 달에 네 명이었다)들은 영지의 작은 부속 건물에서 자고 머물렀다. 그곳에는 네 개의 작은 더블룸이 있었는데, 좁고 기본적인 편의 시설만 갖추고 있었지만, 벽난로 덕분에 충분히 따뜻했고, 저녁 식사 시간에는 공용 주방에서 목소리와 웃음소리가 울려 퍼졌다. 욕실은 복도 끝에 있는 샤워부스와 세면대뿐이었다. 하지만 불평하는 사람은 아무도 없었다. 분위기는 화기애애했다. 이폴리트가 만든 음식들은 양이 푸짐하고 이 지역 특유의 풍미가 가득했다. 에밀은 프랑스어 실력을 늘리기 위해 온 젊은 독일인 밴스와 친해졌고, 또 다른 자원봉사자인 알뱅과도 알게 됐다. 알뱅은 이혼한 가장으로, 잠시 세상과 거리를 두고 싶어 이곳에 온 사람이었다.

조안은 그들이 부엌에서 이야기하는 걸 여러 번 들었다. 그렇게 해서 그녀는 그들의 이름과 이곳에 있는 이유를 기억하게 됐다. 그녀는, 여기 온 이후로 단 한 번도 방을 나가지 않았다. 에밀이 아침, 점심, 저녁마다 그녀에게 음식을 가져다주었다. 그는 하루에도 여러 번 그녀의 건강을 확인하러 왔다. 그녀는 아직 열이 많이 있었고, 특히 밤에는 심했으며, 낮 동안에는 덜덜 떨며 보냈다. 며칠 전, 저녁 식사 시간에 그들은 그녀에 대해 이야기했다. 독일인 젊은이는 강한 억양으로 물었다.

"네 친구는 방에서 한 번도 안 나와?"

에밀은 그녀가 아프다고 설명했고, 자신이 돌보고 있으며, 곧 다시 회복할 거라고 말했다. 그녀는 낮 동안에도 숄을 몸에 두르고, 창밖으로 눈 덮인 목초지를 바라보며 시간을 보냈다. 풍경이 아름다웠다. 만약 그녀가 그렇게 힘들지 않았다면, 눈 속을 걸었을 것이다.

그녀는 갑작스러운 목소리, 문이 쾅 닫히는 소리 등 밖에서 시간이 어떻게 흘러가는지, 삶이 계속되고 있다는 단서를 엿들을 수 있었다.

오늘 아침, 그녀는 빈 캔버스와 물감을 꺼냈다. 그녀는 붓을 귀 뒤에 꽂고, 그들의 작은 방 창가에 앉았다. 그녀는 풍경에 집중했다. 눈으로 뒤덮인 목초지, 양들, 영지를 둘러싼 작은 나무 울타리를 그리려고 했다. 가끔 풀밭을 가로지르며 눈 위에 작은 발자국을 남기는 포크도 그리고 싶었다.

"오! 그림 그리네!"

에밀이 점심을 담은 쟁반을 들고 방에 들어오면서 외쳤다. 그 모습을 보니 기쁜 모양이었다. 그는 웃으며 점심을 침대 위에 놓고, 창가에 있는 그녀 곁으로 다가갔다.

"뭐 그리는 거예요?"

그는 자신을 그린 그림을 자세히 살펴봤다.

"아직 완성된 건 아네요."

"그럼 나중에 다시 볼게요."

그녀는 고개를 끄덕였다. 조안은 그에게 점심 먹을 시간이 넉넉하지 않다는 걸 알고 있었다. 그는 이제 자기 몫의 식사를 준비해서 다른 두 사람과 함께 얼른 해치우고는 다시 작업 현장으로 가야 했다. 그들은 기온이 영하로 떨어지지 않는 시간대에 최대한 몰아서 일을 하다가 오후 서너 시쯤 마쳤다. 딱히 정해진 일과 시간이 있는 건 아니었지만, 그들은 늘 그런 식으로 움직였다.

"나 이제 가볼게. 열 내리는 데 좋으니까... 카모마일 차 꼭 챙겨 마시고."

그는 일어나 조안의 이마에 붙은 젖은 머리카락 몇 가닥을 치우고 입맞춤을 했다. 무심코, 자연스럽게 한 행동이었다. 그녀는 그가 방을 가로질러 가더니 문을 닫는 모습을 바라봤다.

"이따 봐." 하지만 그는 그 말을 들을 수 없었다. 이미 가버리고 없었으니까.

레옹은 시멘트가 잔뜩 묻고 구멍 난 작업복 차림으로 베란다 기초 공사 현장 한가운데 서 있었다. 그는 엄청난 자부심을 느끼며 주변을 둘러보았다. 조안은 그들이 이곳에 자리를 잡은 뒤로 그의 눈이 얼마나 반짝이는지 똑똑히 보았다. 그는 아침마다 욕실에서 콧노래를 흥얼거리고, 늘 미소를 지었으며, 조제프가 있을 때도 끊임없이 그녀에게 입을 맞추었다.

"여기 정말 좋아. 여기 있어 너무 행복해."

그는 자신이 처한 현실이 꿈이 아니라는 걸 확인하려는 듯 눈을 깜빡이며, '여긴 정말 좋아. 여기 있다는 게 너무 행복해'라는 말을 입버릇처럼 반복했다.

어느덧 봄이 오고 있었다. 조안의 방을 넓히는 공사는 조금 늦게 시작되었다. 겨울이 유난히 춥기도 했고, 조안의 아버지가 가벼운 심장 발작을 일으켰기 때문이다. 의사는 안정이 필요하다고 했고, 조안은 공사를 시작하기보다 아버지를 돌보며 아버지가 쉬게 하는 쪽을 택했다. 레옹은 12월 말, 새해맞이 파티에 맞춰 이곳으로 이사를 왔다. 조안은 그의 부모가 자신을 몹시 원망하고 있다는 걸 알고 있었다. 사실 이제 그들은 서로 만나지도 않았다. 레옹의 부모는 조안의 선택을 배신이라고 여겨서 결코 받아들이지 못했다.

조안은 어느 날 마을 중심가으로 달걀을 사러 가다가 앙드레 부인을 우연히 마주쳤다. 하지만 앙드레 부인은 그녀의 인사에 답하지도 않고 차가운 눈빛만 보냈다.

레옹이 베란다 기초 한가운데 서서 외쳤다. 그는 믿기지 않는 듯했다.

"봐봐! 이거 봐, 우리가 해낸 거야! 우리 둘이서, 아무도 안 도와줬는데!"

조안은 미소 지으며 그에게 다가가 베란다가 될 자리에 섰다. 그녀도 작업복인 청색 멜빵바지를 입고 있었고, 머리카락은 공구함에서 집어든 드라이버로 정수리 위에 대충 틀어 올려 묶여 있었다. 레옹은 그녀를 껴안고 귀 뒤에 입을 맞추기 시작했다. 조안은 웃으며 몸을 빼

내려 했다.

"이런 거 다 어디서 배운 거야?"

레옹이 여전히 그녀에게 입을 맞추며 물었다.

"아빠한테."

조안이 대답하자, 레옹은 갑자기 몸을 뒤로 빼며 그녀를 위아래로 훑어보았다.

"왜 그래?"

조안이 조금 불편한 표정으로 물었다.

"넌 도대체 못 하는 게 뭐야?"

조안은 잠시 생각하는 척하다가 입꼬리를 살짝 내렸다.

"배관은 전혀 모르고, 전기 쪽은 아예 손도 못 대."

그 말에 레옹이 웃었다.

"괜찮아… 그 정도는 감수할 수 있겠지."

"아빠는 배관 쪽은 좀 아셔."

"하지만 조제프 씨는 무리하면 안 되잖아. 의사 말 기억하지?"

레옹이 자기 아버지를 이름으로 부르자, 조안은 묘한 기분이 들었다. 자기에게는 언제나 '아빠'였고, 학교에서는 모두 '트로니에 선생님'이라고 불렀으니까.

"좋아."

그녀가 멜빵바지를 털며 말했다.

"이제 정리하고 저녁 먹자."

"그래."

조안은 무릎을 꿇고 흙손과 흙판을 하나씩 주워 담기 시작했다. 하지만 곧 고개를 들었다. 레옹이 여전히 그 자리에서 움직이지 않고 있었다. 그는 방 한가운데 서서 시선을 허공에 두고, 기초 공사가 이루어진 바닥과 작은 채소밭을 번갈아 바라보고 있었다. 마치 무언가를 깊이 생각하는 듯했다.

"무슨 생각해?"

조안이 아직 도구들 사이에 앉은 채로 물었다. 레옹은 생각에서 갑자기 깨어난 듯, 흠칫 놀라며 말했다.

"좀 바보 같긴 한데…."

조안은 천천히 일어나 그를 바라보며 말을 이어가도록 눈빛으로 재촉했다.

"이 베란다… 나중에 바꿀 수도 있겠다는 생각이 들었어."

조안의 눈이 동그래졌다.

"바꾼다고? 어떻게?"

"방으로 만들면 좋을 것 같아."

"아빠 방도 있고, 우리 방도 이제 막 넓혔잖아."

조안이 말했다. 하지만 레옹은 고개를 저었다.

"아니, 우리 방이 아니야, 조안."

"우린 손님도 안 받잖아. 손님방이 필요할 이유는 없지. 아니면… 혹시 넌 낭트 사는 친구들이 놀러 올 거라고 생각해?"

조안이 웃으며 말했지만, 레옹은 다시 고개를 저었다.

"이 정원 보이지? 봄이 되면 온통 색깔로 가득할 거야. 거기에 아기방을 만들면 정말 좋을 것 같아."

조안은 순간 멍하니 그를 바라보다가 되묻듯이 말했다.

"아기 방?"

레옹이 고개를 끄덕였다. 그의 눈빛이 반짝였다.

"그래. 너랑 아이를 갖고 싶어. 그리고 그 아이를 이 집에서 키우고 싶어."

그녀는 말 한마디 내뱉을 수도, 몸짓 하나 해 보일 수도 없었다. 너무 큰 멜빵바지를 입은 그녀는 입을 벌린 채 멍하니 서 있었다.

"이 베란다를 아이 방으로 바꾸면 좋을 것 같아. 햇빛도 잘 들어오고, 바로 옆방이니까 늘 아이를 지켜볼 수도 있잖아."

조안은 여전히 놀란 표정이었지만, 서서히 미소를 띠기 시작했다.

"그럼 아이가 조제프 씨가 정원 가꾸는 것도 볼 수 있겠네."

그녀가 웃으며 고개를 저었다.

"아빠는 이제 정원 못 가꿔."

"그렇다고 조제프 씨가 의사 말을 들을까?"

두 사람은 동시에 웃음을 터뜨렸다. 조제프가 그럴 리 없다는 걸 두 사람 모두 너무나 잘 알고 있었기 때문이다.

"그럼 정원도 가꾸고, 그를 생쉴리아크만에 데려가서 물수제비 하는 법도 가르쳐 주시겠지."

조안이 입을 삐죽 내밀며 말했다.

"왜 '그'라고 해? 여자아이일 수도 있잖아."

레옹은 잠시 생각하더니 어깨를 으쓱했다.

"그래도 난 똑같이 행복할 거야. 왜, 넌 딸을 원해?"

조안은 단호하게 고개를 저었다.

"아니."

"아니?"

"아니."

그녀는 팔짱을 끼며 단호히 말했다.

"난 아들을 낳을 거야."

"왜?"

"나는 아들을 바라니까. 너를 꼭 닮은 꼬마 남자아이."

둘은 서로를 바라보며 한없이 다정하게 미소 지었다. 레옹은 입을 맞추고 싶었지만 움직이지 않았다. 두 사람의 시선 속에 오가는 감정이 어떤 입맞춤보다도 깊고 강하다는 걸 알고 있었기 때문이다.

"조안! 조안, 자고 있어?"

그녀는 자신이 어디에 있는지, 여기서 무엇을 하고 있는지 기억해 내는 데 몇 초의 시간이 걸렸다. 하루가 통째로 지나가 버렸다. 에밀은 작업장에서 돌아왔고, 그들은 방에서 스크래블을 한 판 했다. 포크도 그 자리에 함께 있었다. 저녁 식사 시간도 지나갔지만, 그녀는 아무것도 먹지 않은 채 잠자리에 들었다. 너무나도 추웠다. 온몸이은 땀으로 흠뻑 젖어 있었다. 저녁 식사 쟁반은 여전히 창가 턱에 그대로 놓여 있었다. 그녀는 주방에서 들려오는 웃음소리를 들으며 잠이 들었다. 에밀은 다른 두 사람과 카드 놀이를 하고 있었다. 그들은 와인 한 병을 딴 상태였다.

"조안."

에밀이 그녀의 귓가에 다시 속삭였다.

그녀는 지금이 몇 시인지 전혀 알 수 없었다. 숙소는 조용했고, 다른 두 사람은 이미 잠든 듯했다. 자정쯤일까, 아니면 한 시쯤일까. 조안은 힘겹게 상체를 일으켰다. 여전히 온몸이 땀에 흠뻑 젖어 있었다. 이불도 축축해졌다. 에밀은 이렇게 계속 열이 나는 건 정상적이지 않다고 했다. 벌써 열흘째였다. 하지만 조안은 알고 있었다. 이건 단순한 열이 아니었다. 신체적인 문제도 아니었다.

"무슨 일이에요?"

그녀는 자신의 목소리를 듣고는 너무나도 가냘프다고 생각했다. 마치 숨이 턱 끝까지 차오른 사람의 목소리 같았다.

"별일 아네요. 이리 와봐요."

그는 그녀의 등을 감싸 안고 팔로 지탱해주며 침대에서 일으켜 세웠다.

그녀는 몸을 맡긴 채 물었다.

"어디 가는 거에요?"

"아무 데도 안 가요. 그냥 창가로 가는 거에요."

그녀는 마치 어린 시절로 돌아간 것 같은 기분이 들었다. 에밀이 그녀를 두 팔로 안아 올렸다. 두꺼운 양말을 신은 발이 공중에 매달려 흔들렸고, 머리는 그의 어깨에 기대어 살짝 흔들렸다.

그녀의 기억 속에 여덟 살 때의 겨울밤이, 병이 나서 벽난로 앞에서 잠들었을 때, 아버지가 똑같은 자세로 그녀를 안고 방으로 데려가던 그 순간이 스쳐 지나갔다. 스무 해가 훌쩍 지났지만, 그때와 똑같은 느낌이, 따뜻함과 절대적인 안도감이 되살아났다.

"봐요…."

에밀이 그녀를 창가 앞에 내려놓았다. 조안은 넘어지지 않으려고 창틀을 꼭 붙잡았다. 에밀은 바로 뒤에 서 있었다.

그가 조용히 말했다.

"봐요. 다시 보라구요. 정말 아름답지 않아요? 이걸 그림으로 그릴 수도 있겠어요."

그녀는 천천히 시선을 밖으로 옮겼다. 끝없이 펼쳐진 새하얀 풍경, 부드럽게 이어지는 언덕, 그리고 모든 것을 형광빛처럼 비추는 완벽하게 둥근 보름달. 그 빛은 너무 환해서 현실 같지 않았다. 밤하늘엔 셀 수 없이 많은 작은 별들이 박혀 있었지만, 그것들은 조용히 달에게 자리를 내주었다. 조안은 천천히 손을 들어 유리창에 갖다 댔다.

밖의 이 완벽한 고요함은 정말 아름다웠다. 아주 작은 소음조차 집어삼켜 버리는 눈. 풍경 위를 평온하게 지키고 있는 달. 뜨겁게 달아오른 손바닥에 닿는 유리창의 서늘한 감촉. 그녀는 이 풍경에 완전히 매료되어 한참 동안 가만히 서 있었다. 정말이지, 이 모습을 그림으로 그릴 수도 있을 것 같았다… 하지만 이토록 특별한 빛을 화폭에 온전히 담아낼 수 있는 정확한 표현을 어떻게 찾아낼 수 있을까? 그녀의 입김이 유리창에 얇은 성에를 만들자, 그녀는 그것을 닦아내고 코를 바짝 갖다 댔다. 눈의 향기가 거의 느껴질 것만 같았다. 그 눈만이 가진 아주 특별한 감촉까지도.

"하늘이 맑아졌어요. 막 자려던 참이었는데."

에밀의 목소리가 바로 뒤에서 들려왔다. 깜짝 놀란 조안은 그제야 그가 여전히 곁에 있었다는 걸 깨달았다.

"밖에 나가고 싶어요?"

그녀는 그를 바라봤다. 눈동자는 허공을 헤매듯 멍했고, 대답 대신 입술만 살짝 움직였다.

"눈 위로 나가볼래요?"

조안은 그저 말없이 서 있었다. 마치 눈밭을 달려가고 싶지만 방법을 잊어버린 어린아이 같았다.

에밀이 부드럽게 말을 이어갔다.

"다들 자고 있어요. 이폴리트도… 지금은 우리뿐이에요. 당신이랑 나만."

그녀는 아주 작게, 아이처럼 고개를 끄덕였다.

에밀이 속삭였다.

"그래, 좋아요. 자, 옷 따뜻하게 입읍시다."

그녀는 천천히 몸을 움직이며 바지를 입고 스웨터를 꺼내 입었다. 에밀이 옆에 있는 것도 신경 쓰지 않았다. 그가 그녀의 속옷 차림을 보는 건 처음이었다. 그녀의 배와 등, 허리, 허벅지, 그리고 가슴의 선까지 그녀의 몸을 보는 것도 처음이었다. 달빛이 비추는 그녀의 피부는 놀라울 만큼 희고 부드러워 보였다. 그때 에밀은 그녀의 등에 새겨진 문신을 발견했다. 아주 가느다란 선으로 그려진 '생명의 나무'가 척추를 따라 올라가 목덜미에서 끝나는 모습이었다. 그는 지금까지 그런 문신이 있는 줄 전혀 몰랐다. 그리고 그런 몸이 헐렁한 옷 아래에 숨어 있었으리라고는 상상도 하지 못했다. 그녀는 언제나 연약하고 마른 사람처럼 보였다. 하지만 그날 밤 에밀은 전혀 다른 조안을 보았다. 가늘지만 단단한 몸, 유연하면서도 꺾이지 않는 힘이 느껴지는 몸이었다. 그 모습이 너무나 감동적으로 느껴졌다. 마치 조안이라는 사람의 본질이 그대로 드러난 것 같았다. 그래서 그는 시선을 돌리지 않았다. 그녀가 고개를 들어 자신을 바라보았을 때조차, 그저 조용히 눈을 마주했을 뿐이었다. 두 사람은 아무 말도 하지 않은 채, 오직 서로를 바라보기만 했다. 한참의 침묵이 흐르고 나서야 그녀는 다시 옷을 입기 시작했다.

그들은 아주 조용히 밖으로 나갔다. 조안은 에밀의 팔을 꼭 붙잡았다. 그녀는 더 이상 떨지 않았다. 그녀의 눈은 경이로움에 가득 차 풍경을 훑었다. 그의 말이 맞았다. 고요함이 내려앉은 산에는 오직 두 사람뿐이었고, 끝없이 펼쳐진 하얀 세상 한가운데에도 오직 두 사람뿐이었다.

그들은 아주 천천히 느린 걸음으로 걸었다. 두 사람의 발걸음은 갓 내려 쌓인 눈 위에 발자국을 남겼다. 두 사람은 마치 자기들이 꿈속의 환상이나 신기루가 된 것처럼, 현실 같지 않은 기분으로 천천히 걸어갔다.

그들은 고요함과 온기가 남아 있는 방으로 돌아왔다. 에밀은 창밖으로 여전히 하얀 눈 위에 새겨진 두 천사를 보았다. 조금 전 두 사람이 바닥 위로 털썩 몸을 던졌을 때 남겨진 흔적이었다. 조안은 침대에 걸터앉아 있었는데, 다시 몸을 떨기 시작했다. 그녀는 검은 숄을 몸에 두른 채 바르르 떨었다. 에밀은 창가에서 물러나 그녀 앞에 무릎을 굽히고 앉았다.

"괜찮아요?"

조안의 작은 머리가 파르르 흔들리고, 이가 딱딱 부딪히며 소리를 냈다.

그는 그녀의 손을 잡고, 그녀가 고개를 들게 했다. 그는 그녀가 이를 딱딱 부딪히며 중얼거릴 때 따뜻한 숨결이 얼굴에 닿는 걸 느꼈다.

"추워요. 너무 추워요."

그녀는 아직 외투를 벗지 않았다. 그녀는 여전히 목에 목도리를 두르고, 숄로 몸을 꽉 감싸고 있었다. 입술은 얼음처럼 차가웠다. 그는 그 푸르게 변한 입술에서 시선을 뗄 수 없었다.

그때 그녀의 시선이 그를 붙잡았다. 그녀는 그가 입 맞추고 싶어 하는 걸 알아챈 걸까?

“정말 오랜만이에요.”

그녀가 너무 작게 속삭여서, 그는 제대로 들은 건지 확신할 수 없었다.

“뭐라고요?”

그녀는 떨리는 얼굴로 그를 바라봤다.

“누가 나를 이렇게 어루만져 준 게 정말 오랜만이에요..”

그는 심장이 덜컥 내려앉는 것 같았다. 그는 가슴속에서 일렁이는 당혹감을 감추려 애썼다. 그녀는 여전히 지독한 열에 시달리고 있었다. 어쩌면 헛것을 본 것일지도 몰랐다. 그는 그녀의 이마 위로 손을 부드럽게 가져다 대며 나직이 속삭였다.

“괜찮아요, 조안. 열이 좀 있네요. 내가 벽난로에 장작을 더 넣을게요, 알겠죠?”

그녀의 입술이 계속 부딪혔다. 왜 이렇게 추운 걸까? 떨림이 섞인 조안의 가냘픈 목소리가 다시 들려왔다.

“2년이 다 되어가요...”

그는 그녀의 손을 더 세게 감싸 쥐고 문질렀다. 그녀의 떨리는 목소리가 속삭이듯 이어졌다.

“추워요… 너무 추워요….”

“알아요, 조안.”

한줄기 눈물이 그녀의 뺨을 타고 흘러내렸다. 에밀은 그 눈물이 바로 얼어붙지 않은 게 신기했다. 그녀가 거의 들리지 않는 소리로 속삭였다.

“이젠 기억도 안 나요….”

그는 다시 손으로 그녀의 이마를 쓸며 물었다.

"뭐가요, 조안?"

"그게… 어떤 느낌이었는지…."

"어떤 느낌이었는지?…."

"사랑을 나누는 게 어떤 느낌이었는지."

에밀은 아무 말도 할 수 없었다. 그저 그녀의 손을 문질러 따뜻하게 해주려고 애썼다. 그녀를 두 팔로 꼭 안아주고 싶었지만, 그래도 되는지 확신이 없었다.

"잊을 리가 없죠, 조안. 그런 건 잊혀지지 않아요."

그녀의 뺨을 타고 또 한줄기 눈물이 흘러내렸다. 에밀은 그것을 닦아내고, 이마를 그녀의 뜨거운 이마에 살짝 맞댔다.

"당신은 분명… 정말 잘했을 거예요."

그는 낮고 떨리는 목소리로 속삭였다.

"그리고… 분명히 잊지 않았을 거예요."

그녀의 이빨이 여전히 딱딱 부딪혔다. 따뜻한 숨결이 에밀의 숨결과 섞였다. 눈물이 한 방울 그녀의 뺨을 타고 흘러 에밀의 손목 위에 떨어졌다.

그녀가 속삭였다.

"에밀…."

"예…."

"그렇게 해줘요."

그는 잠시 아무 말도 하지 못했다. 가슴이 요동쳤다. 움직일 수도 없었다. 그냥 이대로, 이마를 맞댄 채 그대로 있고 싶었다. 아직은 그녀를 바로 바라보고 싶지 않았다.

"그렇게… 하라니요?"

그가 되묻자, 조안의 숨결이 그의 입술 가까이 닿았다.

"그래. 나랑… 사랑을 해줘요."

에밀은 한동안 그대로 굳은 채 서 있었다. 이마는 여전히 그녀의 이마에 닿아 있었다.

"나…."

그는 말을 잇지 못했다. 조안은 미동도 하지 않았다. 그저 기다렸다.

그는 조금 전 보았던 그녀의 유연하고 단단한 몸을 다시 떠올렸다. 등에 새겨진 생명의 나무 문신, 예쁜 백색 빛을 띠던 피부, 그리고 그녀가 그에게 던졌던 시선까지. 그녀는 그가 자신을 꼼꼼히 살피고 있다는 걸 알고 있었다. 자신의 피부에 닿는 그의 시선을 느꼈던 것이다. 어쩌면 그녀는 그가 자신의 몸이 아름답고 감동적이라고 생각한다는 걸 눈치챘을지도 모른다. 어쩌면 자신이 여전히 매력적인 존재라는 걸 깨달았을지도 모른다.

그는 고개를 들어 그녀를 바라보았다. 그녀의 뺨은 눈물로 얼룩져 있었고, 입술은 가늘게 떨리고 있었다. 만약 그럴 수만 있다면, 그는 그녀에게 다시 한번 "결국 당신을 사랑하게 됐어요"라고 말해주고 싶었다. 하지만 그럴 수 없었다. 모든 말은 목구멍에 걸려 나오지 않았다. 그저 목 깊은 곳에서 터져 나오는 거친 울음 섞인 소리뿐이었다.

"좋아요."

그는 그녀를 침대 위로 아주 조심스럽게 뉘었다. 그녀의 몸을 감싸고 있던 숄을 벗겨 곁에 내려놓았다. 그는 그녀의 떨림이 멈추기를 바라는 마음으로 그녀의 몸을 감싸 안으며 곁에 나란히 누웠다. 조안의 머리가 천천히 그를 향해 기울어졌다. 그의 입술 위로 내려앉은 그녀의 입술은 뜨겁게 달아올라 있었다. 두 사람의 숨결은 가쁘고도 열에 들떠 있었다. 이번에는 에밀, 그 역시 몸을 떨었다. 갈망으로, 벅찬 감정으로, 그리고 살고 싶다는 간절함으로 떨고 있었다. 그녀는 그의 입술에 자신의 입술을 밀착시키고 나직이 속삭였다.

"너무 추워요."

그는 더욱 힘주어 그녀를 붙들고, 그녀를 품 안으로 깊숙이 끌어안았다. 입을 맞추며 그녀의 눈물을 닦아주었고, 자신의 손이 더 컸더라면 하고 바라며 그녀의 떨림을 두 손으로 억누르려 애썼다.

"당신, 아까 나를 바라보고 있었죠." 그녀가 그에게 입을 맞추는 사이사이로 낮게 속삭였다

"그랬어요."

그들은 서로의 숨을 들이마시듯 입맞춤을 이어갔다. 에밀은 이렇게 오래 기다린 것이 믿기지 않았다. 이제야 이 순간이 오는구나.

그녀가 속삭였다.

"무슨 생각 했어요?"

"뭐라고요…?"

"날 보면서 무슨 생각을 했냐고요."

그는 그녀의 위로 몸을 겹쳤다. 그녀를 짓누를까 봐 두렵지도 않았다. 이제 더 이상은.

"당신이 정말 흔들림 없이 단단해 보인다고 생각했어요."

조안의 눈에 다시 눈물이 흘렀지만, 그는 그것을 그대로 두지 않고. 부드럽게 닦아주었다.

그녀가 속삭였다.

"와요…."

"뭐라구요?"

"내 안으로 와요."

"그래요… 곧 갈게요, 조안."

"아니요… 지금 당장 와요."

그녀의 눈빛이 진지해졌다.

그녀가 단호하게 반복했다.

"너무 추워요."

"먹을 때 이 모든 일이 일어나는 거예요?"

그녀가 고개를 끄덕였다. 그는 그녀의 얼굴 위로 떠오르는 미소를 읽어낸 것 같았다.

"네. 먹을 때도, 숨 쉴 때도, 걸을 때도, 사랑할 때도… 그저 주의를 기울여 바라보기만 하면 돼요."

"나에게 보여줘요, 알겠죠?" 그는 그가 그녀의 안에 머물던 그때 그녀에게 이렇게 나직이 속삭였다.

그녀는 더 이상 떨지 않았다. 입술은 다시 분홍빛으로 부풀어 올랐고, 볼은 붉게 물들었다.

그녀가 물었다.

"뭐라구요?"

"진짜 사랑을 나누는 법을 내게 보여줘요. 에우스에서 그 케이크를 만들 때처럼 말이오."

그러자 그녀가 그의 가슴 위에 두 손을 얹었다. 그는 그녀의 위에서 그녀를 내려다보고 있었다. 그리고 그녀가 그에게 말했다.

"멈춰요."

그는 그녀 위에서, 그녀의 분홍빛 얼굴과 가느다란 어깨 위에서 멈춰 섰다. 그녀는 말했다.

“느껴봐요. 이렇게 연결되어 있을 때 어떤 느낌인지 느껴봐요.”

그녀는 눈을 감았고, 그는 그녀를 따라 눈을 감았다. 그는 생각했다. 그는 지금까지 사랑하는 도중에 이렇게 잠시 멈춘 적이 없었다. 자신의 몸, 상대의 몸, 그들이 공유하는 친밀한 행위를 인식하며 느낀 적이 없었다. 그는 몸과 몸 사이의 조화, 에너지의 흐름, 성의 상호보완성, 그리고 그들이 함께 나누는 거의 보편적인 언어를 느끼는 시간을 가져본 적이 없었다.

그들은 다시 사랑을 나누기 시작했다. 의식적으로 원한 것도 아닌데, 마치 몸이 스스로 움직인 것처럼. 이제는 그들보다 더 강하고, 더 큰 어떤 힘이 그들을 이끌어가고 있는 듯했다. 그들은 이 육체의 춤 속에 몸을 맡긴 채, 자주 멈춰 서서 서로의 숨결이 맞닿는 소리를 듣고, 피가 타오르는 듯한 감각을 느꼈다. 그리고 완벽한 정적 속에서 에밀은 조안이 마침내 항복하고, 스스로를 내맡기며 압도적인 황홀감에 잠기는 모습을 보았다. 그 순간 그녀는 너무나 강렬해서, 에밀은 오히려 두려움을 느꼈다. 그는 그녀의 얼굴 구석구석을 가슴에 새기기 위해 눈을 뜨고 있으려 애썼다. 살짝 벌어진 입술과 나비의 날갯짓처럼 파르르 떨리는 눈꺼풀까지도. 그는 그녀의 얼굴에 시선을 고정하려 했지만, 거대한 파도처럼, 거부할 수 없는 거대한 힘처럼 밀려온 황홀경이 끝내 그를 휩쓸어 갔다. 그는 그녀의 위로 무너지듯 겹쳐졌다. 그는 알 수 있었다. 그녀가 해냈다는 것을. 그녀가 자신에게 보여주었음을. 케이크를 만들 때 그랬던 것처럼, 그리고 다른 모든 일에서 그러했듯, 그녀가 자신을 인도해주었음을 깨달았다.

”이제… 춥지 않아요.”

이제 조안은 잠들었다. 하지만 에밀은 잠이 오지 않았다. 그는 베개에 등을 기대고 앉아, 창밖으로 내리는 눈과 창가에 놓인 조안의 그림, 카펫 위에서 몸을 둥글게 말고 자는 포크의 그림자를 바라보았다. 그는 조용히 손을 뻗어, 침대 머리맡에 놓인 작은 검은색 공책을 집어 들었다. 달빛이 방 안을 충분히 비추고 있어서, 그는 몇 줄 적을 수 있었다. 날짜도, 시간도 모르지만 상관없었다.

11월의 어느 날, 산속, 눈이 내리는 밤.
보름달.

"어둠 속을 걸어야 빛을 볼 수 있다."(드니 라포앙트)

조안에게, 내 곁에서 잠든 그녀에게. 결국 나에게 빛을 보여준 그 사람에게.

"어디 가는 거에요?"
그가 눈을 살짝 떴다. 눈부신 아침 햇살이 쏟아져 들어왔다. 그는 초점을 맞추기 위해 눈꺼풀을 여러 번 깜빡여야 했다. 하지만 꿈이 아니었다. 조안은 완전히 옷을 갖춰 입은 채 서 있었다. 목에는 목도리를 감고 있었다.
그녀가 돌아서며 말했다
"아… 오늘 아침엔 공사 현장에 가서 좀 도와주고 싶어요."
그는 지난밤 두 사람 사이에 일어난 일을 좀처럼 실감할 수 없었다. 가슴 한복판에는 여전히 그 기묘한 온기가 남아 있었다.

"정말 괜찮아요?"

조안은 고개를 끄덕였다. 그녀의 눈빛은 결연했고, 얼굴은 아무런 동요 없이 평온했다.

"이제 열도 없어요."

"어디 봐요."

조안은 눈을 굴리며 침대 쪽으로 다가왔다. 에밀은 손을 뻗어 그녀의 이마에 손을 얹었다.

"음… 알겠어요."

그는 패배를 인정할 수밖에 없었다. 정말 열이 없었다. 안색도 훨씬 좋아졌다. 그는 그녀가 이렇게 회복된 모습을 보고 안심이 되었다.

"그럼 당신이 아침 준비해요. 난 샤워하고 바로 나갈게요."

"좋아요."

조안이 부엌에 있는 모습은 묘하게 낯설었다. 알뱅과 밴스 사이에서 있는 그녀를 두 사람 모두 조용히, 어색하게 바라보고 있었다. 아무도 입을 열지 않았다.

"다들 조안이랑 초면이 아니지요?"

에밀이 수건으로 머리를 털며 부엌에 들어오며 물었다.

두 남자가 고개를 끄덕였다. 여자가 자신들 사이에 있다는 게 그들을 꽤 당혹스럽게 만드는 것 같았다.

"오늘 조안도 우리랑 같이 일할 거예요."

조안은 목도리에 푹 싸인 채, 자기가 미리 준비해둔 그릇들 앞에서 말없이 기다리고 있었다. 에밀은 그녀 옆자리에 앉았다. 조안은 그에게 따뜻한 커피와 갓 구운 빵, 그리고 버터를 가리켰다. 그것들은 매일 새벽 이폴리트가 가져다주는 것들이었다.
“예전에 이런 잡일 해본 적 있어요?”
에밀이 빵을 한입 베어 물며 물었다. 조안은 수수께끼 같은 미소를 지었다. 그러다 이내 고개를 끄덕였다.
“예, 해봤어요.”

조안은 하루 종일 그 지긋지긋한 베란다에 타일을 붙이느라 무릎이 쑤셨다. 레옹 역시 지쳐 보였다. 생쉴리아크에는 어느새 여름이 완전히 자리를 잡았고, 햇볕은 베란다 유리창을 강하게 두드리며 열기를 퍼뜨렸다. 두 사람 모두 땀에 흠뻑 젖어 있었다.
“시원한 허브차 마실래?”
조제프가 베란다 문을 살짝 열고 머리를 내밀며 물었다. 그는 밖에서 토마토 모종을 손보고 있었다.
조안이 인상을 찌푸리며 몸을 일으켰다.
“아빠! 이렇게 더운데 밖에 있으면 안 된다니까요.”
“내가 너희 일도 못 도와주는데, 이제 햇빛도 못 보게 할 거냐? 깜깜한 데서 혼자 있으란 말야?”
조제프의 목소리에는 짜증이 묻어 있었다. 의사가 내린 휴식 명령을 그는 영 못 견뎌 했다. 하지만 조안은 단호했다. 지난달에 그가 또다시 심장 발작을 일으켰기 때문이다.
“잠깐 그늘로 가 계세요, 아빠. 제가 시원한 허브차 가져다드릴게요.”
조제프는 투덜거리면서도 결국 일어나 흙 묻은 손을 털었다. 두 번째 발작은 첫 번째 때보다 훨씬 심각했다. 그는 텃밭 한가운데서 쓰러졌고, 조안이 그를 발견했다. 병원에서 정밀 검사를 받은 끝에 내려진 진단은 심부전이었다. 의사들은 식사 때마다 복용해야 하는 약을 서너 가지나 처방했고, 직사광선을 피하고, 매일 조금씩은 걷되 숨이 차지 않을 정도로만 움직이라고 조언했다. 조안은 아버지가 잠들 때마다 베개를 높게 받쳐주었다. 그렇게 하면 호흡이 좀 더 편해진다고 의사들이 말했기 때문이다.

"도와줄까?"

레옹이 물었다. 조안은 부엌으로 향하던 발걸음을 멈추지 않고 대답했다.

"아니, 괜찮아."

그녀는 냉장고에서 아버지가 전날 밤 내내 우리어둔 차를 꺼냈다. 텃밭에서 딴 신선한 민트에 꿀을 조금 넣은 음료였다. 그리고 거실로 가서, 그늘진 곳에 앉아 있는 아버지에게 잔을 내밀었다.

"자, 드세요."

조제프는 여전히 얼굴에 긴장된 기색이 남아 있었지만, 차를 한 모금 마시자 조금은 풀린 듯했다. 그때, 현관에서 전화벨이 울렸다.

"내가 받을게요!"

조안이 외치며 수화기를 들었다. 수화기 너머로 들려온 건 뜻밖에도 약간 거칠고 권위적인 여자 목소리였다.

"안녕하세요, 앙드레 부인입니다. 제 아들과 통화할 수 있을까요?"

조안은 순간 말을 잃었다. 레옹이 이 집에 들어와 산 지 벌써 일곱 달. 그동안 한 번도 부모님과 연락한 적이 없었다.

"여보세요?"

앙드레 부인의 목소리가 재촉하듯 날카로워졌다.

"아, 네… 지금 바꿔드릴게요."

"기다릴게요."

조안은 가슴이 묵직하게 내려앉는 기분을 느꼈다. 무슨 일이지? 혹시 나쁜 소식이라도? 그녀가 베란다로 들어가자, 레옹은 타일 위에 몸을 숙이고 이마의 땀을 닦고 있었다.

조안은 조용히 손에 든 수화기를 내밀며 속삭였다.

"어머니야."

레옹의 얼굴에 놀람이 스쳤다. 조안은 그에게 전화를 넘기고 말없이 자리를 떴다. 잠시 후, 그는 조안과 조제프가 있는 거실로 돌아왔다. 두 사람은 시원한 민트차를 마시며 그를 불안한 눈빛으로 바라보았다.

"괜찮아? 무슨 일 있는 건 아니지?"

레옹은 어안이 벙벙한 표정이었고, 여전히 충격이 가시지 않은 듯 조금 얼떨떨해 보였다.

"아니야. 별일 아니야… 그냥, 부모님이 다시 연락을 이어보고 싶으신 것 같아."

조안은 안도한 듯 미소를 짓고, 그의 손을 가만히 잡았다.

"좋은 일이잖아. 그지?"

그는 여전히 수심이 가득한 표정으로 고개를 끄덕였다.

"내일 저녁에 식사 초대를 하셨어."

조제프가 아무렇지 않은 듯 묻는다.

"혼자서?"

그 말에 레옹의 얼굴이 조금 굳어지면서 머쓱하게 대답했다.

"네."

조안이 부드럽게 말했다.

"잘됐네. 좋은 일이야."

레옹은 희미하게 웃으며 고개를 숙였다.

"그래… 그런 것 같아."

그날 밤, 침대에서 조안은 레옹에게 바짝 다가갔다. 그녀는 그가 아직도 마음이 불안한 걸 느꼈다. 그래서 그의 귀에 속삭였다.

"있잖아, 언젠가 부모님을 우리 집에 초대해도 좋지 않을까?"

레옹은 깜짝 놀라며 몸을 돌렸다.

"진심이야?"

"이제는 화해할 때가 되지 않았어?"

너무 뜻밖의 말이라 레옹은 한동안 아무 말도 할 수 없었다.

"아빠랑 나라도 먼저 손을 내밀지 않으면, 그분들이 먼저 하실 일은 없잖아?"

그 말에 레옹은 조안을 껴안았고, 그의 입술이 그녀의 귀 가까이에 닿았다.

"사랑해, 알아?"

"응."

"그분들께 말할게. 약속해."

그날 밤 두 사람은 평소보다 훨씬 뜨겁게 사랑을 나눴다. 하지만 그들은 월요일 저녁, 레옹이 집으로 돌아와 낙담한 얼굴로 거의 들리지도 않는 목소리로 말을 꺼낼 거라는 걸 몰랐다.

"그분들이 초대를 거절하셨어."

그들은 또한 레옹이 거절당하면서도 매주 부모님 댁에 저녁을 먹으러 갈 것이며, 그동안 조안은 작은 집에 홀로 남겨져 속상해하리라는 걸 몰랐다.

"지난주에 골조 작업을 끝냈어요."

알뱅이 조안에게 말했다. 그들이 눈이 무릎까지 쌓인 채 공사 현장에 도착했을 때였다.

"이제는 창문을 낼 차례예요. 무슨 말인지 알겠죠?"

알뱅은 꽤 수다스러웠다. 에밀과 방스가 묵묵히 일에 몰두하는 동안, 그는 조안에게 자신의 이야기를 늘어놓기 시작했다.

"나, 원래 목수였어요. 십오 년 동안 그 일을 했죠. 피레네산맥 근처에 오래 살았어요. 거긴 내가 정말 좋아하는 곳이예요. 근데 아내가 전근을 가게 돼서 어쩔 수 없이 툴루즈로 이사했어요. 그러다 다시 여기로 돌아오니까, 마치 옛날로 돌아온 기분이네요. 알겠죠?"

조안은 그의 말에 귀를 기울이고 있지 않았다. 알뱅이 서 있는 비계를 단단히 붙잡고, 그가 벽을 절단기에 대고 구멍을 뚫을 때마다 구조물이 흔들리지 않게 지탱해주고 있었을 뿐이었다.

절단기의 요란한 소음이 멎자, 알뱅의 목소리가 다시 들려왔다.

"그다음엔 창문 틀 작업을 할 거예요. 저기 에밀이랑 방스가 지금 그걸 하고 있죠…."

점심시간은 생각보다 훨씬 빨리 찾아왔다. 오후가 되자 에밀이 조안을 구해주었다. 그는 오전에 자신이 맡았던 창틀 마감 작업을 마무리하기 위해 그녀를 데려갔다. 덕분에 조안은 알뱅의 수다에서 벗어날 수 있었고, 그 대신 방스가 그의 끝없이 이어지는 수다를 들어주어야만 했다.

"그래서, 첫날 어땠어요?"

에밀이 물었다. 그때 조안은 하루 일을 마친 뒤, 뜨거운 샤워를 마치고 나오는 참이었다.

"몸을 다시 움직이니까 기분이 좋아요."

에밀이 미소를 지었다.

"말 안 했지요?… 오늘이 방스의 마지막 날이에요. 독일로 돌아가서 가족이랑 생니콜라 축제를 준비한대요. 이곳, 이 영지에서는 이상한 전통이 하나 있어요. 자원봉사자가 떠날 때마다 이폴리트가 작은 송별 만찬을 열어주거든요. 오늘 밤에요."

조안이 고개를 끄덕였다.

"혹시 너무 피곤하면 안 나와도 돼요…."

"아니, 괜찮아요. 갈게요."

"아, 그리고 한 가지 더…."

"네?"

"여기 사람들, 카드 게임이랑 와인을 정말 좋아하거든요. 밤이 꽤 길어질 수도 있어요."

에밀이 미안하다는 듯한 표정을 짓자, 조안이 다시 미소 지었다.

"괜찮아요. 그런 밤도 즐거울 것 같아요."

작은 부엌 안의 온도는 26도에 육박했다. 벽난로에는 장작이 가득 타오르고 있었고, 와인이 돌면서 모두의 얼굴은 붉게 달아올랐다. 창문에는 두꺼운 김이 서렸다. 이폴리트는 고기와 지역 특산 치즈, 갓 구운 빵, 그리고 레드와인을 넉넉하게 준비해 두었다.

이폴리트가 조안에게 말했다.

"나는 대형마트 같은 데는 안 가요. 이곳에는 텃텃이라고 부르는 게 있습니다."

"그게 뭐예요?"

"지역의 신선한 식품을 배달해주는 트럭이죠. 난 텃텃에서만 물건을 사요. 자, 이거 한번 맛봐요. 베아른 지방의 와인인데, 카베르네 종으로 만들었어요."

그는 조안이 거절할 틈도 주지 않고 그녀의 잔을 채워 주었다. 그렇게 조안은 그 순간의 따뜻함과 경쾌한 분위기에 서서히 빠져들었다. 모두의 볼은 붉고, 목소리는 점점 커졌다. 방스가 독일식 억양으로 "샴페인"을 발음하려 하자 모두가 웃음을 터뜨렸다. 그러다 이폴리트가 아스 이야기를 꺼냈고, 모두가 그의 말에 집중했다.

그는 말했다.

"아스는 '휘파람 마을'로 불리죠. 옛날엔 통신수단이 없었잖아요? 그래서 멀리 떨어진 목초지와 마을 사이에서도 휘파람 소리만으로 서로 소통할 수 있었답니다."

그러자 알뱅이 반신반의하며 물었다.

"정말요?"

"그래요. 목동들은 2.5킬로미터 떨어진 거리에서도 서로 의사소통을 했대요. 세대를 거듭하며 전해진 아주 정교한 휘파람 언어였죠."

모두가 놀란 눈으로 그를 바라보았다.

"하지만 통신 기술이 발달하면서 그 언어는 사라졌어요."

방스가 서툰 발음으로 물었다.

"그럼, 당신은 아직 그거 할 수 있어요?"

"물론이죠. 할아버지한테 배웠거든요. 어릴 때."

그렇게 해서, 모두는 술에 잔뜩 취한 채 테이블에 둘러앉아, 손가락 두 개를 입에 넣고 휘파람을 불기 시작했다. 와인 잔이 오갈수록, 그들의 휘파람은 점점 엉망이 되어갔지만, 이폴리트는 포기하지 않았다.

"휘파람 언어를 배우려면, 우선 휘파람 언어를 알아야 해요."

그는 그들에게 휘파람 언어 문장 "의사를 불러"를 따라 하게 한 뒤, 손가락 사이로 휘파람을 불었다. 이어진 소란스러운 소리는 이내 폭소로 변했다.

방스가 웃음을 참지 못하며 외쳤다.

"독일어가 어렵다고들 하는데, 세상에! 휘파람 언어에 비하면 아무것도 아니네요!"

23

에밀은 다음 날 아침, 머리가 무겁고 쑤시는 것을 느꼈다. 입안도 텁텁했다. 모두가 정말로 술을 너무 많이 마셨다. 조안까지도 그랬다. 방스는 오늘 아침 아주 이른 시간에, 아스 교회 앞에서 버스를 타야 했기 때문에, 어젯밤 잠자리에 들기 전에 그들에게 작별 인사를 했다. 에밀은 얼굴을 찌푸리며 몸을 뒤척였다. 아침 햇빛이 이미 욱신거리던 그의 관자놀이를 다시 세게 두드렸다.

"조안?"

그는 몸을 조금 일으켰다. 그녀는 침대에 없었다. 창가에 걸터앉아 있는 그녀의 모습이 눈에 들어왔다. 그녀는 전화기를 귀에 바짝 붙이고 있었고, 그 순간 그의 심장은 가슴속에서 덜컥 내려앉았다. 그가 가장 먼저 떠올린 생각은 '레옹!'이었다. 그는 그 전화 통화에 대해 한 번도 그녀에게 털어놓은 적이 없었다. 조안이 그를 향해 고개를 돌렸다. 그녀의 얼굴은 창백했고, 몸은 조금 떨리고 있었다.

"무슨 일이에요?"

그녀는 걱정스러운 듯 천천히 일어나 침대 앞에 서더니 전화기를 그에게 내밀었다.

"이게 뭐에요?"

그의 심장이 빠르게 뛰고 숨이 가빠왔다. 뭔가 잘못됐다는 느낌이 들었지만, 생각을 정리할 수 없었다. 그는 레옹을 떠올렸지만, 왜 조안이 그에게 전화기를 건네는지는 이해하지 못했다.

"보이스 메시지에요."

그녀가 이상하게 거친 목소리로 말했다.

그는 뭐가 뭔지 이해할 수가 없었다. 그는 전화기를 귀에 대고, 조안은 천천히 창 틀 위로 돌아가 앉았다. 기계음이 전화기에서 울렸다.

"오늘 아침 8시 13분에 메시지가 도착했습니다."

딸깍, 묵직한 소리, 그리고 여성의 목소리.

"안녕하세요, 조안, 안녕하세요, 에밀. 나, 아니예요…."

이어서 에밀이 알아들을 수 없는 소리.

"엄마가 떠나셨다는 소식을 전하려고 전화했어요… 어젯밤, 하늘로 가셨어요. 고통 없이… 편안히 잠드셨어요."

그의 심장은 아찔하게 곤두박질쳤다. 가슴속으로 떨어지고, 더 아래로, 바닥까지 떨어져 마룻바닥을 꿰뚫고 내려가는 것만 같았다. 에밀은 몸이 수 톤이나 되는 듯한 느낌으로 천천히 고개를 들었다. 창가에 앉은 조안의 얼굴은 눈물로 흠뻑 젖어 있었다. 그들은 새삼 말할 필요가 없었다. 같은 고통을 함께 느끼고 있다는 것을 이미 알고 있었기 때문이다.

그는 끌을 들고 돌을 향해 치고, 또 치고, 계속해서 내리쳤다. 추위에 손은 갈라졌고, 여기저기 다쳐 상처가 나 있었다. 베인 자국도 있었다. 하지만 그는 이제 아무것도 느끼지 못했다.

"에밀…."

조안의 목소리가 그의 뒤에서 울렸다. 그는 그녀가 덤불 속을 지나와 있는 것을 눈치채지 못했다.

"깜깜한데, 들어가 있어야 해요."

그는 어깨를 으쓱했다.

"괜찮아요. 이 구멍만 마무리할 거예요."

"영하 8도예요."

"한 시간도 안 걸려요. 들어가서 몸 녹여요. 나도 금방 갈게요."

조안은 망설였다. 그녀는 팔을 축 늘어뜨린 채 서서 기다리고 있었다. 그녀의 모자와 커다란 목도리가 얼굴의 거의 전부를 가리고 있었다. 그녀가 그를 데리러 온 것은 벌써 세 번째였다. 알뱅과 그녀는 다섯 시간 전에 이미 공사장을 떠났다. 에밀은 "이것만 끝내고 갈게"라고 말했다. 하지만 그는 여전히 그 자리에 있었고, 조안이 올 때마다 같은 말을 되풀이했다. "이것만 끝내고 갈게." 조안은 그가 슬픔을 쏟아내기 위해 계속 두드린다는 걸 잘 알고 있었다. 돌을 하나씩 부수고, 산산이 깨뜨리는 일이 그에게는 일종의 위안이 된다는 것도 알고 있었다. 하지만 그가 그러다가 밤을 새울지도 모른다는 것 역시 알고 있었다. 조안은 망설였다. 무언가 말을 하려 했지만, 무슨 말을 해야 할지 알 수 없었다.

"자, 옆으로 좀 비켜줘요."

그녀의 목소리에 에밀은 깜짝 놀랐다. 그녀가 떠났다고 생각했지만, 여전히 그곳에 있었다.

그가 물었다.

"뭐라고요?"

그는 몸을 돌렸고, 그녀가 허리를 굽혀 잔해 속에 놓인 끌을 집어 드는 모습을 보았다.

"그게 뭐예요?…."

그녀가 같은 말을 반복했다.

""자리 좀 비켜 줘요."

그날 밤, "지금 당장 내 안으로 와요"라고 말했을 때와 똑같이 단호한 표정이었다. 그는 천천히 그녀의 말에 따랐다. 옆으로 물러서서 그녀가 자신이 파고 있던 구멍을 마주한 채 그의 옆자리에 서는 모습을 바라보았다.

그녀가 말했다.

"내가 도와줄게요."

그들은 함께 두드리기 시작했다. 쾅, 쾅, 쾅. 돌이 하나씩 떨어졌다. 그들은 계속해서 두드렸다. 밤의 고요 속에서, 서로의 손길이 맞닿듯, 늦은 시간까지 멈추지 않고 두드렸다.

생뱅상 교회 앞에는 사람들이 빽빽하게 모여 있었다. 늙은 양치기 장도 와 있었고, 다른 노인들도 보였다. 멀리서 검은 베일을 쓴 아니와 그녀의 남편, 아이들, 손주들의 모습이 눈에 들어왔다. 에밀과 조안은 사람들 한가운데에 서 있었다. 두 사람은 서로 손을 잡고 있었다. 낯선 사람들의 물결 속에서 조금 외롭고 길을 잃은 듯한 기분이 들었다. 그들은 말없이 길게 늘어선 행렬이 교회 안으로 들어가는 모습을 바라보았다. 그동안 에우스에서 몇 달을 지내며 알게 된 아니의 친구들도 눈에 띄었다. 서로 고개를 끄덕이는 짧은 인사만 나눴다. 주변의 골목길은 눈으로 덮여 있었다. 에우스는 겨울에 아름다웠다. 어쩌면 여름보다 더 그럴지도 몰랐다. 교회 종이 울리기 시작했다. 한 번. 두 번. 세 번. 사람들이 웅성거리기 시작했다. 교회 안으로 들어가려는 사람들의 움직임이 빨라졌고, 에밀은 조안의 손을 잡아끌며 낮은 목소리로 말했다.

"자, 가요."

교회 안은 얼어붙을 듯이 차가웠다. 그들은 교회 맨 뒤쪽, 떡갈나무 문 바로 옆에 있는 맨 뒤쪽 긴 의자에 자리를 잡았고, 차가운 바람이 계속 몸을 스쳐 갔다. 미사가 끝날 때까지 두 사람은 손을 꼭 맞잡고 있었다.

네 딸과 사위 한 사람이 미르티유의 삶에 대해 차례로 되짚어 이야기했다. 으젠에 대한 이야기가 많이 나왔다. 두 사람이 서로 나눌 줄 알았던 사랑, 그리고 저 위에서 다시 만날 기쁨에 대해서도 말했다. 미르티유가 할머니가 되고, 증조할머니가 된 것을 얼마나 행복해했는지, 또 얼마나 강한 의지를 지닌 사람이었는지도 이야기했다. 꾸밈없는, 조용하지만 마음을 울리는 예식이었다. 관 뒤로는 침묵에 잠긴 행렬이 길게 이어졌다.

교회 계단에서 아니가 그들에게 다가왔다. 그녀의 손에는 구겨진 손수건이 들려 있고 눈가에는 눈물이 맺혀 있었지만, 두 사람을 안아 주며 따뜻하게 미소 지었다.

"엄마는 당신들이 여기 있는 걸 보고 기뻐했을 거예요."

그들은 아무 말 없이 고개를 끄덕였다.

"엄마는 크리스마스에 당신들을 다시 만날 날을 손꼽아 기다리고 있었어요. 달력에 하루하루 표시까지 해 두었죠. 위층에 침대도 이미 다 준비해 두었고요."

그들은 아니의 눈을 마주하기 어려웠다. 무거운 목소리로 에밀이 말했다.

"정말 죄송합니다… 더 빨리 돌아왔어야 했는데…."

그러나 아니는 손을 살며시 그의 어깨에 올리며 말했다.

"미안해할 필요 없어요. 당신들이 엄마의 삶을 밝게 해주었잖아요. 엄마가 그렇게 활기차고 즐거워하는 모습을 본 건 몇 년 만이었어요. 엄마는 행복하게 떠나셨어요, 믿으세요."

조안이 고개를 들었을 때, 아니는 그녀의 시선을 붙잡았다. 그리고 그녀를 똑바로, 눈을 마주치며 바라보았다.

"그게 바로 내가 두 사람을 여기서 만나고 싶었던 이유예요. 감사 인사를 하고 싶었어요."

눈물이 글썽한 그녀의 시선이 조안에서 에밀로 옮겨가고, 두 사람 모두 한마디도 할 수 없었다. 잠시 침묵이 흐른 뒤, 이번에는 조안이 낮게 속삭였다.

"아니에요. 오히려 미르티유에게 감사해야죠. 우리는 그분께 고마움을 표하려고 온 거예요."

아니는 조안의 팔에 손을 얹고, 감정이 실린 힘으로 꼭 쥐었다가 몸을 돌려 그들에게 행렬을 가리켰다.

"관을 묘지로 옮길 거예요. 따라올래요?"

그들은 고개를 끄덕였다.

그들은 11월의 매서운 추위 속에서 맨 뒤에서 행렬을 따라갔다.

에밀이 물었다.

"비문 가져왔어요?"

그들은 오늘 아침, 에우스의 장인에게 예쁜 비문을 주문 제작했다. 비문은 투명한 유리판에 검은 받침대를 얹은 단순한 직사각형이었고, 흰 글씨로 아름답게 문구가 새겨져 있었다. 평범한 문구 대신 인용구를 넣자는 아이디어는 에밀에게서 나왔고, 인용구는 전날 밤 조안의 오래된 누렇게 변한 책들을 넘기며 함께 선택했다.

사람들은 스테인드글라스와 같아요. 햇빛이 있을 때는 빛나지만, 어둠이 오면 그 아름다움은 내부에서 빛나야만 드러납니다. (엘리자베스 퀴블러-로스)

미르티유에게, 우리의 길을 밝혀준 그녀의 아름다움에.

친애를 담아,

E & J

그들은 관이 무덤 안으로 내려가는 모습을 바라보았다. 그곳에는 이미 으젠이 잠들어 있었다. 가족들은 맨 앞자리에 서 있었다. 반면 그들은 뒤쪽에 남아 있었고, 얼굴은 목도리로 가려져 있었다. 에밀은 조안이 이런 장면을 다시 보게 될 다음번에는, 관 안에 있는 사람이 자신일 거라는 생각을 떨칠 수 없었다. 그래서 그는 그녀의 손을 놓을 수가 없었다. 그는 자신의 손바닥 안에 그녀의 손을 꼭 쥐었다.

그는 이 끔찍한 세상에 과연 어떤 정의가 존재하는지 스스로에게 물었다. 아버지, 아들, 그리고 이제는 자기 차례다. 조안은 자신이 보살핀 모든 남자들이 죽는 모습을 지켜봐야만 하는 운명인 걸까.

가족들은 사람들에게 길을 내주기 위해 양옆으로 물러섰다. 끝이 보이지 않을 만큼 긴 줄이 무덤 쪽으로 이어졌다. 사람들은 하나씩 다가가 구덩이 앞에서 미르티유에게 마지막 작별 인사를 하고, 꽃다발이나 추모패를 내려놓았다. 에밀과 조안은 그 줄의 맨 마지막에 서 있었다. 죽음 같은 침묵 속에서, 줄은 아주 천천히 앞으로 나아갔다.

"조안…."

에밀이 거의 숨소리만큼 작은 소리를 냈다. 그녀는 얼굴을 돌려 그의 눈을 바라보며 낮은 목소리로 물었다.

"내가 화장되면 당신이 덜 힘들까요?"

그녀는 시선을 돌리지 않고, 무표정하게 그의 눈을 응시했다.

"네… 그럴 것 같아요."

잠시 침묵이 흘렀다. 미르티유의 딸 중 한 명이 지나가며 지인에게 인사하고 몇 초 후 다시 떠나자 조안은 다시 속삭였다.

"하지만 그게 문제는 아네요."

그가 숨죽여 물었다.

"왜요?"

"결정은 당신 몫이에요. 당신 것이죠."

"그냥 당신이 조금이라도 마음 편히 할 수 있기를 바라는 것뿐이에요."

그녀는 천천히 고개를 가로저으며 시선을 정면으로 돌렸다.

"당신이 스스로 결정을 내릴 수 없다면, 가족을 생각해요… 그들이 어떤 쪽을 원할 것인지 생각하라구요. 나를 생각하지 말고."

"나는 화장을 해줬으면 좋겠어요."

그녀는 여전히 무표정하게, 시선을 정면에 고정한 채 말했다.

"정말 확실해요?"

"확실해요."

목 근처에서 미세한 떨림이 그녀의 감정을 드러냈고, 에밀은 자신이 올바른 결정을 내렸음을 알았다.

그들은 미르티유와 으젠의 가족 납골당 앞에 마지막으로 비문을 내려놓았다. 그들이 조문객에게 인사를 전할 때 눈송이가 내리기 시작했다.

미르티유의 딸 중 한 명이 물었다.

"누구세요?"

아니가 대신 대답했다.

"엄마가 돌봐주던 분들이셔."

그들은 이런 답변을 예상치 못했다. 그리고 이 여성의 즐거운 외침에도 놀랐다.

"오! 바로 당신들이 엄마가 결혼시킨 분들이군요!"

가족들 사이에 웃음 섞인 속삭임이 퍼졌다. 아니가 유머를 섞어 말을 보탰다.

"엄마가 결혼시킨 게 아냐, 마리. 시장이 시킨 거야."

마리라 불린 여자가 답했다.

"알아. 하지만 엄마는 항상 그렇게 이야기했어, 안 그래?"

아니가 감동을 받았는지 고개를 끄덕이며 미소 지었다. 에밀과 조안도 조금 부끄럽게 웃었다.

"네… 맞아요."

마리가 두 사람의 어깨에 손을 올리며 말했다.

"엄마가 두 분을 정말 많이 사랑했어요. 이렇게 와주셔서 감사해요."

그들은 나란히 걸으며 묘지 중앙 통로를 거슬러 올라갔다. 그들 뒤에서는 미르티유의 가족이 무덤 둘레에 모여 서 있었고, 몇몇은 기도를 드리고 있었다.

에밀이 물었다.

"돌아가기 전에 잠깐 산책할까요?"

조안은 고개를 끄덕였다. 그들은 에우스에게 마지막 인사를 하러 가려는 것이다. 이제 다시는 이곳에 돌아오지 않을 것이었다. 에밀은 미르티유에게 한 약속을 떠올리지 않으려 애썼다… 이제 조안에게는 더 이상 돌아갈 곳이 없다는 사실도 함께.

그날 밤, 별채의 작은 방 안에는 억눌린 숨소리가 울려 퍼졌다. 마치 고통의 신음이 두 사람의 숨결과 뒤섞인 듯한 소리였다. 이번에는 말이 필요하지 않았다. 그들은 추웠고, 공허했다. 그것은 마치 살아있음을 느끼기 위한 절박한 욕망, 서로의 존재로 비어 있는 자신을 채우려는 본능적인 필요 같았다. 신음은 밤늦도록 방 안에 메아리치다, 점점 잦아들었고, 두 사람의 몸은 덧없는 평온 속으로 천천히 가라앉았다.

"조안 양? 조안 양?"

조안은 갑자기 정신이 번쩍 들었다. 에밀이 오늘도 현장에서 돌아오기를 기다리다 그만 깜빡 잠이 든 것이다. 최근에 그는 아니에게서 그 전화를 받은 이후로 매일 현장에서 오랜 시간을 보냈다. 알뱅과 조안은 보통 오후 세 시나 네 시쯤이면 일을 마치고 따뜻한 방 안으로 들어왔다. 조안은 그 시간에 그림을 그리거나 포크와 놀곤 했다. 하지만 에밀은 언제나 늦게까지 남아 있다가 거의 저녁 여덟 시 가까이 돼서야 돌아왔다. 그 덕분에 공사는 빠르게 진척되었고, 이폴리트 역시 만족스러워했지만, 조안은 그것을 좋은 일로만 봐야 할지 알 수가 없었다. 에밀은 하루 종일 아무 말 없이 일에만 몰두하고, 저녁에도 거의 말을 하지 않았다. 미안하다고, 가까운 사람을 잃은 것이 처음이라고, 그냥 시간이 지나가길 기다리면 된다는 말만 했을 뿐이었다.

"조안 양?"

이폴리트의 목소리가 그녀를 잠에서 깨웠다. 그녀는 일어나 방 문으로 향했다. 이폴리트가 걱정스러운 표정으로 복도에 서 있었다.

"무슨 일이에요?"

"에밀이 작업장에서 떨어진 것 같아요. 그런데 의사를 부르는 건 원하지 않아요."

조안은 잠시 그 말의 의미를 이해하지 못했다. 그녀는 아직 반쯤 잠에 취해 있었다.

그녀가 다시 물었다.

"떨어졌다고요?"

"그가 그 시간에 왜 아직 공사장에 있었는지 모르겠어요… 머리를 부딪혀서 떨어진 것 같아요. 말도 앞뒤가 안 맞고, 의사도 보려고 하지 않아요."

그녀는 방을 가로질러 큰 걸음으로 걸어가 침대 위에서 검은 숄을 집어 들었다.

"가요."

이폴리트는 뒤쪽에 머물러 있었다. 그녀는 잔해 한가운데 서 있는 에밀에게 다가갔다. 그는 멍한 표정을 짓고 있었다. 그녀는 그가 떨어진 것은 아니라고 생각했다. 아마 또다시 블랙아웃 상태에 빠졌을 거라고 생각했다. 에밀에게 다가가면서 그녀의 속은 롤러로 눌린 듯 짓눌렸지만, 애써 아무렇지 않은 표정을 지으려고 애썼다.

"에밀?"

그녀는 바주에서 그가 자신을 더 이상 알아보지 못했을 때처럼, 그의 눈에서 똑같은 것을 읽어낼까 봐 극도의 공포를 느꼈다. 하지만 그렇지 않았다. 이번은 달랐다. 에밀은 그녀를 알아보는 것 같았고, 단지 불안하고 극도로 긴장한 상태였다. 그는 마치 이곳을 처음 보는 사람처럼 주변을 두리번거리며, 자신이 지금 여기서 무엇을 하고 있는지 이해하지 못하는 듯했다.

"조안… 우리가 언제 여기 도착했죠?"

그가 그녀 앞에 서서 물었다.

그녀는 뒤에 있는 이폴리트를 흘끗 쳐다볼 엄두를 내지 못했다. 그래서 가능한 한 낮은 목소리로 말하려고 애썼다.

"3주 전이에요."

하지만 에밀은 초조하게 머리를 저었다.

"그만해요. 그럴 리가 없어요."

그녀는 속삭이듯 답했다.

"맞아요. 우리가 여기 도착한 지 3주 됐어요."

그는 다시 짜증스럽게 머리를 저었다.

"우린 에우스에 있었어요. 골목길에서 나무들이 잎을 떨구고 있었던 게 분명하게 기억나요."

그녀는 걱정을 숨기며 고개를 끄덕였다.

"맞아요, 그래요."

"겨우 이틀 전이었어요. 어쩌면 오늘 아침에도 거기 있었을지도 몰라요. 우린 미르티유 집에 있었고, 당신은 코코 아이스크림 판매점에서 일하고 있었죠!"

그녀는 시선을 유지하며 또렷하게 말했다.

"아니요."

"뭐요? 아니라고요?"

그녀는 뒤에 있는 이폴리트의 존재 때문에 점점 더 당황스러워졌다. 게다가 늙은 목자는 이제 목을 가다듬으며 끼어들었다.

"보세요, 조안 양. 이 사람, 큰 사고를 당한 것 같아요. 이런 상태로 두면 안 돼요. 내가 의사를 부를게요."

그녀는 완벽하게 침착함을 유지하고 상황을 통제하려고 애썼다.

"아뇨, 난 그가 추락했다고 생각하지 않아요…."

이폴리트는 그녀를 경계하듯 바라보았다. 에밀은 침묵을 지키고 있었으며, 얼굴에는 신경질적인 경련이 일고 있었다.

"저 사람은… 조기 알츠하이머를 앓고 있어요."

에밀은 그녀의 불안한 목소리와 그 말에 아무 반응을 보이지 않았다. 이폴리트는 눈썹을 찌푸렸다.

"뭐라고요?"

"기억력을 해치는 병이에요. 이런 일은 가끔씩 일어나죠…."

이폴리트는 여전히 의심스러운 눈길로 그녀를 바라봤다. 조안은 자신 있는 표정을 지으려고 애쓰며 다시 말했다.

"괜찮아요. 곧 기억을 되찾을 거예요. 의사는 필요하지 않아요. 잠깐만 시간을 주면 돼요."

이폴리트는 두 사람을 번갈아 바라보았다. 그는 어찌할 바를 모르는 듯했다.

"확실해요?"

"네. 괜찮아요. 그를 별관으로 데려가 쉬도록 할 거예요. 내일이면 나아질 거예요."

이폴리트는 잠시 망설이다가 고개를 끄덕였다.

"그래도… 잘 지켜봐요… 어지럽거나 구역질이 나면…."

조안이 단호하게 말했다.

"그러면 의사를 부를게요."

늙은 양치기는 천천히 멀어져 갔다. 멀리서 그의 개 미스틱이 갓 내린 눈을 헤치며 달려가 그를 따라붙었다. 조안은 길게 숨을 내쉬었다. 그녀가 몸을 돌리자, 에밀은 마치 그녀가 미쳤거나 자신을 겁주기라도 한 듯한 표정으로 그녀를 노려보고 있었다.

"왜 날 여기로 데려왔어요?"

그녀는 침을 삼켰다. 더 이상 어떻게 해야 할지, 어디서부터 시작해야 할지 알 수가 없었다.

"에밀…

"뭐?

"우리를 여기로 데려온 건 당신이잖아요…."

그러자 그는 거의 공격적인 어조로 반박했다.

"거짓말이야!

"아니…

"당신은 우리가 에우스에 있었다고 말했잖아요! 그런데 왜 지금 여기 있는 거죠? 미르티유는 친구들이랑 파티를 준비해야 했는데…."

그녀는 천천히 눈을 감았다. 그녀는 온 힘을 다해, 눈을 다시 떴을 때 그가 기억을 되찾기를 바랐다.

"아니예요."

"뭐, 아니라고요?"

에밀의 목소리는 다급했다.

"우리가 미르티유 집을 떠난 지 두 달이나 됐어요."

그는 참지 못하고 화를 냈다. 그녀는 그를 안심시키기 위해, 혹은 그에게 위로가 될 말을 찾기 위해 자신의 생각을 제대로 모을 수 없었다. 그녀는 그저 속삭였을 뿐이었다.

"이리 와요. 따뜻한 곳으로 가서 내가 설명할게요."

하지만 그는 움직이지 않았다. 그는 잔해와 공사 현장을 떠날 생각이 없었다.

"지금 설명해요."

"좋아요… 우리… 페리악드메르에 갔다가… 바주로 갔고… 당신, 기억 안 나요? 그 어부, 세바스티앙… 그리고 그의 개 럭키가 있었잖아요."

그녀는 그의 눈을 마주치지 못했다. 그의 고통스러운 시선을 마주할 용기가 없었다.

"그러고 나서 바다를 보러 갔어요. 그뤼상에도 갔고요."

그녀는 시선을 발밑, 잔해 속에 놓인 털 장화에 고정한 채, 말을 매우 빨리 이어갔다.

"내가 병에 걸려서 열이 났어요. 당신은 내가 따뜻하게 지내야 한다고 나를 여기로 데려왔고요."

그녀는 그를 슬쩍 바라보려 했지만, 그는 등을 돌렸다. 그는 마치 이 모든 상황을 견디는 데 도움이 될 것처럼, 맞은편 벽을 향해 걸어갔다. 그러다 갑자기 걸음을 멈추고 몸을 돌렸다. 그는 머리를 저었다. 이런 행동을 하는 건 이번이 처음이었다.

평소라면 완전히 당황해 허둥대곤 했지만, 이번에는 달랐다. 그는 자신이 옳다고, 거짓말을 하는 쪽은 그녀라고 확신하는 듯 거의 공격적인 태도를 취했다.

"마조리는 항상 당신이 불안정하다고 말했어요!"

조안의 눈이 커졌다. 그녀는 더 이상 아무것도 이해할 수 없었다.

"뭐라고요?

"그녀는 당신이 건방지고 무책임하다고 생각했어요."

그녀는 아무 말도 할 수 없었다. 그가 그녀를 이토록 흔들어 놓은 것은 이번이 처음이었다.

"그녀가 옳았어요. 당신이 날 어디로 데려왔는지 보라고요! 우리는 완전히 외딴 곳에 와 있어요! 항상 당신이 계획을 세웠잖아요. 이건 당신의 계획이라고요. 당신의 욕망이 우선이었던 거예요!"

그녀는 눈에 띄지 않게 한 걸음 물러섰다. 도망치고 싶었다. 그에게서 가능한 한 빨리 멀어지고 싶었다.

그가 분노에 찬 목소리로 내뱉었다.

"그래, 맞아! 바로 그거지! 꺼져! 그게 당신이 늘 하던 짓이잖아, 그렇지?"

그녀는 다시 한 걸음 뒤로 물러났다. 이제 그는 그녀에게 두려움 그 자체였다. 목 한가운데 무언가 단단한 덩어리가 올라와 숨길을 막아오는 듯한 느낌이 그녀를 조여왔다.

"그래, 맞아! 뱉어! 꺼져! 당신 특기잖아, 그렇지?"

그녀는 한 걸음 더 뒤로 물러섰다. 그녀는 두려웠다. 그녀는 덩어리가 목구멍에서 커지는 것을 느꼈다. 숨이 막히기 시작했다.

"하지만 나는 네가 도망을 치든 말든 신경 안 써, 로라. 끝났어! 난 널 더 이상 사랑하지 않아! 네 의견 따위는 이제 신경 안 쓴다고!"

그녀는 이 얼굴을 알아보지 못했다. 다섯 달 전 만난 에밀이 아니었다.

"꺼져!"

공사 현장 벽 사이로 공격적인 목소리가 울렸다. 조안은 주저하지 않았다.

다음 날 아침, 그녀는 또다시 그 덩어리와 함께 깨어났다. 목을 꽉 막아오는 듯한 그 답답한 느낌. 그녀는 잠시 전날 밤 일을 떠올리지 못한 채 멍하니 누워 있었고, 왜 이렇게 속이 미식거리는지 이해하는 데 몇 초가 걸렸다. 그녀는 눈을 뜨자마자 에밀이 여기서 자지 않았다는 사실을 깨달았다. 그의 쪽 이불은 누군가 누웠던 흔적 없이 매끈했고, 베개에도 머리 자국이 전혀 남아 있지 않았다. 하지만 무엇보다 그녀를 움츠러들게 만든 것은, 문 뒤 작은 고리에 걸려 있어야 할 에밀의 코트와 목도리가 사라졌다는 점이었다. 심장이 빠르게 요동쳤다. 젠장, 왜 캠핑카 열쇠를 숨겨두지 않았을까. 그녀는 비틀거리며 몸을 일으켰다. 바닥은 얼음처럼 차가웠고, 그녀 주변의 모든 것이 흔들리고 있었다. 그녀는 구역질이 치밀어 오르는 것을 간신히 억눌렀다. 이 일이 실제로 벌어졌다는 것, 그리고 자신이 임무에 처참하게 실패했다는 사실을 좀처럼 받아들이지 못했다. 그녀는 그가 집으로 돌아가지 못하게 하겠다고 약속했었다. 하지만 전날 밤, 그녀는 도망치는 쪽을 택해 심장이 요동치는 채 침대에서 몸을 웅크리고 있었고, 귀를 곤두세운 채 별채에서 들려오는 발소리를 살폈다. 그녀는 끝까지 밀어붙였어야 했고, 그를 설득하려 애썼어야 했다. 하지만 그러지 않았다. 그녀는 현장을 떠날 수 있다는 사실에 지나치게 안도했다. 스스로 인정하기 부끄럽지만… 그녀는 그가 떠나길, 사라지길 바랐다. 어젯밤 그녀 앞에 서 있던 '그 에밀'을 견딜 수 없었다. 무서웠다. 몹시 화가 난 표정이었고, 그녀에게 쏟아낸 말들은 그녀가 아니라 아마 다른 누군가를 향한 것처럼 들렸다.

그녀는 문고리를 꽉 잡고 균형을 유지하며 조심스레 문을 열었다. 그녀는 문을 열자마자, 막 문을 두드리려던 알뱅과 마주했다.

"아! 당신, 있었군요."

그는 무슨 일이 일어난 건지, 왜 그녀가 이렇게 창백한 얼굴로, 담요를 두른 채, 아직도 잠옷을 입고 여기 있는지 잘 이해하지 못하는 듯 보였다.

"이폴리트는 당신이 에밀을 의사에게 데려갔다고 생각했어요."

"뭐라구요?"

알뱅은 걱정스러운 눈으로 그녀를 살폈다. 그녀는 틀림없이 몹시 창백해 보였을 것이다.

"어제… 에밀이 공사장에서 넘어졌다고 생각했거든요."

그는 표정을 살폈다. 그녀는 머리를 저었다.

"에밀은 넘어지지 않았어요."

하지만 알뱅이 끼어들었다.

"캠핑카가 안 보여요. 이폴리트는 당신이 에밀을 어디론가 데려갔다고 생각했대요."

그녀는 여전히 고개를 흔들 뿐, 대답할 수가 없었다.

"에밀이 지금 어디 있는지 알아요?"

"아뇨."

그는 떠났다. 그는 전날 그녀를 알아보지 못했다. 완전히는 아니었다. 그는 그녀가 형편없는 거짓말쟁이라고 굳게 믿고 있었다. 시간 감각도 제대로 잡지 못하고 있었다. 에우스와 미르티유는 기억했지만 바주와 그뤼상은 더 이상 떠올리지 못했다. 그녀는 그의 수첩을 보여줬어야 했다… 몇 구절이라도 억지로 읽게 했어야 했다. 하지만 그러는 대신, 그녀는 이불 속으로 숨어들었고… 그는 가족에게로 돌아가 버렸다. 그는 임상시험 센터로 보내지게 될 것이다. 그녀는 완전히 망쳤다.

"그냥 볼일 보러 간 걸 수도 있어요,"

그는 작은 부엌을 가리켰다.

"커피 남겨뒀어요. 난 작업장에 있을게요. 준비되면 나랑 합류해요. 아침까지 돌아올 테니 너무 걱정하지 말아요."

그녀는 이제 무엇을 해야 할지 전혀 알 수 없었다. 에밀이 없는 이 땅에서 완전히 길을 잃고 혼란스러웠다. 오늘 아침, 그를 보내야 한다는 생각에 느낀 죄책감은 점점 절망과 분노로 변해갔다. 그는 어떻게 그럴 수 있었을까? 어떻게 그녀를 여기, 산 한가운데 버리고 갈 수 있었을까? 작은 목소리가 속삭였다. "넌 아무것도 아냐. 그는 너를 알아보지도 못해." 그녀는 이 모든 생각을 억누르며 알뱅이 옳다는 사실, 그가 잠시 볼일을 보러 간 것일 뿐이라는 말을 상기하려 애썼다. 그녀는 다른 선택지가 없었기에 공사 현장으로 향했다.

"오늘 뭐 할 거예요?"

"창문 설치를 시작할 겁니다."

알뱅은 자신이 목수로 일했던 경험에 대해 또다시 이야기했다. 그 경력이 없었다면 이폴리트의 집에 창문을 달 수 없었을 것이다. 하지만 조안은 목도리를 얼굴까지 끌어올리고, 마음을 다른 곳으로, 다른 시대, 다른 집, 자신이 더 가벼웠고 순수했던 시절로 보내려 했다. 에밀이 도망친 일은 생각하고 싶지 않았다. 그녀는 차라리 생-실리아크의 작은 돌집에 있던 자신의 모습으로 돌아가고 싶었다.

어딘가, 조안의 기억 속 희미한 공간에서 레옹이 조바심을 내며 욕실 문을 두드렸다.

"괜찮아, 조안?"

그녀는 욕조 한가운데 서서 발밑에 흩어진 핏자국을 바라보고 있었다.

"응…."

"조안?"

"응, 괜찮아. 왜 아직 여기 있어? 부모님 댁에 저녁 먹으러 가지 않았어?"

그녀는 샤워기에서 가느다란 물줄기를 틀어 핏자국을 씻어내며 조용히 실망감을 삼켰다. 생리였다. 즉, 아기는 아직 올 준비가 되지 않았다는 뜻이었다.

"응, 가려고 했어. 가기 전에 키스하고 싶었을 뿐이야."

"좋아…."

그녀는 샤워기 물을 잠그고 수건을 집었다.

"금방 나갈게. 몸 말리고 있어."

그녀는 몸을 떨며 수건으로 몸을 감쌌다. 밖은 이미 칠흑같이 어두워졌다. 11월이 완전히 자리 잡았다. 여름이 어떻게 지나갔는지도 모를 정도였다. 8월은 공사가 끝남과 동시에 끝나버렸다. 베란다는 마침내 완성되었고, 그들은 가구를 들이고 장식까지 마쳤다. 그러고 나서 개학이 다가왔다. 레옹은 다시 아기 이야기를 꺼냈다. 사실, 두 사람 모두 마음속으로 생각하고 있던 일이었다. 베란다가 완성되었기 때문이다. 그들의 생각 속에서 이 공간은 결코 단순한 베란다가 아니었다. 레옹이 그 이야기를 꺼낸 이후로, 그 베란다는 아기를 위한 방이 되어버렸다.

"준비됐어?

"갈게!"

그녀는 재빨리 발을 닦고 잠옷을 입은 뒤, 욕실 문을 열어 걱정스러운 표정을 짓고 있는 레옹과 마주했다.

"괜찮아?"

"응, 말했잖아."

"얼굴이 이상해.

"아냐. 그냥 너무 추워서 그래."

레옹은 문을 닫고 그녀는 거울 앞에서 머리를 계속 말렸다.

"아빠가 불을 땠어. 15분쯤 지나면 더 따뜻할 거야."

그는 여전히 이상하게 바라보았지만, 그녀는 무시했다. 그녀는 힘차게 머리카락을 짰다. 아직 생리가 시작되었다는 사실을 말하고 싶지 않았다. 지금은 아니었다. 실망감이 너무 컸다. 이제 겨우 두 달 정도 노력했을 뿐이었다.

"키스해 줄래? 이제 가야 돼."

그녀는 머리카락을 정리하던 손을 멈추고 그에게 돌아가 키스했다.

"금방 올게."

그가 부모님 댁에 저녁을 먹으러 가겠다며 그녀를 두고 떠날 때마다, 그녀는 늘 같은 씁쓸한 감정을 느꼈다. 마치 그가 그녀를 배제한 채 그들에게 옳다고 인정해 주는 것 같은 느낌. 그녀는 여전히 사생아이고 창녀의 딸이었다. 그런데도 그는 바로 그녀와 아이를 갖고 싶어 했다. 그녀는 이런 생각들을 머릿속에서 몰아내려 애썼다. 이런 종류의 생각을 품는 것이 싫다. 특히 레옹에 대해서는 더더욱.

"내가 돌아올 때쯤 넌 잠들어 있을 수도 있겠네…."

"아마도.

"그럼 잘 자."

그는 다시 키스했지만, 그녀는 여전히 가슴 속 무거움을 느꼈다. 생리 때문인지, 저녁 때문인지 알 수 없었다.

"조안, 괜찮아?"

그녀는 거실에서 조제프를 만났다. 그는 이미 식탁에 앉아 그녀를 기다리고 있었다. 상이 차려져 있었고, 뜨거운 수프가 앞에 놓여 있었다.

"네, 괜찮아요."

그는 조안이 맞은편에 앉는 동안 오래도록 그녀를 바라보았다. 그리고 목을 가다듬었다.

"레옹은 나쁜 녀석이 아냐. 알지?"

그는 매주 월요일 저녁에 그랬던 것처럼 오늘 저녁에도 그의 부재에 대해 말하고 있었다.

"알아요."

"다만 용기가 부족할 뿐이야. 그게 다야."

그는 그녀의 접시를 들어 큰 국자로 수프를 떠주었다.

"그게 아네요, 아빠."

"그래서 네가 그렇게 슬퍼 보이는 건 아니지?"

"아네요."

조제프는 자신의 수프 그릇을 다시 앞에 내려놓고, 그가 귀 기울이고 있다는 것을 보여주려고 몸을 앞으로 숙였다.

"그렇다면… 내게 설명해 줘."

"레옹이랑 나… 우리…."

그녀는 말을 잇기 힘들었다.

조제프가 부드럽게 물었다.

"너희 아기를 가지려고 하는 거야?"

그녀는 아버지의 통찰력에 넋이 나간 채 서 있었다.

"네… 맞아요."

조제프는 몇 달 전부터 이 소식을 알고 있었던 듯 침착했다.

그는 여전히 부드러운 목소리로 물었다.

"네가 이사하게 됐다는 걸 나한테 어떻게 말해야 할지 잘 몰라서 그러는 거니?""

그녀가 깜짝 놀라 외쳤다.

"아니요! 아니요, 우리는 여기 남고 싶어요. 베란다를 아기 방으로 바꾸려고 계획했잖아요."

조제프의 얼굴이 갑자기 환해졌다.

그는 속삭였다.

"조안…."

"왜요, 아빠?"

"너 정말 많이 컸구나."

그녀는 웃으며 시선을 접시로 내렸다.

"이미 아기를 몸속에 품고 있니?"

그녀는 무한한 다정함으로 자신을 바라보는 조제프를 향해 천천히 고개를 들었다.

"아니요, 아빠. 아직이에요. 전 금방 생길 줄 알았어요. 하지만 이렇게 오래 걸릴 줄은 몰랐어요. 그래서 오늘 밤은 조금 공허하게 느껴져요."

조제프의 시선은 너무나도 부드러워서, 마치 그녀의 뺨을 어루만지는 듯한 느낌을 주었다.

"부처님이 말씀하신 거 알지? 인내…"

그녀가 그의 말을 대신 이어받았다.

"…는 가장 큰 기도라고… 알아요."

둘은 테이블 양쪽에서 서로를 바라보며 미소 지었다.

"이제 우리 둘만이 아니겠구나…."

조제프가 부드럽게 중얼거렸다.

그녀는 감동을 느끼며 다시 시선을 접시로 돌렸다.

"아니요. 이제 둘만은 아니에요.

"나는 기쁘다, 조안."

잠시 침묵이 흘렀다. 그것은 벽난로에서 타닥이는 불소리가 공간을 부드럽고 가볍게 채우는 침묵이었다.

그러다 다시 조제프의 목소리가 울렸다.

"넌 훌륭한 엄마가 될 거야. 네 아이를 만나게 되길 정말 기대하고 있어. 나도… 인내심을 가지도록 노력해 볼게."

그녀는 희미하게 미소 지었다.

조제프가 덧붙였다.

"여기서 키우고 싶어 한다니 기쁘구나,"

그녀는 천천히 일어나 탁자 반대편으로 그에게 다가갔다. 그리고 말없이, 그저 어릴 적 하듯 그의 어깨에 머리를 기대고 그의 듬직한 팔과 셔츠에서 풍기는 머스크 향기에 몸을 맡겼다.

생트-쥘리악의 골목에는 크리스마스 전구가 깜빡였다. 조안과 레옹은 한 주간의 장을 보러 나갔다. 조제프는 요즘 매우 피곤했다. 11월 말에는 텃밭과 닭장을 거의 돌보지 못했다. 새로 들인 세 마리의 닭은 게으른 녀석들이었다. 달걀도 겨우 열 개 정도 수확했을 뿐이었다. 조제프는 조바심을 냈고, 조안은 추위 탓이라고 설명했다.

두 사람은 꽁꽁 얼어붙은 골목을 서두르며 걸었다. 조안이 깜빡이는 초록색 간판을 보며 물었다.

"약국에 들를 수 있어?"

레옹은 이상한 표정을 지으며, 입가에 미소를 살짝 띠었다.

"혹시…."

"여기, 내 가방 좀 가지고 있어. 금방 다녀올게."

"조안, 기다려!"

그는 그녀의 팔을 붙잡았고, 그녀는 저항할 생각조차 하지 않았다. 그 또한 그녀가 미소를 숨기려 한다는 것을 알아차렸다.

"그게 진짜라고… 말해 줘!"

그가 들뜬 목소리로 속삭였다. 그녀는 그의 입에 손을 살짝 얹어 조용히 시켰다.

"아직 몰라. 그래서 테스트를 해보려는 거야."

"하지만…."

"테스트하고 나서 얘기하자."

"잠깐, 조안, 잠깐만."

그는 두 손으로 그녀의 손을 꼭 붙잡고 있었다. 장보기 봉투는 바닥에 버려둔 채였다. 그는 조금 불안해하며, 아주 작은 목소리로 조용히 속삭였다.

"너… 요즘 생리가 없었던 거야?"

그녀는 골목에 정말 둘만 있는지 확인하려고 주변을 흘깃 둘러보았다.

"응."

"응, 이라고?"

"3주 전에 했어야 했는데."

레옹은 비명을 참으며 조용히 박수를 치기 시작했다. 그러자 그녀는 매서운 눈빛으로 그를 조용히 시켰다.

"아니, 그만해! 지금 기뻐할 생각하지 마! 먼저 테스트기를 사야 해."

그는 순순히 고개를 끄덕였지만, 그의 얼굴에서는 미소가 여전히 사라지지 않았다.

그는 그녀를 앞으로 밀며 말했다.

"빨리 해 봐!"

그들은 장바구니를 부엌까지 가져갈 생각조차 하지 않았다. 돌집에 들어서자, 둘은 동시에 "집에 왔다!"라고 외치며 거실에서 책을 읽고 있는 조제프에게 인사하고 욕실로 달려갔다. 레옹은 조안을 안으로 밀었다.

"빨리 해 봐!"

그녀는 못마땅한 척했지만, 그가 안달이 나서 발을 동동 구르고 있다는 걸 분명히 보고 있었다.

"진정하는 게 좋을 거야. 만약 아니면 실망이 클 테니까…."

그러나 그는 듣지 않았다. 그는 욕실 문을 닫고 속삭였다.

"난 여기서 기다릴게."

몇 분 뒤 그녀가 다시 문을 열고 복도로 한 발짝도 내딛기 전에 레옹은 그녀의 얼굴에서 2센티미터도 채 떨어지지 않은 거리에서 마주서 있었다.

"자, 어때…?"

그는 조안의 무표정한 얼굴에서 어떤 힌트라도 찾으려 했지만

희미한 동요 말고는 아무것도 읽어낼 수 없었다. 그리고… 그녀의 입가 한쪽이 아주 살짝 떨리고 있는 것 같았다. 울려는 걸까? 레옹은 눈살을 찌푸렸다.

"조안?"

하지만 그녀의 입술이 살짝 떨렸고, 그는 그것이 미소라는 것을 깨달았다.

그는 숨을 죽이며 속삭였다.

"됐어?"

그녀는 고개를 끄덕이고 이번에는 완전히 미소를 지으며, 레옹에게 조용하라는 신호로 입술 위에 손가락을 댔다. 조제프가 바로 몇 걸음 떨어진 거실에 있었다. 아직은 그에게 말할 수 없다. 너무 이른 것이

다. 레옹은 복도에서 들떠서 발을 동동 구르며 그녀에게 키스했다. 그녀를 들어 올렸다가 내려놓고 다시 키스했다. 둘은 소리가 새어나가지 않도록 손으로 입을 가리고 웃음을 참았다.

그들은 이 비밀을 오래 유지하지는 못할 것이다…

크리스마스는 지났지만 오래된 트리는 여전히 그 자리에 있고 전구들은 반짝이고 있었다. 조안은 소파에 웅크린 채 따뜻한 물주머니를 배 위에 올려놓고 있었다. 아침부터 메스꺼움이 가시질 않아, 무엇을 먹기만 하면 바로 화장실로 달려가야 했다.

조제프는 이미 무슨 일이 일어났는지 눈치챘다.

그는 몇 시간 전에 그녀에게 물을 가져다주며 물었다.

"이제 괜찮니?"

그리고 그녀는 고백할 수밖에 없었다.

"아직 알리지 말았어야 했는데… 너무 이르거든요."

그녀가 말하고 싶었던 것은, 아직 유산 위험이 있다는 것이었다.

조금 전, 일을 마치고 집으로 돌아온 레옹은 소파에 앉아 얼굴이 새하얗게 질린 그녀를 발견했다.

그는 작은 목소리로 조제프에게 물었다.

"이거… 정상인가요?"

조안은 아무 말 없이 불꽃만 바라보고 있었다. 조제프는 미소를 지으며 고개를 끄덕였다.

"그래. 정상이지."

이제 두 사람은 둘이서 저녁을 먹는 둥 마는 둥 하고 있었고, 조안은 소파에 웅크리고 있었다. 레옹은 몹시 불안해 보였다.

"정말 으깬 감자라도 조금 안 먹겠어?"

그는 등을 돌리고 있는 조안에게 말했다

"아니, 괜찮아."

조안은 핫팩을 소파 팔걸이에 내려놓고 일어섰다.

레옹이 걱정스레 물었다.

"어디 가?"

"이 냄새에서 최대한 멀리."

"냄새? 무슨 냄새?"

레옹의 순진한 반응에 조제프는 미소를 지었다.

그가 말했다.

"당분간은 냄새에 예민할 거야. 어떤 냄새는 정말 역겨움을 불러일으킬 수도 있어."

조제프는 레옹의 순진함에 미소 지었다.

"앞으로 한동안 냄새에 예민해질 거야. 어떤 건 진짜 혐오감을 불러일으킬 수도 있어."

조안이 얼굴을 찡그리며 덧붙였다.

"이 퓨레처럼,"

조제프는 다정하게 미소 지었다.

"누워 있어. 먹고 싶은 걸 가져다줄게, 알았지? 뭘 먹고 싶어?"

조안은 잠시 생각했다.

"무화과 컴포트요."

둘은 재빠르게 고개를 끄덕였다.

"좋아. 30분 안에 무화과 콤포트를 가져다줄게."

그들은 조안이 방으로 향하는 모습을 바라보았다. 레옹은 걱정이 되어서 죽을 지경이었다.

“오래 갈까요?”

“그럴 수도 있어. 임신하고 처음 석 달 동안은 이런 일이 자주 일어나.“

“아, 그런가요?”

그 후 조안은 자신의 방에 들어가면서, 그들이 나누는 대화를 더 이상 듣지 못했다.

그 시기는 꼬박 두 달이나 계속되었다. 처음에는 그녀가 의사에게 진단서를 받는 것을 거부했고, 조제프가 책상을 주먹으로 내리치기 전까지는 학교에서 이런저런 잡일을 계속하려고 애썼다.

“지금 당장 쉬어! 아무것도 못 먹잖아! 이러다 정말 쓰러진단 말이야.”

레옹은 조제프가 나서 준 것을 몹시 고마워했다.

“제 말은 절대 안 듣거든요….”

그러고 나서 이 같은 상황은 정말 오래도록 계속되었다. 그녀는 늘 피곤했고, 좀 나아져서 다시 먹기 시작하면 곧바로 메스꺼움이 찾아왔다. 그녀는 하루 종일 시간을 세며 버티곤 했다. 책을 읽으면 어지럽고, 요리를 하면 또 속이 울렁거렸다. 다행히 음악이 있었다. 조제프는 마일스 데이비스, 베토벤, 그리고 모차르트도 조금 틀어 주었다.

“아기의 신경 발달에 아주 좋아.”

어느 날 저녁, 그녀는 그들이 부엌에서 몰래 이야기하는 것을 보았다. 시내에 나갔다 돌아온 조제프가 레옹에게 새 책을 보여주고 있었다.

"임신 초기 기간을 좀 더 즐겁게 해줄 수 있을 거야."

그리고 두꺼운 책을 넘겨보기 시작한 레옹은 그의 말에 열렬히 동의했다.

그날 저녁, 그들은 그 책을 읽기로 했다. 책 제목은 『전 세계의 임신 관련 샤먼 의식과 전통』이었다. 조제프와 레옹은 소파에 나란히 앉아, 책을 펼쳐 놓고 돌아가며 읽었다. 중간중간 의견을 덧붙이고 조안에게도 의견을 물었다.

"대부분의 민족에서 공통적으로 발견되는 믿음은, 여성과 태아가 악령의 공격에 취약하다는 거야. 그래서 보호와 금지 의식을 치러야 해. 아프리카에서는 임산부에게 카올린 목욕을 시키기도 해."

레옹이 눈살을 찌푸리며 말했다.

"무슨 얘기인지 전혀 모르겠네요…."

"세계 곳곳에서는 보호물품을 주기도 해. 아프리카와 베트남에서는 샤먼이 부적을 주지. 유산 위험을 막기 위해서야. 세네갈에서는 코란 구절이 적힌 부적을 주고, 기아나의 은주카 족은 배 주위에 끈을 착용하게 해."

조제프와 레옹은 이 놀이에 몰두했고, 조안보다 더 즐겼다.

"과테말라와 토고, 에웨 족에게 금속은 훌륭한 보호물이야. 마법사의 저주로부터 막아주고, 악령을 피뢰침처럼 막아주지."

레옹은 무릎을 손바닥으로 두드렸다.

"맞아, 조안! 우리도 피뢰침 장신구를 사야겠네!"

그녀가 살짝 미소 짓는 것을 보고, 그들은 그날 저녁 내내 독서를 계속했다. 다음 날, 레옹은 그녀에게 진짜 무슬림 부적을 가져다주었는데, 생쉴리아크의 골동품 가게에서 찾은 것이었다.

또 다른 날 저녁에는 옛 믿음을 이용해 아기의 성별을 맞혀보는 이야기가 나왔다. 레옹과 그녀는 어둠 속 침실에 있었다. 몇 개의 촛불을 켜고, 레옹은 조제프가 사 준 책을 들여다보고 있었다.

“최근에 곰이나 용이 나오는 꿈 꾼 적 있어?”

커다란 쿠션에 기대어 있던 조안은 고개를 저었다.

“아니.“

“그래? 그러면 소는?”

조안은 잠시 생각한 후 다시 고개를 저었다.

“꽃이나 해는?”

“아니.“

“장신구는?”

그녀는 눈을 굴렸다. 레옹은 실망한 표정을 지었다.

“그게 무슨 뜻이야?”

“한국에서는, 임산부가 곰, 용, 소를 꿈꾸면 남자 아이, 꽃, 장신구, 해를 꿈꾸면 여자 아이래.“

조안이 진지하게 결론지었다.

“아직 결정하지 않은 걸지도 몰라,“

알뱅이 드릴과 앵커를 바닥에 내려놓으며 말했다.

“잠깐 쉬었다 할까요?”

조안이 대답했다.

“좋아요.”

그녀는 알뱅을 따라 작은 별채로, 그리고 부엌으로 걸음을 옮겼다.

캠핑카가 돌아오지 않았다는 사실은 생각하고 싶지 않았다. 알뱅은 작은 야채 통조림을 냄비에 붓고 분주히 움직이고 있었다. 그는 빵과 버터를 그녀에게 건넸다.

"자, 먼저 먹어요. 금방 데워질 거예요."

그녀는 배가 고프지 않았다. 여전히 속이 메스꺼웠다. 그녀는 얼른 깊은 기억 속으로, 생쉴리아크에 있는 어린 시절의 따뜻한 집으로 빠져들려고 애썼다.

봄이 오고 있었다. 조제프의 텃밭이 꽃을 피우기 시작했다. 햇살이 가득했다. 3월은 아주 푸근하게 시작되었다. 조안은 다시 일을 할 수 있게 되었다. 메스꺼움도 사라졌다. 피로도 마찬가지였다. 이제 그녀의 배는 둥글게 나왔다. 아주 조그맣게 볼록한 배. 레옹과 그녀는 첫 병원 진료에 갔고, 작은 화면 속에서 아기를 볼 수 있었다. 아들이었다. 조안은 임신 4개월 반째였다. 의사는 모든 게 잘 되고 있다며, 무리하게 일하지만 않으면 전일제로 복귀해도 된다고 말했다. 그녀는 기뻤다. 조제프와 레옹이 사 준, 세계 각지의 임신 관련 전통이 담긴 책에 푹 빠질 시간은 지난 몇 주 동안 충분했다. 그 우스꽝스럽기 그지없는 풍습들 사이에서 그녀에게 와닿는 한두 가지가 있었다. 이를테면 천이 엄마의 냄새를 완전히 머금을 수 있도록 임신 내내, 밤낮으로 파뉴(전통 천)를 배에 두르는 아프리카 풍습이 있었다. 그리고 아기가 태어나면 며칠 동안 그 파뉴로 아기를 감싸 엄마의 냄새를 느끼게 해주는 풍습 말이다. 몸이 회복되자마자 그녀는 예쁜 밝은 주황색 천을 사러 갔다. 일부러 골목길을 걸으며 천천히 산책도 했다. 그 사실을 알게 된 레옹은 지나칠 정도로 걱정하는 기색을 보였고, 그녀는 모든 게 괜찮다고, 걸어 다니는 것 정도는 아무 문제가 없다고 그를 안심시켰다.

날씨는 온화했다. 바닷바람이 생쉴리아크의 골목골목 사이로 스며들었다. 조안은 해변에서 피크닉을 하게 될 날을 손꼽아 기다리고 있었다. 8월, 아기가 태어나면 그들은 넷이 함께 갈 수 있을 것이다. 봄기운이 완연한 오후였지만 시장에는 사람이 그리 많지 않았다. 조제프가 당근을 찾으러 간 사이, 조안은 발길 닿는 대로 꽃가게의 진열대로 이끌렸다. 고운 분홍색, 깊은 노란색, 그리고 새하얗게 빛나는 것들까지 장미들이 참으로 아름다웠다. 그녀가 넋을 잃고 바라보고 있을 때, 매대 뒤의 꽃집 주인이 그녀에게 장미 세 송이가 담긴 작은 꽃다발을 내밀었다.

그녀가 조심스럽게 물었다.

"제게 주시는 거예요?"

판매원은 고개를 끄덕였다. 초록 눈과 회색 머리를 가지신 친근한 얼굴의 여성이었다.

"네, 당신과 당신의 아기를 위해서예요."

여성은 조안의 배를 가리키며 웃었다.

"아기는 언제 태어나나요?"

"8월요."

그때 갑자기 유리병 하나가 바닥으로 떨어져 조안의 발에서 몇 센티미터 떨어진 곳에서 산산이 부서지며, 그들의 대화가 끊겼다. 두 사람은 동시에 깜짝 놀라 몸을 움찔했다. 조안은 병을 떨어뜨린 서툰 사람을 올려다보았고, 그 순간 앙드레 부인과 마주하게 되었다. 앙드레 부인은 얼어붙은 듯 두 팔을 축 늘어뜨린 채, 이루 말할 수 없는 공포로 일그러진 얼굴을 하고 있었다. 조안은 위가 급격하게 조여 들고, 목구멍이 막히는 것을 느꼈다. 꽃집 주인이 앙드레 부인에게 말하는 소리가 희미하게 들려올 뿐이었다.

"아이구, 부인! 너무 걱정하지 마세요. 이럴 수도 있죠. 기다리세요, 제가 같이 치울게요."

앙드레 부인은 얼어붙은 듯 그 자리에 멈춰 섰다. 얼굴은 창백했고, 그녀의 시선은 조안의 얼굴에서 배로 옮겨 다니며, 자신이 보고 있는 것을 도저히 믿을 수 없다는 표정을 짓고 있었다. 그리고 조안은 끔찍한 진실을 깨달았다. 앙드레 부인은 모르고 있었다. 레옹은 아무 말도 하지 않았던 것이다. 두 달 동안 그렇게 말해 왔음에도 불구하고, 레옹은 자신이 사생아의 아이를 기다리고 있다는 사실을 어머니에게 차마 고백하지 못했던 것이다. 그리고 조안은 무엇이 더 최악인지, 이 상황 자체인지, 앙드레 부인의 얼굴에 떠오른 역겨움인지, 아니면 배신감인지 알 수가 없었다.

앙드레 부인은 이마에 손을 올리며 중얼거렸다.

"이럴 리가 없어."

그녀는 곧 쓰러질 듯 비틀거렸고, 꽃가게 주인은 매대를 돌아 나와 그녀를 붙잡아 부축했다.

"괜찮으세요, 부인? 어디 불편하신 건 아니죠?"

앙드레 부인은 빠르게 입술 사이로 중얼거렸다.

"말도 안 돼… 그가 우리에게 이런 짓을 할 리가 없어… 바람피우는 건 그렇다 치지만, 아이를? 미쳤나… 그럴 리가 없어…."

조안은 아무런 행동도 할 수 없었다. 그 자리에서 산산이 무너져 내리는 기분이었다. 당장이라도 사라지고 싶고, 재빨리 도망치고 싶었지만 몸이 말을 듣지 않았다. 마담 앙드레의 경멸이 그녀를 마비시켰다.

점원이 그녀를 향해 돌아섰다.

"이분을 아시나요?"

조안은 커다란 덩어리가 목구멍을 막는 걸 느꼈다. 그녀는 고개를 저으며 침을 삼켰다.

"아니요."

그녀는 천천히 움직이며 장미를 바구니에 넣고, 사람들 사이에서 아버지를 찾아보았다. 레옹은 아무 말도 하지 않았다. 그녀는 판매원에게 낮은 목소리로 말했다.

"꽃 감사해요. 안녕히 계세요."

그러나 마음속에는 한 가지 사실이 계속 맴돌았다. 레옹은 아무 말도 하지 않았다. 그녀가 그와 이에 관해 이야기할 때마다 그가 당혹스러워했다는 사실을 떠올렸다.

"부모님께 말씀드렸어?"

"응."

"반응은 어땠어?"

"으음… 정상적으로 반응하셨어."

"그러니까, 좋아하셨다는 거야?"

"응… 좋아하셨어."

레옹은 이에 대해 길게 이야기하지 않았다. 그녀는 그가 부모님이 그녀에 대해 했던 끔찍한 말들을 반복하고 싶지 않은 줄 알았다. 하지만 현실은 더 끔찍했다. 그는 아무 말도 하지 않았던 것이다. 그녀의 배는 불러왔고, 첫 초음파를 했는데도, 그는 아무 말도 하지 않았다.

"조안… 괜찮아?"

그녀는 마치 이 모든 공포와 악의, 그리고 경멸로부터 아기를 보호하려는 듯이 두 손을 배 위에 올렸다. 그녀는 그것들이 아이에게 닿는 것을 원치 않았다. 그녀는 눈물이 터져 나오려는 것을 간신히 참았다. 조제프는 이해하지 못했다. 그는 주위를 둘러보았다. 그녀가 돌아온 작은 통로 쪽을 살폈다. 그리고 꽃집 주인과 다른 상인이 앙드레 부인을 부축하고 있는 걸 보았다. 앙드레 부인은 쓰러질 듯 위태로웠고, 상인은 그녀에게 억지로 물 한 컵을 마시게 하고 있었다. 조제프는 분노에 차서 몸을 곧게 세웠다.

"무슨 일 있니?"

그는 소매를 걷어 올리며 분노에 차서 말했다.

"조안, 우리는 그 여자가 너를 이런 식으로 대하게 두지 않을 거야! 아무도 너를 이렇게 함부로 대해선 안 돼!"

그는 당장이라도 뛰어갈 듯 격앙됐지만, 그녀가 그의 셔츠 한쪽을 붙들며 힘없이 말했다.

"앙드레 부인 때문에 이러는 게 아네요."

조제프는 갑자기 멈춰 서서 돌아섰다. 그는 이해하지 못했다.

"무슨 일이 있었던 거야?"

"그분은 아무것도 모르고 있었어요."

그들은 생쉴리아크의 골목길을 빠른 걸음으로 올라가면서 한 마디도 하지 않았다. 조제프의 얼굴은 굳어 있었고 결의에 차 있었다. 조안은 아직도 충격에서 벗어나지 못했다. 그녀의 두 손은 여전히 배 위에 얹혀 있었고, 그녀는 빠르게, 아주 빠르게 걸었다. 조제프는 그녀가 하려는 것을 하도록 놔둘 것이다. 그녀도 그걸 알고 있었다. 그는 끝까지 그녀를 지지할 것이고, 그리고 나중에, 그녀가 방에서 혼자 눈물에 잠길 때 다가와서 그녀를 위로해 줄 것이다.

레옹은 거실에서 시험지를 들여다보고 있었다. 그는 그들이 들어오는 소리를 듣고 미소를 지었다.

"괜찮아?"

조제프는 곧장 부엌으로 사라졌다. 남은 것은 연약하고 창백한 조안뿐이었다. 그녀는 테이블을 꽉 붙잡았다.

그가 다시 물었다.

"괜찮아?"

그녀는 눈물을 터뜨렸다. 아까 시장에서는 참을 수 있었지만, 지금 레옹 앞에서는 너무 힘들었다. 그녀는 자기가 진심으로 사랑하는 그 얼굴을 미워하지 않아도 되기를 바랐다. 하지만 그는 아무 말도 하지 않았다. 조안이 임신했다는 사실을 숨기기로 한 것이었다.

"조안, 무슨 일이야?"

그는 일어나 그녀를 안으려 했지만, 그녀는 그가 그러지 못하게 막았다. 그녀는 한 걸음 뒤로 물러났다. 이상하게도 그녀의 목소리는 아주 또렷했다.

"시장에서 네 엄마를 만났어."

그녀는 그의 표정만 보고도 그가 무슨 일이 있었는지 정확히 알고 있다는 것을 알 수 있었다. 게다가 몇 주 전, 자신이 도시에 가서 파뉴를 샀다고 말했을 때 그가 지나칠 정도로 걱정했던 게 문득 떠올랐다. 그때 그가 신경을 쓴 것은 그녀의 건강도, 아기의 건강도 아니었다. 그가 지키고 싶었던 것은 그의 어머니였다. 임신과, 이 수치스러운 아기에 대한 모든 것에서 어머니를 멀리 떼어 놓으려 했던 것이다.

그녀가 이어서 물었다.

"네 계획이 뭐였어?"

레옹은 말문이 막힌 듯했다.

"나…."

그는 얼굴이 붉어지면서 아이처럼 고개를 숙였다. 그녀는 그의 눈물 따위는 신경 쓰지 않고 또렷한 목소리로 말했다.

"아이가 태어나도 계속 숨길 생각이었어?"

레옹은 머리를 저으며 더듬더듬 말했다.

"말하려고 했어…."

하지만 그녀가 그의 말을 끊었다.

"난 그런 건 원하지 않아."

"뭐?"

아이처럼 커다랗게 뜬 그의 눈빛이 그녀의 마음을 아프게 했지만, 그녀가 말을 멈출 만큼은 아니었다.

"나는 우리 아이에게 이런 걸 물려주고 싶지 않아. 자기 아이를 부끄러워하는 아버지… 너무나 부끄러워서 숨기려고 드는 그런 아버지, 그런 건 원치 않아."

"난 그러려던 게 아니었어… 너도 알잖아…."

"남들의 경멸로부터 아이를 지켜주지 못하는 그런 아버지도 원치 않아."

"조안…."

"넌 항상 비겁하고 약했어. 그래도 상관없었어. 그건 나만의 문제였으니까. 나는 충분히 강했으니까, 감당할 수 있었으니까."

"조안…."

"여기에는 부끄러움이 끼어들 자리가 없어. 아빠랑 나는 널 두 팔 벌려 받아들였어. 이제… 나는 네가 떠났으면 해."

레옹의 얼굴에 충격과 공포가 드러났다.

"뭐라고…?"

그는 식탁을 붙잡고 버티려 했다. 무언가 말을 하려 했지만 감정이 목을 막아 아무 말도 나오지 않았다.

조안은 완전히 침착한 목소리로 다시 말했다.

"집에서 나가줬으면 해."

"안 돼… 조안! 안 돼! 너… 그러면 안 돼!"

이제 레옹도 울고 있었고, 그녀 역시 울고 있었다. 하지만 그녀는 흔들리지 않았다. 눈물을 흘리면서도 목소리는 차분했다.

"내가 잘 돌볼 거야. 걱정하지 않아도 돼. 나는 충분히 사랑이 있어. 둘 몫으로 사랑할 수 있어. 우린 잘 해낼 거야."

레옹은 그녀에게 매달리려 했지만, 그녀는 한 걸음 물러났다. 그녀는 조제프가 있는 부엌으로 향했다. 그는 필요한 말을 해 줄 사람이고, 혹은 아무 말도 하지 않아야 할 때는 침묵할 줄 아는 사람이었다. 하지만 무엇보다도 그녀 곁에 있어 줄 사람이라는 걸 그녀는 알고 있었다. 부엌에서도 레옹의 울음소리가 들려왔다. 조제프는 아무 말도 하지 않았다. 그냥 그녀 곁에 서 있을 뿐이었다. 그녀의 얼굴은 굳게 닫혀 있었고, 감정을 일체 드러내지 않은 채 거대한 바위처럼 미동조차 없었다.

"아버님!"

거실에서 부엌 문까지 힘겹게 기어온 레옹의 절망적인 목소리였다. 그는 문턱에 서 있었고, 얼굴은 눈물로 엉망이 되어 있었다. 그는 더 이상 조안에게 말하지 않고, 아버지를 향해 말하고 있었다. 그의 눈 깊은 곳에서는 도움을 구하는 기색이 역력했다.

"아버님… 조안이 오해하고 있다고 말해주세요… 조안이 큰 실수를 하고 있다고… 조안이 나보고 떠나라고 할 수는 없다고요…."

하지만 조제프의 얼굴은 차갑게 굳어 있었다. 조안은 그가 이렇게 냉정하고 분노에 차 있는 모습을 본 적이 없었다.

"조안은 누구한테도 명령을 받지 않아. 저 아이는 자신에게… 그리고 자신의 아이에게 무엇이 가장 좋은지 누구보다 잘 알고 있어. 미안하구나, 레옹."

마치 정면으로 따귀를 맞은 듯했다. 그의 울음은 한 시간 넘게 이어졌다… 그러다 결국 레옹은 아직도 믿기지 않는 표정, 충격에 빠진 얼굴로, 어깨에 큰 가방을 메고 집을 떠났다.

그날 저녁, 조안은 책장 아래쪽에 있던 오래된 어린이 책들을 꺼냈다. 그리고 오래된 석유 램프 불빛 아래 유리창이 있는 베란다에 앉아 부드럽고 가느다란 목소리로 책을 읽기 시작했다. 그녀는 자신을 위해, 그리고 앞으로 태어날 톰을 위해 읽고 또 읽었다.

한 남자가 있었다... 아니, 어쩌면 여자였을지도, 혹은 아이였을지도 모른다. 그는 사막을 건너고 있었다. 그래, 사막을, 걸어서. 그리고 그는 울고 또 울었다. 끊임없이, 규칙적으로, 때로는 조용히, 때로는 크게, 하지만 한 번도 멈추지 않고 모래 위에 발걸음을 옮기는 리듬에 맞춰 울고 있었다.

어느 날, 끝없이 펼쳐진 사막 한가운데에서 그는 한 마리 새와 마주쳤다.

새가 물었다.

"사막에서 혼자 뭘 하고 있니?"

"울면서 걷고 있어."

그의 눈에서 큰 눈물 한 방울이 떨어졌다. 그는 재빨리 그것을 주워 들었다.

"왜 그렇게 슬퍼?"

"난 슬프지 않아."

"그런데 왜 우는 거야?"

"봐. 내 눈물은 진주가 돼."

그는 매끈하고 반짝이는 눈물을 들어 보이며 말했다.

"내 주머니에는 이런 게 천 개도 넘게 있어. 보고 싶어?"

"응, 응!"

남자는 부푼 주머니 속에 손을 넣어 반짝이는 진주 한 줌을 꺼내 보였다.

"정말 아름답구나!"

"마음에 드는 게 있으면 하나 골라."

"그래서 네가 울음을 멈추지 않는 거구나? 더 많은 진주를 얻으려고?"

"정확해. 자, 골라봐!"

"그럼… 이거! 가장 크진 않지만 가장 빛나는 진주야."

"잘 골랐어. 잘 가!"

"안녕!"

새는 보물이 된 진주를 부리로 집어 들고, 가볍고 재빠르게 멀어져 갔다. 그 사이 울고 있던 남자는 다시 한층 더 흐느끼며 느린 걸음을 이어갔다. 새는 더 멀리에 내려앉아 그 소중한 눈물을 바라보았다. 새는 더 많은 눈물을 갖고 싶다고 생각했다. 아주 많이는 아니고, 다른 날개 달린 여행자들에게 줄 선물로 몇 개만 있으면 좋겠는데… 그래서 새는 자신이 떠나온 '우는 남자'에게로 다시 방향을 틀었다. 멀리서 보니 그는 두 개의 거대한 주머니에 진주가 가득 차 무거워진 몸으로 힘겹게 걷고 있었다. 이내 그는 한 발도 더 내딛지 못하고 무릎을 꿇고 쓰러졌다. 다시 몸을 끌며 나아갔지만, 그럼에도 그는 계속 울었다. 울고 또 울며, 그 '진주 같은 눈물'을 모아 주머니에 담고 있었다.

"그만 울어. 너는 네 눈물 때문에 앞으로 나아가지 못하는 거야!"

"멈출 수가 없어. 정말 멈출 수가 없어."

그리고 그는 떨어진 두 개의 굵은 눈물을 주워 들었다.

"난 너무 지쳤어… 그래도 너무 오래 이렇게 살아와서… 멈출 수가 없어, 정말…."

그때 갑자기, 새가 날카롭고 재빠른 부리로 울고 있는 남자의 한쪽 주머니에 작은 틈을 냈다. 이어서 다른 쪽 주머니에도, 또 하나의 틈을 냈다. 새는 남자가 다시 일어나 걷도록 도와주었다. 노래와 날갯짓으로 그를 격려했다. 그러자 구멍 난 주머니에서 진주가 한 알 떨어지고, 또 한 알이 떨어졌다. 뜨거운 모래 위로 두 줄의 진주가 길처럼 그려졌다. 앞으로 나아갈수록, 남자의 몸은 점점 더 가벼워졌다. 주머니가 비워질수록, 빛나는 길이 이어질수록, 그의 눈물의 근원은 잦아들고 마침내 말라갔다. 그리고 마침내 주머니가 완전히 비워지자 그의 눈도 마침내 마르고, 마음에는 다시금 행복이 차올랐다. 발걸음은 너무나도 가벼워지고, 너무 가벼워서 결국 그는 새와 함께 날아올랐다. 때때로, 광활한 사막 한가운데 어딘가에, 아무 데도 이어지지 않는 진주의 길이 보일 때가 있다. 그리고 고개를 들어 올리면, 한 마리 새 곁에서 한 남

자가(어쩌면 여자일 수도, 아이일 수도 있는 누군가가) 하늘을 떠다니는 모습을 볼 수 있다…

그녀는 자신을 둘러싼 소란이 어디에서 비롯된 것인지 이해하는 데 몇 초가 걸렸다. 남자들의 목소리. 그녀는 여기가 아스이며, 이폴리트의 영지, 그중에서도 별관의 작은 부엌이라는 사실을 다시 떠올리는 데 시간이 필요했다. 그녀가 정신을 차린 순간, 에밀이 검은 코트를 입고, 눈이 듬성듬성 내려앉은 갈색 머리로 그녀 앞에 멈춰 서 있었다. 그녀는 얼어붙은 채 믿기지 않는다는 듯 그를 바라보았다. 그가 정말 떠났던 것인지, 아니면 떠난 것이 꿈이었는지조차 알 수 없었다.

그가 미소 지으며 말했다.

"표정이 왜 그래요?"

그녀는 말을 하고 싶었지만, 말이 나오지 않았다. 그는 작은 식탁 옆에 그녀와 나란히 털썩 앉았다.

"내 메모 못 받았어요?"

"예?"

"메모 말예요. 침대 머리맡 탁자 위에 있던…."

그녀는 고개를 저었다. 그녀는 침대 머리맡을 확인해볼 생각조차 하지 못했다.

"거기 써 뒀잖아요. 정오쯤 돌아온다고요. 편지 하나 부치러 잠깐 나간 거라고요."

여전히 그녀가 멍한 표정을 하고 있었던 모양이다. 그는 미소를 지으며, 마치 괜찮아, 나 돌아왔어, 하고 말하는 듯 테이블 아래에서 그녀의 무릎에 살그머니 손을 얹었다.

그제야 그녀는 알뱅이 자신과 마주 앉아 있으며, 자기 접시까지 챙겨주었다는 것을 깨달았다. 동시에 숨쉬기가 훨씬 수월해졌고, 갑자기 배가 고파졌다는 것도 알아차렸다. 그녀는 포크를 집어 들기 전에 그를 다시 한번 바라보았다. 그녀는 그가 정말 거기 있는지, 꿈은 아니었는지, 정말 돌아온 게 맞는지 확인하듯 마지막으로 눈길을 보냈다. 그리고는 작은 채소로 만든 죽에 거의 달려들 듯 포크를 꽂았다. 세상에, 배고파 죽는 줄 알았네.

"어디 갔다 온 거예요?"

"포에 갔었어요."

둘은 입안 가득 음식을 집어넣은 채 이야기했고, 알뱅은 신문을 읽느라 두 사람에게 별 관심이 없었다.

"그거… "

그녀가 잠시 머뭇거리더니 말했다.

"그 편지… 당신 부모님께 보낸 거예요?"

그는 계속 식사를 하면서 고개를 끄덕였다.

"예… 이것저것 알려드릴 게 있어서…."

그녀는 며칠 전 그가 화장을 해주었으면 하는 바람을 피력했던 기억을 떠올렸다. 그래서 더는 캐묻지 않았다.

하지만 몇 분 뒤, 알뱅이 식탁에서 일어나자 그녀는 물었다.

"어젯밤에 무슨 일이 있었는지 기억나요?"

"예?"

그는 접시만 바라보며 계속 먹고 있었다.

"현장에서 말에요…."

그는 물 잔을 집어 들고, 침을 한 번 삼킨 뒤에야 물을 마셨다.

"아, 이폴리트랑 알뱅 말로는 내가 추락했다더군요. 그리고 당신은 날 의사한테 데려가는 걸 원하지 않았다던데요."

그녀는 그가 농담하는 건 아닌지 살피지만, 그는 아주 진지해 보였다.

"… 정말 기억 안 나요?"

"안 나요."

"정말요?"

그는 그녀를 돌아보며 마침내 고개를 저었다.

"요즘 점점 더 심해지고 있어요. 속도가 더 빨라지고 있고요…."

"무슨 말이에요?"

"기억이 끊겨요. 전날 뭘 했는지, 아니면… 오늘이 무슨 요일인지조차 모를 때가 있어요."

두 사람은 마치 대수롭지 않은 일인 척했다. 괜찮은 척, 아무렇지 않은 척, 가볍게 넘기려는 듯했다. 몇 분 뒤, 계속 식사를 하려는데 조안이 다시 입을 열었다.

"나를… 다른 사람으로 착각했어요. 로라라고 생각한 것 같아요."

그녀는 그가 고집스럽게 접시만 바라보고 있음에도 눈썹이 찌푸려지는 것을 보았다.

"내가… 내가 혹시 무슨 실례되는 일을… 아니면 실수를 했나요?"

그녀는 어깨를 으쓱했다.

"나한테… 많이 화가 나 있었어요."

그녀는 그가 식판 위에서 신경질적인 웃음을 터뜨리리라고는 예상하지 못했다.

"그럴 줄 알았어요!"

그녀는 이해가 안 된다는 표정으로 그를 바라보았다.

"네?"

그는 여전히 웃으면서 말했다.

"네, 로라는 정말 골칫덩어리였어요! 날 화나게 하는 데 천부적인 재능이 있었죠! 당신이 좋아했을 거라고는 절대 생각 안 해요…."

조안 역시 수줍게 미소 지었다.

"정말요?"

"예. 오만하고 도발적이었어요. 부모님도… 우리 누나도 로라를 별로 좋아하지 않았죠."

그는 자신이 로라 이야기를 이렇게 가볍게, 웃으면서 꺼내고 있다는 사실에 놀랐다. 그리고 조안이 그에 맞춰 웃고 있는 것도 놀라웠다. 하지만 그녀가 포크를 내려놓고, 눈가에 미소를 머금은 채 말하는 걸 보자 더 한층 놀랐다.

"레옹은… 용기가 심하게 부족한 철부지였어요. 당신도 그를 좋아하지 않았을 거예요."

그는 말을 잃었고, 미소도 잠시 굳어 버렸다. 그녀는 레옹에 대해 한 번도 말한 적이 없었다. 자기 자신에 대해서도 마찬가지였다. 어쩔 수 없이 그런 이야기를 해야 할 때면 언제나 진지하고 고통스러운 어조였다. 하지만 오늘은 달랐다. 그는 어색한 침묵이 자리 잡지 않도록 아주 재빨리 정신을 가다듬으려 했다.

"봐요… 우리 꽤 괜찮게 지내고 있잖아요, 둘이."

그녀는 눈을 반짝이며 고개를 끄덕였다.

24

알뱅은 크리스마스를 며칠 앞두고 영지를 떠났다. 작별 인사는 간단했다. 술자리도 없었다. 이폴리트는 짐을 챙겨, 2주간 포에 있는 누나 집으로 떠났다. 영지와 공사장은 문을 닫고, 새 자원봉사자는 1월까지 오지 않을 예정이었다. 그러나 그는 에밀과 조안이 휴가를 보내는 것이 좋겠다고 조언하며 부속 건물에 머무는 것을 허락했다. 그는 자신이 없는 동안 누군가가 미스틱을 돌볼 것이라는 사실에 안도하는 듯했다. 그의 누나는 개를 아파트에서 키우는 걸 좋아하지 않았기 때문이다. 그는 개에게 먹이를 주는 방법과 부속 건물 벽난로를 사용하는 방법을 알려주었다. 떠돌이 상인 '텃텃'의 방문 시간도 알려주고, 마지막으로 영지 열쇠를 건네고 나서 아쉬운 표정을 지으며 떠났다. 이폴리트는 산을 오래 떠나는 것을 좋아하지 않는 모양이었다.

그날 아침, 그들은 영지에서 완전히 둘만 남게 되었다. 포크와 미스틱은 눈 덮인 들판을 오가며 발자국을 남겼다. 조안과 에밀은 빈 부속 건물, 비어 있는 세 개의 방, 완전한 정적 속에서 조금 당황스러웠다. 공사장에 가는 것은 생각조차 하지 않았다. 이폴리트는 자기가 없는 동안은 안으로 들어가지 말라며 약속까지 시켰고, 밖의 매서운 바람이 이미 그들을 막고 있었다. 작은 부엌에서 그들은 점심을 앞에 두고, 밖에서 눈송이가 강풍에 날리는 것을 바라보았다.

에밀이 포크로 완두콩을 장난스럽게 굴리며 물었다.

"뭘 하면 좋을까요?"

조안은 어깨를 으쓱하며 대답했다.

"날씨가 안 좋아서 밖에 나갈 수도 없잖아요."

에밀은 이폴리트에게는 책도, 오래된 신문도, TV도 없다는 사실을 아침에 확인했다. 그는 최근 며칠 동안 일기장에 아버지, 어머니, 마르조, 르노에게 편지를 쓰며 기억이 온전했던 잠시 동안 많은 기록을 남겼다.

조안이 포크를 내려놓으며 목을 긁었다.

"생각 있어요?"

그녀는 어깨를 으쓱하며 망설였다.

"글쎄요…."

"모두가 하는 것처럼 해볼까요…."

"뭐라고요?"

"크리스마스 준비."

에밀은 놀라 의자 위에서 몸을 뒤로 뺐다.

"정상적인 사람들처럼? 가족이 있고 죽음을 준비하지 않는 사람들처럼 말에요?"

그는 살짝 비꼬며 약간 도발적인 말투로 말했지만, 사실은 그녀를 웃기고 싶어 했다.

조안이 진지하게 대답했다.

"그래요. 당신은 가족과 함께 크리스마스를 준비했죠?"

"물론이죠. 몇 주 전부터 준비했어요. 나무랑 구유, 전통 민요 모음집…."

조안이 살짝 미소 지었다. 어릴 적 가족과 함께했던 기억이 떠오른 듯했다.

에밀이 물었다.

"당신도 크리스마스를 준비했어요?"

"예. 아빠랑 모든 걸 직접 다 만들었어요. 선물이랑 장식, 전구, 향초. 그러고 나서 오렌지 껍질이랑 무가당 코코아, 계피로 직접 차도 만들었죠."

그는 미소를 짓지 않을 수 없었다. 마치 계피 향이 코끝을 간질이는 것 같았다. 거실 스피커에서 피아노 선율을 배경으로 종과 캐럴 소리가 울려 퍼지는 듯했다. 부엌에서 나는 소리도 거의 들리는 것만 같았다. 마르조와 어머니의 목소리. 허브 버터를 올린 달팽이 요리의 고소한 냄새가 1층 가득 퍼지는 것도 느껴졌다. 지난 크리스마스에 쌍둥이들은 산타 모자를 쓰고 왔고, 바스티앙은 빨간 나비넥타이를 매고 있었다. 누구도 에밀의 지치고 멍한 얼굴에 대해 언급하려 하지 않았다. 로라가 떠난 지 이미 다섯 달이 지났고, 그들은 모두 그가 이제는 그 슬픔에서 벗어났어야 한다고 생각했다. 그는 그 자리에 제대로 존재하지 못했다. 이제야 그는 자신이 마지막 크리스마스를 망쳐 버렸다는 걸 깨달았다. 그건 적어도 마지막 '진짜' 크리스마스였다. 이제 남은 건 이 텅 빈 별채에서 그의 아내가 될 조안과 함께하는 이 크리스마스뿐이다. 결국 그들은 가족이 될 사람들이다. 그는 아까보다 훨씬 더 기운을 내어 몸을 바로 세웠다.

"맞아요. 크리스마스를 준비하자고요."

"점심 먹고 마을로 가서 나무를 살 수 있는지 보러 가요."

조안은 포크를 든 채 고개를 끄덕였다.

그들은 눈보라 속을 걸어 마을로 향했다. 지나가다 만난 노인은 이곳에서는 나무를 구할 수 없다며, 숲에서 직접 베어 오라고 말했다. 조안의 눈이 반짝였다.

에밀이 반문했다.

"나무는 뭘로 자르지요?"

"이폴리트의 작업장에 톱이 있을 거야. 금속 톱이면 충분해."

그들은 마을에서 최소한 문구점이라도 찾아 리본이나 색연필을 구하려 했지만, 눈에 덮인 작은 마을이라 아무것도 찾지 못했다. 결국 텃텃 상인을 통해 물품을 주문하기로 했다. 캠핑카를 이용할 수도 있었지만, 눈 때문에 위험했다.

돌아오는 길에 조안은 여러 번 걸음을 멈추고 솔방울과 전나무 가지를 주웠다. 그녀는 이미 활용할 아이디어가 많다고 말했다. 에밀은 손을 호호 불며 기다렸다. 그는 부엌에서 불을 다시 지피고, 조안이 텃텃 상인에게 전화해 내일 바로 배달될 수 있게 협상했다.

"텃텃이 내일 올 거죠?"

"예."

그녀는 가지를 정리하며 몇 개의 솔잎을 떼어냈다.

에밀이 뜨거운 물과 컵을 들고 오며 물었다.

"뭘 할 거예요?"

"리본을 달아 원형으로 걸고 싶어요."

"크리스마스 화환 만들기?"

"예. 남은 가지로 별도 만들 수 있어요. 작은 가지를 교차해 리본으로 묶으면 돼요."

그들은 조용히 차를 마시며 밖에 내리는 눈을 바라보았다. 해가 이미 서서히 저물어가고 있었다.

"그러고 나서 나무 보러 갈래요?"

조안은 고개를 끄덕였다.

그날 저녁, 그들은 캠핑카에서 미르티유가 선물한 모노폴리 게임을 꺼내 밤늦도록 함께 놀았다. 그러고 나서 에밀은 눈이 내려서 어두워진 창문 앞에 서서 촛불이 흔들리는 모습을 바라보았다. 조안은 그 빌어먹을 명상에 관해서는 옳았다. 기억이 점점 더 흐려질수록, 그는 무엇이든 한 점에 집중하고 마음을 비우며 고요함에 집중할 필요를 느꼈다. 그는 작은 부엌에서 촛불이 하나씩 꺼지는 모습을 오랫동안 서서 바라보다가, 결국 조안과 포크와 함께 방으로 돌아가 깊은 잠에 빠져들었다.

"우리, 지금 여기서 뭐 하고 있어요?"

조안이 갑자기 몸을 돌렸다. 그녀는 작은 창문으로 텃텃 상인이 도착한 것을 확인하며 부엌에서 아침 식사를 하고 있었다. 에밀은 문간에 서 있었다. 그의 표정을 보는 순간, 그녀는 즉시 그가 또다시 블랙아웃 상태임을 알아챘다. 그녀는 잠시 기다렸다. 1초, 2초… 그녀는 에밀이 정신을 차려, 아스로, 그리고 그들이 지금 하고 있는 일로 돌아오길 바랐다.

하지만 그렇지 않았다. 그는 다시 물었다.

"우리, 지금 여기서 뭘 하고 있는 건가요?"

그녀는 그가 기억을 잃기 시작했을 때와 비교해, 그의 목소리 톤이 달라졌음을 주목하지 않을 수 없었다. 처음의 블랙아웃은 공포와 동의어로, 그를 뭐라 설명할 수 없는 불안 속으로 몰아넣었다. 그녀는 그가 풀밭에 누운 채 깨어나 숨이 막혔던 그때를 아직도 기억했다. 처음에는, 그가 기억을 잃었다는 사실을 부분적으로나마 이해하는 듯했다. 공포가 찾아왔고, 이어서 이해하려고, 다시 중심을 잡으려 몸부림쳤다. 하지만 그 전날 밤, 공사 현장에서의 상황은 완전히 달랐다. 더 이상 공포도, 불안도 느껴지지 않았다. 대신, 장소와 사람, 현재와 과거가 뒤섞인 혼란만 느껴졌다. 마치 이제는 기억을 잃고 있다는 사실조차 깨닫기 힘들 정도로 영향을 받은 듯했다.

에밀이 문간에 그대로 선 채 느린 목소리로 물었다.

"엄마는 어디 계시죠?"

그녀는 천천히 커피잔을 내려놓으며 침을 삼켰다. 대답하기 전에, 그녀는 그가 지금 자신을 누구로 생각하는지 알고 싶었다. 그가 그녀를 로라로 생각하는 것 같지는 않았다. 그는 그녀를 매우 차분하게 대했다.

"잘… 잘 모르겠어요."

그녀는 이런 대답이 상황을 악화시킬리 없다고 생각했다. 그녀는 안도하며, 에밀이 부엌으로 들어와 의자를 끌어 앉는 모습을 바라보았다.

"엄마는 아마 장을 보러 나가신 모양이에요. 아빠는 아직 주무시고 계신 것 같고요."

조안은 얼어붙은 채로 무엇이라 답해야 할지 알 수 없었다. 몸을 움직일 엄두조차 나지 않았다. 반면 에밀은 커피포트를 집어 들어 아주 평온한 태도로 한 잔을 따랐다. 그는 자신이 현실과 어긋나 있다는 사실을 단 한 순간도 자각하지 못하고 있었다. 그는 자기만의 현실 속에 있었다. 기억과 추측으로 이루어진 현실. 그녀는 결국 무엇이 더 두려운지 알 수 없었다. 시작의 불안인지, 아니면 이런 완전한 망각인지.

그는 컵을 입에 가져가며 다시 물었다.

"어제 도착했나요?"

그녀는 움직이지 않고, 최대한 무표정한 얼굴을 유지하려 애썼다.

"마르조리?"

그녀는 이름을 듣고 깜짝 놀랐다. 오늘 그녀는 마르조리인 것이다. 그녀는 더듬거리며 대답하려 애썼다.

"네… 그… 네."

에밀은 조안이 어제 탁자 위에 남겨둔 전나무 가지를 집어 들며 눈썹을 찌푸렸다.

"이게 도대체 뭐예요?"

그는 얼굴이 창백해진 조안을 보지 못했다.

"엄마가 우리를 위해 직접 만든 장식들을 해 주고 싶어 하는 것일 거예요."

그가 갑자기 몸을 돌려 그녀를 바라보았다.

"이번 연휴에 이 샬레를 빌리자고 한 것도 엄마예요?"

제발 정신을 차리길. 제발 아주 빨리 정신을 차리길.

조안은 의자에 앉아 점점 더 불편해하며 몸을 뒤척였다. 그녀는 침을 삼키고, 태연한 척 말하려 애썼다.

"맞춰보세요…."

그녀는 에밀의 미소를 거의 알아보지 못했다. 그것은 마치 전혀 다른 시절의 에밀, 자신이 알지 못했던 에밀의 미소처럼 보였다. 이전에는 아마 그의 누나에게 지어 보이던 공모하는 듯한 미소였을 것이다.

그는 커피를 한 번에 들이켜고 자리에서 일어났다.

그녀가 걱정스레 물었다.

"어디 가요?"

그는 그것이 너무나도 당연한 일인 양 대답했다.

"음… 공부하러!"

"아…."

"학기 시작 전에 모의 시험이 있어요! 휴가 기간이란 걸 알지만, 내가 너무 뒤쳐져 있어서요!"

그녀는 천천히 눈을 감고, 이 모든 것이 악몽이길 기도했다. 눈을 다시 떴을 때, 그의 모습은 부엌에서 보이지 않았고, 그녀는 크게 안도했다.

"에밀? 에밀? 어디 있어요?"

그녀는 천천히 걸었다. 복도를 따라 아주 작은 발걸음으로. 그녀는 커피를 겨우 삼켜 넘긴 뒤, 부엌에 앉아 귀를 곤두세운 채 기다렸다. 그가 다시 나타나 엄마가 고등학교 졸업반 수업 노트를 어디에 두었는지 묻지는 않을까 생각했다. 하지만 그는 나타나지 않았다. 아무 소리도 들리지 않았다. 그러자 그녀는 마음을 다잡고 일어나, 두려움을 안은 채 별채에서 그를 찾아보기로 했다. 그가 헛소리를 하는 모습을 마주하게 될까 봐, 규칙도 모르는 연극을 또다시 연기해야 할까 봐 두려웠다. 그녀는 다시 그를 불렀다.

"에밀!"

그러자 목소리가 들려왔다.

"나, 여기 있어요!"

작은 욕실 문이 갑자기 열리고, 에밀이 나타났다. 목욕 가운을 입고, 손에는 수건을 들고 있었다.

그가 물었다.

"벌써 일어났네요?"

그녀는 단 1초 만에 완전히 무표정한 얼굴을 만들고, 태연한 척하며 고개를 끄덕였다.

"네, 일어났어요. 커피 끓였어요?"

겉보기에 그는 제정신으로 돌아와 있었다. 그는 자신이 잠시 과거, 열여덟 살 무렵으로 다녀왔다는 사실조차 알아차리지 못했다. 조안은 그가 다시 자기 현실 속으로 돌아온 것을 보고 너무나 안도한 나머지, 아무 말도 하지 않고 마치 아무 이상도 없었던 것처럼 굴기로 했다.

"네. 커피포트가 탁자 위에 있어요."

밖에서 엔진 소리가 들리자 에밀은 눈살을 찌푸렸다.

"저게 뭐죠?"

조안은 깜짝 놀라 복도 끝으로 달려가 외투를 걸쳤다. 그 사실을 거의 잊고 있었기 때문이었다.

"배달 온 모양이에요."

"좋아요! 나도 옷 입고 금방 갈게요."

조안은 안도감에 눈 속에서 양말만 신고 밖으로 나갔고, 몇 걸음 걷고 나서야 그 사실을 깨달았다.

모든 것이 탁자 위에 펼쳐져 있었다. 식료품, 음료, 장식용 소품들로 가득 찬 여섯 개의 상자가 놓여 있었다. 순식간에 부속 건물 안은 다시 활기로 가득 찼다. 그들은 식료품을 정리하고 물감과 리본, 반짝이 스프레이를 꺼냈다. 조안은 탁자를 정리하며 화환 만들기 작업을 위한 공간을 마련했고, 에밀은 초콜릿 포장지를 집어 들며 그녀가 하는 일을 주의 깊게 바라보았다. 아침의 혼란과 이상한 불편함은 잠시 잊혔다. 적어도 그 순간만큼은 그랬다.

"오늘 오후에… 우리, 크리스마스 트리 장식 다 끝낼 수 있을까요?" 에밀이 입에 초콜릿을 한 입 넣은 채 물었다. 조안은 전선을 가지 사이로 돌려 그것들이 서로 붙어 있도록 원형을 만들며 집중했다. 그런 다음 금색 리본을 잘라 작은 리본 매듭을 만들어 화환 양쪽에 달았다. 결과는 꽤 예뻤다.

그녀가 뭔가를 깊이 생각하며 말했다.

"음… 잘 모르겠어요… 왜요?"

"그냥… 우리가 한동안 명상 세션을 안 한 것 같아서…."

그녀는 놀라서 머리를 들었다.

"정말요? 난 당신이 귀찮아하는 줄 알았는데."

에밀은 고개를 저었지만 초콜릿 한 입을 다 먹고 나서 대답했다.

"나한테 도움이 되는 것 같았어요… 알잖아요, 내가 어떤 장소에서 뭘 하고 있는지 잘 모를 때나… 아니면 방금 일어났다고 확신하는데 왜 이미 옷을 입고 있는지 모르겠을 때… 음, 당신이 말해준 대로 했어요. 현재의 순간에 집중하고 마음을 비웠어요."

그녀는 애정이 살짝 담긴 미소를 지으며 말했다.

"좋아요…."

그녀는 다시 금색 매듭에 주의를 돌렸다. 그녀는 그가 완전히 잊어버린 오늘 아침의 장면을 다시 생각하고 싶지 않았다. 그녀는 그것이 단지 일시적인 블랙아웃일 뿐이며 퇴행의 시작이 아니기를 바랐다.

"그럼 동의하는 거예요?"

그녀는 가슴이 눌리는 듯한 끔찍한 느낌과 함께 고개를 들었다.

"뭐에 대해서요?"

"명상에 대해서요."

"아, 네, 물론이죠!"

그녀는 그가 일어나서 창문을 통해 밖을 바라보는 모습을 지켜보았다.

"저는 미스틱에게 밥 좀 주고 올게요. 금방 돌아올게요."

그녀는 고개를 끄덕였다. 김이 서린 작은 창문을 통해, 그녀는 그가 눈 속으로 나아가는 모습을 보고, 미스틱이 그를 향해 달려오는 모습도 보았다. 그는 쪼그리고 앉아 두 손으로 눈덩이를 만들어 멀리 던졌다. 미스틱은 사방을 살피며 짖기 시작했다. 에밀이 미스틱에게 말을 건넸고, 미스틱은 공중에서 몇 마디를 겨우 잡아챈 듯했다. "찾아!" "어디 있지?" 조안은 여전히 가슴이 조여오는 느낌을 안고 금색 작은 매듭을 만드는 일에 다시 몰두했다.

생쉴리아크. 그녀는 애써 생쉴술리아크로 돌아가려고 했다…

"아빠!"

조안의 목소리가 돌로 지은 집 안 가득 울려 퍼지자, 조제프는 걱정스러운 마음에서 방으로 달려왔다.

"무슨 일이야?"

그는 그녀가 침대에 앉아 무릎 위에 책을 펼쳐 놓고, 날마다 점점 불러오는 배를 두 손으로 감싸고 있는 모습을 발견했다.

조제프는 두려운 마음으로 물었다.

"무슨 일이야? 아기에게 무슨 문제가 있는 거야?"

그녀는 고개를 끄덕였다. 황홀한 듯 몰입한 모습으로, 두 손은 배를 꽉 움켜쥐고 있었다. 그녀의 미소는 특별히 누구를 향한 것이 아니었다. 조제프는 잠시 그녀를 지켜보다가 부드럽게 물었다.

"조안?"

조안은 천천히 정신을 되찾는 듯했고, 얼굴에는 반쯤 미소가 번지기 시작했다.

"움직여…."

조제프는 안도의 한숨을 내쉬며 그녀 옆에 앉았다.

"처음이야?"

그녀는 고개를 끄덕였다. 그녀는 두 손을 배에 꼭 쥔 채, 깊은 황홀감에 잠긴 듯 보였다. 그녀의 미소는 누구에게 향한 것도 아니었다. 조제프는 잠시 기다렸다가 부드럽게 물었다.

"레옹을 불러줄까?"

"제발요."

레옹은 곧 초조하고 안절부절 못하는 모습으로 작은 집 문 앞에 나타났다.

그는 심각한 얼굴로 조제프에게 물었다.

"조안, 지금 어디 있어요?"

"방에 있어."

그는 거의 달려가듯 침대 옆에 무릎을 꿇고 조안의 손을 잡으며 속삭였다.

"조안…."

조안은 아무런 감정도 드러내지 않은 채 그를 바라보았다.

"조안, 미안해… 정말 미안해."

그녀는 머리를 저어 그가 더 이상 말을 하지 못하게 막았다. 그녀가 평온하게 말했다.

"아기가 움직여."

레옹의 시선은 조안의 둥근 배에서 그녀의 얼굴로 옮겨갔다. 그는 망설이는 듯했다. 지금 가장 중요한 것은 무엇일까? 아기일까, 아니면 조안의 용서를 받는 것일까? 결국 그는 얼굴을 조안의 배에 가까이 대고, 계속 속삭였다.

"불러줘서 기뻐. 내가 용서받을 수 있도록 최선을 다할게. 조안…."

그는 갑자기 말을 멈추고, 눈을 크게 뜨며 외쳤다.

"조안, 아기가… 조안!"

그는 몸을 일으켜 두 손을 조안의 배에 얹었다. 눈이 놀라움으로 가득했다. 그는 다시 말했다.

"조안, 아기가…."

마침내 그녀가 미소 지었다. 그것은 그들의 다툼 이후, 레옹에게 보내는 첫 번째 미소였다.

"알아."

"움직인다!"

"알아."

그녀는 레옹의 황홀한 표정을 보고 웃음을 참을 수 없었다. 그는 더 이상 가만히 있지 못했다. 배에 손을 올리고, 귀를 대고, 입을 대며 외쳤다.

"안녕! 어이, 거기 안에 누구 있어? 이건…."

그가 몸을 일으키자 둘은 감동의 미소를 교환했다. 그의 말은 믿을 수 없다는 듯 감탄사로 끝났다.

"아빠야!"

조안은 웃음을 터뜨렸다. 눈물방울이 그녀의 뺨을 타고 흘러내렸다. 레옹은 그녀의 배에 입을 맞췄고, 그녀는 그의 머리를 쓰다듬었다. 아기가 꿈틀거렸다. 그녀는 이제 절대 그가 떠나지 않기를 바랐다.

"무슨 생각 해요? 혼자 웃고 있네."

에밀의 목소리가 들리자 그녀는 깜짝 놀랐다. 그녀는 다시, 눈으로 가려진 창문이 있는 아스의 작은 부엌에 있었다.

"벌써 돌아온 거예요?"

그녀는 그가 자리에 앉아 자기 앞에 열 개 남짓의 오렌지를 내려놓는 모습을 바라보았다.

그녀는 놀라서 물었다.

"뭐 하는 거예요?"

"오렌지를 깎아서 벽난로에 말릴 거예요… 당신이 좋아하는 그 차를 만들려고."

그녀는 놀란 얼굴로 미소 지었다.

"정말요?"

"예. 이렇게 하는 거 맞죠?"

그녀가 일어서자 오래된 부엌의 돌바닥이 삐걱거리는 소리를 냈다.

"맞아요. 내가 도와줄게요."

부엌에는 오렌지 향과 장작 냄새가 가득했다. 껍질이 탁자 위에 산처럼 쌓이고, 에밀은 껍질을 벗겨 둔 알맹이들을 담아 놓은 사발을 가리켰다.

"이제 이걸 다 먹어야겠네."

그는 한 조각을 집어 먹었다. 조안은 일어나 오렌지 껍질을 벽난로 턱 위에 가지런히 펼쳐 놓았다.

에밀이 물었다.

"아까 혼자 웃던데, 무슨 생각 했어요?"

그는 그녀가 손바닥으로 껍질을 매만지는 모습을 보았다. 그녀는 여전히 뒤돌아 서 있었고, 그가 다시 물은 것이 잘한 일인지 확신이 없었다. 그러나 그녀는 대답했다.

"생쉴리아크를 생각하고 있었어요."

그녀가 그 말을 할 때 슬픈 표정을 짓고 있는지, 아니면 행복한 표정을 짓고 있는지, 그는 알 수 없었다. 그녀의 등만 보였기 때문이었다.

"고향이 그리워요?"

"가끔."

그녀는 이 주제에 더 깊이 들어가고 싶지 않은 듯했다. 그녀는 몸을 돌려 바지에 손을 문지르며 말했다.

"껍질이 마를 때까지 기다려야 해요. 그러고 나서 잘게 부숴서 티 필터에 넣을 거예요. 거기에 시나몬하고 스타 아니스를 더하고요. 제가 그거 주문했었죠, 맞죠?"

그는 탁자 위에 놓인 상자들 너머로 몸을 기울였다. 그녀가 화제를 바꾸고 싶어 한다는 것을 알아차린 것이다. 그는 설탕 봉지와 기름병을 들어 올렸지만, 여전히 어리둥절한 표정이었다.

"아니스 열매가 어떻게 생겼죠?"

그녀는 눈을 굴렸지만, 그건 그저 형식적인 반응일 뿐이었다.

"찾아보고 알려줄게요."

아침 내내 드리웠던 무거움은 이 정도면 충분히 사라졌고, 빈 별채 안에는 어느새 크리스마스의 기운이 스며들기 시작했다. 포크는 난로 옆 작은 나무 의자 위에서 몸을 동그랗게 말고 자고 있었다. 반짝이 가루가 곳곳에 흩날렸다. 조안은 능숙한 눈으로 금빛으로 잘 물든 작은 솔방울들을 살펴보았다. 그녀는 마지막 하나를 트리에 달아 고정했다. 에밀은 크리스마스 리스를 마무리하려다 손가락을 여러 번 찔렀다. 그는 파스타 상자의 두꺼운 종이 포장지를 오려 작은 빨간 별들을 만들었고, 어떻게든 가지에 달아보았다. 아픈 손가락을 입에 물고 빨아가며 그는 자신의 '역작'을 감상했다.

"어때 보여요?"

빨간 별들에는 여전히 파스타 포장지의 글자들이 남아 있었다. 하나에는 단어의 절반, Itali… 라는 글씨가 보였고, 다른 하나에는 '500g'의 'g'가 남아 있었다. 조안은 아무 감정도 드러내지 않는 진지한 얼굴로 말했다.

"아주 예뻐요."

잠시 후, 그들은 차를 마시기로 하고, 흔들리는 낡은 나무 탁자의 서랍에서 작은 체를 찾으려다 조안이 오래된 500피스 퍼즐을 발견했다. 가을 숲 풍경이 그려진 퍼즐이었다. 그것은 두 사람을 밤늦게까지 붙잡아 두었다. 둘은 오렌지 외에는 아무것도 먹지 않았고, 조안은 결국 잘게 부서진 퍼즐 조각들 사이에 머리를 기대고 테이블 위에서 잠이 들었다.

"또 눈이 오나요?"

에밀이 투덜거리며 기지개를 켰다. 잠이 덜 깬 듯 눈꺼풀이 무거웠다. 조안은 이미 일어나 있었고, 작은 방의 창가에 앉아 있었다. 포크는 에밀 옆 침대에 누워 있었다.

조안은 얼굴을 창문에 바짝 갖다 댔다.

“예.”

“많이 오나요?”

“네. 이러다가 우리, 눈에 파묻히겠어요….”

“그래도 이것저것 주문해 둬서 다행이네요… 이런 눈이면 텃텃이 지나갈 수 있을지나 모르겠어요.”

그녀가 고개를 끄덕였다. 에밀은 어젯밤 그녀를 침대로 옮겼다. 그녀는 깃털처럼 가벼웠다. 그녀는 꼼짝도 하지 않았고, 숨소리 한번 내지 않았다.

“뭐 하고 있어요? 그림 그려요?”

그제야 에밀은 조안의 무릎 위에 캔버스가 놓여 있는 것을 알아차렸다. 그는 융단 속에서 상반신을 일으키며 추워서 이불을 끌어당겼다. 벽난로가 있는데도 방은 살을 에일 만큼 추웠다.

“네. 새 그림을 시작해 보려고요.”

“뭘 그릴 건데요?”

그녀는 잠시 망설이며 붓 끝을 살짝 깨물었다. 캔버스는 아직 하얗다.

“아마도 당신을요?”

둘은 미소를 주고받았다.

“나를요?”

“네.”

“흠… 왜 안 되겠어요? 혹시 내가 어떤 자세를 잡아야 하나요? 설마 누드를 그리려는 건 아니죠?”

그녀가 눈을 치켜뜨자 그는 장난스럽게 웃었다.

“난 누드도 괜찮아요….”

조안은 일어나 빈 캔버스를 창가에 내려놓았다. 오늘 그녀는 커다란 초록색 양말과 늘 걸치는 검은 숄을 두르고 있었다.

"그건 나중에 생각해요."

"어디 가요?"

"차 끓이러요."

그녀는 복도로 사라졌고, 포크는 자리에서 일어나 그녀를 따라갔다.

그가 외쳤다.

"그럼 내 명상은요?"

그러나 그가 벽 너머에서 들은 것은, 조안의 실망스런 목소리뿐이었다.

"아, 안 돼… 당신 혼자 퍼즐을 다 해버렸군요!"

25

눈이 끝도 없이 내렸다. 밖이 너무 추운 탓에 에밀과 조안은, 이폴리트의 지시와는 달리, 미스틱을 별채 안으로 들였다.

"목양견은 추위를 견뎌야 한다"고 이폴리트는 말하곤 했다.

불쌍한 개는 난롯불 앞에서 몸을 동그랗게 말고 누워 있는 것만으로도 무척 행복해했다. 바람은 소나무 사이를 빠져나와 휘몰아쳤고, 에밀이 장작 몇 개를 가지러 밖으로 나갈 때마다 대문 틈으로 바람이 안으로 들이쳤다.

그 뒤로 며칠 동안 부엌은 작은 사블레 쿠키 냄새와 오렌지·계피 향이 나는 차의 뜨거운 수증기, 그리고 조안이 에밀에게 만들어보게 하려고 했던 양초의 은은한 불빛으로 가득 찼다. 이 며칠은 마치 시간에서 분리된 작은 괄호 속 같았다. 그것은 한겨울과 끝없이 쌓여 가는 눈

속에서 잠시 열린 다정한 쉼표 같은 순간이었다. 아침이면 그들은 오백 조각의 퍼즐을 꼼꼼히 분해한 뒤 다시 맞추며 놀았다. 그러고 나서는 온갖 종류의 명상도 함께 시도해 보았다. 난롯불 앞에서 하는 명상, 눈송이를 바라보며 하는 명상, 호흡 훈련까지… 에밀은 발전하기 위해 자신의 한계를 넘어설 정도로 노력했다. 그는 이 시간이 좋았다. 매일 조금씩 자신을 감싸는 고요함 때문만이 아니라, 조안이 좋은 스승이 되기 위해 진지하고 집중하는 모습이 참 좋아 보였기 때문이었다.

"그분은 곧 돌아올 거예요. 멀리 가지 않았어요."

조안은 늘 그렇게 대답하곤 했다.

가끔 에밀은 훨씬 더 깊은 과거로 빠져들어, 다시 시험공부를 해야 한다고 말하거나, 르노가 같이 축구를 하러 데리러 올 거라고 이야기했다. 그는 마조리를 무척 사랑하는 게 틀림없었다. 그런 순간들에는 다정한 모습을 보이는데, 로라와 함께할 때와는 달랐다.

조안은 조금씩 익숙해지고 있었다. 처음처럼 힘들지는 않았다. 그는 최대한 반박하지 않으려고 노력했고, 늘 모호하게 대답했다. 에밀은 금세 제정신으로 돌아왔고, 그러고 나면 방금 있었던 일을 전혀 기억하지 못하는 듯했다. 조안이 아무렇지 않은 척하기만 하면, 모든 것은 다시 원래의 흐름으로 돌아갔다.

어느 날 아침, 더 심각한 일이 일어났다. 설거지를 하며 멍하니 작은 창문 밖을 바라보고 있던 조안은 눈 위에 갈색 형태가 있는 것을 알아차렸다. 몇 초가 지나서야 그것이 옷, 더 정확히 말하면 옷을 입은 사람의 몸이라는 것을 깨달았다. 몸이 땅바닥에 누워 있었다. 컵들이 싱크대 바닥으로 쏟아지며 요란한 소리를 냈고, 포크는 벽난로 근처에서 깜짝 놀랐다. 현관문이 쾅 닫혔다. 다음 순간, 조안은 두꺼운 녹색 양말을 신고 밖으로 뛰어나갔다.

"에밀!"

그녀는 눈 속을 가능한 한 빨리 달렸다. 미스틱이 꼬리를 흔들며 그녀에게 달려왔다.

"에밀!"

그녀는 에밀이 얼굴을 땅에 대고 쓰러져 있는 것을 발견했다. 앞으로 넘어진 듯했다. 그의 몸이 몇 톤이나 되는 것처럼 느껴졌다. 그녀는 소리쳤다.

"에밀! 에밀! 일어나요!"

하지만 그는 미동도 하지 않았다. 그는 의식을 잃은 상태였다. 그녀는 그의 어깨를 붙잡고 흔들며 몸을 돌려 보려 했다. 그녀는 자신에게 힘이 이렇게 없다는 사실을 원망했다. 미스틱은 이웃이든 누구든 상관없이 누군가에게 알리려는 듯 그녀 주위를 뛰어다니며 짖어댔다.

"에밀!"

그녀는 재빨리 생각하며 공황에 빠지지 않으려 애썼다. 그녀는 부속 건물로 뛰어가서 몇 초 후에 시트를 들고 돌아왔다. 그리고 눈 속에서 무릎을 꿇은 채 시트 위로 의식 없는 에밀의 몸을 굴리려고 애썼다. 겨우 시트 위로 옮긴 후, 그녀는 그의 얼굴이 군데군데 부풀어 보라색을 띠고 있는 것을 발견했다. 그가 눈 속에 얼마나 오래 누워 있었는지 알 수 없었다. 그녀는 따뜻한 숨이 그의 코에서 나오는 것을 확인하고 안도의 한숨을 내쉬었다. 그녀는 일어서서 미스틱을 밀어내고, 눈 속에서 시트와 에밀의 몸을 끌어보려 애썼다. 무거웠지만, 그녀는 5분 동안이나 애썼다. 그다음, 그녀는 힘이 다해 현관문 옆에 털썩 주저앉았다.

그녀는 방금 겪은 충격과 노력에서 회복할 시간을 몇 초간 가졌다. 부속 건물의 따뜻함이 천천히 그녀를 감쌌다. 에밀은 숨을 쉬고 있었다. 그는 흰 시트 위, 현관 바닥에 누워 있었고, 그녀는 일순간 오싹한 환영을 보았다. 바로 같은 시트 위에 누워 있는 같은 몸, 곧 숨을 쉬지 않게 될 몸이었다.

그녀는 이 이미지를 떨쳐내고, 다른 떠오를 수 있는 모든 장면을 멀리하기 위해 눈을 감아야 했다. 그러나 이미 늦었다. 그 이미지는 이미 그녀 안에 있었다. 한여름의 숲. 깊고 불길한 푸른빛의 야생 호수. 덤불과 높은 풀로 둘러싸인 호수. 물은 고요했다. 수면은 완벽하게 평평했다. 그 위에는 가지와 진흙 덩어리, 그리고 잎이 몇 장 떠 있었다. 그리고 그 호수 한가운데에는 아주 작은 몸이 떠 있었다. 금발 머리와 흰 티셔츠만 보였다. 누군가가 그녀를 점점 더 세게 끌어안으며, 귀에다 대고 "진정해, 조안!" 하고 소리쳤다.

그녀는 자기가 지르는 비명 소리를 듣지 못했다. 가슴 속에서 폭풍우가 몰아치는 것만을, 모든 것을 휩쓸어 가고 그녀의 세계를 산산이 부수는 무언가를 느꼈을 뿐이었다. 물속에는 사람들이 있었다. 그들이 그녀의 아이를 붙잡았다. 그녀는 온 힘을 다해 소리쳤다.

"그만해요! 내 아이를 놓아줘요!"

귀에 대고 속삭이는 목소리가 있었지만, 그녀는 모든 말을 다 이해하지는 못했다.

"우리가 데려왔어요. 곧 데려다줄 거예요. 진정해요, 조안."

누군가가 그녀가 움직이지 못하게 막았다. 남자들 중 한 명이 톰을 품에 안고 있었다. 톰은 온몸이 흠뻑 젖어 있었고, 마치 잠든 것처럼 눈을 감고 있었다. 그녀는 바닥으로 반쯤 무너져 내렸지만, 무릎이 커다란 돌에 부딪혀 깨지는 느낌조차 들지 않았다. 그녀가 아는 것은 그저 두 팔을 앞으로 뻗고 있다는 것, 그리고 누군가가 톰을 그녀 앞 바닥에 내려놓았다는 사실뿐이었다. 그러나 남자들은 사방을 둘러싸고 있었다. 그들은 그녀가 톰을 안고 이곳을 떠나, 아주 멀리, 이 빌어먹을 호수와 레옹으로부터 멀리 떠나는 것을 막았다. 톰의 살갗은 얼음처럼 차가웠고, 코는 딱딱하게 굳어 있었다. 그녀는 주위의 남자들을 할퀴고 때리며, 자기 아이를 되찾아 이곳을 떠나려고 필사적으로 몸부림쳤다.

"아이를 물에서 꺼냈어요. 진정해요, 조안."

그녀는 강가에서, 아주 천천히 죽어갔다. 검은 옷을 입은 남자들이 돌아가며, 그녀의 아이를 데리고 가서 저 트럭 속에 가두는 모습을 바라보며 죽어갔다.

그녀는 얼굴을 땅에 묻은 채, 온몸이 고통으로 갈기갈기 찢긴 채 다시는 눈 뜨지 않기를 바라며 죽어갔다. 그녀는 누군가가 자신을 다시 감싸 안고, 다시 부르며, 계속 반복하는 것을 느꼈다.

"조안, 조안, 진정해요."

그녀는 더 이상 숲속에 있지 않았다. 땅은 차갑고 단단했다. 그녀는 부속 건물의 복도에 있었다. 에밀이 그녀를 품에 안고 있었다. 에밀이 말을 하고 있었다. 그녀는 문에 웅크리고, 손으로 귀를 막고 있었다. 눈물이 그녀의 얼굴을 적셨다. 그녀는 앞뒤로 흔들리며 숨을 힘겹게 내쉬었다.

"그만해요, 조안. 괜찮아질 거예요."

그는 그녀의 손을 귀에서 떼려고 했고, 그녀는 그가 왜 그러는지 이해했다. 그녀는 뺨을 긁었다. 피부가 찢어졌다. 에밀이 간청했다.

"조안, 그만해요. 나, 여기 있어요. 제발."

그녀는 에밀의 품에 몸을 맡기며 다시 숨을 쉬려고 애썼다.

"무슨 일이 있었던 거예요?"

그녀는 끊어지듯 짧게 대답했다.

"그들이 톰을 데려갔어요."

그들은 부속 건물의 차가운 입구에 앉아 있었다. 어느 누구도 일어나 방으로 걸어갈 힘이 없었다. 에밀은 그가 깨어났을 때 덮었던 흰 천으로 조안의 몸을 감쌌다. 그녀는 마치 그날 저녁, 그가 그녀를 해변에서 발견했을 때처럼 온몸을 떨고 있었다. .

"톰 이야기를 해줘요."

그녀는 두려움에 가득 찬 눈으로 그의 얼굴을 올려다보았다. 그녀의 뺨은 흠뻑 젖어 있었다. 그녀의 입술이 살짝 열리며 물었다.

"뭐라고요?"

그는 지금 자신이 무엇을 하고 있는지 전혀 알지 못했다. 그가 바라는 건 오직 한 가지, 그녀가 더 이상 몸을 떨고 숨 막혀 하지 않도록 하는 것뿐이었다. 그래서 그는 같은 말을 되풀이했다.

"톰 얘기를 해줘요."

그러고 난 그는 애써 미소를 지으며 덧붙였다. 그것은 어색하고 불안정한 미소였다.

"당신은 그 아이가 놀라운 아이였다고 말했잖아요… 당신이 알던 아이들 가운데서 가장 영리한 아이라고요."

그는 불안한 눈빛으로 그녀의 얼굴을 살폈다. 그녀는 앞뒤로 몸을 흔들던 것을 멈췄다. 그러다가 잠시 망설이는 듯하더니, 끝내 낮은 목소리로 속삭였다.

"좋아요."

그리하여 그는 어느 아름다운 초여름 저녁, 텃밭으로 둘러싸인 돌로 지은 작은 집이 있는 생쉴리아크로 옮겨졌다.

조안은 불룩한 배를 천장 쪽으로 향한 채 소파에 누워있었고, 작은 거실에는 공포의 바람이 휘몰아치고 있었다. 레옹은 분주히 움직이며 바닥에 떨어진 옷과 탁자 위의 열쇠 묶음을 집어 커다란 여행 가방에 마구 쑤셔 넣었다. 그때 머리에 베레모를 눌러쓴 조제프가 밖에서 급히 뛰어 들어왔다.

"됐다, 엔진이 돌아가고 있어. 이제 조안을 태워도 돼." 조안의 얼굴에는 핏기가 없었고, 얼굴에는 땀이 흥건했으며, 이마는 때때로 일그러졌다. 첫 진통이 시작되어 점점 더 규칙적으로 찾아왔다. 병원으로 떠날 때가 된 것이다.

에밀은 그들이 분만실에서 처음 만났을 때부터 톰 블루 이야기를 자신에게 들려주기로 했다는 사실이 놀라웠다. 하지만 그는 그녀가 말하도록 내버려 두었다. 이제 그녀는 한결 차분해졌고, 숨도 훨씬 더 잘 쉬었기 때문이다.

레옹은 너무 긴장해서 운전을 할 수 없었기 때문에 핸들을 놓고, 대신 조제프가 운전을 맡았다. 그는 조안처럼 차분했다. 그는 평온하게 미소를 짓고 휘파람을 불면서 운전했다.

"오늘은 톰을 맞이하기에 좋은 날이네."

그는 조안을 뒤쪽 거울로 바라보며 말했다. 이미 그들은 아기의 이름을 정해두었다. 사실 엄지소년 톰이라는 이름에서 아이디어를 얻어 아이의 이름을 톰으로 정한 것은 조안이었다. 엄지소년 톰은 그녀가 가장 좋아하는 동화 중 하나였다. 이야기 속에는 아이를 가질 수 없던 노부부가 등장한다. 그들은 아이의 키가 얼마나 작든 상관없이 아이를 갖고 싶어 한다. 결국 기적적으로 톰이 태어나고, 엄지소년 톰이라는 이름이 붙여진다. 작은 체구에도 불구하고 그는 온갖 기적 같은 일을 해냈는데, 그중에서도 가장 놀라운 것은 소에게 삼켜졌다가 죽음을 모면한 일이었다.

이야기는 시간이 흘러 앞으로 나아간다. 조안과 레옹, 그리고 톰은 채소밭이 내려다보이는 베란다에 모여 있었다. 톰은 매우 차분한 아기로, 거의 울지 않았다. 레옹은 걱정이 되어 이것이 정상인지 의문을 품었다. 조안은 평온했다. 그녀는 엄지소년 톰 역시 울지 않았을 거라고 확신한다고 맞받아 말했다.

그들은 베란다에 작은 요람을 설치했지만, 톰은 거기서 잠을 자지 않았다. 조안은 처음 며칠 동안 톰을 자신의 곁에 두고 싶어 했다. 톰은 솜털이 보송보송한 금발 머리를 가지고 있으며, 눈은 어두운 파란색으로 이미 갈색으로 변해가는 듯했다. 그는 항상 조안이 임신 중에 입었던 선명한 주황색 천에 감겨 있었다. 레옹은 아기를 다루는 데 서툴렀지만, 조안은 인내심을 가지고 그에게 아기를 품에 안는 법, 기저귀를 갈아주는 법, 흔들어 재우는 법을 가르쳤다. 조제프는 한발 물러서 있었다. 그는 세 사람이 함께 서로의 리듬을 익힐 필요가 있다는 것을 알고 있었다.

그들이 여전히 베란다에 모여 있을 때 문을 다소 세게 두드리는 소리가 들렸다. 레옹의 얼굴이 창백해졌다. 그는 조안에게 낮은 목소리로 빠르게 설명했다.

"우리 어머니일 거야. 이미 톰을 세 번이나 보러 오셨는데… 내가 모른 척했어…."

조안은 아무 말도 하지 않았다. 하지만 그녀는 자신의 임신 사실을 알게 된 앙드레 부인의 반응을 떠올렸다. "그 애가 우리한테 이럴 수는 없어." 이제 톰이 태어나자, 앙드레 부인은 손주를 만날 권리를 요구했다.

앙드레 부부가 베란다로 들어왔고, 그 뒤에는 굳은 표정의 요제프가 서 있었다. 레옹은 천처럼 새하얗게 질린 얼굴로, 안절부절못하며 이쪽 발 저쪽 발로 체중을 옮기고 있었다.

앙드레 부인이 평소처럼 냉랭한 목소리로 말했다.

"안녕, 조안",

조안은 어린 톰을 팔에 꼭 안은 채 살짝 뒤로 물러섰다.

"우리 손주를 보러 왔어."

침묵이 베란다에 무겁게 드리워졌다. 조제프는 움직이지 않고 방 문턱에 그대로 서 있었다. 레옹은 마치 부모와 그들 사이를 가로막으려는 듯, 조안과 아기 곁을 떠나지 않았다.

앙드레 부인이 아기 쪽으로 손을 내밀며 물었다.

"좀 봐도 될까?"

조안은 고개를 끄덕였지만, 톰을 팔에 꼭 안은 채 놓지 않았다. 앙드레 부부는 아기 위로 몸을 숙이고, 작은 손을 큰 손가락 사이에 끼워 잡고, 뺨을 쓰다듬었다. 평소 그렇게 굳고 인색한 얼굴에 진심 어린 기쁨이 번졌다.

“레옹을 꼭 빼닮았네요, 그렇죠?”

“정말이네.”

“내 느낌엔 저 아이가 바로 그 애인 것 같아.”

그들은 톰을 놓으려 하지 않는 조안을 철저히 무시했다.

“아이 눈이 레옹 눈을 닮았어.”

”코도 닮지 않았어?”

레옹은 긴장해서 한마디도 하지 않았다.

“이 아이는 참 조용하네. 안 우니?”

그들은 아들에게 물었고, 그는 어깨를 으쓱하며 답했다.

“잘 안 울어요….”

조안은 얼굴에 표정이 없었다.

앙드레 부인이 코를 찡그리며 물었다.

“이 더러운 천은 뭐지? 이대로 두면 세균에 감염될 테니 세탁해야 해.”

레옹이 서툴게 답했다.

“이건 포대기예요.”

“뭐라고?”

“조안은 아기가 자신의 냄새를 맡으면 안심한다고 생각해요.”

아무도 말하지 않았다. 조제프는 혀를 굴리는 소리를 내며 불만을 드러냈다. 조안은 한발 물러서며 말했다.

"톰은 잠을 자야 해요."

베란다 안의 불편한 기운은 더욱 커져 갔다. 앙드레 부인은 짜증 난 몸짓으로 핸드백을 어깨 위로 다시 끌어올렸다.

"좋아요, 우리가 가죠."

조안은 그들이 떠나는 모습을 보며 형언할 수 없을 만큼 깊은 안도감을 느꼈다. 조제프는 베란다에 남아 있었다. 레옹은 그들을 문까지 바래다주었는데, 이전보다 더없이 불편해 보였다. 그들은 현관 앞에서 말을 할 때도 목소리를 낮추려는 어떤 노력도 하지 않았다.

"우리 손자야. 조안이 우리가 손자 보는 걸 막을 수는 없어."

레옹은 다른 말이 떠오르지 않아 이렇게 대답했다.

"다음에 봐요."

에밀은 이해하지 못한 채 눈살을 찌푸렸다.

"앙드레 부부랑 무슨 일이 있었길래 관계가 그렇게 악화된 거죠?"

조안은 나지막한 목소리로 대답했다.

"주방에 좀 앉아도 될까요? 차 좀 끓여줄 수 있나요? 그다음에 이야기해 줄게요."

물이 작은 주방의 녹슨 무쇠 냄비에서 커다란 거품을 내며 끓고 있었다. 조안은 나무 의자에 앉아 있었다. 에밀은 그녀에게 그녀의 스웨터 하나를 가져다 입혀 주었다. 자신도 재킷으로 몸을 감쌌다. 추웠다. 조금 전 흰 천 위에서 깨어났을 때, 그는 몹시 추웠다. 무슨 일이 있었는지 조안에게 묻지 않았지만, 그는 짐작할 수 있었다. 밖으로 나가 장작을 가지러 갔다가 기절한 모양이었다.

그는 느린 동작으로 뜨거운 냄비를 탁자 위에 올리고, 물을 찻잔에 따랐다. 자리 잡고 조안 맞은편에 앉자, 그녀는 다시 이야기를 시작했다. 그녀는 담배 가게에서 있었던 일을 이야기했다. 사람들이 자기들을 보고 수군거렸지만 조제프는 모르는 척했다. 또 앙드레 부부 집에서 처음 식사했을 때 받았던 불쾌한 질문들도 말했다. 그리고 시장의 꽃가게 앞에서 벌어진, 마치 드라마 같은 장면도 이야기했다.

에밀이 조심스레 물으며 찻잔을 그녀에게 건넸다.

"그다음에는요? 앙드레 부부가 또 들이닥쳤나요?"

그들은 9월 초, 생쉴리아크에 와 있었다. 조안과 레옹은 베란다에 있었다. 두 사람 모두 고집스럽고 약간 짜증 난 표정을 짓고 있었다. 조안은 등나무 흔들의자에 앉아 톰을 품에 안고 있었고, 레옹은 서 있었다. 그는 뻣뻣하게 서 있었다.

레옹이 같은 말을 되풀이했다.

"그렇게 화난 표정 짓지 마…."

"그들은 한 번도 나를 집에 초대하지 않았잖아."

"상황이 달라졌어…."

"그들은 내가 톰을 임신한 동안 톰을 진짜 재앙처럼 취급했어."

레옹이 같은 말을 다시 되풀이했다.

"상황이 달라졌어."

"이제는 손자가 생겼다고 해서 나를 겨우 저녁 식사에 초대할 거라니?"

조안은 차분했다. 그녀는 아기를 품에 안고 계속 흔들어 달래면서도, 차분하지만 단호한 목소리로 말했다.

"내가 묻는 거야."

"안 돼."

레옹은 한숨을 삼키며 자세를 바꾸고, 팔을 꼬았다 풀었다 하더니 마침내 말했다.

"그럼 내가 톰을 부모님 집에 데려갈 거야."

조안은 방금 그로부터 모욕을 받은 듯한 시선으로 그를 바라봤다.

"안 돼."

둘은 서로 맞섰다. 조안의 눈빛은 점점 날카로워졌다.

레옹이 주장했다.

"그들은 톰을 볼 권리가 있어."

조안은 아기를 안은 채 일어섰다.

"그들은 나 없이 톰을 볼 수 없어."

"어디 가는 거야?"

"너에게서 멀리."

"조안!"

그는 그녀를 따라 침실로 들어갔다. 조안은 톰을 침대 위에 내려놓고 기저귀를 갈기 시작했다. 레옹은 그녀가 하는 것을 지켜보았다. 그녀의 손놀림은 정확하고 차분했다. 그녀는 신중했다. 처음부터 톰을 다루는 방법을 알고 있었다. 레옹과는 완전히 달랐다. 이 아기가 특별하다는 점도 있긴 했다. 그는 거의 울지 않았다. 유모차에 몇 시간 동안 놔둬도 괜찮았다. 옹알거리지도, 투덜거리지도 않았다. 거의 움직이지 않았다. 레옹은 아이의 시선을 끌어보려 했고, 웃게 해보려 했으며, 관심이라도 살짝이라도 끌어보려 했지만 헛수고였다. 아이는 항상 무표정했고, 시선은 약간 흐릿했다. 조안도 가끔 그런 모습이었다. 톰이 벌써부터 그녀를 닮아가는 것일까? 그런데 당장은, 아기와의 이런 교감 부족이 그를 혼란스럽게 했다.

"넌 결국 그들에게 톰을 볼 권리를 줘야 할 거야…."

조안은 아기의 기저귀를 다시 채우고 한숨과 함께 침대에 털썩 주저앉았다. 그녀는 맞서기 위해 온 힘을 모아야 하는 것처럼 눈을 감았다. 다시 눈을 떴을 때, 그녀의 눈 깊은 곳에는 끝없는 슬픔이 담겨 있었다.

그녀가 속삭였다.

"알아."

방 안에 정적이 흘렀다. 톰은 조용히 천장을 바라보고 있었다. 레옹이 입을 열었다.

"그럼, 어떻게 할 거야?"

조안은 천천히 움직이기 시작했다. 그녀는 아기의 바디수트를 다시 잠그고, 작은 회색 바지를 입혔다.

"그럼 나도 갈게."

조안은 앙드레 부부의 거실 한쪽 구석에서 조용히 뒤로 물러서 있었다. 수정 샹들리에는 방을 희미하게 비추고 있었다. 테이블은 정리되지 않은 채였고, 잔에는 여전히 레드 와인이 남아 있었다. 세 명의 앙드레 가족은 톰이 누워 있는 유모차 위로 몸을 숙이고 있었다.

앙드레 부인이 몹시 즐거운 듯 깔깔대며 아기를 꺼냈다.

"이리 오렴, 우리 아가. 할머니한테 와."

그녀는 아기를 무릎 위에 앉히고, 남편과 아들을 기쁜 표정으로 바라보았다.

"보세요, 내 품에 있으니까 얼마나 좋아하는지."

앙드레 부인의 남편과 아들은 고개를 끄덕였다. 그들은 앙드레 부인 옆에 앉아 아기에게서 눈을 떼지 못했다. 처음에 그들은 레옹과 아이 사이의 닮은 점을 또다시 들춰내기 시작했다.

"레옹의 코를 꼭 빼닮았어요."

"눈이 더 닮았지…."

"맞아, 물론이지, 눈…."

그러고는 아이를 부르기 시작했다.

"톰!"

"우리한테 미소 좀 보여줘. 예쁜 웃음 좀 보여줘."

그들은 계속 아기를 불렀지만, 아기는 여전히 표정 하나 없이 천장의 샹들리에만 바라보고 있었다. 앙드레 부인은 마치 조안이 거기 없는 사람인 양 레옹에게 물었다.

"벌써 웃니?"

레옹은 어깨를 으쓱했다.

"저는… 아직… 잘…."

그는 난처한 듯 조안 쪽을 바라보았다.

"혹시 톰이 웃은 적 있어?"

그는 톰이 웃는 걸 한 번도 본 적이 없었다. 조안은 고개를 저으며 답했다.

"아니. 아직은."

앙드레 부인은 다시 한번 조안을 철저히 무시한 채 레옹에게 캐물었다.

"천사들을 봐도 안 웃어?"

레옹은 또 바보가 된 듯한 표정을 지었다.

"천사… 라니… 그게 무슨 뜻이죠?"

앙드레 부인은 혀를 차며 레옹을 다정하게 바라보았다.

"이런, 얘야. 모든 아기들이 그러잖니. 반사적으로 웃는 거. 자면서도, 허공을 보면서도… 그걸 '천사에게 미소 짓는다'고 하는 거야."

레옹은 약간 얼굴을 붉히며 다시 어깨를 으쓱했다.

"아니, 저는… 한 번도 본 적이 없어요."

앙드레 부인은 마침내 조안을 향해 돌아섰다. 그 순간에서야 자기 며느리의 존재가 갑자기 쓸모 있어진 게 분명해 보였다.

"조안, 넌? 아이가 천사들에게 미소 짓는 걸 본 적 있어?"

조안은 고개를 저었다. 그리고 방어적으로 덧붙였다.

"하지만 하늘을 바라보는 건 좋아해요. 그럴 때는 아주 집중하거든요."

앙드레 부인은 걱정스러운 기색을 숨기지 않았다.

"벌써 3개월이잖아. 지금은 웃어야 정상이야."

조안은 자기 손만 바라보았다. 그녀는 당장이라도 아기를 빼앗아 집으로 데려가고 싶었다. 그 끔찍한 여자가 아이가 둔하다는 식으로 말하는 걸 견딜 수 없었다. 그 대신 그녀는 자리에 앉아, 예의 바른 침묵 속에 얌전히 입을 다물고 있었다.

톰이 생후 여섯 달이 되었을 때, 조안은 다시 관리인으로서의 일을 시작해야 했다. 낮에 톰을 돌보는 사람은 조제프였다. 그의 건강은 또다시 나빠져 가고 있었다. 텃밭을 거닐 때면 예전보다 훨씬 더 숨이 차고, 요리를 하려고 주방 작업대 앞에 서 있는 것도 힘들어하고 있었다. 조안은 걱정이 되었다.

"아빠, 너무 무리하지 마세요. 톰 돌보는 게 너무 힘드시면… 제가 반일제로 바꿀 방법을 찾아볼게요."

조제프는 무리하지 않겠다고 약속했다. 그러나 조안이 집에 돌아오면, 조제프는 늘 거실 한가운데 앉아 있었다. 그는 톰을 위해 직접 깎아서 만든 나무 블록들로 둘러싸여 있거나, 톰을 놀래키려고 하루 종일 접어 만든 수십 마리의 종이학 한가운데에 있었다. 그리고 그 종이학들을 방 안으로 날리며, 그 모습이 톰의 호기심을 자극해주기를 바랐다. 그러나 아무 소용 없었다. 톰은 늘 그렇듯 가만히 무표정하게 앉아 있었다. 하지만 대신, 조제프가 하루 종일 읽어주는 이야기를 듣는 것을 즐기는 듯했다.

어느 날 밤, 부부의 침실이 어둠에 잠긴 가운데, 레옹과 조안 사이에 또다시 말다툼이 벌어졌다.

"톰을 병원에 데려가 봐야 해."

조안의 깊고 짜증 섞인 한숨은, 이 대화가 처음이 아니라는 사실을 명확히 보여주고 있었다.

"그냥 내버려 둬. 톰은 정상적으로 자라고 있어."

"톰은 아무 소리도 내지 않아. 톰이랑 나이가 같은 아기들은 최소한 옹알이라도 한다고."

"너, 엄마 말 좀 그만 들었으면 좋겠어."

"그건… 우리 엄마 때문만이 아니야."

"아냐?"

조안은 잔뜩 긴장한 채 두 손을 이불 위에 얹고 있었다.

"동료 교사들에게 얘기해 봤어. 그 사람들도 놀라워하더라고, 톰이 아무 소리도 안 낸다는 걸….”

아무 대답도 돌아오지 않았다. 조안은 고집스럽게 침묵 속에 머물렀다.

“톰은 날 안 봐, 조안. 그 애는 나를 절대로 안 봐. 그게 정상이라고 생각해?”

레옹은 이렇게까지 예민하게 굴 생각은 없었다.

“그… 톰은 무언가를 보긴 해.”

“무언가를 보긴 하지만, 우릴 보진 않잖아!”

조안은 레옹의 말을 들으려 하지 않았다. 하지만 사실 그가 옳다는 걸 알고 있었다. 톰의 눈빛은 어디선가 흐릿하고 멍한 느낌이었다. 조안 역시 톰의 시선을 오래 붙잡아 두지 못했다. 하지만 그녀에게는 그것이 아무렇지 않았다. 톰은 그녀의 아이였다. 다른 아기들과 조금 다를지는 몰라도 그렇다고 끝없는 병원 검사를 강요해야 할 이유가 되지는 않았다.

레옹이 다시 말을 이었다.

“조안… 정말, 한 번도 생각해 본 적 없어?”

조안의 몸이 이불 아래에서 살짝 떨렸다.

“무슨 생각을?”

“혹시… 톰이 다를 수도 있다는 생각. 혹시… 장애가 있을 수도 있다는 생각.”

레옹의 목소리에서는 두려움이 느껴졌다. 하지만 조안은 아니었다. 그녀는 여전히 차분하고 단호했다.

“톰은 달라. 하지만 난 한 번도 ‘다르다’는 게 곧 ‘장애’라고 생각해 본 적이 없어.”

"내가 말하려는 건 그게 아니잖아…."

조안은 고통스러운 한숨을 내쉬었다.

"눈치챘어야 했는데."

레옹은 침대에서 몸이 굳어졌다.

"뭘 눈치챘어야 했다는 거야?"

"내 아들이 앙드레 집안의 기준엔 절대 못 미칠 거라는 거."

그는 격하게 반박했다.

"그건 너무 옹졸한 말이야, 조안!"

조안은 더 이상 아무 말도 하지 않았다. 레옹은 어둠 속에서 더듬어 그녀의 손을 찾았고, 손끝이 닿았을 때 조안은 피하지 않았다.

"조안…."

대답 대신 침묵이 흘렀다.

"내가 생각하는 건 오직 톰의 행복뿐이야. 그건 너도 알잖아."

그제야 조안의 억눌린 작은 목소리가 흘러나왔다.

"그러니까 그 애가 그냥 살아가게 놔둬. 자기만의 리듬으로 피어날 수 있게 해줘. 그리고 그 아이가 되고 싶어 하는 아이가 되도록 그냥 내버려둬."

레옹은 어둠 속에서 고개를 끄덕이며 결국 물러섰다.

"알겠어."

조제프는 그해 여름, 의사의 지시로 자리에 누워 지내고 조안의 철저한 보살핌을 받고 있었다. 그동안 톰은 걷는 법을 배웠다. 조안이 옳았다. 그는 자기만의 속도로 자라고 있었다. 그는 토마토와 멜론 사이를 종종걸음으로 달리고, 흙더미 위에 몸을 던져 누워 하늘을 바라보거나, 아니면 새들의 날갯짓을 따라가는 듯했다. 아무도 그의 신비로운 헤이즐빛 눈동자가 무엇을 바라보는지 정확히 알지 못했다. 그는 꽃들을 꺾어 버렸고, 그 걸 본 조제프는 부드럽게 꾸짖었다.

"이 장난꾸러기 녀석!" 그는 베란다에 놓인 흔들의자에서 일어나며 외쳤다.

조안은 웃으며 달려와 톰의 손을 잡고 그를 조제프에게서 멀리 데려가며 설명했다.

"할아버지는 꽃을 정말 아끼신단다, 톰. 우린 할아버지를 속상하게 하고 싶지 않아, 그렇지?"

조안만이 그렇게 할 수 있었다. 톰에게는 이상한 반사 행동이 생겼다. 누군가가 너무 가까이 다가오거나 그를 만지려고 하면, 그는 팔을 홱 움직여서 다가오는 손길을 막아내려 했다. 마치 허공을 향해 작은 손바닥으로 "때리는" 듯한 동작이었다. 그리고 그는 두 눈썹을 아주 세게 찌푸렸다. 그는 누군가가 자신을 만지는 것을 좋아하지 않았다. 조제프는 그것에 적응했다. 그는 더 이상 아이에게 다가가려 애쓰지 않았다. 그는 아이와 눈높이를 맞추기 위해 무릎을 꿇은 채 일 미터 남짓한 거리를 두고 말을 걸었다. 반면 레옹은 그 상황을 몹시 고통스러워했으며 조안도 그 사실을 알고 있었다.

"이 아이는 나를 좋아하지 않아."

조안은 고개를 저었다.

"톰은 내가 만지는 걸 거부해. 이거 정상 아니지?"

"이 애에겐 자기만의 자유로운 공간이 필요한 거야."

"그리고 눈에도 항상 그 이상한 게 있어."

"어떤 거?"

"시선을 피하잖아."

조안은 톰이 자기만의 방식으로 그들을 아주 많이 사랑한다고 말했다.

"톰은 성격이 독특한 특별한 아이예요."

그녀는 앙드레 부부네에서 하는 저녁 식사를 피해 보려고 했다. 상황은 점점 더 나빠지고 있었다. 그들은 비판적일 뿐만 아니라 지나치게 불안해하기도 했다.

"우리가 이름을 불러도 반응을 안 하는 건 정상이 아냐!"

조안은 톰이 앙드레 부인의 날카로운 부름에 귀 기울이지 않는 것이 오히려 조금 기뻤다. 그것은 그녀만의 작은 복수였다.

7월의 어느 날 오후, 조제프는 톰의 침대 곁, 시원하고 그늘진 베란다에서 흔들의자에 앉아 있었다. 조안은 텃밭에서 신나게 뛰어다니는 아들 뒤를 따라다니고 있었다. 톰은 조제프가 선물한 예쁜 공은 물론 레옹이 사준 번쩍거리는 새 보행기까지도 보기 좋게 무시해 버렸다. 그가 관심을 보이는 것은 오로지 그 작은 초록색 양동이뿐이었다. 그는 그것을 늘 끌고 다니며 가끔씩 흙을 담았다. 레옹도 텃밭에 있었다. 그는 손으로 햇빛을 가리며 톰과 조안을 따라가듯 바라보고 있었다. 조안은 그가 시(詩) 공방을 9월 새 학기부터 다시 열고 싶어 한다는 사실을 알고 있었다. 그는 학생들에게 매우 헌신적인 사람이었다.

네 사람 모두 학교 철문이 삐걱거리는 소리와 자갈 위를 쾅쾅 울리는 발걸음 소리에 의해 방해를 받았다. 조안은 조금 전 레옹이 차에서 짐을 쉽게 내릴 수 있도록 철문을 열어 두었다. 레옹은 큰 파라솔과 새 정원용 테이블을 사 왔다. 조안은 여름 옷차림을 한 앙드레 부부가 텃밭 가장자리에 서 있는 것을 보자 가슴이 조여 왔다. 앙드레 씨는 보기 흉한 꽃무늬 셔츠를 입고 있었고, 앙드레 부인은 커다란 분홍색 모자를 쓰고 있었다.

앙드레 씨가 인사했다.

"안녕."

그의 아내가 말을 보탰다.

"지나가다가 들렀어."

조안은 그들이 왜 왔는지 너무나도 잘 알고 있었다. 그녀가 월요일 저녁 식사를 피해 온 지 벌써 한 달이 되었기 때문이다. 앙드레 부부는 손자를 보고 싶어 했고, 그 사실을 숨기려 하지도 않았다. 흔들의자에 앉아 있던 조제프는 긴장하며 몸을 반쯤 일으켰다.

앙드레 부부는 작은 출입문을 밀고 텃밭 안으로 들어섰다. 그들은 레옹에게 입맞춤을 한 뒤, 조안과 조제프에게는 예의 바르게 인사했다.

앙드레 부인은 정원을 둘러보며 물었다.

"톰은 어디 있나요?"

톰은 토마토 밭 한가운데 쪼그리고 앉아 있었다. 그는 두 손 가득 흙을 움켜쥐고 있었고, 소음에도, 방문객들의 도착에도 무심하고 무표정했다.

앙드레 부인이 아이를 불렀다.

"톰!"

그녀가 성큼성큼 급히 톰에게 다가가는 것을 본 조안은 급히 말리려 했다.

"조심하세요, 애가…."

하지만 이미 늦었다. 앙드레 부인은 벌써 톰을 번쩍 들어 올려 품에 껴안았다.

"우리 톰은 어떻게 지내…."

그녀는 말을 끝내지 못했다. 순식간에 수많은 주먹질이 그녀의 얼굴을 향해 퍼부어졌다. 톰은 몸부림치고, 몸을 뒤틀고, 닿을 수 있는 모든 것을 마구 때리며 자신이 극도로 싫어하는 신체 접촉에서 벗어나려 했다. 앙드레 부인은 비명을 지르며 그를 갑자기 놓아버렸다. 톰은 쿵하고 엉덩방아를 찧으며 떨어졌다. 그는 울지 않았다. 그는 결코 울지 않는다. 작은 하트 모양을 한 그의 입에서는 어떤 소리도 난 적이 없다.

조안이 달려왔다. 분노에 휩싸인 앙드레 부인은 톰을 호통치기 시작했다.

"이 버릇없는 아이 같으니! 누가 너한테 때리라고 가르쳤니? 무례하잖아, 톰!"

그녀는 톰의 팔을 움켜잡고 억지로 일으켜 세워 눈을 마주보게 하려 했고, 톰은 그럴수록 더욱 미쳐 날뛰듯 몸부림치며 사방으로 주먹을 휘둘렀다.

조안이 소리쳤다.

"그만하세요!"

그녀가 톰과 앙드레 부인에게 다가서자, 앙드레 부인은 매서운 눈길로 조안을 노려보았다.

"네 아들, 제대로 혼 좀 내야 하는 거 아니냐?"

조안은 무릎을 꿇었고, 톰은 그녀의 품으로 파고들었다.

그녀는 차분하게 말했다.

"얘는 누가 건드리는 걸 정말 싫어해요."

"정말? 난 지금까지 그런 모습 본 적 없는데."

앙드레 부인의 눈이 의심스럽게 조안을 훑었다.

"도대체 언제부터 그런 거야?"

"몇 주 전부터요. 걸음마를 시작한 후로…."

사실 아이가 자기를 가둬두려는 품에서 벗어나 도망칠 수 있게 된 뒤부터 그랬다. 앙드레 부인은 입술을 굳게 다물고는 허리를 꼿꼿이 펴고 일어섰다.

"흠, 그래도 선택권을 주면 안 되지. 애는 겨우 한 살이야. 벌써부터 모든 걸 자기 마음대로 하게 두면, 넌…."

그녀는 말을 멈추었다. 레옹이 다가오며 둘 사이에 서려는 듯한 자세를 취했기 때문이다.

그가 낮게 말했다.

"저도 애한테 다가갈 수가 없어요."

그 말에 앙드레 부인은 조금 안심하는 듯했다. 레옹이 덧붙였다.

"아마 잠깐 그런 걸 거예요."

하지만 앙드레 부인은 여전히 언짢은 표정을 짓고 있었다.

"네가 이 아이를 제대로 가르쳐야 해. 어른을, 더더구나 자기 할머니를 때리면 안 된다는 걸 알려줘야지."

레옹은 어색하게 한쪽 발에서 다른 쪽 발로 무게를 옮겨가며 몸을 뒤척이고 고개를 끄덕였다. 톰은 조안의 팔에 안겨 꼼짝도 하지 않았고 앙드레 부인은 그런 아이를 유심히 살폈다.

"그리고 애 손톱은 왜 이렇게 새까맣지?"

레옹은 움츠러들었다. 대신 조안이 대답했다.

"흙에서 놀았어요…."

"참나, 무슨 애가 이래… 버릇도 없고 꼴도 말이 아니네."

조셉의 굵직한 목소리가 울려 퍼졌고, 그 소리에 모두가 깜짝 놀랐다. 아무도 그가 다가오는 걸 보지 못했던 것이다.

"당신들은 혹시 우리 집에, 우리 딸이 아이를 어떻게 키우는지 평가하러 온 겁니까?"

놀란 앙드레 부인은 한동안 말을 하지 못했다.

"만약 그렇다면, 당장 돌아가 주시죠."

얼어붙은 침묵이 흘렀고, 그 적막을 깨뜨린 것은 긴장을 누그러뜨리려는 듯 다가온 앙드레 씨였다.

"아니요, 물론 그런 뜻이 아니에요. 제 아내는 그런 의도로 말한 게 아닙니다."

하지만 앙드레 부인은 아무 말도 하지 않았다. 여전히 톰을 나무라듯 노려볼 뿐이었다.

앙드레 씨가 말을 이었다.

"여보, 우리… 나중에 다시 오는 게 좋지 않을까…?"

그의 아내는 마지못해 고개를 끄덕였다. 그러면서 입술을 더욱 굳게 다무는 바람에, 입술이 마치 가느다란 선처럼 보였다.

그녀가 차갑게 말했다.

"좋아요. 하지만 내 손자는 꼭 안아봐야겠어요."

조안은 남들이 눈치채지 못할 만큼 미세하게 몸을 뒤로 뺐다. 톰은 여전히 그녀의 팔 안쪽에 폭 안겨 있었고, 레옹은 마음이 불편한지 헛기침을 했다.

"엄마, 알잖아요… 얘가…."

하지만 앙드레 부인은 아랑곳하지 않았다. 그녀는 톰의 팔을 거칠게 붙잡아 억지로 몸을 돌려 자기 쪽을 향하게 했다.

그녀가 명령했다.

"톰! 나를 보라고!"

작은 소년은 입을 벌린 채, 눈을 커다랗게 뜨고 두려움에 질려 있었다. 마치 온 힘을 다해 비명을 지르려는 듯했지만, 그의 입술 사이로는 어떤 소리도 새어 나오지 않았다. 공포의 비명은 그의 목구멍에서 막혀 있었다. 그는 앙드레 부인의 맹금류 같은 손아귀에서 벗어나려고, 발을 구르고, 자유로운 팔로 허공을 마구 휘둘렀다.

앙드레 부인이 더욱 크게 소리쳤다.

"톰! 내 말 듣고 있니? 이런 식으로 떼를 쓰면 안 돼!"

조안은 마음을 억눌렀다. 눈물이 차오르는 것을 느꼈다. 그녀는 그 흉측한 마녀의 손아귀에서 아이를 당장 빼내고 싶었다. 하지만 스스로를 다독이며, 차분해지려고 애썼다. 그녀는 조심스럽게 항의했다.

"조금만 시간을 주세요… 얘가 무서워하고 있어요…."

이제 앙드레 부인은 톰의 얼굴을 억지로 붙잡아 눈을 마주보게 하려 했다. 그녀는 분노로 벌벌 떨고 있었다.

"톰! 내가 한 말 이해했니? 할머니한테 키스해!"

그녀는 다가오는 공격을 보지 못했다. 톰의 작은 손이 땅을 긁고, 한 줌의 흙을 움켜쥐는 것도 보지 못했다. 흙덩이가 그녀의 눈을 향해 날아오는 것도 보지 못했다. 그것은 톰이 할 수 있는 유일한 방어였다. 마녀의 눈에 흙을 뿌리는 것.

앙드레 부인이 비명을 질렀다. 남편이 그녀를 부축하러 달려왔다. 조안은 그 틈을 타 톰을 붙잡아 더 멀리, 자신의 품 안으로 데리고 갔다.

앙드레 부인이 절규했다.

"레옹! 레옹!"

레옹은 얼굴이 사색이 되었다. 그는 꼼짝도 하지 못했다. 앙드레 부인은 흙을 뱉어내고 눈을 닦아냈다. 굵은 눈물이 볼을 타고 흘러내렸다.

"레옹, 너, 이 아이를 제대로 훈육하는 게 좋을 거다!"

"엄마…."

그의 엄마의 얼굴엔 분노가 더 짙게 드리워졌다.

그녀가 악을 썼다.

"나한테 데려와! 데려오면 내가 버릇을 고쳐줄 거야! 어떻게 해야 하는지 내가 보여주마…."

그러나 조제프의 목소리가 그녀의 모든 '훈육'의 시도를 단숨에 가로막았다.

"내 집에서 당장 나가시오!"

앙드레 씨가 무언가 말하려고 했지만, 조제프는 말을 자를 틈도 주지 않았다.

"내 집에서 지금 당장 나가란 말이오!"

앙드레 부부는 이제 겁에 질린 듯 보였다. 그들은 조제프가 완전히 미친 사람인 것처럼, 마치 자신들을 공격할지도 모른다는 듯 황급히 움직였다. 조안은 그들이 텃밭을 아무 말 없이 떠나는 것을 지켜보았다. 그녀는 톰을 가슴에 꼭 껴안았다. 조안은 왜 조제프가 토마토 밭 한가운데에서 쓰러졌는지, 왜 그의 몸이 마치 인형처럼 축 늘어졌는지 곧바로 이해하지 못했다. 그녀는 입을 벌렸고, 시간마저 멈춘 듯 느껴졌다. 조제프의 머리가 마른 흙 위로 무겁게 떨어졌다. 그 순간 바로 뒤, 그녀의 입에서 공포에 찬 비명이 터져 나왔다.

"아빠아아아!"

"심장 마비입니다." 의사가 심각한 표정으로 말했다.

조안은 여전히 얼굴이 새하얗게 질린 채 몸을 떨고 있었다. 톰은 아직도 그녀의 품에 안겨 있었다. 그는 레옹의 품으로 가는 것도 거부했다. 아마도 할머니와의 폭력적인 다툼 때문에 얼굴을 조안의 팔 아래 파묻은 채 충격을 받은 듯했다. 하지만 지금 조안에게 더 큰 걱정은 조제프가 다시 일으킨 심장 마비였다. 그녀는 의사를 집 밖까지 배웅했다. 레옹은 현관에서 뻣뻣하게 서서 어색하게, 마치 죄책감을 느끼는 듯한 표정으로 기다리고 있었다.

조안이 노의사에게 물었다.

"아빠를 위해 제가 무엇을 해야 하나요?"

"무조건 쉬게 해야 합니다. 어떤 일이 있어도 휴식이 최우선입니다. 스트레스나 화를 유발할 수 있는 모든 상황을 피하게 하세요. 심장 상태를 보면, 다음 발작이 치명적일 수도 있습니다."

조안은 침통한 표정을 지으며 시선을 아래로 떨구었다.

"계속 산사나무와 향수 박하를 달여서 차로 드시게 해도 될까요?"

노의사는 고개를 끄덕였다.

"그건 오히려 도움이 될 겁니다."

그는 손을 내밀어 조안의 손을 부드럽게 잡았다. 진심 어린 연민을 전하려는 듯했다.

"아이는 괜찮나요?" 그는 조안이 안고 있는 톰을 가리키며 물었다. 톰은 금발 머리만 조금 보일 뿐이었다.

"조금 혼란스러워해요…."

"그럴 만하죠, 이번 사건을 보면… 여전히 그렇게 말이 없나요?"

조안은 고개를 끄덕였다. 노의사는 이제 톰을 잘 알고 있었지만, 앙드레 부인처럼 과도하게 걱정하지는 않았다.

"좋아요… 잘 지켜보세요… 두 사람을."

"감사합니다, 의사 선생님."

에밀은 조안에게 차 한 잔을 다시 따라주었다. 그녀는 차를 조금씩 홀짝이며 쉬지 않고 말을 이어갔다. 그는 아무 말 없이 가득 채워진 찻잔을 그녀 쪽으로 다시 밀어 놓았다. 그는 그녀가 말을 계속 이어가도록 내버려 두었다.

조제프는 창백한 얼굴로 침대에 누워 있었다. 조안은 그의 발치에 앉아 있었다. 그의 상태는 나아지지 않았다. 그녀는 그가 힘겹게 버티며, 자신을 짓누르는 피로를 이겨내려 애쓰고 있다고 느꼈다.

"아빠…."

그녀는 그의 손을 잡았다. 차가웠다.

"차 드세요."

조제프는 순순히 따랐다. 그리고 베개에 기대어 몸을 곧게 세웠다. 그는 다정하게 그녀를 바라보았다.

"조안, 난 네게 짐이 되고 싶지 않아."

"그런 소리 마세요, 아빠."

"네가 가족을 돌봐야 하잖아. 톰에게는 네가 필요해."

조안은 눈을 깔았다. 전날 밤, 레옹이 방 안에서 속삭였던 끔찍한 말을 되풀이할 용기가 나지 않았다. 그건 도저히 입 밖에 낼 수 없는 말이었다.

"네가 아이를 지켜야 해, 조안… 내가 영원히 살아 있을 수는 없으니까."

그녀는 눈을 내리깐 채 그의 말을 받아들였다. 그가 옳았다.

"이제 더 이상 그들에게 맡겨두면 안 돼. 톰을 학대하게 내버려 두면 안 돼."

그녀는 힘겹게 침을 삼켰다.

"알아요."

"레옹은 그렇게 하지 않을 거야."

"알아요."

침묵이 다시 찾아왔다. 조안은 여전히 아버지 얼굴을 쳐다볼 용기가 나지 않았다.

그가 물었다.

"무슨 생각을 하고 있니?"

조안은 잠시 머뭇거렸다. 아주 짧은 순간이었다.

"혹시… 혹시 그가… 그는…."

그녀는 그를 똑바로 바라보며 말했다.

"레옹이 톰은 자폐증이라고 말했어요."

그 말은 튀어나와 칼날처럼 그녀의 목을 아프게 파고 들었다.

"혹시… 혹시 너도… 그렇게 생각하니?"

조제프는 베개에 등을 곧게 기댄 채 변함없는 표정으로 앉아 있었다.

"내 생각에 톰은 자기만의 세계에서, 우리와는 평행한 세계에서 살고 있어. 그래서 우리 현실로 들어오는 데 어려움을 겪는 거야."

조안은 침을 삼키며 숨을 죽이고 그 말을 경청했다.

"그를 둘러싼 어른들은 절박하게 톰이 우리 세계로 들어오기를 기다리지만, 그에게는 불가능한 일이야. 그는 자신만의 방식으로 이해시키려 해. 때리거나 도망치면서."

그는 그녀를 더욱 깊은 눈빛으로 바라보았다. 그의 눈에는 고요한 빛이 어른거리고 있었다.

"조안, 넌 왜 톰이 너에게만 다가오도록 허락하는지 아니? 왜 나는 절대 안 때리는지 아니?"

그녀는 어깨를 으쓱했다. 답은 짐작이 가지만 확신할 수 없었다.

"우리는 억지로 그를 우리 현실로 끌어들이려 하지 않아. 우리는 우리가 할 수 있는 한, 아이의 세계로 들어가려고 노력하고 있어. 우리는 완벽하지는 않지만 애쓰고 있는 중이야. 톰도 그걸 느꼈을 거라고 믿어."

조안은 목에 뭔가 뭉친 걸 느끼며 고개를 끄덕였다.

"조안, 네가 그들에게 맞서려면 용기가 필요할 거야. 내가 미안하구나."

"왜요, 아빠? 왜 아빠가 미안해하세요?"

"내가 너를 계속 도와줄 수 없어서야. 나는 너무 지쳤어. 그게 느껴져."

"하지만 아빠, 저는 아빠를 원망하지 않아요. 저는…."

그녀는 목구멍을 막고 있는 눈물을 애써 밀어내며 덧붙였다.

"전 충분히 강해요. 톰을 지킬 거예요."

조제프는 한없이 다정한 미소를 지어 보였다.

"알아, 조안. 톰은 너보다 더 좋은 어머니를 꿈꿀 수 없었을 거야."

그러고 나자 전보다 한층 가벼운 침묵이 흘렀다.

조제프가 덧붙였다.

"다른 것에 대해서도 미안하구나."

"무슨 일이요?"

"레옹에 대해서…."

"레옹?"

"그는 여행의 동반자로 이상적이지 않아. 좀 더 일찍 깨달았어야 했는데. 하지만 뭐… 넌 그를 사랑하잖아, 그렇지?"

조안은 눈살을 찌푸렸다.

"여행의 동반자라고요?"

조제프는 약하게 미소 지으며 고개를 끄덕였다.

"삶이라는 큰 여행을 위한 동반자 말이다."

조안은 아무 말도 하지 않았다. 침묵은 길게 이어졌다. 그녀는 침대 발치에 앉아 있었고, 조제프는 베개에 몸을 기대고 있었다.

그의 미소가 더 장난스럽게 번졌다.

"내가 저 위에서 뭔가 할 수 있다면… 저 위가 있다면, 물론…."

그러나 조안은 그의 미소를 되돌릴 수 없었다. 금방이라도 눈물이 쏟아질 것만 같아서였다.

"약속할게, 조안… 내가 뭔가 할 수 있다면,,, 네 삶이 너무 무거워지는 날이 오면, 다른 여행의 동반자를 보내주도록 할게."

"아빠!"

그녀는 그가 레옹에 대해 그렇게 말하는 것을 좋아하지 않았다. 완벽하지 않지만, 그는 자기 아이의 아버지였다.

"너를 지켜주고 행복하게 해줄 여행의 동반자 말이다."

그날, 조제프 방의 반쯤 어두운 공간에서 대화는 거기서 멈췄다. 조안이 울기 시작했기 때문이다. 눈물은 작은 물방울이 되어 차가운 손 위로 떨어졌다.

눈 덮인 산속 한가운데 있는 부속 건물의 작은 부엌에서 에밀은 말을 꺼낼 엄두를 내지 못했다. 그는 미간을 찌푸리더니 조안의 손 위로 손을 뻗어 살며시 어루만졌다. 밖에는 눈이 그쳤다. 주황색 빛이 감돌며 천천히 해가 저물고 있었다.

"그래서… 그런 거였어요?"

그녀는 멍한 눈길로 검은 찻잔 속을 들여다보았다. 그녀의 몸이 미세하게 떨렸다.

"그래서 그 광고에 답한 거예요?"

그녀가 한숨 섞인 목소리로 대답했다.

"마지막 여행을 위한 동반자…."

조안이 고개를 들었다.

"그게 나를 말한 거지요, 그렇죠?"

그는 지금까지 한 번도 보여준 적이 없는 미소를 지었다. 그것은 무한한 다정함과 슬픔이 섞인 미소였다.

"예. 당신을 말한 거예요."

아빠,

오늘도 수첩에 새로 편지를 썼어요. 아빠께 드리는 편지예요. 다음 편지는 톰에게 쓸 거예요. 내리는 눈, 은회색으로 빛나는 하늘, 벽난로 속 예쁘게 타오르는 불꽃에 대해 얘기해주고 싶어서요.

아빠, 저는 드디어 에밀에게 아빠께서 하셨던 일을 말씀드렸어요. 에밀은 그동안, 그를 제 곁으로 보낸 사람이 아빠라는 걸 몰랐던 것 같아요. 어쩌면 아직도 완전히 믿는 것 같지는 않지만… 괜찮아요. 저는 알아요. 그건 분명 아빠의 손길이었어요. 어떤 신호들은 결코 헷갈리지 않으니까요.

예를 들면, 에밀은 처음부터 톰을 이해했어요. 저 넓은 세계를 향해

나아가라고, 그림을 계속 그리라고 힌트를 준 것도 그였고, 톰이 위로 올라가게 될 때 곁에서 지켜주겠다고 말한 것도 그였어요.

에밀도 톰이랑 닮았어요, 아빠. 그는 가끔 다른 현실로 미끄러지듯 사라지게 만드는 이상한 병을 앓고 있어요. 다른 시공간으로 떠나 버리는 거죠. 그곳에는 그의 과거에 머물러 있는 사람들이 함께 있어요.

여섯 달 전, 그는 아무 질문도 하지 않고 저를 데리고 떠났어요. 그냥 함께 가주었고, 그러고 나서 제가 한 번도 보지 못했던 것들을 보여주었죠. 하늘을 찢고 저 너머까지 이어질 듯 솟아오른 산들, 영원히 누워 있고 싶을 만큼 푸르고, 굴곡지고, 매끈한 평원들, 영혼까지 씻어낼 것 같은 순수한 호수들… 만년설 위로 저무는 노을은 그 어떤 눈물보다도 더 강렬하게 눈동자를 빛나게 했어요. 그는 세상을 떠나기 전에 세상에 마지막으로 선물하고 싶었던 것들을 저에게 보여준 것 같아요.

저는 그가 저 위에서 톰과 잘 지낼 거라고 믿어요. 그리고 아빠와도요. 그는 호기심이 많아요. 다른 사람들의 세계를 알아가는 걸 좋아하죠. 저에게도 저의 세계를 보여 달라고 했어요. 그곳엔 모든 것이 아름답고 시적이라고 말하면서요. 분명 아빠와 함께 있는 곳에서도 마음에 들어 할 거예요. 저는 그에게 명상하는 법을 알려주었고, 이제는 여러 가지 호박 품종까지 알고 있답니다. 요즘엔 여기저기 명언을 적어두고, 얼마 전엔 '내 사랑은 나만 챙기죠'를 흥얼거리더라고요. (아빠는 늘 니나 시몬을 좋아하셨죠.) 아빠도, 톰도, 분명 그를 좋아하게 될 거예요.

아빠, 이제 편지를 마쳐야 해요. 오늘은 크리스마스 이브예요. 에밀과 저, 둘이서만 축제 같은 식사를 준비할 거예요. 동물들도 함께 있어요(포크와 미스틱에게는 에밀이 또 못 참고 꿀꺽 삼켜버린… 미트볼 몇 알이 돌아갈 거예요. 뭐, 사람마다 사소한 단점 하나쯤은 있는 법

이니까요!).

사랑해요, 아빠

조안

추신 : 톰에게도 안부 전해 주세요. 여기서 매 순간 그를 생각하고 있다고 전해 주세요.

그들은 오늘 크리스마스 이브 오후에 다시 사랑을 나눴다. 조안이 침대에 누워 있는 에밀을 보며, 그가 노트에 적는 모습을 관찰하면서, 그의 얼굴 하나하나와 표정 하나하나를 최대한 정확하게 그리려 했지만, 결국 그림을 내려놓았다. 그녀는 그림을 창턱 위에 올려두고 침대로 다가갔다. 차가운 두 손을 그의 뺨에 부드럽게 얹자, 에밀은 자신의 검은 노트를 내려놓았다. 그가 먼저 키스했다. 그녀는 그렇게 부드러운 키스를 받아본 적이 결코 없었다. 그러고 난 그는 그녀의 옷을 벗기고 그녀 위에 누웠다. 그들은 바깥에서 펄펄 내리던 눈과 벽난로의 불이 잦아드는 가운데 한낮에 사랑을 나누었다. 그들은 그러고 나서 아무 말 없이 이불 속에서 몇 시간 동안 누워 있었다.

작은 별관의 김이 서린 부엌에서 초들이 희미하게 흔들렸고, 잔치 후 남은 음식이 흔들리는 탁자 위에 놓여 있었다. 조안은 버섯 리조또를 다 먹지 못했고, 에밀은 미트볼을 남겼으며, 포크는 그것을 접시 한가운데서 탐욕스럽게 먹고 있었다. 반쯤 비어 있는 레드와인 병이 있었고, 에밀은 잔을 단숨에 비웠다. 조안은 느릿느릿 포일에 싼 간식을 열어 입에 넣고 만족스러운 한숨을 내쉬었다. 그들은 이렇게 정성을 들여 요리한 적이 오래간만이었고, 배가 불렀으며 진짜 잔치를 벌인 느낌이었다. 에밀은 가벼운 신음과 함께 의자에 기댔고, 조안이 작은 나무 서랍에서 500피스 퍼즐을 꺼내는 것을 보았다. 이미 열 번쯤 맞춰봤지만, 그들은 여전히 퍼즐을 맞추며 부드러운 침묵 속에 빠지고 마음을 떠나보내는 즐거움을 만끽했다. 에밀은 그녀가 시작하도록 내버려두었고, 조안은 조각을 분류하기 시작했다. 그녀는 그림의 오른쪽 위 모서리부터 맞추기 시작했다. 숲속 나무에 앉은 벌새 한 마리가 있었다. 에밀이 목을 가다듬었다. 그녀는 의아한 눈빛으로 그를 바라보며 "그다음에 무슨 일이 있었어요?"라고 물었다.

그녀는 그의 질문을 이해하지 못했다. 그녀는 코를 찡그려 그의 말뜻을 모르겠다는 표시를 했다.

"당신 아버지는 그 뒤에 바로 돌아가셨어요?"

그는 조안이 마지막으로 과거의 미로 속을 함께 여행했던 때에 대해 말하고 있었다. 그는 둘이 함께 그곳으로 다시 돌아가고 싶어 했다. 조안은 다시 퍼즐의 작은 조각들 사이를 뒤적이기 시작했다. 그녀가 대답하기까지는 몇 초가 걸렸다.

"아빠는 일주일 후에 주무시다가 아주 편안히 돌아가셨어요."

풍경이 그들 주변에서 다시 모습을 갖추기 시작하며, 별관의 작은 부엌도, 더러운 창문도, 바깥의 눈도 서서히 사라져갔다. 그들은 다시 생쉴리아크의 여름 햇빛 아래, 돌로 지은 작은 집 안에 있었다.

"아버님이 떠났어."

레옹이 멍한 표정으로 그 말을 내뱉었다. 조안은 이미 알고 있었다. 그녀는 잠에서 깨자마자 그의 방으로 곧장 갔고, 굳어 있었지만 평온하게 잠든 듯 누워 있는 그를 발견했다. 희미한 미소가 아직 왁스처럼 굳은 그의 얼굴에 어려 있었다. 그녀는 침대 옆에서 이불을 잡아당기며 기다리고 있던 톰에게 설명해 주었다.

"할아버지는 마지막 긴 여행을 떠났단다. 모든 영혼이 안식을 찾는 곳으로 갔어."

그녀는 꿀과 흙 냄새가 배어 있는 그의 금빛 머리카락에 입을 맞추었다.

그들은 채소밭에서 울었다. 아무도 먼저 나서서 의사를 부르겠다고 결심하지 못했다. 그들은 조제프가 가족에게 먹이기 위해 정성껏 물을 주었던 토마토 포기들 한가운데 앉아 울었다. 조안은 커다란 검은 모자로 얼굴을 가리고 있었고, 톰은 하늘을 올려다보고 있었다. 레옹은 두 손에 얼굴을 묻고 있었다. 그리고 세 사람 중 가장 먼저 일어난 것은 레옹이었다.

"오몽 의사에게 전화할게."

저녁이 되자, 조안은 가장 굵은 펠트펜을 꺼내 거실 벽에 정성스럽게 글씨를 썼다. '죽음에 대해 이야기하고 싶었지만, 삶이 평소처럼 뛰어 들어왔다.'

그녀는 만족스러운 표정으로 그것을 바라보았다. 입가에는 미소가 살짝 맴돌았다. 그녀는 슬픈 문장을 쓰고 싶지 않았다. 나중에 톰이 읽으면서, 죽음이 비극이 아니라 삶의 일부이며 받아들여야 할 것임을 이해할 수 있는 문장을 원했다. 그녀는 사람을 미소 짓게 하고, 삶이 여전히 여기저기(바로 지금 이 거실에도) 존재하고 있음을 떠올리게 해줄 몇 마디를 옮겨 적고 싶었다. 톰이 방을 가로질러 갑자기 정신없이 내달리는 모습에서, 허공을 미친 듯이 두드리는 그의 손짓에서, 경이로움으로 빛나는 그의 동공에서 느껴지는 그 삶처럼.

그들은 작은 절벽 꼭대기에 도달하기 위해 마지막 거리를 힘겹게 달렸다. 태양이 무겁게 내리쬐고 있어서 온몸이 땀으로 흠뻑 젖었다. 톰은 레옹이 만지면 반항하기 때문에 조안이 등에 업었다. 레옹은 은빛 관을 들고 있었다. 세 사람은 작은 성당 앞에서 걸음을 멈췄다. 성모 마리아는 태양 아래 평온하고 흔들림 없이 서 있었다. 뜨거운 햇볕에 그을린 덩굴이 오래된 석조 받침돌을 감싸고 있었다. 그 아래로는 눈부신 푸른 바다와 아름다운 생쉴리아크 만이 펼쳐져 있었다.

레옹은 조안이 은색 유골함을 집어 들도록 자리를 내주기 위해 뒤로 물러섰다. 그는 조안이 느린 걸음으로 절벽 끝으로 다가가는 모습을 지켜보았다. 바다 위로 날아가고 싶다는 것이 조제프의 마지막 소원이었다. 레옹은 움직이지 않고 하늘만 바라보는 톰과 함께 뒤쪽에 머물렀다. 조안은 몇 초 동안 허공 위에서 꼼짝하지 않고 서 있었다. 마치 아버지에게 몇 마디 말을 건네는 듯했다. 그리고 유골함의 뚜껑을 돌려 열고, 여유 있는 동작으로 재를 뿌렸다. 회색 먼지구름이 마치 수많은 나비 떼처럼 생쉴리아크의 눈부신 하늘로 날아올랐다.

톰이 박수를 쳤다. 그것은 그가 처음으로 친 박수였다. 레옹이 그를 돌아보았을 때 톰은 더 이상 하늘을 바라보지 않고 있었다. 톰은 이제 자신의 세계에서 두 번째 경이를 발견한 것이었다. 바로 바다였다. 그리고 그의 눈은 말로 다 할 수 없는 황홀함과, 모든 경계를 넘어선 도취로 가득 차 있었다.

조안은 찾고 있던 그림을 다시 발견했다. 여덟 살 때, 어린이 동화책 속에서 본 그림이었다. 아빠가 그걸 읽어주었던 기억이 났다. 검은 나무, 튼튼한 줄기, 하늘을 향해 예쁜 쉼표처럼 뻗은 가지들. 뿌리는 땅속 깊이 굵게 파고들었다. 동화에서는 이 나무를 '생명의 나무'라고 부른다. 가지가 하늘로 뻗고, 뿌리가 땅속 깊이 내려가 두 세계(하늘과 땅)를 연결한다고 했다. 동화에는 나무가 겨울에는 잎을 잃지만, 봄이 되면 다시 잎을 돋우며 '삶의 확장과 죽음에 대한 끊임없는 승리'를 상징한다고 적혀 있었다.

조안은 그때 모든 내용을 완전히 이해하지는 못했다. 조제프가 덧붙였다.

"삶과 죽음의 순환을 상징하는 거야."

조안은 코를 찡그렸다.

"불멸의 상징이야, 조안. 이 그림은 삶이 항상 죽음을 이긴다는 것을 보여준단다."

조안은 책을 베이지색 캔버스 가방에 집어넣었다. 레옹과 톰이 텃밭에서 기다리고 있었다. 세 사람은 함께 마을에 갈 생각이었다. 그녀는 이 불멸의 상징을 자신의 몸에 새기고 싶었다. 그날 밤, 그녀는 결심했다. 이것은 조제프의 상징이다. 그녀를 세우고, 성장하도록 도와준 사람의 상징이다. 그녀는 이를 자신의 등에 척추를 따라 새길 생각이었다. 더 좋은 상징은 찾을 수 없었다.

작은 주방의 답답한 공기 속에 다시 고요가 내려앉았다. 포크는 테이블 위의 두 접시 사이에 몸을 쭉 뻗고 누워 있었다. 조안은 퍼즐의 오른쪽 상단 구역을 완성했고, 에밀은 여전히 의자 등받이에 기댄 채 그녀를 뚫어지게 쳐다보고 있었다. 그는 검은색 큰 스웨터 너머로 생명의 나무를 어렴풋이 알아볼 수 있었다. 조금 전, 방에서 둘이 함께 시간을 보낼 때도, 그는 손가락으로 나무 위를 쓰다듬으며 이 나무가 무엇을 의미하는지 궁금해했었다. 이제 그는 알고 있었다.

그는 힘겹게 몸을 일으켜 테이블로 다가가서 퍼즐 조각 몇 개를 집어 들고 분류하기 시작했다. 왼쪽 하단 구역부터 시작할 것이다. 그들은 항상 이렇게 시작한다. 몇 분간 두 사람 모두 조용히 있었다. 그러다 에밀이 물었다.

"그다음에는?"

조안은 잠시 손을 멈추고, 초콜릿 포장지를 집었다. 금빛 종이가 손가락 사이에서 바스락거리자, 그녀는 평온한 손길로 초콜릿을 입에 넣었다.

"그러고 나서 톰은 진짜 소년이 되었어요."

그래서 그녀는 생쉴리아크에 찾아온 가을, 학교 운동장에서 잎을 떨어뜨리는 나무들, 그리고 포석 위를 마치 붉은 카펫처럼 뒤덮는 낙엽에 대해 이야기했다. 그녀는 채소밭에서의 사건과 조제프의 죽음 이후 앙드레 가족이 지키고 있는 침묵에 대해서도 전했다. 그들은 거의 여섯 달 동안 아무 소식도 전하지 않았다. 이 불편한 상황을 초래했다는 데 대해 죄책감을 느낀 것일까? 조안은 결코 알 수 없었다. 레옹도 그들과 연락하지 않았다. 그것은 행복한 휴지기였다.

조안은 보모 일을 그만두고 톰을 전적으로 돌보기 시작했다. 조제프가 없는 지금, 그녀는 일을 하러 가는 동안 톰을 다른 사람에게 맡기기를 거부했다. 행복한 시간이었다. 그녀는 톰에게 손을 사용한 캔버스 그림을 가르쳤다. 두 사람은 손바닥에 신선한 물감을 묻히고 몇 시간 동안 빈 캔버스를 채웠다. 조안은 손자국을 섬세하게 찍었지만, 톰은 소용돌이와 넓은 흔적을 남겼다. 그는 파란색 물감만 사용했다.

톰이 낮잠을 잘 때, 조안은 그의 옆에 누워 평화롭게 잠든 얼굴을 바라보았다. 섬세한 눈썹, 하트 모양의 입, 부드럽고 통통한 입술, 약간 붉은 볼. 그녀는 꿀과 흙 향이 섞인 그의 금발에 코를 묻었다. 때로는 그와 함께 잠들기도 했다.

조안은 톰을 위해 버터 쿠키와 계피 과일 퓨레, 배 파이를 만들었다. 그들은 베란다에서 간식을 먹었다. 그곳은 톰의 방이자 겨울 정원 역할을 동시에 했다. 흔들의자가 놓여 있었다. 두 사람은 주황색과 붉은색, 노란색으로 물든 자연과 텃밭을 바라보며 간식을 먹었다. 조안은 허브차를 마시고, 톰은 뜨거운 초콜릿을 마셨다. 조안은 이야기를 읽어주고 동요를 불렀다. 톰은 집중하며 듣고 있었다. 여전히 말은 하지 않았지만, 서로에게 전혀 불편하지 않았다.

저녁이 되면 레옹은 그들의 캔버스 작품을 보며 감탄했다. 그들은 거실에서 식사를 했고, 벽난로에서는 불이 계속 타올랐다. 조제프가 없으니 허전했지만, 세 사람은 자신들의 자리를 찾아가고 있었다.

새로운 학교 관리인은 운동장에서 살고 싶어 하지 않았다. 그는 생 쉴리아크 외곽에 큰 집이 있어서 아내와 네 아이와 함께 살았다. 그래서 교장은 조안과 레옹이 돌로 지은 작은 집을 저렴한 임대료를 내고 빌려 쓰도록 허락했다.

조제프가 떠난 뒤에도 그들은 행복한 시간을 보냈다. 톰은 건강하게 자라났다. 레옹은 톰과 자유롭게 소통할 수 없고 안아줄 수도 없는 슬픔을 최대한 감추었지만, 점차 적응하는 듯 보였다. 어쨌든 그는 마음을 다잡았다. 조안은 행복했다.

톰은 점점 말썽꾸러기가 되어갔다. 조안이 늘 집에 있어 그를 돌볼 수 있다는 것은 큰 행운이었다. 톰은 위험에 대한 인식이 없는 듯 보였다. 그는 이리저리 정신없이 달리다가 종종 머리를 땅에 부딪히며 달리기를 마치곤 했다. 조안은 봉합과 실 자르기, 무릎 긁힘과 튀어나온 이마의 멍을 다루는 전문가가 되었다. 톰은 소파에서 테이블로, 테이블에서 의자로, 의자에서 다시 소파로 뛰어올랐다. 조안이 경고해도 아랑곳하지 않았다. 어느 날, 그는 턱을 다치며 테이블에 거의 부딪힐 뻔했다. 그는 거리나 높이를 잘 계산하지 못하는 듯 했다. 아무것도 두려워하지 않았다. 벽난로의 불도 마찬가지였다. 어느 날 밤, 조안은 톰이 불 앞 유리에 손을 대고 서 있는 것을 발견했다. 물집이 터지고 살이 드러났지만, 톰은 소리를 지르지 않았다. 눈가에 눈물이 한 방울 맺혔을 뿐이었다.

"잠깐 고개를 돌렸는데 그런 일이 일어났어요."

조안은 얼굴을 붉히며 아몽 의사에게 고백했다.

앙드레 가족은 2월, 생쉴리아크에 휘몰아치는 매서운 바람 속에서 다시 모습을 나타냈다. 그들은 두꺼운 목도리와 털모자로 몸을 감싸고, 한 손에는 꽃다발을, 다른 손에는 버터 빵을 들고 작은 돌집의 현관 앞에 섰다. 말을 꺼낸 것은 앙드레 씨였다.

"좋아할 것 같아서 간식을 준비했다."

조안은 아무 말도 하지 않았다. 레옹은 기쁜 듯 했다. 앙드레 가족은 손주를 다시 보게 되어 진심으로 즐거워하는 것 같았다. 톰이 그들을 안으려 하지 않아도, 톰이 발을 구르며 난로 뒤로 달아나도, 아무 말 하지 않았다. 톰이 여전히 말이 없고, 방 안의 어른들에게 관심을 두기보다 창문 너머 하늘을 바라보는 것을 봐도 별다른 반응을 보이지 않았다.

몇 달 동안, 톰은 행복한 시간을 보냈다. 더 이상 지적도, 논평도, 판단도 없었다. 앙드레 가족은 그저 톰이 걷고, 뛰고, 하늘을 바라보며 멈춰 서 있는 모습을 바라보았다. 그러나 그들은 얼마 지나지 않아 자연스러운 일상으로 돌아왔다. 앙드레 부인의 새로운 비판 대상은 톰의 머리카락이 되었다.

"머리를 잘라야겠구나, 애야. 너, 여자아이처럼 보여."

조안은 이 말이 반복될 때마다 태연한 척 참았다. 톰은 어깨까지 내려오는 아름다운 금발 곱슬머리를 가지고 있었다. 그녀는 그를 미용실에 데려가고 싶지 않았다. 그렇게 하면 톰은 패닉에 빠질 것이다. 그를 만질 수 있는 사람은 오직 그녀뿐이었다. 게다가 그녀는 그의 긴 머리카락이 마음에 들었다. 톰은 여자아이처럼 보이는 것이 아니라 장난꾸러기이면서 매력적인 소년처럼 보였다.

한 번은 그녀가 가위로 머리를 다듬으려 접근한 적이 있었지만, 톰은 분명하게 거부했다. 그는 의자를 넘어뜨리고 방으로 달아났다. 그는 누구 다른 사람이 자신의 아름다운 머리카락을 만지는 걸 원하지 않았다.

"아시겠지만, 어떤 문화권에서는… 예를 들어 몽골에서는 아이들의 머리를 자르기 전에 몇 년을 기다린다고 해요."

조안이 어느 날 고집을 피우는 앙드레 부인에게 말했다. 그 말에 비웃음 섞인 킥킥거림이 돌아왔다.

"만일 우리 손주가 몽골에서 태어났다면 아마 모르는 사람이 없을 정도로 유명해졌을 거야!"

그날, 조안은 부엌에서 앙드레 가족과 레옹이 문간에서 나누는 대화를 엿듣게 되었다. 그들은 불안한 목소리로 속삭이고 있었다.

앙드레 부인의 목소리가 들려왔다.

"…아직도 상담을… 받게 하지 않았다고…?"

레옹이 뭐라고 대답했는지는 들리지 않았다. 앙드레 씨의 낮은 목소리가 이어졌다.

"…자폐가 분명해… 청력은 좋은데 말이 없고… 매우 산만하고… 저번에 건강 관련 잡지에서 읽은 적이 있어."

다시 침묵이 내려앉았다. 레옹이 중얼거리듯 말했다.

"설사 톰이 자폐아라는 사실이 확인된다 해도… 그게 우리에게 무슨 도움이 될까요?"

앙드레 부인의 경멸 어린 목소리가 병적인 즐거움으로 터져 나왔다.

"아무 것도.. 맞아. 그건 전에 생각했어야 할 일이었지…."

"뭐라고요?"

"넌 네 아이 엄마로 멍청이랑 창녀의 딸을 데려왔으면서, 도대체 뭘 기대했던 거야?"

벼락같은 통증이 조안을 부엌 싱크대 앞 바닥에 못 박아버렸다. 하지만 가장 날카롭게 베어내는 듯한 고통은 그 뒤에 찾아왔다. 레옹의 그 숨 막히는 침묵 속에서… 마치 차가운 파도처럼 작은 돌집 전체를 잠식해 들어오는 그 길고 긴 침묵 속에서…

에밀은 자신이 생각보다 훨씬 더 깊이 동요하고 있음을 깨달았다. 뜻밖에도 젖어버린 눈동자를 조안에게 들키지 않으려, 그는 퍼즐 위로 고개를 푹 숙였다. 조안은 맞추던 퍼즐의 오른쪽 윗부분을 내버려 둔 채였다. 그녀는 의자에 등을 꼿꼿이 세우고 앉아, 두 손을 식탁 위에 가지런히 올린 채 먼 곳을 멍하니 응시했다. 마치 영혼은 아직 이곳으로 돌아오지 못한 듯한 모습이었다. 에밀은 잠시 망설였다. 손을 얹었다가 혹여 그녀를 그 상념에서 너무 갑작스럽게 깨워버리는 건 아닐까 두려웠다. 그럼에도 그는 손을 뻗었고, 그녀는 놀라지 않았다. 그녀는 다시 천천히 이야기를 이어갔다. 이야기를 계속해 나가기 위해 그녀에게는 그 짧은 멈춤이 필요했던 것이다.

이 사건을 계기로 조안에게는 변화가 생겼다. 그녀는 레옹을 미워하기 시작했다. 그것은 단지 호수나 톰의 익사 때문만이 아니라 그의 비겁함 때문이었다. 그녀를 구역질나게 했던 수년 동안의 비겁함 때문이었다.

생쉴리악에도 봄이 천천히 찾아왔고, 모든 것이 변하기 시작했다. 돌로 지은 작은 집은 보이지 않는 장막에 가로막혀 마치 둘로 쪼개진 듯했다. 한쪽에는 조안과 톰이, 다른 한쪽에는 레옹이 있었다. 무언가가 깨져버렸다. 조안은 더 이상 레옹을 보지도, 그의 말을 듣지도 않았다. 설령 들린다 해도 그것은 장막 너머의 일이었고, 마치 두 사람이 같은 공간에 머물면서도 이제는 완전히 분리된 두 우주에 속해 있는 것 같았다. 그녀는 여전히 그의 곁에서 잠을 청했다. 예의를 갖춰 대화에 참여하려 애썼고, 때때로 부부로서의 의무도 다했지만, 그 일은 갈수록 버거워졌다. 그녀는 겉으로는 아무런 내색도 하지 않았다. 하지만 이제 그녀의 우주에는 오직 톰뿐이었다. 톰 외에는 아무것도 없었다. 그녀는 톰을 위해 살았다. 밤이면 아이를 위해 밤을 지새웠고, 낮에는 아이를 바닷가로 데려가려 소풍 채비를 했다. 두 사람은 나란히 바다를 바라보았다. 그녀는 아들의 눈동자 속에 깃든 행복을 양분 삼아 하루를 버텼다. 그녀는 아이의 고운 금발 위로 햇살이 내려앉아 금빛 실타래를 자아내는 모습을 몇 시간이고 넋을 잃고 바라보곤 했다.

여름에 그들은 함께 물놀이를 했다. 그녀는 그의 배에 큰 튜브를 둘러주고 한시도 놓지 않았다. 해변에서 몸을 말리는 동안, 그들은 오직 둘만 이해할 수 있는 언어를 만들어냈다. 눈과 손으로 나누는 언어였다. 그들은 서로를 완전히 이해했다. 조안은 그의 밤색 눈동자에서 읽는 법을 배우고, 손의 격렬한 움직임을 해석하는 법을 익혔다.

그들은 절벽 위를 산책했지만, 결국에는 멈추어 서서 시선을 하늘에 고정했다. 그들은 별빛 아래에서 잠을 청하며, 하늘을 만끽하기 위해 침낭에 몸을 감았다.

9월, 학교 교장은 톰의 어려움을 알게 된 후, 조안에게 그를 또래 아이들과 함께 어울리게 해보자고 제안했다.

"쉬는 시간 동안만요."

조안은 동의했지만, 톰을 지켜보기 위해 가까이 머물렀다. 톰은 여전히 말이 없고 혼자였다. 접근을 시도하는 다른 아이들은 모두 실망하고 돌아갔다.

그럼에도 톰이 다가간 유일한 그룹이 있었다. 바로 운동장 지붕 아래서 그림을 그리는 아이들이었다. 그렇게 해서 '톰 블루'의 전설이 시작되었다. 하늘과 바다를 바라보며, 광활함을 그림으로 표현하는 말 없는 어린 소년의 전설.

그녀는 이야기를 이어가다 아주 잠깐 말을 멈췄다. 감동 어린 미소를 살짝 지어 보일 정도의 짧은 시간이었다. 그러고는 다시 생쉴리악 얘기로 돌아갔다.

어느 차가운 겨울날, 조안은 독감에 걸려 3일째 침대에 누워 있었다. 고열에 시달리며 몸져눕자, 레옹은 톰을 돌보느라 애를 먹었다. 둘은 아직 서로를 제대로 이해하지 못했다. 레옹은 톰의 손과 눈으로 나누는 언어를 이해하지 못했고, 억지로 톰에게 손을 대려 했다. 그는 모든 걸 잘못했다. 하지만 조안에게 선택권은 없었다. 그녀는 지쳐 침대 깊숙이 몸을 묻고 있었다.

그녀는 부엌에서 들려오는 소란과 소음에 열에 들뜬 무거운 잠에서 천천히 깨어났다. 그녀는 한동안 그것이 환상이 아님을 알아차리지 못했다. 그녀가 그게 누구의 목소리인지 알아보려 애쓰며 힘겹게 몸을 일으키던 순간, 갑자기 비명이 울려 퍼졌다.

"애 머리 잡아, 자기야!"

조안은 벌떡 일어섰다. 앙드레 부인의 목소리였다.

우리 톰에게 무슨 짓을 하는 거지? 그녀는 최악을 직감했고, 그녀의 직감은 맞았다.

거실, 바로 자신의 거실 안에서 세 명의 어른이 톰을 둘러싸고 있었다. 어깨를 감싸며 톰을 붙잡고 있는 앙드레 씨, 몸을 흔들며 도망치려 하는 톰의 머리를 붙들고 있는 레옹, 그리고 손에 가위를 쥔 앙드레 부인.

조안은 기절하지 않기 위해 벽을 붙잡았다. 열과 피로가 너무 심했다.

"무슨 짓을 하는 거예요?"

그녀는 큰 소리로 꾸짖고 싶었지만, 목소리는 힘없이 잦아들었고 지쳐 있었다. 앙드레 부부가 그녀 쪽을 돌아보았지만, 정작 대답을 한 것은 확신 없는 말투의 레옹이었다.

"우… 우리… 톰… 머리카락을 잘라주려고 했어."

그는 자신이 잘못을 하고 있다는 걸 느꼈다. 하지만 아마 부모님을 막지 못했을 것이다. 조안은 오직 공포에 눈이 휘둥그레진 톰만 바라보았다. 그녀는 성큼성큼 방을 가로질러 갔다. 그녀는 더 이상 자신을 제어할 수 없었다.

"놔요!"

앙드레 부인의 가위가 '딱' 하고 닫혔다. 만약 톰이 울 수 있었다면, 자신을 방어하기 위해 소리쳤을 것이다. 그러나 그의 울음은 말이 없었다. 아무도 들을 수 없었다. 조안만이 들었고, 그것은 귀청이 터질 듯 끔찍한 소리로 들렸다.

그녀가 더 큰 소리로 외쳤다.

"놔요!"

딱. 또 한 번의 가위질. 조안은 그들 앞에 섰다. 손을 톰에게 내밀고, 더 크게 같은 말을 되풀이했다.

"그만해요!"

앙드레 부인의 목소리가 쏘듯 날카롭게 울렸다.

"애가 꼭 야만인 같잖아! 머리 한 번 자른다고 무슨 일 나는 거 아니니까 걱정하지 마!"

그녀는 또 다른 머리카락을 자르려 가위를 들어 올렸다. 톰의 눈에 눈물이 흘렀다. 공포에 질린 그의 손이 바지를 움켜쥐며 옷을 찢었다. 조안은 앙드레 씨와 앙드레 부인, 레옹을 밀어내려 애썼다.

"지금 당장 그만하세요!"

조안의 뺨에도 눈물이 흘렀다. 하지만 앙드레 씨는 그녀를 부드럽게 밀어냈다.

"이성적으로 생각해, 조안. 다시 침대로 돌아가. 너, 얼굴이 하얗잖아. 우리에게 톰을 맡겨. 그냥 머리 조금 자르는 것뿐이야."

조제프가 그 자리에 있었다면, 그들은 결코 이런 짓을 하지 못했을 것이다. 조제프가 있었다면, 그는 빗자루로 그들을 쫓아냈을 것이다. 그의 우렁찬 목소리로 꾸짖었을 것이다. 하지만 조안은 혼자였다. 서 있을 힘조차 없었다. 딱. 또 한 움큼의 머리카락이 잘려나갔다.

날카로운 비명이 울렸다. 방 안의 시간이 일순 멈춘 듯했다. 톰이 처음으로 지른 비명이었다. 공포의 비명. 세 명의 가해자는 말문이 막혔다. 조안은 분노가 치밀어 오르는 것을 느꼈다. 그녀가 이제껏 느껴본 적 없는 분노였다. 그들은 그녀를 끝까지 몰아붙였다. 그녀는 알고 있었다. 톰에게서 소리를 끌어낼 수 있는 것은 오직 절망뿐이었다. 조안은 앙드레 부인이 놀라서 딸꾹질하듯 내는 소리("오, 톰이 말을 하네!")를 들을 수 있었다. 그녀는 달려가 앙드레 부인에게서 가위를 낚아채고, 온 힘을 다해 소리쳤다.

"나가요!"

그녀는 팔을 뻗어 가위를 위협적으로 들었다. 몸이 떨렸다. 얼굴은 창백했다. 그녀는 그들을 죽일 수도, 찌를 수도 있었다. 한 사람씩, 전부다.

앙드레 씨가 외쳤다.

"조안!"

톰은 그녀 뒤로 달려가 몸을 숨겼다. 앙드레 부부 중 누구도 움직이지 못했다. 모두 불안하고 두려운 눈으로 그녀를 바라보고 있었다.

"당장 내 집에서 나가요! 전 당신들이 이 아이에게 다가오는 걸 보고 싶지 않아요! 절대 안 돼요!"

레옹이 입을 열려 했지만, 조안은 위협적인 표정으로 가위를 들며 말했다.

"너도 나가. 내 집에서 다시는 널 보고 싶지 않아."

앙드레 씨가 개입했다.

"조안, 너 지금 열이 있잖아. 넌 지금 네가 무슨 짓을 하는지를 모르고 있어."

그녀의 목소리는 채찍처럼 날카로웠다.

"나가요!"

이번에는 레옹이 다시 시도했다.

"조안, 그냥 머리만 자르는 거잖아…."

그녀는 더 차분한 목소리로 같은 말을 되풀이했다.

"나가!"

잠시 동안, 아무도 움직이지 않았고, 아무도 말을 하지 않았다. 시간이 고통스럽게 늘어지는 듯했다. 그러다 레옹이 목을 가다듬고 떨리는 목소리로 속삭였다.

"우리는… 우리는 조안 말을 들어야 해요."

그녀는 그들이 집을 떠나는 모습을 보지 않았다. 그녀는 톰에게 다가가 무릎을 꿇고, 아이를 품에 안아 질식할 듯 꼭 껴안았다.

"미안해, 우리 톰. 미안해. 너는 이렇게 잔인한 세상에 태어나지 말았어야 했어."

레옹은 5월이 되어서야 다시 집으로 돌아왔다. 얼굴은 수척했고, 관자놀이 주변은 휑하게 비어 있었다. 그는 신경 쇠약을 겪었고, 조안이 그를 용서할 때까지 부모님 댁으로 돌아가 살았다.

작은 돌집으로 돌아왔을 때, 그는 집에 조안과 톰만 있는 게 아니라는 사실을 발견했다. 흰 새끼 고양이 한 마리가 매일 밤 톰의 침대에서 자고, 낮에는 조안의 발치에서 지내고 있었다.

레옹이 농담을 시도하며 조안에게 물었다.

"이 고양이가 나를 대신하는 거야?"

그녀는 아무 대답도 하지 않았다. 그는 돌아오는 것을 허락받았지만, 그녀가 그를 용서했다고 말한 적은 없었다. 그러려면 시간이 필요했다. 그러나 그들은 그 시간을 가지지 못했다. 두 달 뒤, 그녀는 학교 문을 닫는 동안 톰을 레옹에게 맡겼다. 그녀는 그들이 자전거를 타고 떠나는 모습을 지켜보았다. 바구니에는 샌드위치가 수북했다. 그녀는 그들에게 말했다.

"곧 갈게! 먼저 담요를 깔아놔!"

레옹은 손을 흔들어 인사했고, 톰은 온 힘을 다해 페달을 밟았다. 그것이 그녀가 살아 있는 톰을 마지막으로 본 순간이었다.

작은 부엌에 다시 침묵이 찾아왔다. 두 사람은 조용히 울고 있었다. 눈물은 작은 퍼즐 조각 위로 떨어졌다. 조안도 울고, 에밀도 울었다. 그가 운 것은 그녀의 모든 고통을, 그녀의 끝없는 슬픔을 느꼈기 때문이다. 그녀는 그 고통을 그에게 전하며 더 이상 혼자서만 아파하지 않도록 그걸 나누었다. 그리고 그는 그 선물을 아무 거리낌 없이 받아들였다. 그래서 그는 새벽까지 그녀와 함께 울었다. 작은 부엌 안에서, 흔들리며 하나씩 꺼져가는 작은 촛불들처럼, 마치 하늘의 별들처럼.

"고통받는다는 것은 어떤 것에 최고도의 주의를 기울이는 것이다…."

폴 발레리, <테스트 씨>

26

"에밀!"

문이 열리자 한 여성이 나타났다. 그녀는 챙이 넓은 크고 검은 모자를 쓰고, 너무 커 보이는 검은색 옷을 입고 있었다.

그녀가 안도하는 듯 말했다.

"아, 거기 있었군요."

에밀은 그녀가 불안해하는 것을 이해하지 못했다.

"예."

"어서 와서 식사해요. 난 공사장 작업 끝냈어요."

그는 창가 턱에 굽히고 앉아 있느라 뻣뻣해진 다리를 쭉 펴며 고개를 끄덕였다.

"금방 갈게요."

그는 그녀가 어두운 좁은 복도로 사라지는 모습을 보고 땅으로 뛰어내렸다. 눈이 녹기 전, 그는 그녀와 두 명의 캐나다 여성들과 함께 작업을 했었다. 하지만 여성들의 이름은 기억나지 않았다. 그 후로, 그녀는 그가 현장에 오는 것을 허락하지 않았다.

그는 화가 나서 물었다.

"왜 그랬어요?"

"실신할까 봐요."

그는 자신이 실신한 적이 있는지 기억나지 않았다. 그러나 이폴리트와 캐나다 여성들은 조안의 말을 확인해 주었다. 그는 두 번 기절했었다.

조안이 덧붙였다.

"저혈압 때문이니 휴식을 취해야 해요."

그는 조금 심심해 했다. 그래서 며칠 전, 조안이 물었다.

"일기 안 써요?"

"어떤 일기요?"

"우리, 각자 여행 일기를 쓰잖아요…."

"아, 그런가요?"

그는 정말로 그녀가 무슨 말을 하는지 이해하지 못했다. 그녀가 고개를 끄덕였다.

"네."

"그걸 뭐하러 써요?"

그녀는 잠시 머뭇거리다 대답했다.

"여기서 겪는 일들을 가까운 사람들에게 전하려고요."

"음…."

그는 회의적이었다. 살아오면서 일기를 써본 적이 없기 때문이었다.

"나중에 그들에게 얘기해줄 겁니다…."

그녀는 이에 대해 뾰족한 답을 하지 못했다. 대신 자신의 일기장을 꺼내 글을 쓰기 시작했다. 아마 그가 보고 따라 하기를 바랐던 것일지도 모른다. 그래서 오늘 아침, 그는 침대 옆 테이블 위에 놓인 검은색 일기장을 집어 들었다. 그녀가 자신을 위해 애쓰는 모습을 보고 그녀를 조금이라도 기쁘게 해주기 위해서였다. 놀랍게도 이미 그의 일기장은 페이지마다 빼곡히 글이 적혀 있었다. 그는 그녀가 때때로 말하는 것(자신이 기억이 가끔 사라진다고 주장할 때, 또는 여기 온 이유가 휴식과 산속의 맑은 공기, 뇌의 산소 공급 때문이라고 설명할 때)이 사실임을 이해했다. 그는 자신이 쓴 다른 페이지들은 읽지 않았다.

기억의 공백을 확인하는 것만으로도 마음이 너무 흔들렸기 때문이다.

그는 방을 가로질러 가다가 문턱에 멈춰 섰다. 방바닥에 늘어놓은 그녀의 작품들 사이에 새로운 그림 하나가 추가된 것을 발견했기 때문이다. 그녀는 그림을 많이 그렸다. 책을 읽거나 노트에 글을 쓰지 않을 때면 그림을 그렸다. 이 마지막 그림은 그를 혼란스럽게 했고, 그는 자신이 직감한 것이 맞는지 확신할 수 없어 몇 초 동안 그대로 서 있었다. 복도에서 다시 목소리가 그를 불렀다.

"에밀?"

"예, 가요!"

그는 그림에 다가가 세부를 살펴보다가 즉시 그곳이 부속 건물 안에 있는 그들의 방이라는 것을 알았다. 그는 청록색 침대보와 아연철로 된 침대틀, 크림색 페인트가 벗겨진 벽, 방을 겨우 비추는 희미한 조명을 보았다. 침대 위에 누군가 아주 편안한 자세로 누워 있었다. 한쪽 무릎은 세우고, 한 팔은 목 뒤를 괸 채, 다른 한 손에는 펜을 들고 있는 모습이었다. 그의 옆 매트리스에는 자신의 것과 똑같은 작고 검은 노트가 놓여 있었다. 젊은 남자는 키가 꽤 크고, 머리는 갈색이며, 얼굴에는 며칠 자란 수염이 보였다. 무엇보다 눈에 띄는 점은 그가 평온해 보였다는 것이다.

에밀은 그림 앞에서 그대로 얼어붙은 듯 멈춰 섰다. 그는 마치… 혹시… 하는 생각이 들었다. 그림 속 젊은 남자의 검은 아몬드 모양 눈이 어쩐지 아주 낯익어 보였다. 그림에서 시선을 떼기 어려웠다. 부엌에서는 캐나다 여성들의 웃음소리가 들렸다. 녹슨 가스레인지 위에 냄비가 놓이는 소리도 들렸다. 그는 천천히 움직이려 애썼다. 방을 나서기 전, 마지막으로 그림을 한 번 더 바라보았다. 이제 거의 확신이 섰다…

이 그림에 그려진 사람은 바로 그였다… 언제? 왜? 대체 어디서였지? 가슴 한구석에서 스멀스멀 피어오르는 이 찝찝한 기분이 뭔지 도무지 감이 잡히지 않았다. 뭔가 하나가 빠진 듯한 느낌, 퍼즐 조각이 군데군데 뭉텅이로 사라져 버린 것만 같았다.

부엌 안, 녹슨 가스레인지 앞에 선 조안은 때 묻은 작은 창밖을 멍하니 내다보았다. 창 너머로는 산으로 둘러싸인 이폴리트의 영지가 펼쳐져 있었다. 봄이 찾아오기로 마음먹은 듯 하늘을 가렸던 구름이 걷힌 요 며칠 사이, 골짜기들은 아주 선명하게 보였다. 하지만 조안은 풍경을 보고 있는 것이 아니었다. 생각은 다른 곳에 머물러 있었다. 지난밤, 아주 늦게 드디어 완성한 그림을 떠올렸기 때문이다. 부속 건물이 조용히 잠든 동안, 그녀는 작은 부엌에 앉아 녹차 한 잔을 앞에 두고, 3개월 전부터 시작했던 그림을 마무리했다. 작은 창문턱 위에는 아직 크리스마스를 기다리며 만든 작은 소나무 가지들이 남아 있었고, 그녀의 시선은 자연스레 그 위에 머물렀다. 그 시절이 이제는 매우 멀게 느껴진다는 걸, 살짝 슬픈 마음으로 깨달았다. 오렌지 향, 구겨진 포장지, 500조각 퍼즐. 바로 그때, 그녀는 침대에 누워 글을 쓰고 있는 에밀을 그리기 시작했다. 그날 오후, 그들은 사랑을 나누었다. 그림은 창턱 위에 반쯤 남겨진 채였고, 그녀는 끝내 마무리하지 못했다. 크리스마스 이브가 지나고, 모든 것이 뒤틀렸으며, 그는 더 이상 예전의 자신이 되지 못했다.

조안은 창문과 계곡에서 시선을 돌려 작은 부엌에 들어온 에밀을 바라보았다. 그는 혼란스러운 표정이었다. 그는 그곳에 갇히고 나서 자신의 현실을 주변의 사물과 맞추려 애쓰면서 자주 혼란을 겪는 걸로 보였다. 그녀는 그가 나무 테이블에 앉아 캐나다 여성들 중 한 명인 레베카에게 물어보는 것을 지켜보았다.

"오늘 무슨 요일인가요?"

그녀의 시선은 다시 작은 완두콩 냄비 속으로 옮겨갔다. 크리스마스가 지나자 잠깐씩 끊기던 필름은 아예 본격적인 여행으로 변해버렸다. 에밀은 과거의 인물들이 다시 나타나는 그곳, 자신만의 또 다른 현실과 시공간 속으로 떠났다. 한 번 가면 며칠씩, 때로는 몇 주 동안이나 그곳에 머물렀다. 아주 가끔 현실로 돌아올 때면 그는 몹시 혼란스러워하고 불안해했다. 조안은 마음이 아팠지만, 결국 그가 차라리 다시는 돌아오지 않기를 바라게 되었다. 다른 세상에 갇혀버린, 예전의 그 다정했던 에밀이 너무나도 그리웠지만 말이다..

그가 처음 돌아왔을 때, 그는 그녀를 보고 평온하고 안심한 듯 보였다. 한밤중, 1월 중순이었다. 그는 그녀의 이름을 속삭였고, 그녀는 안도감에 기절할 뻔했다. 몇 주 동안 그는 그녀를 알아보지 못하고 바라보기만 했기 때문이다.

"조안…."

그녀는 침대에서 몸을 돌려 그를 마주 보았다. 창문 너머로 초승달이 그녀의 어깨와 목, 미소 짓는 얼굴을 비추고 있었다. 그는 행복해 보였다.

그가 속삭였다.

"우리는 아직 이폴리트 집에 있는 건가요?"

그리고 조안은 고개를 끄덕였다. 이미 몇 주 전에 크리스마스가 지나갔고, 그가 그날 이후로 사라졌다는 사실은 말하지 않은 채였다. 그는 그녀를 품에 안았고, 그녀는 그의 따뜻함에 몸을 맡겼다. 두 사람은 서로의 품 안에서 가만히 멈춰 있었다. 조안은 다시 잠들 것만 같았다. 내일 아침에도 그가 곁에 있기를 속으로 간절히 바라던 바로 그때, 그의 목소리가 다시 울려 퍼졌다.

"모든 지침은 한 장의 종이에 적혀 있어요. 검은색 노트에요. 노트 덮개의 고무줄 속에 넣어 두었어요."

"뭐라고요?"

그녀는 잠에서 완전히 깨어나 그의 말을 이해하려 애썼다.

"노트를 부모님께 돌려보내는 방법에 대한 지침이예요."

그녀는 어쩌면 에밀 스스로도 자신이 이미 오래전에 현실에서 사라졌으며, 다시는 돌아오지 못할지도 모른다는 사실을 결국 느낀 게 아닐까 생각했다. 그래서 그토록 간절하게 자신에게 지침을 남겼던 게 아닐까 하고 말이다. 조안은 그저 고개를 끄덕였다.

"알겠어요. 그 종이는 제가 간직할게요."

"그게 좋겠군요."

그는 안심한 듯 입을 다물었다. 그러고는 잠시 조안의 손을 만지작거렸다. 그는 조안의 손가락이 참 작다고 생각하며, 그녀의 약지에 끼워진 결혼반지를 이리저리 돌려 보았다. 어스름한 방 안에서 그는 미소를 띤 채 반지를 만지며 놀다가 이내 평온한 얼굴로 잠이 들었다.

그 후 다시 돌아올 때마다, 그는 더 이상 맑지도, 그렇게 평온하지도 않았다. 그는 항상 혼란스럽고, 불안하고, 신경이 곤두서 있었다. 어느 날의 귀환은 결국 심한 공황 발작으로 끝났고, 그때부터 그녀는 차라리 그가 다시 돌아오지 않기를 바라게 되었다. 맞다, 크리스마스 이후로 모든 것이 완전히 무너져 버렸고, 조안은 더 이상 평온한 에밀을 담은, 그 둘이 마지막으로 아무것도 모른 채 나눴던 잠깐의 휴식을 담은 그 그림을 마무리할 수 없었다. 시간이 필요했다. 3개월은 마치 작품을 끝내기 위한, 그리고 이폴리트의 농장을 떠나기로 결심하기 위한 유예의 시간, 애도의 시간과도 같았다.

조안이 아무 말 없이 접시 앞에 앉아 있는 것을 보고 레베카가 물었다.

"괜찮아요?"

"네, 괜찮아요."

레베카와 엠마는 각각 스무 살과 스물한 살인 캐나다 출신의 젊은 여성들로, 유럽을 여행하며 언어 공부를 하기 위해 토론토에서 왔다.

엠마가 강한 억양으로 말했다.

"오늘 저녁에는 캐나다식 요리를 준비하려고 해요."

조안은 억지로 미소를 지으며 고개를 끄덕였다.

"오… 뭐예요?"

"미트로프요."

에밀은 그들 옆에서 조용히 식사를 하고 있었다. 그는 최근 들어 대화에 참여하기가 힘들어 보였다. 자주 안절부절못하고, 산만했다. 한 가지 일에 몇 초 이상 집중하는 일도 드물었다. 아마도 병의 다른 징후들이었을 것이다.

"그게 뭐예요?"

레베카가 물었다.

"다진 고기와 우유에 적신 빵 부스러기, 양파와… 계란으로 만들어요. 향신료도 충분히 넣었죠."

조안은 최대한 열의에 찬 표정을 지어 보이려 애쓰며 대답했다

"맛있어 보이네요."

아무도 그녀가 고기를 먹지 않는다는 사실을 기억하지 못하는 듯했다. 예전에는 에밀이 기억하고 있었고, 그녀를 위해 채식 요리를 하려고 많은 노력을 기울였다. 그러나 지금의 에밀은 자주 옛 기억 속에 잠겨 있는 듯했고, 거의 말을 하지 않았다. 대화에도 제대로 귀를 기울이지 않았다.

세 명의 여성은 에밀이 갑자기 일어서는 것을 보고 고개를 들었다.

조안이 물었다.

"어디 가는 거예요?"

그녀는 이렇게 그를 지켜봐야 하는 상황이 싫었지만, 지난주 그가 사라진 뒤로는 선택의 여지가 없었다. 그녀가 공사 현장에서 돌아왔을 때 그는 없었다. 네 사람은 함께 한 시간 넘게 그를 찾아 헤매다가 결국 아스 마을에서 완전히 멍한 상태인 그를 발견했다.

그가 말했다.

"카페테리아에 가려고 했어요. 르노를 만나러요."

주방에서 에밀은 작고 더러운 창문 쪽으로 향했다.

"고양이가 돌아왔어요."

여성들은 그가 무슨 말을 하는 것인지 곧 바로 이해하지 못했지만, 잠시 후 그가 작은 창문을 열자 포크가 주방 한가운데로 뛰어 들어왔다.

레베카가 알려주었다.

"포크예요."

"나는 피레네 산 고양이 이름을 다 알지는 못해요!"

두 여성은 당황한 표정으로 조안을 바라보았다. 그들은 아직 에밀의 망각에 완전히 익숙해 있지 않았다. 결국 그들에게도 설명할 수

밖에 없었다. 에밀은 늘 주변 사람들에게 "우리는 지금 어디에 있나요?", "누가 나를 여기로 데려왔는지 아세요?", "왜 나를 로안으로 다시 데려가지 않아요?", "마르조 친구들이세요?" 등의 질문을 반복적으로 던졌다.

그들은 항상 친절하게 가장 끈질기고 반복적인 질문에도 대답을 해주었다.

엠마가 설명했다.

"길고양이가 아니에요, 포크예요. 당신 고양이죠."

조안은 두 여성에게 살짝 신호를 보내며 그만두라고 했다.

에밀이 제자리로 돌아오며 말했다.

"내게 고양이가 있다면 그걸 알았을 텐데."

아무도 더 이상 캐묻지 않았다. 그는 식사를 이어갔고, 몇 분 뒤 그가 식사를 마치자 조안은 그의 접시를 치우며 부드럽게 말했다.

"조금 쉬어요. 돌아오면 깨워줄게요."

작은 별관 주방에서 세 여성은 조용히 설거지를 하고 있었다.

엠마가 갑자기 물었다.

"그러면··· 진짜로... 떠나는 거예요?"

조안은 무슨 소린가 싶어 눈살을 찌푸렸다.

"네, 진짜로 떠나요."

그리고 방어적으로 덧붙였다.

"왜요?"

엠마는 어쩔 도리가 없다는 듯 어깨를 한 번 으쓱하며 말했다.

"두 분이 5월까지 우리와 함께 있을 줄 알았거든요."

레베카도 맞장구를 쳤다.

"맞아요. 우리는 두 분이랑 정이 많이 들었어요."

조안은 그들의 실망한 표정을 보고 미소를 지을 수밖에 없었다.

엠마가 덧붙였다.

"그리고 이폴리트가 걱정하는 것 같았어요… 에밀의 갑작스러운 증상 때문에…."

조안은 별관 문 사이에서 이폴리트와 나눴던 긴 대화가 떠올랐다. 그녀가 그에게 돌아가겠다고 알렸을 때였다. "당신, 나뭇가지처럼 마른 몸인데, 그 사람이 쓰러지기라도 하면 어쩌려고 그래요?" 하지만 어쩔 수 없었다. 에밀은 지칠 대로 지쳐 있었고, 갑작스러운 증상도 잦아져서 더 이상 공사에 참여할 수 없었다. 그는 하루 종일 방 안에서 빙빙 돌며 시간을 보내고 있었고, 그녀는 하루의 매 순간마다 그가 도망가거나 길을 잃을까 두려웠다. 그를 24시간 내내 계속 지켜볼 수는 없는 노릇이었다. 일을 해야만 했기 때문이었다. 이곳에서의 생활, 두 사람이 함께 쓰는 작은 방, 이폴리트가 제공한 음식들은 모두 그녀가 공사 현장에서 둘을 위해 일하기 때문에 의미가 있었다. 하지만 그녀 자신도 점점 지쳐가고 있었다.

이폴리트가 그녀에게 이 '생태 마을'의 주소를 알려주었다. 이 마을은 피레네 산의 레스큉에 있었다. 그의 친구인 목동이 프로젝트를 시작했는데, 오래된 목동 오두막을 친환경 기준에 맞는 주거지로 개조하는 것이었다. 50여 명이 사는 이 작은 마을은 이제 생태 마을을 과일과 채소 면에서 자급자족하게 만들기 위해 영속농업 방식의 대규모 채소밭을 가꾸려고 노력하고 있다. 이폴리트는 여전히 자원봉사자를 찾고 있다고 했다.

그가 말했다.

"아이들에게 그림 수업을 해줄 수도 있어요. 그럼 다들 너무 좋아할 겁니다!"

조안은 조금씩, 천천히 그 제안에 마음이 끌렸다. 이폴리트는 그녀가 그곳까지 갈 수 있도록 경로를 짜는 것을 도와주었다. 그는 그곳에 있는 친구인 양치기에게 편지를 보냈다. 이폴리트는 그들이 에밀의 갑작스러운 증상들에 속수무책인 채 단둘이 있는 대신, 공동체 안에서 사람들과 함께 지내게 된다는 사실에 안심하는 듯했다. '거기라면 에밀을 지켜봐 줄 사람이 늘 곁에 있을 거야.' 조안은 그렇게 생각했다.

"우리는 이 생태 마을에서 지낼 거예요… 이폴리트가 주소를 알려주었어요. 그는 우리가 거기서 잘 지낼 거라고 확신하고 있더라고요."

두 여성은 의심스러운 표정을 지었다.

엠마가 물었다.

"포크도 같이 떠나나요?"

조안은 고개를 끄덕였고, 엠마의 입술은 더 내밀어졌다.

"그 아이도 보고 싶을 거예요."

조안은 두 여성을 향해 미소 지었다. 순간 그녀의 눈에는 두 사람이 실제 나이보다 훨씬 더 어려 보였다.

"진짜 떠남, 가장 비극적인 떠남은… 결국 절대 일어나지 않을 떠남이다."[장-에티에르 블레]

그녀는 약간 수수께끼 같은 표정을 지으며 이렇게 말했다.

두 여성이 눈살을 찌푸리며 서로를 바라보는 모습이 보였다. 조안은 더 크게 미소를 지었다. 그런 다음 그녀는 말을 마치고 부엌을 떠났다.

조안은 자갈이 발밑에서 바스락거리는 소리를 들으며 무거운 발걸음으로 캠핑카를 향해 걸어갔다. 그녀는 벌써 며칠째 마음의 준비를 하고 있었지만, 여전히 불안함을 떨쳐내지 못하고 있었다. 이것은 하나의 의식이었다. 현장에서 일을 마치면 그녀는 저택을 떠나 캠핑카에 올라탔다. 그녀는 마음을 다잡고 산길의 굽이진 도로를 따라 몇 분간 더 차를 몰았다. 이제는 더 이상 피할 수 없었기 때문이다. 차 문이 끼익 소리를 내며 열렸고, 조안은 운전석 안으로 몸을 끌어올려 앉았다. 그녀는 이 거대한 기계 덩어리를 조종하기엔 자신이 너무나 작고 무력하다는, 그 지긋지긋한 기분을 여전히 느끼고 있었다.

해가 골짜기 뒤로 저물어가는 가운데, 문이 쾅 하고 닫히고 조안이 시동을 거는 순간 전조등이 켜졌다. 자갈이 깔린 작은 길을 벗어나기 전에, 그녀는 별채 쪽을 힐끗 돌아보았다. 주방의 작은 창에는 불이 켜져 있었고, 레베카와 엠마는 작별 만찬을 준비하느라 분주했다. 에밀은 그곳에 없었다. 그는 방에 남아 있었다. 조안은 밖으로 나서며 두 여성에게 말했다.

"에밀을 좀 봐줘요… 길어도 20분이면 될 거예요.."

캠핑카는 천천히 길을 빠져나갔다. 조안은 여전히 2단으로 변속하는 데 어려움을 겪었다. 그녀는 운전을 제대로 해본 적이 없었다. 생쉴리아크에서는 늘 걸어서, 혹은 자전거를 타고 다녔다. 조제프가 그녀에게 운전면허를 따도록 고집했던 것도 그 때문이다. 그때만 해도 그녀가 학교의 관리인 일을 다시 맡게 될 줄은 몰랐고, 일을 구하려면 자동차가 필요할 거라 생각했던 것이다. 그녀는 면허를 따긴 했지만 그곳엔 차도 없었으니 실제로 운전을 하지는 않았다. 하지만 지금은 어쩔 수 없이 다시 운전대를 잡아야 한다. 에밀의 반응은 갈수록 느려지고, 운전 중에 찾아오는 발작도 걱정이 되었다. 조안은 조심스레 차를 몰아 산길을 올라갔다. 핸들을 잡은 손은 잔뜩 굳어 있었지만, 그래도 예전보다 나아지고 있다는 게 느껴졌다. 긴장은 조금씩 풀리고, 운전도 더 부드러워졌다. 그녀는 어릴 적 아버지가 해주던 말을 되뇌었다. 바람의 방향을 바꿀 수 없다면, 돛을 다시 달아라. 제임스 딘의 문장이다. 힘들 때면 그녀는 이 말을 떠올리곤 했다. 자신을 믿게 해주는 격려처럼 들리기 때문이다. 적응하는 사람이 살아남는다. 돛을 다시 세울 줄 알아야 한다. 언제나.

"이 엽서는 누구에게 보내는 거예요?"

드디어 이폴리트와 엠마, 레베카는 영지를 떠났다. 그들은 레스큉으로 가는 길에 접어들기 전, 작은 아스 마을 중심가에 들렀다. 중심가라는 말은 조금 과장된 표현이었는데, 사실 아스에는 상점이라고 해봐야 담배와 신문을 파는 가게 하나뿐이었다. 조안은 눈 덮인 계곡 속 예쁜 양치기 오두막이 그려진 엽서를 고르고, 출발하기 전 이곳에서 우체통에 넣을 수 있도록 가게 계산대에서 정성스레 글을 적으려 했다. 상인은 그들을 이상하게 바라보았다. 아마 사방을 두리번거리며 다소 혼란스러운 듯한 에밀 때문일 것이다.

조안은 엽서를 내려다보며 답했다.

"세바스티앙에게 보내는 거예요."

"세바스티앙이 누구예요?"

그는 잡지를 만지고 있었고, 조안은 상인이 수상하다는 눈빛으로 자기를 보자 그를 날카롭게 쏘아보았다.

"친구예요."

"왜 그에게 엽서를 쓰는 거예요?"

조안은 글을 이어 쓰면서 답했다.

"여행지마다 편지를 쓰겠다고 약속했거든요."

에밀은 그녀의 어깨 너머로 몸을 숙이며 글씨를 읽으려 했다.

그러자 조안이 그에게 엽서를 건네며 말했다.

"자, 여기, 아래에 서명해줄래요?"

에밀이 의아한 표정을 지었다.

"왜 내가 서명해야 하죠? 난 그 사람을 몰라요…."

"괜찮아요. 내가 당신과 함께 여행한다는 걸 알고 있어요."

"그럼 편지에서 나에 대해 얘기하는 거예요?"

"네, 그렇죠."

그녀는 그에게 펜을 쥐여 주었다.

"자, 아래에 서명해요."

에밀은 기꺼이 서명했다. 지금의 에밀은 전처럼 부드러웠다.

그들이 작은 담배가게 문을 열고 나가자 종이 딸랑거렸다.

조안이 말했다.

"안녕히 계세요, 아저씨."

"안녕히 가세요. 좋은 하루 되세요."

그들은 인도 위에 마주 섰다. 캠핑카는 바로 앞에 주차되어 있었다.

에밀이 물었다.

"조안…."

"예?"

그녀는 차 문을 잠금 해제하며, 열쇠를 손에 쥔 채 그를 바라보았다.

"나, 기억이 좀 가물가물한 것 같아요."

그녀는 아무렇지 않은 척, 가벼운 태도를 취하려 애썼다. 언제나 가벼움을 유지할 것. 그것이 철칙이다. 그렇게 해야만 에밀이 너무 큰 불안을 느끼지 않고 병을 견뎌낼 수 있기 때문이다

"아, 그래요?"

"예."

"왜 그렇게 생각해요?"

"세바스티앙 때문에…."

그는 의문이 가득한 눈으로 그녀를 바라보았다.

"내가 그 사람을 알고 있어야 하나요?"

그녀는 어깨를 으쓱했다.

"그렇게 생각해요?"

"네, 그렇게 생각해요. 당신도 그렇죠? 내가 당신을 알고 있어야 하나요?"

그는 마치 어린 소년 같은 눈을 하고 있었다. 기대와 궁금함으로 가득 찬 그 눈빛을 바라보며, 그녀는 애정을 담아 그의 머리카락을 헝클어뜨렸다.

"그럴 수도 있겠지만, 그건 중요하지 않아요."

그녀는 그를 캠핑카에 오르도록 격려했지만, 그는 여전히 굳어 있었다.

그가 물었다.

"확실해요?"

그녀는 여전히 부드럽게 고개를 끄덕였다. 그녀는 이 새로운 에밀, 다시 어린아이로 돌아가고 있는 그를 좋아했다. 그녀는 저 멀리 갇혀 있는 또 다른 에밀만큼이나 그를 사랑했다. 사실, 그들은 정말로 두 명

의 다른 예밀일까?

“확실해요. 약속할게요. 자, 올라가요. 갈 길이 멀어요.”

그는 안심이 되는 듯 기꺼이 그녀의 말을 따랐다.

“우리, 어디 가요, 조안?”

그들은 다시 길을 나섰다. 피레네-아틀랑티크 지역의 지도는 대시보드 위에 펼쳐져 있었고, 조안은 수시로 그 지도를 살펴보았다.

“레스퀭으로 가요. 이폴리트가 말했던 그 작은 마을에요….”

그는 기억이 나지 않아 어깨를 으쓱했다.

“가보면 알게 될 거예요. 거기서 잘 지낼 수 있을 것 같아요.”

“거기서 뭘 할 건가요?”

“다른 사람들과 함께 살면서 그 공동체가 살아가도록 도와줄 거예요. 영속농업을 시작하거나 다른 일에도 참여할 수 있어요.”

그는 불안한 시선으로 그녀를 바라보았다.

“그럼 우리, 나중에 로안으로 돌아가나요?”

그녀는 고개를 끄덕였다.

“네. 그럴 거예요.”

“언제요?”

그녀는 침을 삼키며 시선을 도로 위로 돌렸다. 그렇게 해야 대답을 생각하기가 더 쉬웠다.

“당신이 더 건강해지면 그때 돌아갈 거예요.”

“산의 맑은 공기를 위해서요? 아니면 내 뇌를 위해서?”

그는 같은 질문을 반복해서 그녀에게 던졌다. 잘 이해했는지, 잊지 않았는지 확인하려는 듯했다. 그의 머릿속은 너무 혼란스러웠을 것이다. 그는 계속해서 같은 말을 듣고 싶어 했다.

"맞아요, 에밀. 바로 그거예요."

그녀는 그를 안심시켰다. 그는 좌석에 몸을 파묻고, 머리를 창문에 기대었다.

"이폴리트가 그러는데, 레스킹에 도착하기 전에 잠깐 머물 만한 곳이 있대요. 한 이삼일 정도만 쉬어 가자구요. 여기서 아주 가까운 곳이에요."

"아, 그래요?"

"우리가 지나가고 있는 오소 계곡에는 자연 보호구역이 있어요. 이곳은 독수리들의 가장 큰 서식지 중 하나래요. 베옹 바위 꼭대기까지 오르면, 하늘을 도는 검독수리와 이집트독수리를 볼 수 있다네요."

그녀는 그의 관심을 끄는 데 성공했다. 그는 믿기지 않는 눈으로 그녀를 바라보았다.

"정말요?"

그녀는 고개를 끄덕이며 확인했다.

"관심이 가요?"

"예, 관심 있어요."

"좋아요. 그럼 가요."

몇 초 동안 차 안에는 정적이 흘렀다. 그러더니 에밀이 다시 그녀 쪽으로 고개를 돌렸다.

"무슨 독수리라고요?"

"이집트독수리(percnoptère)예요."

"뭐라고요?"

"페르크놉테르, P.E.R.C.N.O…

"그리고 pter."

"맞아요!"

그들은 캠핑카 앞에 작은 접이식 테이블과 두 개의 의자를 설치하고 있는 중이었다. 독수리들의 진정한 서식지인 아스테-베옹 마을에 도착하는 데는 15분도 채 걸리지 않았다. 그후, 그들은 버려진 목초지로 이어지는 작은 흙길과 자갈길을 찾았고, 그곳에 캠핑카를 세우기로 했다.

에밀이 제안했다.

"차 한잔 할까요?"

"좋아요."

조안은 그 틈을 타서 아직 축축한 시트들을 꺼냈다. 출발하기 전, 이폴리트네 별채 세탁기에 돌려두었던 것들이다. 그녀는 의자 두 개를 가져다 그 사이에 그것들을 아슬아슬하게 걸쳐 널었다. 강한 바람에 시트가 날아가 버리지 않기를 바랄 뿐이었다. 시트에서는 여전히 마르세유 비누 향과 은은한 과일 향이 섞여 났다. 그러는 동안, 포크는 킁킁거리며 캠핑카 주변을 한 바퀴 돌았다.

"잘하고 있어요?"

조안이 캠핑카 문으로 머리를 내밀며 물었다.

이폴리트 집에서 마지막으로 에밀이 요리를 하거나 단순히 물을 끓이려 했을 때, 그는 결국 불을 잊어버렸고 조안이 제때 도착해 재앙을 막았다. 하지만 이번에 에밀은 주전자 앞에서 정신을 집중시키고 있었다. 그의 눈은 흰색 플라스틱을 통해 끓는 물방울의 움직임을 따라갔다. 조안은 발끝으로 몸을 들어 올려 예쁜 찻주전자와, 11월 어느 날 그뤼상 해변에서 산 진짜 도자기 컵 두 개를 꺼냈다. 그런 다음 그녀는 같은 곳에서 산 아몬드 향 녹차를 보관해둔 작은 철제 상자를 꺼냈다. 그녀가 조리대 앞에서 분주히 움직이는 동안, 에밀의 질문이 다소 거칠게 튀어나왔다.

"조안, 결혼했어요?"

그녀는 왜 그가 갑자기 이런 질문을 던졌는지 처음에는 바로 이해하지 못했다. 그러다 이내 자신의 약지에 머물러 있는 그의 놀란 시선을 발견했다.

에밀이 그녀가 대답하기도 전에 다시 물었다.

"두 번 결혼한 건가요?"

"뭐라고요?"

"반지가 두 개 있어서…."

조안은 사실 약지에 결혼반지를 두 개 끼고 있었다. 1월 어느 날, 부속 건물에서 그녀는 에밀의 반지를 바닥에서 발견했다. 그는 왜 손가락에 이런 철제 반지가 있는지 궁금해서 아마도 빼두었을 것이다. 그녀는 그 반지를 주워 자기 반지 위에 끼웠다.

그녀는 미소를 지으며 대답했다

"아… 아네요. 두 번 결혼한 건 아네요."

"그럼 왜 반지가 두 개예요?"

"그건…."

그녀는 찻주전자에 물을 부으면서 적절한 대답을 찾았다.

"남편이 자주 반지를 잃어버려서, 대신 내가 끼고 있어야 해요."

그녀는 눈치로 에밀이 고개를 끄덕이는 것을 보았다.

에밀이 물었다.

"왜 자꾸 잃어버리는 거예요?"

"아, 그 사람이 좀 덤벙대거든요."

"아, 그렇군요."

조안은 찻주전자의 작은 도자기 뚜껑을 덮고, 그것을 쟁반 위에 올려놓았다. 그리고 에밀에게 컵을 들고 밖으로 나가자고 말하려던 순간, 에밀의 목소리가 다시 들려왔다.

"그 사람도 기억이 잘 안 나나요?"

조안은 쟁반을 다시 조리대에 내려놓고 부드럽게 미소 지었다.

"예. 그 사람도 그래요."

"그래도… 당신이랑 결혼한 걸 잊지는 않았겠죠?"

그의 눈에는 놀람과 공포가 뒤섞여 있었다.

조안은 태연하게 어깨를 으쓱하며 말했다.

"그러지 않았길 바라야죠. 자, 이제 차 마시러 갈까요?"

아스트-베옹 마을은 베옹 절벽 아래 자리 잡고 있었다. 이 절벽은 보호종인 독수리들의 보금자리였다. 암석의 틈과 움푹한 곳이 그들의 둥지가 되었고, 조안과 에밀은 배낭과 물통을 챙겨 오후 내내 걸어 그곳을 향해 올라갔다.

조안은 가끔씩 너무 앞서 걸어가는 에밀을 말렸다.

"무리하지 마요. 천천히 가도 돼요."

그녀는 그가 또 갑자기 쓰러질까 봐 겁이 났다. 그들은 따뜻한 햇살 아래 천천히 걸음을 옮겼고, 중간중간 멈춰 서서 저 아래로 보이는 계곡과 목초지를 바라보았다. 양과 소들이 한가로이 풀을 뜯고, 돌길은 초목 사이로 구불구불 이어지고 있었다. 그들은 정상에 도착하고 나서 첫 번째 독수리가 날아오르기까지 거의 한 시간을 기다렸다. 에밀은 초조해하며 풀잎을 뜯어냈고, 조안은 데이지로 팔찌 만드는 법을 가르쳐주었지만, 그가 이미 지루해한다는 걸 알고 있었다. 그러다가 마침내 공기를 가르는 날카롭고 묵직한 소리, 거대한 날개가 펼쳐지는 소리가 들려왔다. 그들의 머리 바로 위, 몇 미터도 되지 않는 높이에서 엄청나게 큰 독수리가 날아올랐다. 두 사람은 넋을 잃고 하늘을 올려다보았고, 독수리가 작은 점으로 변해 사라질 때까지 시선을 떼지 못했다. 조안이 먼저 입을 열었다.

"내일 또 올까요? 내 캔버스도 가져오고요."

에밀은 고개를 끄덕이며, 눈을 반짝이고 떨리는 목소리로 물었다.

"방금 그거… 이집트독수리였어요?"

3월 3일

아스트-베옹, 포근한 봄 햇살.

캠핑카 안, 벤치에 앉아서.

그렇게 가까이에서 맹금류를 본 건 처음이었다. 조금 전에 바로 내 옆에서 날아오른 독수리는 지금까지 본 것 중에 가장 압도적이었다! 저 새들은 정말 거대해서, 한 번 부리로 내려치면 목을 부러뜨릴 수도 있을 것 같다. 그 여자는 아니라고 말했다. 하지만, 나는 그녀가 독수리 전문가라고는 생각하지 않는다….

난 이 마을이 너무 좋다. 특히 독수리 절벽이 정말 마음에 든다!

그 여자가 말하길, 마을에 독수리 박물관이 있어서 내일 가볼 수도 있다고 한다. 그러면 내가 이집트독수리(그녀가 불러주는 대로 적었다. 혼자서는 철자를 기억할 수가 없다)를 알아볼 수 있게 될 거라고 한다.

아무튼, 내일이 정말 기대된다!

그들은 식사 후 베옹 절벽으로 가는 길을 다시 올랐다. 그곳에 온 지 거의 두 시간이 되어가고 있었다. 조안은 이미 하늘과 아래쪽 계곡을 다 그려놓았다. 그녀는 이제 가장 어려운 작업, 즉 흰머리독수리를 그리기 전에 잠시 휴식을 취했다. 그녀는 붓을 내려놓고 캔버스에서 얼굴을 들어 올렸다. 에밀은 바로 옆에 앉아 있었고, 무릎 위에는 반짝이는 아트 페이퍼로 만든 두꺼운 책 한 권이 놓여 있었다. 아침에, 그녀가 약속했던 대로 그들은 '독수리 절벽' 박물관에 갔다. 성탄절 이후 집중을 잘 못 하던 에밀이, 그곳에서는 전시된 거대한 사진들을 무려 두 시간 반 동안 아무 말 없이 뚫어지게 바라보고 있었다. 그녀는 기념품 가게에서 그에게 독수리의 주요 종들을 모아놓은 고급 아트북을 사줬다. 그때부터 그는 그 책을 손에서 놓지 않았다. 조안은 지금처럼 맹금류 사진에 푹 빠져 있는 그의 모습을 보며 그녀의 톰이 파란색을 칠하던 그 모습을 떠올리지 않을 수 없었다.

그날 저녁, 조안은 미르티유가 갖고 있던 낡은 모노폴리 게임을 다시 꺼내기로 했다. 에밀은 해지고 모서리가 닳은 상자, 그리고 프랑 화폐로 표기된 로고를 보며 놀란 표정을 지었다.

"이걸 어떻게 갖고 있어요?"

"친구가 준 거예요."

"오래된 친구겠네요…."

조안은 고개를 끄덕였다. 그녀가 게임판을 꺼내어 식탁 위에 펼치자, 에밀은 그것을 지켜보았다.

“마르조는 이 게임을 싫어했어요. 당신이랑 이런 거 절대 안 했을 거예요.”

조안은 어깨를 으쓱하며 지폐들을 색깔별로 나누어 정리했다.

“하지만 당신은 게임을 좋아하잖아요.”

그는 눈살을 찌푸렸다.

“그걸 어떻게 알아요?”

“난 알아요.”

“당신은 점쟁이 같은 사람인가요?”

“그럴지도요.”

마침내 그는 그녀 옆의 벤치에 앉았다. 조안은 출발 칸에 노란 말과 초록색 말을 하나씩 올려두었다.

그가 주사위를 집으며 말했다.

“마르조는 도미노밖에 안 해요.”

“그래요?”

“알잖아요, 친구니까. 그렇죠?”

그는 그녀를 살폈다. 그녀는 천천히 고개를 끄덕였다.

“네, 물론이죠.”

“같은 학교 다녀요?”

“뭐라고요?”

“마르조는 초등학교 5학년이에요. 그쪽은요?”

그녀는 그가 말을 옮기도록 칸을 가리켰다. 주사위는 3이 나와 있었다.

“아… 음, 나도 5학년이에요.”

며칠 전만 해도 그는 르노와 대학 식당에서 만나야 한다고 주장했었다. 그런데 오늘 밤 그는 초등학생이 되어 있었다.

잠시 후, 그녀가 조용히 말했다.

"에밀…."

"네?"

"우리 내일 떠나야 해요… 이폴리트가 말해준 작은 마을로요."

그녀는 그의 얼굴에 떠오를 실망스런 표정을 예상하고 있었기에, 그날 밤 미리 이야기하는 쪽을 택했다.

"거기에도 독수리 있어요?"

"글쎄요… 없는 것 같아요."

"별로 가고 싶지 않은데요."

"그럼 거래를 하나 할까요?"

"무슨 거래요?"

"내일 독수리 절벽에 다시 갔다가, 그다음에 출발하는 거예요."

그는 고개를 끄덕이며 다시 주사위를 굴렸다.

"좋아요. 그리고 나면 로안으로 돌아가는 거죠."

조안은 아무 대답도 하지 않았다.

27

비범한 것은 평범한 사람들의 길 위에 놓여 있다. 파울로 코엘료의 이 몇 마디가 조안의 머릿속에 되살아난 것은, 그들이 그날 레스퀸에 들어섰을 때였다. 황혼의 빛에 잠긴 풍경은 그녀에게 시와 그림, 피아노 선율을 떠올리게 했다. 이제껏 이렇게 아름다운 풍경은 본 적이 없었다. 이곳이 바로 로안의 휴게소에서 출발한 첫날부터, 그들의 여정이 결국 그들을 데려온 곳이라는 생각이 들었다.

에밀이 물었다.

"괜찮아요?"

그녀는 눈가에 맺힌 눈물을 숨기려 하지 않았다.

"예, 괜찮아요."

그는 아직 이곳이 어떤 의미를 지니는지 눈치채지 못하고 있었다. 그의 마지막 보금자리에 도착했다는 것도 눈치채지 못했다. 조안은 길가에 천천히 차를 세우고 시동을 껐다. 이 순수한 아름다움을 온전히 느끼고 싶어서였다.

캠핑카 운전석에 앉은 채, 조안은 피레네 산맥에서 가장 아름다운 자연 원곡(圓谷) 중 하나와 마주하고 있었다. 빙하가 만들어낸 거대한 자연 원형극장, 왕들의 탁자, 앙사베르 첨봉, 캉플롱의 오르간봉(峰) 등 전설적인 이름을 가진 석회암 봉우리들이 둘러싼 풍경. 그녀는 레스큉이 '피레네의 돌로미티'라 불린다는 사실을, 이 마을이 해발 1천 미터에 자리한 이 산군의 가장 높은 고장이라는 사실을, 그리고 그곳이 피레네 베아른 지방의 가장 웅장한 봉우리들(아니에봉, 르비야르봉, 르데크드뤼르봉)을 마주하고 있다는 사실을 아직 모르고 있었다. .

그녀의 눈은 이 자연 원곡을 훑었다. 하얗게 빛나는 석회암 절벽들은 하늘을 향해 날카로운 이빨처럼 솟아 있었다. 마을은 거의 닫힌 듯한 이 거대한 원형 지형의 품 안에 포근히 안겨 있었다. 아직 그녀는 레스큉이 가장 전통적인 마을 중 하나이며, 오래된 슬레이트 지붕과 좁은 골목, 두꺼운 돌벽과 작은 창을 가진 집들이 그대로 남아 있다는 사실을. 좁은 골목을 따라 교회로 향하는 길에서 오래된 빨래터와 물 마시는 곳들을, 마을 가장자리에서 산과 숲, 풀베기용 초원, 생울타리, 헛간들, 그리고 돌담들까지 조화롭게 어우러져 있는 풍경을 발견하게 되리라는 사실을 모르고 있었다. 며칠이 지나면, 그녀는 봄에 아름다운 꽃들이 피어나 좁은 골목을 환하게 밝히는 정원들을, 헛간으로 향하는 작은 길의 둔덕을 자연스레 뒤덮은 보랏빛 꽃들(패랭이꽃, 폐포식물, 난초), 그리고 은은한 노란빛의 동무들(양귀비, 앵초)을 보게 될 것이다.

또 마을 카페에서는 레스쿵 전투 얘기를, 스페인 군대에 맞선 주민들의 용맹을 전하는 전설 같은 얘기를 듣게 될 것이다. 지금은 아직 아무것도 모르지만, 풍경의 아름다움 앞에서 흘러내린 눈물은 앞으로 그녀에게 일어날 모든 일의 아름다운 전조였다.

"조안?"

여자가 힘 있게 손을 내밀었다. 태양에 그을린 얼굴, 짙은 흑발과 검은 눈동자, 곧고 단정한 콧날을 가진 여성이었다.

"반가워요. 난 이사도라예요. 아버지는 피에르알랭, 이폴리트의 친구예요. 편지 잘 받았어요. 기다리고 있었어요."

그녀의 온몸에서는 활력이 느껴졌다. 환한 미소, 힘 있는 말투, 경쾌한 목소리, 생기 넘치는 눈빛, 크고 네모난 두 손. 나이는 서른다섯쯤 되어 보였다.

"그리고 당신이 에밀이죠?"

에밀은 마치 그림책에서 막 튀어나온 아이처럼 보였다. 둥글고 큰 두 눈, 누구든 웃음이 날 만큼 어리둥절하고 조금은 겁먹은 표정. 그럼에도 그는 내밀어진 손을 아무 말 없이 꼭 붙잡았다.

"카라반이 있나요?"

"캠핑카예요."

이 젊은 여성은 뒤돌아서서 그들의 작은 마을을 바라보았다. 양치기들의 작은 집들로 이루어진 그곳은 마을의 중심부에서 멀찌감치 떨어져 평원 한가운데 자리하고 있었다.

"작은 터가 하나 필요하겠네요."

그녀는 홱 몸을 돌려 두 사람을 바라보았다.

"여기 얼마나 계실 예정인가요?"

조안은 불편한 듯 한쪽 발에서 다른 쪽 발로 체중을 옮겼다.

"혹시 누가 에밀에게 영속농업 공동체 마을을 구경시켜 줄 수 있을까요? 우리는 그 틈을 이용해서 그 얘기를…."

그녀는 에밀 앞에서 그의 병과 임박한 죽음에 대해 말하고 싶지 않았다. 이사도라는 활기찬 고갯짓으로 고개를 끄덕이더니 두 손가락을 입가에 가져갔다. 날카로운 휘파람 소리가 울려 퍼지고, 남자 셋이 동시에 고개를 돌렸다.

"마리코! 이리 좀 와 봐!"

다가오는 남자는 키가 컸고, 짙은 갈색 피부에 깊은 검은 눈을 가지고 있었다. 긴 머리카락이 어깨까지 떨어지고, 눈썹 위에는 작은 피어싱이 있었다.

이사도라가 소개했다.

"남자친구에요." .

남자는 따뜻하게 인사를 건넸다. 이사도라가 덧붙였다.

"마리코는 페루에서 왔어요. 중남미 여행 중에 만났죠."

그녀는 대답할 틈도 주지 않고 남자친구를 향해 몸을 돌렸다.

"에밀에게 마을을 좀 안내해 줄래?"

그의 스페인 억양이 강한 대답이 이어졌다.

"문제없어."

조안은 에밀이 순순히 멀어져 가는 모습을 보며 살짝 안타까움을 느꼈다. 그의 눈은 조용한 질문으로 둥글게 떠져 있었다.

"그는 정신이 좀 딴 데 있는 것 같네요."

조안은 고개를 끄덕였다.

"약 때문인가요?"

예상치 못한 질문에 그녀는 놀랐다.

"아니에요. 조기 알츠하이머예요."

이사도라는 얼굴을 찡그리며 말했다.

"안됐네요."

그녀는 작은 돌담을 가리켜 조안에게 앉으라고 권했다. 두 사람은 나란히 걸터앉았고, 석양이 작은 공동체 마을을 완전히 물들이기 시작했다.

"그럼, 전부 말해 봐요. 오래 있을 예정이에요?"

"예. 우리는 기다리는 중이에요…."

이사도라는 눈을 가늘게 떴다.

"기다린다고요?"

"그에게 남은 시간이 얼마 없어서."

"아…!"

이사도라는 강렬한 눈길로 조안에게 연민을 표하려 했지만, 조안은 석회절벽에서 눈을 떼지 않았다.

"치료는요?"

"안 받았어요. 추적 관리를 거부했어요."

"알겠어요. 그… 얼마나 남았는지 알아요…?"

조안은 마침내 절벽에서 시선을 떼어 이사도라를 바라보았다.

"의사들은 작년 6월에 2년 정도 남았다고 말했는데, 요즘은 시간이 점점 더 줄어들고 있어요."

그녀는 이사도라가 더 이상 묻지 못하게 급히 덧붙였다.

"그는 간단한 일은 도울 수 있을 거예요. 예전에는 꽤 능숙했어요. 지금은 그냥… 좀 덤벙대는 것 뿐이예요. 지켜보기만 하면 돼요. 나는… 나는 영속농업을 도울 수 있을 것 같아요. 정원 가꾸기에 대해선 꽤 많이 알아요."

이사도라는 고개를 끄덕였다. 연민의 눈빛은 사라지고, 다시 공동체 마을의 관리인다운 표정을 되찾은 듯했다.

"혹시 요가나 태극권 같은 분야에 특별한 능력 있으세요? 저희가 지금 강사를 찾고 있거든요."

조안은 놀란 듯 한쪽 눈썹을 치켜올렸다.

"아, 그래요?"

"저희는 생태뿐만 아니라 인간의 성장 쪽에도 관심이 많아요. 그래서 여러 가지 여러 가지 프로그램을 준비하고 있죠. 예를 들면 마리코는 아이들에게 카포에라[아프리카 기원의 브라질 남성의 호신술과 무용의 혼합 예능]를 가르쳐요. 몸도 마음도 정말 좋아진다고 하더라고요."

조안은 고개를 천천히 끄덕였다.

"저는 요가나 태극권은 못안 해요. 대신 저는…."

그녀는 잠시 머뭇거렸다. 에밀에게 했던 그 입문 지도가 과연 성공적이었는지 확신이 들지 않았던 것이다.

"그러니까… 원하면 명상을 가르칠 수는 있어요."

이사도라의 눈동자가 두 개의 작은 적철광처럼 빛났다.

"그거 정말 멋지네요! 저는 확신해요. 두 분이 여기 온 건 절대 우연이 아니에요! 마리코가 자주 말하거든요. '징조에 귀 기울여라'라고."

조안은 놀란 듯 두 개의 작은 눈썹을 치켜올리며 조심스레 말했다.

"그건… 마리코가 한 말이 아닌데요…."

그러자 이번에는 이사도라의 눈이 완전히 웃음으로 가득 찼다. 그녀는 고개를 절레절레 흔들었다.

"맞아요, 당신 말이 맞아요. 그건 파울로 코엘료가 한 말이죠… 그렇죠?"

조안이 고개를 끄덕이며 낮게 중얼거렸다.

"〈연금술사〉요."

두 사람은 서로 통하는 눈빛을 주고받았다. 서로를 알아본 듯한 눈빛이었다. 그것은 하나의 징조였다. 둘 다 그것을 알아보았다.

작은 오두막은 부엌과 식당 역할을 하는 하나의 큰 방으로 이루어져 있었다. 바닥과 벽은 아직 거친 돌 그대로였다. 오래된 목재로 만든 기다란 식탁이 다섯 명의 식구를 맞아들이고 있었다. 의자는 너도밤나무로 만들어져 있었고 앉는 부분의 짚은 오래 되어서 낡았다. 방 한쪽에 놓여 있는 오래된 나무 난로는 가볍게 웅웅거리며 은은한 열기를 퍼트렸다. 창문이 없는 안쪽 벽에는 하얀 가스레인지와 금이 간 주철 싱크대, 낡아 보이는 냉장고, 그리고 식료품 저장고 역할을 하는 큰 나무장 하나가 놓여 있었다.

마리코는 바로 그 부분을 가리키며 말했다.

"우리는 일부러 시대 분위기를 그대로 살리고 싶었어요. 의도적으로 낡은 느낌을 유지한 거죠. 우리 오두막만 이런 편이고, 다른 집들은 꽤 현대식이에요."

그는 가스레인지와 냉장고를 가리켰다.

"이 가전제품들도 다 불법 폐기된 데서 주워온 거예요. 생태 기준에 맞도록 전부 손봤고요."

이사도라는 조안에게 설명했다.

"마리코가 페루에서 가전제품 수리공이었어요. 그게 큰 도움이 되죠."

알몸 전구의 희미한 불빛 아래, 다섯 사람은 환영 식사를 함께 나누었다. 조안과 에밀은 마리코와 이사도라의 공동체 마을에 초대받았고, 이사도라의 아버지이자 이폴리트의 친구인 피에르 알랭도 참석했다. 그 전에 이사도라는 둘을 데리고 작은 공동체 마을 전체를 둘러보게 했고, 집이나 조그만 정원을 지날 때마다 마주친 주민들을 소개시켜 주었다.

이 공동체 마을에는 쉰 명 정도의 주민이 살고 있었고, 대부분은 은퇴자들이었다고 이사도라는 설명했었다. 그들은 주로 생태 분야와 조경, 식품 산업 등에서 일하다 은퇴한 사람들이었다. 나머지 주민들은 다양했다. 일과 공동체 마을을 오가며 시간을 나누는 현역 직장인, 아이가 있는 가족, 부상이나 장애로 인해 일을 할 수 없게 되어 의미 있는 공동체 활동에 시간을 쓰기로 한 사람들이었다. 직장인들은 주로 주말에 마을 활동에 참여한다고 했다. 이사도라와 마리코도 바로 그런 경우였다.

마리코는 여전히 가전 수리공이었고, 오래된 르노 트라픽 밴을 타고 주변 마을들을 다니며 일했다. 이사도라는 마을의 '도로미트 카페'에서 파트타임 웨이트리스로 일했다. 둘은 아직 아이가 없었고, 언젠가 가질지 아닐지도 결정을 내리지 않은 상태였다.

피에르 알랭은 은퇴한 양치기였다. 평생을 레스쾽과 피레네 일대의 목축 유산을 지키기 위해 힘써왔다고 했다. 지금 그는 이 생태 마을의 오두막에 대해 설명해주고 있다.

"이 평야에 공동체 마을이 자리 잡고 있었던 곳은 목초지 구역이었어요. 목초지에는 좋은 날씨 동안부터 초가을 초반까지 가축이 몰려왔죠. 이런 목초지 구역에는 항상 다양한 건물이 있었고, 각각의 용도가 있었어요. 예를 들어 오리라고 불리는 건물은 우유와 치즈, 곡물을 저장하는 작은 오두막이에요. 작은 규모로 지어지고, 서늘함을 유지하기 위해 북쪽을 향하고 있죠. 오늘 저녁 여러분이 있는 곳도 오리예요. 코르탈은 양우리로 사용되거나, 장비와 거름을 저장하는 용도로 쓰였어요. 중앙에 기둥이 있고, 보통 초가지붕이 덮여 있죠. 생태 마을에도 하나가 있어요. 내가 보여줄게요. 은퇴한 부부가 살고 있어요."

조금 전, 이사도라가 마을을 안내할 때, 조안은 오래된 돌로 지은 오두막들을 보고 감탄했다. 문은 항상 열려 있고, 이사도라는 여기 사람들 사이의 관계가 절대적 신뢰를 바탕으로 한다고 설명했다. 오두막 옆 작은 정원에서는 파와 몇 포기 상추가 자라고 있었고, 닭장에는 목이 통통한 붉은 닭 열 마리가 있었다. 오두막과 떨어진 곳에는 작은 울타리로 구획된 영속농업용 밭이 있었고, 한쪽 구석에는 이미 퇴비 통이 설치되어 있으며 파리 떼가 지키고 있는 것 같았다. 이사도라는 그녀에게 퇴비로 비옥하게 만든 작은 흙더미들을 보여주며, 그것이 풍부하고 안정적인 부식토를 형성하고 작물의 성장을 돕는다고 설명했다. 그녀는 또한 각 식물이 최적의 조건에서 자랄 수 있도록 구성된 허브 나선 구조에 대해서도 이야기해 주었다..

조안이 물었다.

"백리향이나 로즈마리… 라벤더 같은 거죠?"

이사도라는 눈빛으로 웃으며 말했다.

"맞아요. 전부 다 이해했네요."

두 사람은 느긋한 걸음으로 함께 마을로 돌아갔고, 이사도라는 계속해서 열정적으로 설명했다. 눈이 반짝였다.

"영속농법은 전통 농법과 달라요. 더 이상 일렬로 곧게 심지 않아요. 식물들이 각자 속도로 자라게 하고 서로 섞이도록 두는 거죠. 자연에는 단일 재배가 존재하지 않아요, 무슨 말인지 알죠? 그리고 이런 식물들의 혼합이 서로를 병이나 해충으로부터 보호해주기도 해요."

그들은 마을에 도착했다. 에밀과 마리코가 부부의 작은 오두막 앞에서 기다리고 있었다. 이사도라는 급하게 덧붙였다.

"며칠 안에 다시 얘기할 기회가 있을 거예요. 하지만 영속농업 개념을 정리하자면, 세 가지 원칙이 있어요. 땅과 모든 생명체를 돌보기, 사람들을 돌보고 공동체를 세우기, 남는 것은 나누기. 우리 공동체는 바로 이 원칙 위에 세워져 있어요."

식탁 주위에서 에밀은 아무 말도 하지 않았다. 낯선 사람들이 모여 있어서 긴장하는 것 같았다. 마을에 도착한 이후로 그는 단 한마디도 하지 않았다.

식사 전, 이사도라는 그들에게 마을 끝, 영속농업 구역에서 약 백 미터 떨어진 작은 땅을 가리키며 거기에 캠핑카를 세워놓으라고 알려주었다. 내일, 조안은 테이블과 의자를 꺼내고, 어쩌면 그들의 오두막 문까지 이어질 작은 돌길을 만들지도 모른다.

이사도라가 식탁에서 일어나며 물었다.

"누구 스튜 더 먹고 싶은 사람 있어요?"

모두 고개를 저었다. 마리코는 의자 등받이에 기대어 편안히 앉아 테이블 가장자리에 놓인 종이를 펴고 있었다. 피에르-알랭은 손을 배 위에서 깍지 낀 채 얹고 있었다. 그는 여전히 활기 있고, 매우 마르고 건조한 체형이었다. 회색빛 머리카락과 뾰족하게 솟은 숱 많은 눈썹, 약간 구부러진 코가 인상적이었다. 그의 몸에서는 딸처럼 끝없는 에너지와 활력이 느껴졌다.

이사도라가 커다란 스튜 냄비를 다시 가스레인지 위에 올리기 위해 움직이는 동안, 조안은 오두막 내부를 천천히 살펴보았다. 그들이 있는 주된 공간 외에는, 식당과 비슷한 이 공간 외에는 단 하나의 방만이 있는 듯했다. 나무로 된 문이 있어, 식료품 저장실 오른쪽으로 들어갈 수 있었다. 조안은 그것이 욕실과 화장실일 것이라고 생각했다. 이사도라는 마을의 모든 주택이 건식 화장실을 갖추고 있으며, 이렇게 모인 퇴비가 영속농업에 큰 도움이 된다고 설명했다. 샤워수는 지하 배관 시스템을 통해 회수되어 정원과 영속농업에 사용된다고 했다. 이를 위해 마을에서는 화학 제품 사용이 철저히 금지되어 있었다. "알레포 비누 100% 천연, 그 외에는 아무것도 없어"라고 이사도라가 말했다.

조안의 시선은 계속 방안을 훑었다. 왼쪽 벽에는 빨강색으로 칠해진 나무 사다리가 보였는데, 작은 다락방으로 오르는 용도였다. 푸른 침대 시트가 깔린 매트리스와 작은 세라믹 침대 등이 바닥에 놓여 있었다. 그곳이 침실인 듯했다.

조안이 깜짝 놀랐다. 이사도라가 말을 걸었기 때문이다.

"그다지 높지 않죠? 다행히 우리는 폐소공포증이 없네요!"

이사도라는 큰 볼을 식탁 위에 내려놓았다. 안에는 크고 즙이 많은 사과와 겨울을 버텨낸 몇 개의 호두가 담겨 있었다. 피에르알랭은 잠깐 낮잠을 자고 일어나 의자에 앉아 몸을 곧게 폈다.

그가 조안을 향해 말하며 물었다.

“그럼 어떤 프로젝트에 참여하고 싶어요?”

그들은 별이 빛나는 밤하늘 아래 캠핑카를 향해 다시 걸었다. 이사도라는 손전등을 빌려주었다. 마을 전체가 잠든 듯 조용했다. 멀리서 조안은 포크의 그림자가 오두막 사이를 미끄러지듯 지나가는 것을 본 듯했다. 그녀는 포크가 붉은 닭들에게 해를 끼치지 않길 바랐다. 힘들었다. 오늘 저녁은 만남과 정보로 가득 찼다. 피에르알랭은 조안이 제안한 명상 입문 모임에 열광했다. 그는 첫 모임이 나흘 뒤인 토요일에 열릴 수 있다고 말했다. 동시에 그는 그녀와 에밀을 영속농업 입문을 위한 견습 팀에 등록시켰다.

“우린 소규모 그룹이에요. 열 명 정도... 각자 원하는 만큼 시간을 투자하죠. 다들 열심이에요. 길버트는 식물학자고, 그룹을 이끌고 있어요. 그의 아내 루치아도 정보를 풍부하게 가진 사람이에요. 그녀는 약초학자였어요.”

조안은 이 작은 마을이 자신들과 에밀에게 열어주는 가능성들 때문에 지치면서도 한편으로는 설레었다. 그녀는 이곳에서는 모두가 서로를 돌본다는 사실을 충분히 이해했다. 이제 에밀을 몇 시간 동안 혼자 두는 것에 대해 더 이상 두려워할 필요가 없었다. 여기에서는 언제나 누군가에게 의지할 수 있을 테니까.

그녀가 캠핑카 문을 열자, 안에 가득한 퀴퀴한 냄새와 차 향이 다시 그들을 맞이했지만, 그는 여전히 말이 없었다.

그녀는 부드럽게 물었다.

“에밀, 괜찮아요?”

그의 얼굴은 극도로 창백했으며, 뭐가 뭔지 알 수 없다는 표정이 역력했다. 그는 아직 한마디도 하지 않았다. 왜 여기 있는지조차 알지 못했다. 아무것도 이해하지 못했다. 상태가 좋지 않았다. 그녀는 그가 이렇게까지 혼란스러워하는 모습을 처음 보았다. 그는 아직 한마디도 하지 않았다. 자신들이 왜 여기 있는지, 무슨 일이 일어난 건지 알 수 없었다. 너무 혼란스러웠다. 그녀는 그가 이렇게 혼란스러운 모습을 보인 적이 없었다.

“괜찮아요. 알아요… 새롭고 무섭게 느껴질 수 있지만, 우리는 여기서 잘 지낼 거예요. 오늘 본 모든 사람들이 우리를 돌봐줄 거예요. 영속농업에 대해서도 배우게 될 거에요.”

그녀는 그를 안심시키려는 듯 미소 지었지만, 에밀에게는 효과가 없었다. 그는 여전히 창백하고 경직되어 있었다.

그녀는 반응을 얻으려 다시 물었다.

“에밀?”

그녀는 그를 유심히 바라보다가, 그가 침을 꿀꺽 삼키며 말할 준비를 하는 듯 울대가 위아래로 움직이는 것을 보았다.

”나. 집에 갈래요.”

처음엔 그녀도 그저 안심시키려는 미소를 지을 뿐이었다.

”괜찮아요, 에밀.“

그가 로안으로 돌아가자고 되묻는 일에는 이미 익숙했다. 지금까지는 항상 화제를 돌려 어떻게든 넘어갈 수 있었다. 하지만 이번에는 그가 더 단호한 목소리로 다시 말했다.

그녀는 이번에는 뭔가 다르다는 것을 느꼈다. 그의 목소리에는 충동이 담겨 있었고, 눈에서는 작은 불꽃이 일었다.

“당신이 괜찮아질 때 돌아갈 겁니다….”

그가 갑자기 그녀의 말을 끊었다.

“아니, 지금-집에-가고-싶어요!”

그는 말의 간격도 거의 없이 내뱉었다. 화가 나고, 당황한 듯했다. 눈이 번뜩였고, 피부는 아까보다 더 창백했다.

“부모님 집으로 데려가 줘요.”

그녀는 얼어붙어 움직이지 못했다. 그는 계속 말했다.

“데려가 줘요. 난 더 이상 여기 당신이랑 같이 있고 싶지 않아요. 집에 가고 싶어요.”

그녀는 그가 캠핑카를 나가려고 하는 것을 보고, 부드럽게 붙잡았다.

“기다려요, 에밀… 기다려요… 밤중에 혼자 갈 건 아니죠?”

그녀는 자신의 목소리에서 두려움이 드러날까 봐 두려워했다.

“내일 아침에 출발할 겁니다, 알겠죠? 낮이 될 때까지 기다리자고요….”

그는 이제 의심스러운 눈빛으로 그녀를 바라보았다.

“난 당신을 본 적이 없어요.”

“그래요, 에밀… 우리 둘은 서로 알고 있잖아요.”

그가 갑자기 작업대를 주먹으로 내리치며 소리쳤다.

“난 당신을 몰라! 당신이 내 휴대폰을 훔쳤고, 나를 집에 못 가게 막고 있어요!”

그녀는 잠든 이웃들을 잠깐 떠올렸다. 그녀는 더 부드럽게 말하려고 노력하며, 그가 목소리를 낮추도록 유도했다.

"에밀, 제발... 그건 사실이 아네요. 난 당신 휴대폰을 훔친 적 없어요."

그러나 그는 더 큰 소리로 외쳤다.

"그럼 어디 있어요?"

"나…."

그는 요구했다.

"내놔요!"

그의 주먹이 다시 작업대를 내리쳤다. 그의 눈에는 야생의 분노가 담겨 있었다. 그녀는 갇힌 사자를 보는 듯한 느낌을 받았다. 본능적으로 한 걸음 물러섰다. 그녀의 눈은 캠핑카 구석구석을 빠르게 훑으며 해결책을 찾으려 했다.

"나… 나는 못해요…."

그녀는 더듬거리며 말했다. 그녀는 자신이 함정에 빠진 듯 느껴졌다. 더 이상 방법을 찾을 수 없었다. 이제 두려웠다. 그가 화를 내고 자신을 때릴까 봐, 혹은 도망갈까 봐 두려웠다. 그녀는 숨이 다 빠진 듯한 아주 작은 목소리로 아주 빠르게 말하기 시작했다.

"에밀, 난 내일 돌아갈 거에요. 날 믿어야 해요. 지금은 너무 늦었어요… 밤이에요."

그 순간 캠핑카 문이 세게 열리며 밤에 요란한 소리가 울렸다. 그 다음 순간, 그는 밖으로 뛰어나갔다.

"에밀!"

그의 그림자는 어둠 속으로 금세 사라졌다. 그녀는 발판에서 뛰어내려 그를 뒤따라 달려갔다.

"에밀!"

근처의 한 오두막에서 불빛이 켜졌다. 에밀은 빠르게 달렸다. 조안은 따라잡기 힘들었다. 그녀는 소리를 지르지 않고, 이웃을 놀라게 하지 않으려 애쓰며 그를 불렀다.

"에밀! 에밀, 돌아와요! 제발, 내가 설명할게요!"

밤 속에서 두 번째 오두막에도 불이 켜졌다. 조안은 숨이 차 잠시 멈춰야 했다. 몸이 약해진 느낌이 든다. 몇 주째 이렇게 힘이 없었다. 실신할까 봐 두렵다.

"혼자 가면 길을 잃을 거예요! 밤에 혼자 가면 안 돼요!"

그녀가 예상보다 큰 소리로 외쳤지만, 에밀은 이미 멀리 있다. 그는 쉽게 앞서 나갔다. 조안 오른쪽의 문이 열리고, 한 남자가 문간에 서 있다.

"괜찮아요?" 그는 손전등을 그녀에게 비추며 물었다.

세 번째 오두막에도 불이 켜졌다.

"그… 그건 내 친구예요." 조안은 더듬거리며 말했다. "그가… 기억을 잃었어요. 도망치려는 거예요."

자갈 위에서 나는 소리가 들려왔다. 남자가 그녀에게 다가왔다.

"그가 어디로 가려는 거죠?"

조안은 무력하게 고개를 저었다.

"몰라요."

남자가 손전등을 그녀에게 건네었다.

"이거 들고 있어요. 거기 있어요. 내가 그를 붙잡아볼게요."

조안은 남자가 달려가는 것을 보았다. 곧 검은 실루엣만 보였다. 주변 풍경이 흔들리는 것을 멈추게 하기 위해 눈을 감았다. 어둠 속에서 남자의 목소리가 들리고, 이어 에밀의 목소리가 울렸다.

"난 그냥 집에 가고 싶다고! 날 보내 줘요! 내 뜻과 상관없이 날 붙잡을 권리는 없어요!"

조안은 손전등을 앞에 비춘 채 작은 걸음으로 달려왔다. 현기증은 가라앉아서 좀 괜찮았다. 겨울 내내 그렇게 열심히 일했어서는 안 되는 거였다. 분노나 다툼, 가출 시도 같은 상황에 대비해서 힘을 아껴 두었어야 했다.

에밀과 남자가 있는 곳에 도착했을 때, 그녀는 다른 사람들도 와 있는 것을 깨달았다. 남자들이었다. 많은 오두막에 불이 켜져 있고, 문이 열려 있었다. 여자들은 걱정스러운 얼굴로 문턱에 서 있었고, 남자들은 싸움이 난 줄 알고 소매를 걷어붙인 상태였다. 조안은 에밀을 둘러싸고 있는 남자들 사이로 길을 만들었다. 그녀는 팔꿈치를 사용해 가며 밀고 나아갔다.

"그를 놔둬요! 다치게 하지 마세요! 그냥 아픈 거예요… 기억을 잃었을 뿐이에요."

남자들이 한발 물러섰다. 두 명이 각각 한 팔씩 에밀을 붙잡고 있었다.

손전등을 든 남자가 말했다.

"그가 우리를 때리려 했어요."

"미안해요… 정말 미안해요… 그는 자기가 뭘 하는지 몰라요…."

하지만 에밀의 분노 어린 외침이 어둠을 찢었다.

"놓아줘, 이 살인자들아!"

그는 허공을 향해 발차기를 했다. 잠시 동안 그의 다리는 공중에서 멈췄고, 얼굴이 일그러졌다가 모든 것이 사라졌다. 화면에서 화질이 나쁜 이미지처럼, 모든 것이 어두워지고 흐려졌다. 에밀은 바닥에 쓰러졌다. 마치 천 인형처럼, 3년 전 조제프가 토마토 밭 한가운데에서 쓰러졌던 모습과 똑같았다.

두려움에 싸인 조안의 눈에는 구급차 사이렌의 빨간 불과 파란 불이 춤추듯 비쳤다. 에밀과 구급차 앞에는 인파가 빽빽했다. 조안은 아무것도 보지 못했다. 사이렌 불빛만 보였다. 아까 에밀이 쓰러졌을 때, 그녀는 공포에 온몸이 굳어 움직일 수 없었다. 손전등을 든 남자가 구조를 요청했다. 그녀는 오두막마다 하나씩 불이 켜지고, 주민들이 다급한 목소리로 "구급차 온다!", "길 비켜!", "마리코에게 트럭 옮기라고 해!"라고 외치는 소리에 놀라 멈춰 섰다.

누군가 그녀의 팔을 붙잡아 옆으로 옮기고, 바닥에 앉혔다. 누군가 그녀에게 재킷을 가져다주었다. 어떤 목소리가 그녀에게 걱정하지 말라고 말했고, 그에게는 사람들이 이미 돌보고 있으니 곧 구조대가 도착할 것이라고 속삭였다. 아마 이사도라의 목소리였을 것이다. 그녀는 아무 말도 하지 못한 채, 움직일 수도 없는 채 조용히 순순히 그렇게 앉아 있었다.

이제 인파가 흩어지고 조안은 두 남자가 들고 있는 들것을 구급차 안으로 옮기는 모습을 볼 수 있었다. 에밀을 실어 나르려는 것이다. 그녀는 반응할 수 없었다. 조제프가 자기 정원에서 쓰러지는 모습과, 남자들이 어린 톰을 같은 차량에 실어가는 모습이 떠올랐기 때문이다.

갑자기 이사도라가 그녀 앞에 나타나 무릎을 꿇어 눈높이를 맞췄다.

"조안, 에밀이 병원으로 실려가요. 아마 당신도 함께 가고 싶겠죠…."

조안은 고개를 끄덕이고 천천히 일어나, 모든 사이렌이 켜진 차량으로 이사도라를 따라갔다. 이사도라는 구급대원 중 한 명과 몇 마디를 나눈 뒤, 조안이 뒷문으로 오를 수 있도록 도왔다. 문이 쾅 닫혔다. 마지막으로 조안이 본 모습은 이사도라가 손을 흔드는 장면이었다.

차량이 출발했다. 조안은 의식을 잃은 에밀의 몸을 바라보았다. 그의 얼굴에는 산소 마스크가 씌워져 있었다. 한 남자가 가슴에 전극을 붙였다. 티셔츠는 벗겨져 있었다.

"부인, 앉으세요."

그녀는 그 말을 따랐다. 도로는 자갈길이라, 수액 봉이 위태롭게 흔들렸다. 갑자기 한 남자가 그녀 앞에 서서 입술을 움직였다. 말을 걸고 있었다. 조안은 집중하려고 애썼다.

"…심장 질환이 있습니까?"

"뭐라고요?"

그가 좀 더 천천히 반복했다.

"환자분이 심장병 전력이 있습니까?"

조안은 고개를 저었다. 그녀는 자신도 모르게 혈압 저하로 인한 실신 이야기를 중얼거렸다. 사이렌 소리 속에서도 구급대원의 대답이 들려왔다.

"심장 박동이 불규칙합니다. 이번 실신은 서맥으로 인해 발생했을 가능성이 높습니다. 쓰러지기 전에 어지럼증이나 숨 가쁨 증상을 느꼈을 겁니다… 그런 얘기를 한 적이 있나요?"

조안은 멍하니 고개를 저었다.

"그… 그는 당황했어요. 기억력이 많이 떨어져서요. 한밤중에 떠나고 싶어 했어요… 그래서 우리가 붙잡으려 했죠…."

구급대원은 안심시키듯 미소 지었다.

"걱정하지 마세요, 부인. 저희가 그를 돌보겠습니다."

모든 일이 너무 빠르게 벌어졌다. 구급대원들이 차량에서 뛰어내렸다. 들것이 바퀴달린 침대 위에 옮겨졌다. 울퉁불퉁한 바닥에서 바퀴가 덜컹거리며 내는 소음 속으로 들것이 사라졌다. 남자들이 그녀 앞에서 달려갔다. 그녀는 어깨 위에 놓인 한 손의 가벼운 압력을 느꼈다. 그 손이 그녀를 이끌었다. 하얀 벽. 하얀 가운들. 창백하고 눈부시게 밝은 형광등. 얼굴들. 몇 개의 미소. 그녀를 이끄는 남자의 숨, 희미한 커피 냄새. 그녀에게 가리켜 보이는 회색 플라스틱 의자.

"여기 앉아 계세요. 곧 다시 오겠습니다." 조안은 자신의 손을 내려다보았다. 자신의 것 같지 않은 손. 너무 길고 약간 더러운 손톱. 이폴리트의 작업장에서 몇 달을 보내며 생긴 갈라짐과 굳은살. 갑자기 낯설게 느껴지는 손. 너무 작고 차가운 손. 약지에 포개져 있는 반지 두 개. 진짜 결혼반지는 아니지만, 이 반지들 덕에 그녀가 지금 여기 있을 수 있었다. 오늘 밤, 그녀가 모든 것을 걸고 에밀이 그의 의지에 반해 로안으로 돌아가지 못하게 하려 하는 이유가 되었다. "날 놔줘! 이 살인자들!"

조안은 깜박 잠이 들었던 모양이었다. 그래서 자신이 어디 있는지, 눈앞에 있는 남자가 누구인지, 어깨에 손이 올려진 이유를 바로 이해하지 못했다. 남자는 목에 청진기를 걸고 금색 테 안경을 쓰고 있었다. 그녀는 목과 어깨가 뻣뻣한 것을 느꼈다.

"부인, 저를 따라오세요."

조안은 정신을 차리고 남자를 따라갔다. 그녀의 신발은 플라스틱처럼 보였고, 바닥에 닿으면서 이상한 소리를 냈다. 그는 그녀를 사무실 안으로 안내했고, 문이 그녀 뒤에서 닫혔다. 남자는 푹신푹신한 파란색 의자를 가리켰다.

"앉으세요."

그녀는 시키는 대로 했다. 그녀는 의사의 호두나무 책상 위에 놓인 연필통을 바라보았다. 노란색으로 칠해진 통 위에는 초록색 스티커가 붙어 있었다. 아마도 아버지 날 선물일 것이다. 그에게는 자녀가 있을 듯했다.

"좋습니다. 당신 친구는 괜찮습니다."

의사는 잠시 말을 멈췄고, 조안은 그 틈에 자세를 바꾸었다. 등받이에 기대자 어깨의 뻣뻣함이 사라지는 것을 느꼈다.

"환자분에게 심초음파 검사를 했습니다. 그는 부정맥, 즉 특별한 이유 없이 심장이 불규칙하게 뛰는 상태를 겪고 있는 것으로 보입니다."

그는 그녀가 정보를 소화할 시간을 주었다. 조안은 고개를 끄덕였다.

"정확히 말하면, 그는 서맥을 앓고 있습니다. 심박이 불규칙할 뿐만 아니라 너무 느립니다. 분당 60회 미만입니다. 심장은 충분한 혈액과 산소를 몸에 공급할 수 없으며, 특히 신체 활동 중에는 더욱 그렇습니다."

그는 몸을 앞으로 숙여 조안의 작은 초록색 눈을 바라보았다.

"어떤 상황에서 기절했나요?"

"달리던 도중에 기절했어요."

"달리고 있었다고요?"

"달리면서… 몸부림쳤어요."

의사의 초록색 눈이 더 가늘게 좁혀졌다.

조안이 설명했다.

"그는 의식을 잃는 증상을 겪고 있습니다. 조기 알츠하이머예요. 그는 자신이 어디 있는지 모르는 발작 중이었고, 한밤중에 마을을 떠나려고 했어요. 그래서 우리가 붙잡으려고 했죠."

그녀는 호두나무 책상 위에서 의사의 각진 손이 서로 맞물리는 것을 보았다.

"좋아요, 문제를 하나씩 살펴보죠. 먼저 서맥부터…."

그는 의자에서 몸을 일으켰다.

"심장이 너무 느리게 뛰고 있고, 제가 말씀드린 것처럼… 신체 활동 중에는, 오늘 밤처럼, 심부전 증상이 나타납니다."

그는 조안을 바라보며 확인을 구했고, 조안은 조심스럽게 고개를 끄덕이며 덧붙였다.

"그를 여러 번 진찰한 의사는 혈압 강하로 인한 실신이라고 했어요…."

"그건 혈압 강하 때문이 아니라 서맥 때문이예요."

그는 다시 앞으로 몸을 기울여 두 손을 책상 위에서 맞잡았다.

"그리고 의식 상실 증상은, 말씀하신 대로…."

그녀는 파란 스펀지 의자에서 몸을 배배 꼬며 앉아 있었다. 불편했다. 정말로 이 이야기를 꺼냈어야 했을까? 올여름 바네르드비고르 병원에서 의사들이 보였던 반응이 떠올랐다. 그들은 그녀와 에밀에게 어떤 선택지도 주지 않았다. 즉시 임상시험 센터와 에밀의 부모에게 전화를 걸었다. 하지만 지금은 상황이 다르다. 조안은 그것을 스스로에게 설득하려는 듯, 신경질적으로 손가락에서 결혼반지를 빙글빙글 굴렸다.

"그는 희귀병을 앓고 있어요… 조기 알츠하이머와 유사하고, 뇌를 심각하게 손상시킵니다."

조안은 갑자기 걱정스러운 의사의 시선을 느끼며 몸이 작아지는 듯한 기분이 들었다.

"희귀병이라고 하셨죠?"

조안이 고개를 끄덕였다.

"무슨 병인가요?"

"저는…."

그녀는 시선을 구두 끝으로 내렸다.

"이름은 잘 모릅니다…."

조안은 에밀이 아직 제정신이었을 때 물어봤어야 한다고 생각했다. 지금은 너무 늦었다.

의사는 의자에 몸을 기대며 조금 더 부드럽게 말하려 했다.

"걱정하지 마세요. 환자분 의료 기록에서 확인할 수 있을 겁니다. 아마 서맥도 이 병과 관련이 있겠죠…."

그는 금테 동그란 안경을 벗어 무심히 닦으면서 생각에 잠긴 듯했다.

"그 병 때문에 정기적으로 진료를 받고 있지 않나요?"

조안은 의자 위에서 다시 자세를 바꿨다. 점점 더 불편했다. 그녀는 스스로에게 되뇌었다. '이제 괜찮아, 우리는 결혼했으니까.'

"아니요. 임상 시험을 제안받았지만, 그는 거절했어요. 병은 불치이며… 입원을 거부하고 있습니다."

조안은 의사가 점점 더 의심스러운 눈길로 자신을 보는 것 같은 느낌을 받았지만, 어쩌면 착각에 불과했을지도 몰랐다.

그는 천천히 안경을 다시 코에 걸었다.

"환자분 의료 기록을 확인해야겠군요."

조안은 고개를 끄덕이고 조심스레 물었다.

"그럼, 그다음에는 퇴원시킬 건가요?"

의사는 권위적인 표정으로 눈썹을 찌푸렸다.

"그때 가봐야 알겠죠."

"그때 가봐야 알겠다는 건 무슨 뜻이죠?"

조안은 무례하거나 성급하게 보이지 않으려 애썼지만, 점점 공포가 올라왔다.

"우선 서맥 때문에 며칠간 관찰할 예정입니다."

그는 잠시 가느다란 손가락으로 호두나무 책상을 두드렸다.

"환자분 의료 기록과 연계해야 합니다. 희귀병이 환자분의 심장 문제와 앞으로 나타날 다른 문제들의 원인일 수 있습니다. 당분간은 환자분을 퇴원시킬 수 없습니다."

그녀는 심장이 꽉 조여드는 것을 느꼈다. 두려워하던 모든 일이 이제 막 현실이 되려는 듯했다. 이 아름다운 작은 원곡에 도착한 바로 그날, 채 한 시간도 지나지 않아 에밀은 병원에 입원해 기계에 연결될지도 모른다. 그녀는 숨이 막히는 듯한 공황이 자신을 짓누르고, 목을 막아오는 것을 느꼈다. 그녀는 목이 메인 목소리로 애써 말했다.

"그가 명확히 병원에서 멀리 떨어지고 싶다고 했습니다. 저… 우리는 결혼했습니다. 제가 그의 법적 보호자입니다… 그를 보내주기 위해 어떤 동의서라도 서명할 준비가 되어 있습니다."

의사는 손짓으로 그녀를 막았다.

"늦었습니다, 부인. 오늘 밤 있었던 일로 지치셨을 겁니다. 집에 돌아가 휴식을 취하세요. 내일 조용히 다시 이야기합시다, 알겠죠?"

그는 친절한 미소를 지었지만, 동시에 권위가 느껴졌다. 조안은 고개를 끄덕였다. 오늘 밤은 더 이상 저항할 힘이 없었다. 의사는 가죽 의자에서 일어나 출구 쪽으로 한 걸음 내딛으며 그녀를 향해 말했다.

"같이 가실까요? 택시를 부르는 게 좋겠습니다…."

하지만 조안은 움직이지 않았다. 그녀는 꼭 말해야 했다. 확신 없이는 떠날 수 없었다.

"선생님…."

"네?"

"제가 그의 법적 보호자에요… 만약 무슨 일이 생기거나… 어떤 결정을 내려야 한다면… 연락 주세요. 아시겠죠?"

그는 다정하게 미소 지었다.

"오늘 밤은 어떤 결정도 내리지 않을 겁니다. 안심하세요. 남편분은 안정적입니다. 밤 사이에 충분히 휴식하고 회복할 수 있을 겁니다. 내일 아침, 정신을 맑게 하고 다시 이야기합시다. 아시겠죠?"

조안은 고개를 끄덕이고 천천히 몸을 일으켰다. 의사는 문을 열고 그녀에게 손을 내밀었다.

"내일 뵙겠습니다. 좋은 밤 되세요."

그는 조안이 병원의 하얀 복도를 천천히 걸어가는 모습을 가만히 지켜보았다. 묘하게도 그녀의 걸음은 무겁기도 하고 가볍기도 했다. 무거운 것은 그녀가 짊어진 커다란 짐 때문이었고, 가벼운 것은 마치 땅 위를 떠다니는 듯한 느낌 때문이었다.

택시가 잠든 마을 앞에 그녀를 내려주자, 조안을 향해 달려온 사람은 이사도라였다. 작은 목동 오두막들의 불빛은 다 꺼지고, 사람들은 다시 잠자리에 들었다. 하지만 이사도라는 아니었다. 그녀는 그들이 돌아올 때까지 걱정을 하며 기다리고 있었던 것이다.

"조안, 괜찮아요?"

그녀는 조안 앞에 서 있었고, 얼굴에는 피곤함과 걱정이 가득했다.

"그를 계속 병원에 두는 거에요?"

조안은 고개를 끄덕였다.

"며칠 동안 병원에 있어야 한대요."

이사도라는 조안의 어깨에 팔을 감고 그녀를 오두막으로 데려갔다.

"이리 와요. 내가 차를 끓여놨어요. 마시면 잠드는 데 도움이 될 거예요."

오두막 문이 열리자 조안은 마리코가 깨어 책상에 앉아 있는 모습을 발견했다. 갓이 씌워져 있지 않은 전구가 희미하게 내부를 비추고 있었다.

마리코가 의자를 끌어당기며 물었다.

"괜찮아요?"

그는 조안을 앉히고, 그녀는 천천히 자리를 잡았다. 이사도라는 가스레인지 위에 놓인 오래된 찻주전자를 가져왔다. 조안은 정신을 겨우 가다듬고 말했다.

"심장에 문제가 있대요…."

두 사람의 눈이 둥글게 커졌다.

"심장이 너무 천천히 뛰어서, 특히 신체 활동을 할 때 산소와 혈액을 충분히 공급할 수 없대요."

이사도라는 조안 옆에 앉아 부드럽게 물었다.

"그게 그의 다른 병… 알츠하이머 때문인가요?"

조안이 고개를 끄덕였다.

"네, 관련 있어요. 그는… 그건…."

그녀는 그가 더 자세한 설명을 해줬는지 기억나지 않았다. 뇌간과 파괴에 관한 이야기였던 것만은 확실했다. 그녀는 그 이상은 알지 못했다.

“그의 뇌 한 부분이 파괴되고 있어요.”

작은 오두막 안에 잠시 침묵이 내려앉았다. 이사도라가 작은 잔들을 채우기로 결심하기까지 1분 정도가 걸렸다. 잔에 물이 채워지는 소리가 조안을 깨운 듯했다.

그녀는 갑자기 몸을 일으키며 산만하게 움직였다.

“우리 둘은 약속했어요. 그가 아직 정신이 또렷할 때 그는 절대 그를 집으로 데려가지 않겠다고 나에게 약속하게 했어요. 그는 시선에서 멀리, 가족들에게서 멀리 떨어져 죽고 싶어 했어요. 그래서 떠난 거예요.”

그녀는 잠시 숨을 고르기 위해 말을 멈췄다.

“그래서 우리가 결혼한 거예요… 내가 그의 법적 보호자가 되어 그의 삶의 마지막을 결정할 수 있도록. 그는 병원에서 죽기를 원하지 않았어요. 자연 속에서… 산에서 죽고 싶어 했죠….”

그녀는 단호한 표정으로 그들을 올려다보았다. 이제 곧 약속을 지킬 것임을 선언하려는 순간, 마리코가 무거운 목소리로 말을 가로막았다.

“나는 우리 엄마가 그 지옥 같은 곳, 소위 말하는 완화의료 병동에서 천천히 죽어가는 걸 지켜봤어요. 그런 걸 누구에게도 바라지 않아요. 비겁하고 겁 많은 우리 형만 아니었으면, 온 가족을 압박하던 그 사람만 아니었으면, 난 엄마를 데리고 이곳, 산속으로 와서 제대로 된 죽음을 맞게 해드렸을 겁니다. 아직도 그게 후회돼요.”

그는 무겁게 침을 삼켰다.

“나는 당신의 행동과 그에게 한 약속을 지지해요. 이 마을에서 일어날 모든 일에 대해 우리 모두가 동의한 것으로 생각해요… 엄숙한 합의죠."

이사도라는 고개를 끄덕였다. 조안은 의자 등받이에 몸을 기대며 커다란 안도감을 느꼈다. 그녀는 무릎 위에 올려진 자신의 손을 바라보다가 그제서야 손이 떨리고 있다는 것을 깨달았다. 작고, 차갑고, 떨리는 손이었다.

28

조안은 마리코의 흰색 르노 트래픽 안에 아무 말 없이 앉아 있었다. 그녀는 턱을 굳게 다물고 시선을 멀리, 도로 위에 고정시켰다. 잠들기가 매우 힘들었다. 포크는 사냥을 나간 상태였지만, 그것이 그녀를 진정시키는 데 도움이 되지는 않았다. 마침내 잠이 들었을 때는 이른 아침이었지만, 그녀가 경험한 것은 뒤척이기만 하는 불안한 잠이었고, 충분히 회복되지 못한 상태였다.

마리코의 차량이 삐걱거리는 소리를 내며 병원 정문 앞에 멈춰섰다. 마리코가 그녀를 향해 몸을 돌렸다. 이런 상황에서도 그는 따뜻한 미소를 잃지 않았다.

그는 강한 스페인 억양으로 그녀에게 물었다.

"나는 오전 순찰을 12시에 끝낼 거예요. 12시 15분에 다시 데리러 올까요?"

조안은 고개를 끄덕이며 감사 인사를 하고 차량에서 뛰어내렸다. 차문이 쾅 닫혔다. 그녀는 천천히 유리문 쪽으로 걸어갔다.

조안은 접수처에서 안내받은 에밀의 병실 문까지 도달할 시간조차 없었다. 그 순간, 밤에 만났던 의사가 그녀를 막아섰다. 그는 그녀의 도착을 기다리고 있었던 듯했다. 그는 어제와 똑같은 흰색 가운을 입고 있었고, 금테 안경을 쓰고 작은 초록색 눈을 반짝이고 있었다.

"저를 따라오시겠어요?"

조안은 의사를 따라 같은 사무실로 들어가, 같은 파란색 스폰지 의자에 앉았다. 노란색과 초록색이 섞인 연필꽂이는 여전히 호두나무 책상 위에 놓여 있었다. 의사는 그녀에게 미소를 지으며 몇 초간 말을 하지 않고 기다렸다.

"좋습니다. 우선 안심하세요. 에밀은 오늘 아침 상태가 좋습니다. 심장이 정상 리듬을 되찾았어요."

그는 조안이 그 말을 받아들일 시간을 잠시 주며, 가죽 의자에 몸을 기댄 채 뒤로 젖혔다.

"저희가 아트로핀을 한 번 투여했는데, 심장이 잘 반응했습니다."

그의 초록색 눈이 오늘 아침 유난히 창백한 얼굴의 조안에게 고정되었다. 의사의 목소리는 조금 무거워졌다.

"오늘 아침 에밀의 의료 기록을 살펴볼 시간이 있었습니다. 제가 우려했던 대로네요. 서맥은 그의 희귀 신경퇴행성 질환과 직접적으로 관련이 있습니다."

그의 초록색 눈이 오늘 아침 유난히 창백한 얼굴의 조안에게 고정되었다. 의사의 목소리는 조금 무거워졌다.

"어젯밤 남편이 응급실에 도착했을 때, 제 첫 번째 생각은 인공 심박 조율기 설치였습니다. 수술은 큰 부담이 있지만, 서맥에는 가장 효과적이고 근본적인 해결책이죠. 환자 몸에 장치를 삽입해, 심장이 너무 느려질 때 전기적 자극을 주는 방식입니다."

그는 잠시 숨을 고르며 은밀히 코를 후비기도 했다.

"하지만 의료 기록을 검토한 후, 상황이 더 복잡하다는 사실을 깨달았습니다. 서맥은 질환이 뇌, 특히 생명 유지 기능을 담당하는 뇌간에 미친 손상 때문에 직접 발생한 것입니다. 서맥을 치료할 수는 있겠지만, 비유하자면 구멍 난 부대에 바람을 불어 넣는 것과 다를 바 없을지도 모릅니다."

조안은 움직이지 않고 그대로 있었다. 그녀는 노란색과 초록색 연필꽂이에 시선을 고정하려 애썼다.

"다른 생명 유지 기능도 곧 영향을 받게 될 것입니다. 혈압, 호흡 기능, 체온 조절… 심장 리듬 이상은 이 퇴행성 질환이 나타내는 여러 증상 중 하나일 뿐입니다. 따라서…."

그는 몸을 곧게 세우자 가죽 의자가 앞으로 기울어졌다.

"따라서, 남편에게 인공 심박조율기 설치라는 큰 수술을 하는 것이 과연 의미가 있는지 고민하게 됩니다. 왜냐하면…."

그는 잠시 말을 멈추었다. 콧망울이 미세하게 떨렸다.

"이 질환의 치명적인 결과를 고려하면, 우리가 무엇을 하든…."

그때 조안의 목소리가 작게 들려왔다. 부드럽지만 매우 또렷한 목소리였다.

"저는 그냥 내버려 두는 것이 좋다고 생각합니다. 모든 동의서에 서명하겠습니다."

그녀는 의사가 놀라 반응할 줄 알았지만, 그렇지 않았다.

의사는 천천히 고개를 끄덕였다.

"당신의 의견을 이해합니다. 그리고 상황을 고려할 때… 히포크라테스 선서를 지키는 의사로서도, 저는 당신의 결정에 동의합니다."

그는 눈 하나 깜빡이지 않고, 작은 초록색 눈으로 조안을 강하게 응시했다.

“동의서에 서명하기 전에, 남편이 직면할 위험을 완전히 이해하고 있는지 확인해야 합니다.”

조안은 고개를 끄덕였다. 그녀의 손은 그날 시장 앞에서 서 있을 때처럼 무릎 위에 가지런히 올려져 있었다. 그녀는 흔들림 없이 집중하며 들었다.

“남편에게 인공 심박조율기 설치를 거부하면, 심각한 심장 합병증이 발생할 수 있습니다. 심부전, 잦은 실신, 심장 정지 등이 그 예입니다.”

그는 조안의 얼굴에서 어떤 반응을 살피려 했지만, 그녀가 상황을 완전히 통제하고 있는 것을 보고 놀랐다. 그는 다소 당황했고, 생각을 이어가는 데 어려움을 겪었다.

“보호자께서는… 그러니까, 이 위험을 인지하고…?”

그는 책상 위 종이 더미를 뒤지기 시작했다.

“그리고 보호자께서는 입장을 유지하시는 거군요… 그렇다면… 네….”

그는 서류와 생각 속에서 길을 잃고 고개를 들어 그녀를 바라보았다.

“맞아요. 동의서입니다. 치료 거부 증명서에 서명하실 겁니다. 남편의 건강에 대한 결과를 제가 알렸음을 명시하고, 당신이 결정을 유지한다는 것을 기록하셔야 합니다.”

조안은 고개를 끄덕였다. 의사는 다시 서류를 뒤지더니 흰색 양식을 꺼냈다.

“자, 여기 있습니다. 제가… 작성할 겁니다. 법에 따라, 이 증명서에 서명하기 전 최소 3일 동안 숙고할 시간을 드려야 합니다. 그래서 이 서류는 제 사무실에 두고, 이번 주말에 남편분이 퇴원할 때 서명하러 오시면 됩니다."

조안이 입을 열어 물었다.

"이번 주말까지 여기 두시는 건가요?"

의사의 합리적이고 이해심 있는 말들을 들은 후, 그녀는 오늘 아침 가지고 갈 수 있을 거라 기대했었다.

"아트로핀을 3,4일 정도 투여해도 해가 되지 않습니다. 그때쯤이면 남편분의 상태가 더 좋아질 겁니다."

그는 갑자기 말을 끊고, 그녀를 향해 진지한 시선을 돌렸다.

"하지만 긴 산책이나 댄스 수업, 성관계나 기타 어떤 신체 활동도 하시면 안 됩니다. 남편은 점점 더 심장 기능이 약해질 거예요. 또한 더위와 일반적인 스트레스 상황도 피하세요. 삶의 즐거움을 조금이라도 더 누리려면 충분한 휴식과 평온이 필요합니다."

그는 연민과 슬픔이 묻어 있는 목소리로 이렇게 말했다.

"아시겠습니까?"

"조안?"

그가 그녀를 알아보는 것을 확인한 순간, 그녀는 기쁨에 거의 숨이 막힐 뻔했다. 아직 성인이 된 에밀은 아니었다. 어린 시절의 모습으로 과거에 머물러 있는 그였지만, 중요한 것은 그가 자신을 "뇌 치료를 위해 산으로 데려가는 딸"로 알아봐 준다는 사실이었다. 그녀는 무엇보다 새로운 발작을 가장 두려워했지만, 에밀은 병원 침대에서 완전히 평온했다.

그녀는 안도하며 미소를 지으며 침대 옆으로 다가섰다.

"안녕, 괜찮아요?"

에밀이 웃으며 침상 가운 아래에 붙은 전극을 가리켰다.

"내가 심장마비를 일으켰다고 말하더군요."

그녀는 고개를 끄덕이며 확인하고, 침대 끝, 그의 발 쪽에 앉았다. 어제 마을에서 있었던 일은 전혀 기억하지 못하는 듯했고, 그녀는 기뻤다.

그는 갑자기 눈썹을 찡그리며 물었다.

"심각해요?"

그녀는 고개를 흔들며 태연한 표정을 지었다.

"아니, 심각하지 않아요. 이번 주말이면 퇴원할 거예요. 캠핑카로 돌아가서 당신이 하고 싶은 걸 하면 돼요. 정원 가꾸기를 좀 하거나, 모노폴리 게임을 하거나… 그냥 낮잠을 자도 되고."

그의 눈썹이 더욱 치켜 올라갔다.

"마을에서요?"

"네."

잠시 침묵이 흘렀다.

그녀가 조심스레 물었다.

"기억이 안 나요?"

그는 고개를 저었다.

"괜찮아요, 아무것도 아네요. 가보면 하얀 석회암 산으로 둘러싸여 있어서 정말 예뻐요."

그녀는 그의 눈동자 속에서 반짝임을 보았다.

"배낭이랑 텐트 가지고 갈 수 있어요? 이폴리트 집에 있었을 때, 배낭 가지고 간다고 했잖아요…."

조안은 몇 분 전 의사의 말을 떠올렸다. 긴 산책은 피하라….

"그럼 나중에 봐요."

"왜, 나중에 보자는 거예요?"

"의사 선생님이 당신이 쉬어야 한다고 하셨어요."

"그는 그걸 몰라요."

그는 작은 소년처럼 장난기 가득한 표정을 지었다. 조안은 미소를 참을 수 없었다.

"그래요… 당신 말이 맞아요… 몰래 하면 되겠네."

그녀는 그가 갑자기 몸을 곧게 세우고, 반쯤 열린 병실 문을 통해 무엇인가를 유심히 살피는 것을 보았다. 그는 마치 기다리는 듯 몸을 흔들었다.

그녀가 물었다.

"무슨 일이예요?"

그는 침대에서 계속 꿈틀거리며, 문틈 사이로 무언가를 보려 애썼다.

"아무것도 아네요. 그냥 그녀가 돌아오기만 기다리는 거에요." 그는 조안에게 시선도 주지 않고, 모든 주의를 복도에 집중했다.

"간호사가 다시 오기로 했어요?"

"아뇨니."

"아니라고요?"

그는 몸을 너무 꿈틀거려서 전극 하나가 떨어질 지경이었다.

"에밀, 가만히 있어요. 간호사는 정해진 시간에 올 거예요."

하지만 그는 고개를 저으며 소년 같은 미소를 지었다.

"간호사가 아니라 엄마예요, 조안."

조안은 가슴이 죄어오르고, 숨이 얼어붙는 듯한 느낌을 받았다.

"무… 무슨…."

에밀이 더 환하게 미소지었다.

"엄마가 아까 마르조랑 함께 왔었어요."

조안은 입을 벌렸지만 아무 소리도 나오지 않았다. 공포가 몰려오고 심장은 빠르게 뛰기 시작했다. 숨이 막힐 지경에 이르렀을 때, 이어지는 말이 들려왔다.

"우리는 해변을 잠시 다녀왔어요. 그녀가 나한테 주려고 아이스크림을 사러 갔거든요. 당신도 원하면 그녀한테 아이스크림 사 달라고 할까요?"

조안의 시선은 평화롭게 영속농업을 하는 밭 위에 놓여 있었다. 그녀는 언뜻 언덕과 향신료 나선형을 바라보지만, 사실 제대로 보지는 못했다. 밤이 찾아왔고, 그녀가 가장 좋아하는 순간이었다. 마을이 한산해지고, 사람들은 집으로 돌아갔다. 목동의 오두막에 불이 켜졌다. 그녀는 혼자 앉아 고요 속에서 나무가 된 듯한 상상을 할 수 있었다. 천천히 숨을 들이쉬었다. 눈앞이 더 이상 선명하지 않았다. 시야가 흐려졌다. 그녀는 발과 골반, 허벅지에서 뻗어 나오는 뿌리를 떠올렸다. 뿌리는 점점 자라 두꺼워졌다. 뿌리는 땅속 깊숙이 스며들어, 점점 더 깊게 내려갔다. 그녀는 땅과의 접촉을 느꼈고, 땅에서 올라오는 에너지가 자신을 관통하는 것을 느꼈다. 그녀는 움직이지 않고 그대로 있었다. 밤이 완전히 내려앉았다. 풀은 이슬로 덮였다. 그녀는 더 평온하고 강해진 기분이었다. 조제프는 "인생이 너를 수천 조각으로 흩뜨리는 것 같고, 모든 기준이 사라질 때, 스스로를 나무로 변신시켜라"라고 그녀에게 말했다. 그녀는 오랫동안 이렇게 앉아 느낄 시간을 갖지 못했다. 발작과 공사, 어린아이 같은 새로운 에밀의 등장… 매일 조금씩… 오늘 밤, 그녀는 자신과 함께 있는 시간이 행복했다.

그녀는 움직이지 않고 한 시간 더 앉아 있었다. 내면의 평화가 찾아왔다. 그녀는 앞으로 닥칠 일에 맞설 준비가 거의 다 되었다고 느껴졌다. 땅과의 접촉에서 여전히 몇 가지 진동을 느낀 후, 그녀는 깊이 숨을 들이쉬었다. 포크가 주인 곁으로 조심스레 다가와 등을 비볐다. 포크는 항상 나무를 좋아했다. 나무는 크고, 강하며, 위엄이 있었다. 그들은 고요하고 비밀스러워 대부분의 존재에게는 보이지 않지만, 모든 폭풍을 견뎌냈다.

"에밀은 내일 돌아와요?"

조안은 고개를 끄덕였다. 이사도라는 그들에게 배정된 작은 땅 앞에 서서, 손으로 눈을 가린 채 바라보고 있었다.

"그는 당신이 한 걸 보면 좋아할 거예요."

조안은 쭈그리고 앉아 자신의 작품을 이루는 가운데 길의 작은 자갈 중 하나를 제자리에 놓고 있었다. 그녀는 텅 빈 작은 땅을 진짜 작은 집 마당으로 바꾸기 위해 사흘 남짓 시간을 썼다. 예쁜 자갈길을 만들어 문까지 이어지게 하고, 작은 자갈 광장을 만들어 테라스로 꾸몄다. 접이식 테이블과 의자, 햇빛에 바랜 파라솔, 그리고 마리코가 없애고 싶어 했던 녹슨 오래된 일광욕 의자가 놓였다. 캠핑카 뒤, 큰 코르크 참나무 아래에 조안은 작은 땅 조각 주변에 네 개의 나무판자를 설치했다. 향초와 허브를 키우기로 한 자리였다. 아직은 단순한 흙바닥처럼 보였지만, 곧 민트와 바질, 로즈마리가 자라길 기대했다.

그녀는 캠핑카를 구석구석 청소하고, 창문에 새 커튼을 달았다. 옆집(손전등을 들고 있는 아저씨)은 원치 않았던 노란색과 주황색 커튼은 내부에 생기를 불어넣었다.

조안은 마을 전체가 에밀이 돌아왔다는 사실을 알고 있는 것 같다고 생각했다. 그녀는 사람들을 만날 때마다 같은 질문을 받았다.

"당신 친구는 곧 돌아오나요? 내일 오나요?"

많은 사람이 그녀의 안부를 묻고, 병원에 데려가거나 데려오는 일을 도와주겠다고 제안했다. 조안은 이런 관심 앞에서 어떻게 행동해야 할지 몰랐다. 토요일로 예정된 명상 수업이 그녀가 마을 사람들에게 보내는 집단적인 감사 표시가 될 것이다. 에밀도 오고 싶어 할까?

이사도라가 말했다.

"이제 좀 쉬어야죠."

"거의 다 끝냈어요."

"잠깐 쉬어요. 그가 오면 힘이 필요할 거예요… 저녁 먹을 때 전화할게요."

의사는 오늘 아침 얼굴이 어두웠다. 그러나 봄날 아침치고는 특히 덥고 화창했다. 여름이 머지않았다. 마을에서는 마리코가 에밀이 돌아온 것을 기념하기 위해 바비큐를 준비했다.

"좋아요, 서명하기 전에 이 문서를 다시 한번 읽어보세요. 2부 모두 서명해야 하고, 신분증과 혼인 증명서도 필요합니다."

조안은 고개를 끄덕였다. 이미 서류를 준비해 두었다. 그녀는 서류를 책상 위에 올려놓은 뒤, 의사가 건네주는 양식을 집어 들었다. 그녀는 빠르게 줄을 따라 읽었다. 몇 문장은 다른 문장보다 더 깊이 각인되었다.

본인은 에밀 마르셀 베르제 환자의 법적 보호자인 조안 마리 트로니에(베르제씨의 배우자)로서, 환자가 심장마비로 파스퇴르 종합병원에 입원 중임을 확인하며, 제공된 치료를 거부할 경우 발생할 수 있는 위험(호흡 곤란, 실신, 심부전, 심장 정지, 사망 등)을 명확히 안내받았고 이해하였음을 확인합니다.

그럼에도 불구하고, 본인은 에밀 마르셀 베르제를 병동에서 퇴원시키고, 마르게롱 박사가 제안한 치료 및 시술을 거부하고자 하며, 이로 인한 모든 결과에 대해 마르게롱 박사와 파스퇴르 종합병원이 어떠한 책임도 지지 않음을 동의합니다.

본인은 본 서류에 서명하더라도 마음이 바뀔 경우 다시 치료 받을 수 있으며, 환자가 원하거나 질문이 있을 경우 병원에 다시 돌아오는 것을 방해하지 않음을 이해합니다.

이어 "환자 또는 법적 보호자 서명"란과 "의사 서명"란, 그리고 일반적으로 적히는 "읽고 승인함" 란이 있었다.

조안은 2부 모두에 빠르게 서명했다. 의사는 여전히 얼굴이 어두웠다. 그는 어쩔 수 없이 한마디를 덧붙여야만 했다.

"혹시라도, 결정에 대해 의문이 생기면…."

하지만 그녀가 말을 끊었다.

"감사합니다, 의사 선생님."

조안은 혼인 증명서와 신분증을 챙기고, 의사가 동의서에 서명할 때까지 차분히 기다렸다. 마침내 서류가 그녀에게 돌아왔다. 의사는 그녀를 사무실 문까지 배웅하기 위해 일어섰다.

"남편분을 잘 돌봐 주세요, 베르제 씨 부인."

그녀는 마지막으로 금테 안경 너머로 그의 날카로운 초록색 눈을 바라보았다. 그는 인간적인 면모를 보여주었고, 그것이 그에게 얼마나 어려운 일이었는지 그녀는 잘 알고 있었다. 그녀는 이 마지막 긴 시선을 통해 모든 감사의 마음을 전하려 했다.

"모든 것에 감사드립니다…."

그는 침묵 속에서 그녀가 작고 검은 형체의 특이한 걸음걸이로 흰 병원 복도를 가로질러 떠나는 모습을 바라보았다.

"여기가 우리가 사는 곳이예요?"

"예… 여기가 바로 여기예요. 마음에 들어요?"

그는 이미 캠핑카를 한 바퀴 돌아보았다. 그녀는 다시 한번 "뛰지 마요. 의사 선생님이 뛰지 말라고 했어요"라고 말할까 하다가 참았다.

그가 외치는 소리가 들렸다.

"우리 정원도 있어요?"

조안은 캠핑카 반대편, 큰 참나무 그늘로 다가갔다. 그는 작은 허브 텃밭 앞에 쭈그리고 앉아, 갓 솟아난 민트 잎을 보며 감탄하고 있었다.

"별거 아네요… 그냥 몇 가지 허브만 심었어요."

"이게 민트인가요?"

"예. 자라면 시원한 민트 차를 만들 수 있어요."

톰은 그것을 무척 좋아했다. 그는 컵에 얼음을 열 개쯤 쌓아 민트는 거의 남지 않고, 녹은 얼음만 남게 했다.

마리코는 캠핑카 반대편에서 그들을 기다리고 있었다. 병원에서 흰색 트럭을 몰고 데려온 사람이 바로 그였다. 조안은 작은 자갈길 앞에서 에밀을 부르며 다가갔다.

"밥 먹으러 가자. 마리코가 바비큐를 준비했어."

마리코는 천천히 움직이며 시간 여유가 있다고 손짓했다. 그는 갈색 사루엘 바지를 입고 사라졌다. 준비가 되면 그들과 합류할 것이다.

에밀이 다시 나타났다. 행복해 보였다.

"여기 마음에 들어요."

"그럴 줄 알았어요."

"꼭 저 사람들과 같이 밥을 먹어야 해요?"

"음…."

그녀는 어깨를 으쓱했다.

"아니요… 정말 가기 싫으면 여기 있을 수도 있어요. 하지만 그들은 당신을 위해 식사를 준비했어요…."

그는 눈썹을 찌푸렸다. 그녀는 그의 턱수염이 다시 자라기 시작한 것을 알아차렸다. 그녀는 과연 그가 수염을 깎게 허락할까 궁금했다. 머리카락도 덥수룩하게 내려오는 것을 다듬어주면 좀 더 젊고 새로운 느낌을 줄 수 있을 것이다.

"난 그 사람들 모르는데…."

"알아요… 하지만 우리랑 같이 지낼 거니까 예의는 지켜야 해요."

"얼마나 오래 동안요?"

"당신이 휴식을 취하는 동안은요."

그는 심드렁한 표정을 지었지만 고개를 끄덕였다.

"좋아요, 알았어요."

그는 캠핑카 안으로 들어가려 했지만, 그녀가 붙잡았다.

"기다려요, 에밀. 가기 전에 머리 조금 다듬어줄까요?"

조안은 접이식 의자 앞, 작은 탁자 위에 대야를 놓고, 에밀의 목에 수건을 둘러 목이 가려워지지 않도록 했다. 빗과 가위, 전기 이발기, 면도날 세트가 탁자 위에 놓여 있었다. 그녀는 이 도구들을 모두 능숙하게 다룰 수 있을지 확신하지 못했지만, 최선을 다하기로 했다.

조안이 에밀의 헝클어진 머리칼을 빗어 풀 준비를 하고 있을 때 에밀이 말했다.

"다음에는 내가 당신 머리에 뭔가를 해줄 차례예요."

그녀는 놀라 동작을 멈춘다.

"정말요?"

"예."

"그걸로 뭘 하고 싶은데요?"

"잘 모르겠어요…."

그녀는 그의 얼굴을 스쳐가는 장난기와 약간 비꼬는 표정, 과거의 에밀의 흔적을 보았다.

"빗질 같은 거요?"

그녀는 미소 지으며 그의 머리를 뒤로 젖혔다.

"하하, 정말 재미있네!"

그는 그녀를 보기 위해 몸을 빼내려고 애쓴다.

"아니, 그러니까… 난 당신 머리를 감겨주고, 엉킨 것도 풀어주고, 어쩌면 머리를 예쁘게 해줄 수도 있죠."

그는 그녀의 반응을 살폈다. 그녀는 다시 그의 머리를 뒤로 젖혔다.

"움직이지 마요. 당신 귀를 잘라버릴 거예요."

"그게 과연 좋은 생각일까?"

"뭐라고? 귀를 자른다고?"

"아니, 당신 머리를 예쁘게 해주겠다는 거예요."

"음… 잘 모르겠어요. 당신, 머리 스타일링 할 줄 알아요?"

그는 진지하게 고개를 끄덕였다.

"아마 땋기를 해줄 수 있을 거예요."

그녀는 어쩔 수 없이 약간의 애잔함을 담아 미소를 지었다. 그녀는 그들의 가짜 결혼식 때 미르티유가 해준 땋은 머리를, 그가 정말 좋아했던 것 같다고 느꼈다.

그가 조급하게 물었다.

"그럼?"

"예… 좋아요, 해요."

공기에는 유칼립투스 샴푸 향과 바비큐 불 향, 그리고 피어나는 꽃향기가 섞여 있었다. 아름다운 봄날이었다. 가까운 나무에서는 흑갈색 딱새가 노래하고 있었다. 가끔 마을 사람이 그들의 작은 텃밭 앞을 지나며 인사했다. 에밀은 젖은 머리를 하고 장난기 가득한 기분이었다. 그는 많이 웃었다. 목에 걸린 머리카락 때문에 간지러운 것과, 조안이 가위를 쓰다가 실수로 내뱉은 욕 때문이었다. 그녀는 이 잠시의 평화로운 순간을 즐기며, 심장병이 있는 그를 이곳으로 데려온 결정이 옳았음을 스스로 확인했다.

그들은 몇 달 전 에밀이 그뤼상 벼룩시장에서 산 태양 거울 속에서 서로를 바라보았다. 에밀은 머리를 짧게 깎고 얼굴에는 수염이 없었다. 이렇게 하니 그가 다시 어린아이로 돌아가는 것처럼 보였다. 조안은 꽤 잘된 땋은 머리를 하고 있었고, 이를 보고 자신이 가장 놀랐다.

"이걸 어디서 배운 거예요?"

"마르조리가 가끔 해달라고 해서요."

"딸기요?"

"예. 학교 가기 전에."

"아!"

조안은 마르조리가 이 마을에 있을지 확신하지 못했다. 아까 그는 바비큐를 할 때 올 거라고 했었다. 그녀는 여전히 그의 규칙과 현실에 맞추어 행동했다. 그러니 아마 조금 후에 마르조리를 만나게 될지도 몰랐다.

에밀은 그날, 마을 바비큐 파티에서 수줍어하지도, 말이 없지도 않았다. 그는 많이 웃고, 마리코, 피에르-알랭, 그리고 조안이 처음 며칠 동안 마주쳤던 다른 주민들과 얘기를 나눴다. 일주일 전 마을에 도착했을 때 창백하고, 말이 없고, 혼란스러워했던 그 에밀과는 달랐다. 조안은 이 웃고 행복해 보이는 에밀이, 사실은 과거 속으로 더 깊이 빠져들었기 때문에 그렇게 보이는 것은 아니라고 스스로를 설득했다. 과거와 현재가 논리 없이 뒤섞이고 공존하는 것이다. 지금 피에르-알랭은 때로는 에밀의 아버지처럼, 때로는 학교 선생님처럼 보이고, 마을의 한 아이는 '티반'이라는 이름으로 불리고 있었다. 누군지 알 수 없지만, 아마 마르조리의 아이 중 한 명일 것이라고 그녀는 생각했다. 그의 상태는 악화되었지만, 조안이 유일하게 붙잡고 싶은 것은 그가 행복하고 편안해 보인다는 사실이었다.

마리코는 에밀을 데리고 마을로 가 나무 판자를 가져와 캠핑카용 건식 화장실을 만들었다. 조안은 에밀이 마리코와 함께 있는 것을 즐기는 듯하다고 느꼈다. 아마도 그에게는 항상 그녀만 있는 것이 아니라 남자와 함께 있는 것이 좋았을 것이다. 그는 너무 예의 바르기 때문에 말은 하지 않겠지만, 조안은 그것을 느낄 수 있었다. 오늘 아침에는 예정된 명상 수업이 있었다. 이사도라가 사람들에게 소식을 전했고, 두 사람이 레스퀑의 원형 계곡 한가운데, 석회암 산으로 둘러싸인 이 골짜기에 도착했을 때, 열다섯 명 정도의 사람들이 이미 와 있었다. 조안은 놀라움을 감추기 어려웠다. 그녀는 세 사람 정도만 올 줄 알았지만, 명상 수업에 참여하기 위해 진짜 그룹이 모인 것이었다.

이사도라가 말했다.

"환경이 정말 아름답네요."

남녀 참가자들도 맞장구쳤다.

"정말 훌륭한 아이디어였어요."

조안은 사람들 앞에서 위축되지 않으려 애썼다. 그녀는 에밀과 함께한 것 외에는 명상 수업이나 입문을 해본 적이 없었다. 완전히 다른 경험이었다.

"어떻게 자리를 잡아야 하나요?"

질문을 한 여성이 아들과 함께 왔다는 것을 보고 조안은 알았다. 네다섯 살 정도로, 톰이 지금쯤 되어야 할 나이였다. 그녀는 생각하지 않으려 애썼다. 다행히 그 아이는 불타는 듯한 빨간 머리와 주근깨가 많은 얼굴을 가지고 있어, 더 이상 비교가 이어지지는 않았다.

"원하는 곳에, 원하는 방식으로 앉으세요. 가장 편한 자세를 취하면 됩니다."

열다섯 명 정도의 사람들이 아무 불평 없이 따라하는 모습을 보는 것은 이상하게 느껴졌다. 그녀는 풀밭에 조용히 자리를 잡고, 시야에 앙사베르 첨봉을 두려 애썼다. 이 높고 험준한 석회암 절벽들 사이에서 그녀가 가장 좋아하는 것은 바로 이 첨봉이었다. 그것은 가장 뾰족하고, 날카로운 칼날처럼 솟아오른 봉우리였다. 마을 사람들은 이 봉우리가 피레네에서 가장 수직적이고 접근하기 어려운 정상이라고 말한다. 오랫동안 정복되지 않은 채 남아 있었고, 피레네 전역에서 정복되지 않은 마지막 두 정상이었다. 결국 두 명의 탐험가가 목숨을 걸고 등반에 성공했지만, 앙사베르 첨봉은 오랫동안 정복당했음에도 불구하고 저주받고 두려운 곳으로 남아 있었다.

조안이 이번 명상 수업에서 선택한 연습은 산을 주제로 한 명상이었다. 그녀는 이것이 마음을 진정시키고 내면의 힘을 깨닫기 위해 사용하는 마음챙김 연습이라고 설명했다. 그녀는 참가자들에게 몇 초 동안 호흡에 집중하도록 하여 마음을 차분하게 만들고, 그다음 주변의 산들 중 한 곳을 선택하도록 했다. 특별히 좋아하는 산, 마음을 평온하게 하거나, 반대로 힘을 느끼게 하는 산을 고르는 것이다. 조안은 자신은 오랫동안 정복되지 않았던 저주받은 바늘봉에 시선을 집중하기로 했다. 그녀는 참가자들에게 이 산의 모든 면을 자세히 살펴보라고 초대했다. 산의 형태와 윤곽, 색, 명암, 거칠기, 소나무, 골짜기 등을 관찰하도록 했다. 그녀는 참가자들이 이 관찰에 완전히 몰입할 수 있도록 잠시 침묵을 허락했다. 조안 주변의 모든 것이 사라졌다. 남은 것은 하늘과 앙사베르 첨봉뿐이었다.

"당신의 몸이 바로 이 산입니다…."

그녀는 맑은 목소리로 속삭였다.

"땅에 단단히 뿌리내리고… 안정되고… 중심을 잡으세요. 당신은 이 바위입니다. 아무것도 두렵지 않습니다. 폭풍우도, 당신을 휩쓰는 바람도, 비도, 눈사태도 두렵지 않습니다. 당신은 흔들리지 않고 그 자리에 남아 있습니다. 자신의 능력을 느껴보세요… 당신의 힘을… 폭풍우가 당신을 뿌리째 뽑지 못합니다. 인내심을 가지고 폭풍우가 지나가고 파란 하늘이 돌아오기를 기다리세요. 느껴보세요… 내면의 평온함을… 완전한 확신을… 당신은 이 산입니다. 당신은 무적입니다."

조안은 잠시 앙사베르 첨봉을 잊었다. 그녀는 몇 초 동안 기억 속으로 빠져들었다. 그 시절, 그녀는 산이 아니었다. 바람에 흩날리고, 흐름에 따라 흔들리던 작은 풀잎 같은 존재였다. 살아가기 위해 무엇에 기대야 할지조차 알지 못하던 때였다. 그녀는 노란 병아리색 벽 네 개에 갇힌 요양원 방 안에 있었다. 창문에는 철창이 달렸고, 방의 모든 거울은 치워져 있었다. 입원한 사람들의 자살을 막기 위한 조치였다. 조안은 철창 때문에 하늘이 잘게 잘린 회색 조각처럼 보이는 것이 안타까웠다.

레옹은 매일 그녀를 보러 왔다. 하지만 조안은 그를 알아보지 못할 때가 많았다. 존재하지 않는 것들이 보이기도 했고, 정작 눈앞의 현실은 보지 못했다. 그녀는 완고하게 침묵을 지켰다. 톰의 장례식 이후, 그녀는 완전히 말을 잃어버렸다. 레옹이 톰을 땅에 묻었다. 앙드레 가족이 그 아이를 땅속에 묻어버렸다. 하지만 톰은 땅이 아니라 날아올라 바다로, 하늘로 가야 했던 아이였다. 그녀의 두 가지 경이로움(바다와 하늘)로 돌아갔어야 했던 아이.

누구도 그녀에게 말을 하게 할 수 없었다. 그러던 어느 날, 새로 배치된 간호사 한 명이 조안을 늘 애정 어린 눈으로 지켜보더니 작은 공책 하나를 건넸다. 지금 조안이 쓰고 있는 공책과 비슷했지만, 그때 것은 빨간색에 더 작았다. 간호사는 말했다. "조안, 메리 크리스마스." 그녀의 목소리는 부드럽고 진심이 느껴졌으며, 커다란 파란 눈을 가지고 있었다. 조안이 갑자기 울음을 터뜨리자, 간호사는 이해하지 못했다.

"이러지 마세요. 그냥… 작은 선물일 뿐이에요."

그녀는 전날 레옹이 가져다준 라일락 몇 송이를 침대 머리맡의 꽃병에 다시 꽂아두었다. 그리고 마치 비밀을 털어놓듯 조용히 속삭였다.

"말하고 싶어 하지 않으시니까… 대신 글을 쓰는 건 좋아하실지도 모른다고 생각했어요."

간호사의 이름은 오팔이었다. 조안은 그 독특한 이름을 바로 좋아하게 되었다. 그 이름은 아버지가 들려주던 어떤 보석 전설을 떠올리게 했다. 아버지는 오팔이 무지갯빛처럼 여러 색이 비치는 성질, 즉 유광성을 가진 돌이라고 가르쳐주었다. 조제프가 들려준 전설은 호주 원주민들의 신화에서 나온 것이었다. 창조신이 어느 날 무지개를 타고 지상에 내려왔고, 그의 발이 땅에 닿는 순간 모든 돌이 무지개 색으로 반짝이기 시작했다고 한다. 그것이 바로 오팔이었다. 조제프는 또 아주 오래전의 작가 플리니우스가 오팔을 모든 보석의 색과 성질을 모두 지닌 '경이로운 돌'이라고 기록했다는 이야기도 덧붙였다.

조안은 오팔이 선물한 그 공책에 첫 문장을 쓰면서 그 일을 다시 떠올렸다. 표지는 스웨이드 같은 질감을 가지고 있었다. 작은 고무 밴드가 그것을 여며 닫을 수 있게 해주었다. 레옹은 크리스마스인 그날, 아마도 앙드레 부부와 함께 곧 도착할 터였다. 그들은 석 달에 한 번 정도는 슬픔으로 미쳐 말도 하지 못하게 된 그들의 며느리를 방문하는 데 동의하곤 했다. 그들이 언제라도 도착할 수 있었지만, 그럼에도 조안은 첫 문장들을 공책에 쓸 시간을 냈다. 조제프에게 쓰는 편지였다. 그날 종이에 적어 내려간 말들을 그녀는 아주 잘 기억하고 있다. 펜 끝에서 터져 나온 첫 말들. 증오의 말들. 해방의 말들. 아빠, 이 가족은 저주받았어요. 그들은 당신들을 둘 다 죽였어요. 그리고 당신을 통해 나도 죽였어요. 앙드레 부부가 도착했을 때 그녀는 공책을 덮었고 베개 밑에 숨겼다. 다음 날 아침, 그녀는 톰에게 편지를 썼다. 사랑의 편지였다. 그 뒤로 얼마 지나지 않아 봄이 찾아왔다. 그녀는 다시 말을 하기 시작했지만, 오직 오팔에게만 했다. 그리고 그녀는 곧 떠나야겠다고. 차를 사고 브르타뉴를 떠나겠다고 결심했다. 생쉴리아크, 그 작은 마을에서 그녀는 자신의 작은 가족을 모두 잃었고 이제는 더 이상 그녀를 붙잡아 둘 것이 아무것도 없었다. 레옹은 더는 그 가족의 일부가 아니었다. 그녀는 그곳에 다시는 발을 들이고 싶지 않았다.

조제프는 요양원에서 나오는 6월에 그녀가 기다리던 신호를 보내주었다. 그녀는 인터넷에 "중고차 광고"라고 쳤다. 단지 떠날 차를 사고 싶었을 뿐이었다. 에밀의 광고가 거기 있었다. 조안의 아버지는 약속을 지켰다.

29

5월이 레스큉 생태 마을에 깃들었다. 벌써 공기에는 여름의 기운이 감돌았다. 기온은 높았고, 해는 나날이 어김없이 떠올랐다. 영속농업을 위해 마련된 밭에서는 첫 상추들이 피어났고, 한 묶음의 무, 몇 개의 오이, 열 개 남짓한 가지, 그리고 한 줄 가득한 산딸기들이 모습을 드러냈다. 허브 나선 화단은 풍성한 잎사귀로 눈부셨다. 조안은 일주일에 서너 시간 정도 영속농업 팀을 돕고, 나머지 시간에는 휴식을 취하며, 자신과 에밀을 위해 시간을 보냈다. 캠핑카 뒤편에 마련한 작은 허브 텃밭은 사람들의 부러움을 샀다. 에밀은 그 텃밭을 돌보는 것을 좋아했다. 조안은 그에게 민트 잎을 따서 혼자 아이스 허브티를 만드는 법을 가르쳤고, 그는 그것을 무척 좋아했다. 톰처럼. 에밀이 컨디션이 좋은 날, 아직 어른의 모습을 조금이라도 남기고 있을 때면, 마리코는 그를 데리고 전자제품 수리를 도우러 갔다. 조안은 그걸 막지 못했다. 그의 마음이 완전한 휴식을 필요로 한다는 사실을 상기시키기보다, 에밀이 다시 어른의 삶을 잠시라도 되찾는 모습을 보는 것이 너무 기뻤기 때문이다. 하지만 그가 과거 속에 너무 깊이 잠겨 버리는 날이면, 그녀는 그를 혼자 둘 수 없었다. 그는 혼자 아무것도 할 수 없었고, 집중도 못 해 주전자의 물도 넘치게 할 정도로 산만했다. 모노폴리 게임조차 불가능했다. 그는 가만히 앉아 있지 못했고, 규칙을 잊어버렸으며, 같은 질문만 되풀이했다. “우린 왜 여기 있는 거야?” “너 누구야?” “언제 로안으로 돌아가?”

힘겨운 나날이지만, 그녀는 꿋꿋이 버텼다. 좋은 날에는 둘이 함께 즐거운 시간을 보냈다. 디저트를 만들고, 스크래블을 하고, 가장 서늘한 시간대에 마을을 천천히 산책하며 그늘을 따라 걸었다. 에밀은 공책에 몇 마디 적었다. 대부분은 부모님께 보내는 편지로, 그의 하루를 적고 새 학기 전에 돌아가겠다고 약속하는 내용이었다. 그는 행복해 보였다. 조안이 그에게 해줄 수 없는 유일한 것은 배낭과 텐트를 메고 산을 함께 걷는 그 마지막 도보 여행이었다. 에밀은 그것에 대해서만 이야기했고, 조안은 못 들은 척하며 늘 다음날로 미뤘다. 다행히 그는 인내심도 있고 이해심도 많았다. 다시 발작이 오진 않았지만, 조안은 점점 잦아지는 균형 감각의 상실을 알아차렸다. 아마 또 다른 증상일 것이다.

야외 명상 수업은 첫 수업 이후 큰 호응을 얻어 모두의 요청으로 다시 열렸다. 수업을 철저히 관리하는 이사도라는 전체 프로그램을 만들어 배포했다. 명상은 격주 토요일 아침마다 열렸다. 에밀은 두 번째 수업에 참석했고, "괜찮았다"고 말했다. 조안은 그가 사실 크게 즐기진 못했지만 그걸 입밖에 내어 말하지는 않은 것 같다고 생각했다. 그는 오랫동안 한 가지에 집중하기 어려워했으니, 침묵 속에 명상하는 건 더더욱…

포크는 무럭무럭 자랐다. 이제 그들과 함께 자지 않았다. 밖에서 사냥을 하며 보내는 시간이 훨씬 많았다. 조안은 몇 번이나 그가 얼룩무늬 암고양이와 함께 있는 모습을 보았다. 아마 길고양이일 것이다. 그녀는 그 암고양이가 포크의 짝이라고 확신했다. 정말 빠르게 자라고 있었다. 그녀는 곧 포크가 귀여운 얼룩무늬 주황 새끼 고양이 한 무리를 데려올지도 모른다는 생각에 위안을 얻었다. 실제로 그 아이들을 어떻게 해야 할지는 모르겠지만, 사랑을 찾는 작은 고양이들이 가득하다면 얼마나 사랑스러울까 하고, 조안은 살짝 미소 지었다.

이날 오후는 특히 더웠다. 조안은 카페 돌로미테 테라스에 앉아 엽서를 쓰고 있었다. 아름다운 원형 계곡과 장엄한 절벽이 그려진 엽서였다.

세바스티앙,

우리는 지금 정말로 지상 낙원 같은 곳에 와 있어요. 레스큉과 그 독특한 지형 말이에요. 바다도 없고, 어부들의 배도 없지만, 아마 당신도 이 마을을 무척 좋아했을 것 같아요. 풍경은 정말 웅장해서 사방을 거대한 석회암 절벽들이 둘러싸고 있어요. 그런데도 한편으론 아주 아늑

해요. 우리가 이 커다란 원형 계곡 한가운데, 절벽들 품속처럼 느껴지는 곳에 자리하고 있거든요. 꼭 포근한 둥지 같달까요. 더 말하면 혹시 언젠가 캠핑카와 러키와 함께 이곳에 오게 될 때의 놀라움을 망치게 될까 봐 이 정도로만 적을게요…

페리아크드메르에도 서서히 여름이 자리 잡고, 관광객들도 다시 찾아오고 있겠죠. 여기는 낮엔 무척 덥지만 밤엔 놀랄 만큼 쌀쌀해요. 우리는 지금 머무르고 있는 에코 하모의 활동에 참여하고 있어요. 모두가 영속농업을 시도해 보고 있는데, 정말 흥미롭고 배울 것이 많아요. 당신도 아마 무척 좋아할 거예요. 게다가 이제 서서히 수확의 기쁨도 보이고 있어요.

포크는 좀 야생적인 줄무늬 암고양이와 첫 연애 중이에요. 아직 나에게 정식으로 소개해 주지는 않았지만요… 럭키는 잘 지내고 있나요?

이제 글을 마무리해야 할 것 같아요. 카드 공간이 거의 다 찼거든요. 아마 이 편지가 당신이 받는 마지막 카드가 될지도 모르겠어요. 우리는 더 이상 여행을 이어가지 못할 것 같아요. 에밀의 상태가 악화되고 있어요. 그의 일상은 점점 더 힘들어지고 있고, 살아온 기억 대부분을 잃어버렸어요. 어린 시절만 조금 남아 있을 뿐이에요. 이제 내가 누군지도 알아보지 못하고, 그의 심장은 점점 지쳐가고 있어요. 그래서 우리는 레스캥에 머무르기로 했어요.

당신에게 안부를 전하며, 아름다운 여름을 보내길 바랄게요. (이제 정말 금방 여름이 오겠죠.)

추신 1: 혹시 우리에게 편지를 보내고 싶으면, 봉투 뒤에 에코 하모 주소를 적어 두었어요.

추신 2: 럭키를 나 대신 꼭 쓰다듬어 주세요.

조안.

그녀는 카페를 떠나 일어설 때 더위 때문에 잠시 별을 보는 듯한 기분이 들었다. 벽 가까이 그림자를 따라 걸으며, 내일 오전 10시 전에 우편물 수거가 있는 노란색 우체통을 찾아 편지를 넣고, 느긋하게 마을로 돌아갔다. 그녀에겐 시간이 있었다.

에밀은 은퇴한 약초사 루시아와 함께 안전하게 지내고 있었다. 루시아는 영속농업 활동에도 적극 참여했다. 그녀는 닭들에게 먹이를 주고 에밀에게 동행을 제안했다.

"그다음에는 토마토 모종에 물을 줄 거예요." 그녀는 조안에게 가라고 손짓하며 덧붙였다.

에밀을 돌보는 사람들은 많았고, 덕분에 조안은 자유 시간을 가지거나 영속농업에 집중할 수 있었다. 그녀는 이보다 더 나은 상황을 꿈꿀 수 없었다.

마을에 도착하자, 그녀는 큰 검은 모자를 쓰고 즉시 소란을 감지했다. 여섯 명의 사람들이 모여 활발히 이야기하고 있었고, 두 명은 누군가를 찾는 듯 큰길을 돌아다니며 무언가를 외치고 있었다. 이사도라가 그녀를 향해 달려오고 모든 시선이 그녀에게 향하자, 나쁜 예감은 진정한 공포로 변했다. 그녀는 최대한 침착하려 애썼다. 이사도라는 숨을 고르며 그녀 앞에 섰다.

"당신을 찾고 있었어요!"

조안은 바로 본론으로 들어갔다.

“무슨 일이죠?”

그녀는 에밀에게 무슨 일이 생긴 게 확실하다고 믿고 있었다. 이사도라의 창백한 얼굴이 그녀의 믿음을 확인시켜 주었다.

“응급차를 불러야 했어요… 병원에 갔어요.”

그녀는 이전보다 덜 강한 어조로 같은 말을 되풀이했다.

“무슨 일이 있었던 거에요?”

“에밀이 땅에 쓰러졌어요. 의식을 잃었어요. 그녀가 말하길….”

그녀는 머뭇거리며, 몇 미터 떨어진 곳에서 그들을 지켜보는 마을 사람들을 힐끗 바라보았다. 그들 중에는 루시아도 있었다.

“루시아 말로는, 그가 더 이상 숨을 쉬지 않았대요.”

조안은 다시 눈앞에 별들이 춤추는 듯한 광경을 보았지만, 스스로 이사도라의 깊은 검은 눈을 똑바로 바라보며 흔들리지 않으려 애썼다.

그녀는 숨을 고르며 물었다.

“마리코가 저를 병원으로 좀 데려다 줄 수 있을까요?”

“그는 출장 중이에요….”

조안은 다시 말을 꺼내 택시를 부르겠다고 말하려던 순간, 이사도라가 그녀를 막았다.

“우리 아버지가 데려다 주실 거예요.”

피에르-알랭은 병원으로 가는 길에서 굳이 말을 건네려 하지 않는 섬세함을 보였다. 그는 그녀의 침묵을 존중했고, 그녀를 방해하지 않기 위해 라디오도 껐다. 산길의 가느다란 도로들이 눈앞에서 스쳐 지나갔다. 조안의 머릿속에는 단 하나의 생각만이 반복되고 있었다. 집요하게 떠나지 않는 질문. 이번에도 또 하나의 발작일까, 아니면… 끝일까? 그녀는 온 마음을 다해 끝이 아니길 바랐다. 아직은. 이렇게 끝나서는 안 되는 것이었다…

에밀은 하얀 솜 같은 방울 속에 있었다. 실제로 그런 곳은 아니겠지만, 그가 느끼기에는 그랬다. 그는 하얗게 빛나는 공간 안에 있었고, 주변에는 흰색 점들이 떠 있었다. 덥긴 했지만 불편할 정도는 아니었다. 들려오는 목소리는 부드럽고 여성스러웠다. 마조리와 그녀의 엄마였다. 아마 그는 작은 울타리 침대에 누워 있을 것이다. 마조리와 그는 같은 방을 쓴다. 마조리의 침대는 크고 2층 침대지만, 그의 침대는 아직 울타리가 있는 유아용 침대였다. 그래도 부모님은 그가 이제 네 살이니까 곧 울타리를 떼어 주고 '진짜 침대'를 주겠다고 약속했다. 그는 마조리와 그녀의 엄마의 목소리를 알아들었다. 그리고 그들이 자기 이야기를 하고 있다고 확신했다. 전날, 마조리는 그를 자전거 태워 산책을 하자고 했다. 날씨가 좋았고, 여름이 이미 찾아왔으며, 학교는 일주일 전부터 방학에 들어간 상태였다. 그래서 그녀는 엄마에게 허락을 구했다.

"이제 나는 여덟 살이야, 엄마." 그녀는 부엌 한가운데서 파랑과 흰 체크무늬 드레스를 입고 자랑스럽게 말했다. "내가 그를 돌볼 수 있어요. 멀리 가지 않을 거예요."

어머니는 재미있거나 단순히 기쁜 듯한 이상한 미소를 지으며 돌아보았다. 그는 "내가 말할 거야. 넌 너무 작아"라고 그녀가 명령했기 때문에 마조리 뒤에 서 있었다.

그는 반항하지 않았다. 마조리는 키가 컸고, 항상 어떻게 해야 할지 그 방법을 알고 있었다. 어머니는 "좋아"라고 했지만, 조건을 달았다.

집이 있는 주택 단지 안에서, 그리고 집 뒷편의 작은 흙길에서만 놀아야 했다. 국도 쪽으로 나가는 것은 절대 금지였다. 마조리는 고개를 끄덕이고, "가자!"라고 말했다.

그녀는 그를 방으로 데리고 갔다. 모자를 단단히 씌우고, 얼굴에 선크림을 발랐다. 그는 물러서고 싶었지만, 마조리는 부드럽게 그를 야단쳤다.

"미미, 너 햇볕에 너무 타면 안 돼. 그러면 엄마가 우리 둘이 모두 밖에 못 나가게 하실 거야."

마르조리는 그를 항상 '미미'라고 불렀고, 작은 엄마 역할을 정말 진지하게 맡고 있었다. 그러고는 물 한 병과 우유빵 몇 개를 배낭에 챙겼다.

"우리는 풀밭에서 간식을 먹을 거야. 그거 괜찮지, 미미?"

그는 고개를 끄덕였다. 그는 항상 고개를 끄덕였다. 마르조가 엄마처럼 모든 걸 잊지 않고, 모든 걸 생각해두는 사람이라는 사실을 알고 있기 때문이다. 그런 다음 둘은 함께 길을 나섰다. 그는 세발자전거를 타고, 마르조리는 큰 노란 자전거를 탔다. 마르조리는 정말 빠르게 페달을 밟았다…

그들은 작은 흙길로 갔다. 마르조리가 그쪽이 더 재미있다고 했기 때문이다. 그녀는 그에게 물었다. "미미, 넌 어떻게 생각해? 주택 단지 안으로 갈까, 아니면 흙길로 갈까?"

그는 말했다.

"누나처럼."

"'누나처럼'은 아무 말도 아니야. 나는 흙길이 더 재미있다고 생각해. 거긴 울퉁불퉁한 데도 있고 구멍도 있거든. 장애물 놀이도 할 수 있어. 너는 어떻게 생각해?"

"응."

"뭐가? '응'이 뭔데?"

그녀는 웃음이 담긴 눈으로 그를 바라보더니 그의 머리를 헝클어트렸다.

"수줍어하지 마, 미미. 너는 뭐가 더 좋은지 말해봐."

그는 어른처럼 보이고 싶어서 가슴을 쭉 펴고 말했다.

"흙길이 더 재미있어… 나도 그렇게 생각해."

그녀는 미소를 지으며 다시 그의 머리를 헝클어트렸다.

"좋아. 가자."

한참을 달리다 마르조리가 아주 예쁜 나무를 발견했다. 정말 예뻤다. 온통 하얀 꽃이 피어 있었다. 그녀는 그 나무가 아마 벚나무일 거라고 말했다. 그리고 그 나무 아래에서 간식을 먹을지 물었다. 그는 고개를 끄덕였고 둘은 자리를 잡았다. 마르조리는 우유빵과 물병을 꺼냈다. 그녀는 에밀이 마치 아기라도 된 것처럼 물을 마실 수 있도록 물병을 잡아주었지만, 그는 아무 말도 하지 못했다.

그때 벌 한 마리가 날아와 마르조리의 우유빵 위에 앉았다. 그녀는 겁이 나서 소리를 지르며 이리저리 뛰어다녔다. 우유빵은 흙투성이가 되었다. 그는 왜 그녀가 그렇게 비명을 지르는지 이해할 수 없었다. 그는 조심스럽게 벌의 날개를 살짝 잡고 집어 들었다.

마르조리가 소리쳤다.

"그거 놔, 미미! 너, 쏘일 거야!"

그는 벌을 놓아주었고, 벌은 멀리 들판 쪽으로 날아갔다. 마르조리는 돌아와 우유빵을 털어낸 뒤, 벌이 다시 와서 자신을 쏠까 봐 잔뜩 경계하며 허겁지겁 먹어치웠다.

그리고 에밀을 번쩍 들어 올리며 말했다.

“너 때문에 놀라서 도망간 거야, 미미!”

그녀는 웃으면서 그를 빙글빙글 돌려주었다. 긴 갈색 곱슬머리가 눈과 입을 덮었지만 그는 너무 웃기만 해서 아무렇지도 않았다. 그러고 나서 그녀는 그를 다시 땅에 내려놓았다.

“다시는 그러면 안 돼. 약속해, 미미. 너무 위험해.“

그는 고개를 끄덕였다. 그녀가 말했다.

“좋아.”

돌아오는 길, 그들은 울퉁불퉁한 길을 질주하며 번갈아 소리쳤다.

“벌 조련사 미미! 미미 구출대!”

그는 ‘구출대’가 무슨 뜻인지 몰랐지만, 정말 재미있었다.

에밀은 주변의 하얀 점들이 조금 더 또렷해지는 것을 느꼈다. 그것은 창문을 통해 들어오는 햇빛이었다. 그의 얼굴은 아직도 옅은 미소를 띠고 있었다. 그 자전거 산책의 기억 때문이었다. 정말 즐거웠지. 내일 다시 갈 수 있는지 마르조리에게 물어봐야겠다고 그는 생각했다. 학교가 곧 시작되는 것도 아니니, 시간은 충분했다.

“에밀? 에밀… 에밀?”

마르조리와 그녀의 어머니가 아주 가까이 있었다. 그는 정신을 집중해 몽상에서 빠져나오려 애썼다. 눈을 깜빡였다. 눈꺼풀이 올라갔다. 그들은 침대 옆에 서 있었다. 검은 형체 하나와 하얀 형체 하나. 하얀 형체가 그 위로 몸을 숙였다. 바로 그가 아까부터 부르던 사람이었다. 그녀가 부드럽게 물었다.

"일어났니, 에밀?"

마조리였다. 그녀는 주근깨가 있었다. 그는 고개를 끄덕였다. 그녀는 그의 머리 위에 무언가를 놓았다. 그는 확신했다. 그녀가 또 그의 머리를 헝클어뜨리고 있었다. 그는 다른 형체를 바라보았다. 이제 혼자 물어볼 만큼 충분히 컸다고 판단했다. 결국, 어제 벌을 혼자 쫓아낸 적이 있으니까!

"엄마…."

검은 옷을 입은 여자가 움찔했다. 그는 그녀가 고개를 끄덕인다고 이해했다.

"내일 다시 자전거 타러 갈 수 있을까?"

침대 건너편, 조안은 충격을 받아 멍한 표정이었다. 간호사는 그녀를 향해 다정하게 속삭였다.

"난 오랫동안 노인병동에서 일했어요. 알츠하이머 환자를 많이 봤죠… 그의 놀이에 참여하는 것을 두려워하지 마세요."

에밀은 침대에 가만히 누워 기다리고 있었다. 그의 입술에는 여전히 옅은 미소가 맴돌고 있었다. 조안은 어렵게 침을 삼켰다. 그녀는 에밀의 현실 속으로 들어가 그가 믿고 있던 그 사람인 척하는 것을 두려워한 적이 없었다. 그녀를 땅에 붙들어 두고, 속을 얼리고, 가슴을 태우는 것은 바로 '엄마'였다. 그녀는 침대의 회색 난간을 꽉 붙잡았다. 충분히 오래 기다리면 그가 다시 말할지도 모른다고 생각했다. '엄마…' 간호사가 답하도록 가볍게 팔꿈치로 찌르자 그녀는 쉰 목소리로 말했다.

"두고 보자…."

무슨 말을 해야 할지 몰랐다. 에밀이 물었다.

"뭘 두고 본다는 거예요?"

"우… 우선 시간을 봐야 하고… 아마… 아마 배낭과 텐트를 가지고 떠날지도 몰라. 재밌지 않을까?"

그녀의 목소리는 높아지고, 어색하게 들렸다. 에밀은 눈치 채지 못한 듯했다.

"마르조랑 함께?"

"응… 만약… 만약 마르조가 원하면…."

그녀는 방 한쪽에서 움직임을 느꼈다. 지난번과 같은 의사가 슬픈 미소를 띤 채 있었다. 그는 조안에게 나가서 잠시 이야기하자고 고개를 살짝 끄덕였다. 그녀는 속삭이듯 에밀에게 말했다.

"금방 올게요. 몇 분이면 돼요, 알겠죠?"

그녀는 간절히 대답을 기다렸지만, 고개를 끄덕이는 것 외에는 아무 대답도 없었다. 더 이상 '엄마'라는 말은 없었다. 톰은 눈과 손으로만 소통하는 언어를 만들어 두었다. 그렇게 소통했다. 그녀는 평생 이 단어를 들어본 적이 없었다. 그가 한 번도 말한 적 없는 단어, '엄마'.

의사는 그들 뒤로 문을 닫았다. 그녀는 파란색 스펀지 의자에 다시 앉았다. 그는 무겁게 가죽 안락의자에 몸을 내려놓았다.

"좋습니다. 우리는 다시 출발점에 섰군요."

그녀는 고개를 끄덕였다. 그녀는 노란색 스티커가 붙은 연필꽂이를 다시 발견했다. 또 하나의 친숙한 신호였다. 의사는 그녀가 얼굴을 들어 자신을 바라볼 때까지 기다린 후 말을 시작했다.

"남편분이 심장마비를 일으키셨습니다. 이전 입원 때보다 더 심각한 상태입니다. 심장 근육 일부로 가는 혈류가 갑자기 차단되었습니다. 아마 과도한 피로 때문일 겁니다. 이 마을의 한 여성분이 심장 마사지를 해주지 않았다면, 회복될 가능성은 거의 없었을 겁니다."

조안은 눈을 크게 떴다. 의사는 덧붙였다.

"응급팀이 작성한 보고서에 따르면, 한 여성분이 남편분에게 심장 마사지를 하고 있었다고 합니다. 덕분에 구조대가 도착하는 동안 그의 뇌가 산소를 공급받을 수 있었습니다."

그녀는 안도하며 가볍게 한숨을 내쉬는 자신을 겨우 의식했다. 누가 해준 건지 알 수 없었다. 루시아일 수도, 이사도라일 수도 있었다. 누구든 간에, 그녀는 그들에게 깊이 감사했다.

그녀가 불안한 표정으로 물었다.

"그가 회복할 수 있을까요?"

"회복할 겁니다. 다만 상태는 이전보다 더 악화될 겁니다. 지금보다 더 철저히 모든 신체 활동을 피해야 합니다."

그녀는 입술 위에서 타오르는 질문을 꺼내기 주저하며 몇 초간 망설였다.

"지금 상태로 봤을 때, 그러니까… 예측을 해주실 수 있나요?"

의사는 무력함을 보여주듯 손을 벌렸다.

"이번 심장마비는 생명을 위협할 수도 있었습니다. 마지막일 수도 있었죠. 남은 시간을 예측해 드릴 수는 없습니다… 심장 초음파 검사 결과, 심장은 불규칙하고 숨이 차 있습니다. 다시 멈출 위험이 있습니다. 혈압도 들쭉날쭉합니다. 몇 주가 지나야 다시 심장마비가 올 수도 있고, 몸을 돌보지 않으면 며칠 내에 올 수도 있습니다…."

그녀는 충격을 느끼면서도 흔들리지 않았다. 말을 되찾는 데 몇 초가 걸렸다.

"남은 시간이 많아야 몇 주 정도라는 건가요?"

의사는 깊은 안타까움을 담은 표정을 지었다. 그녀는 그의 초록 눈동자 속에서 느껴지는 연민을 보았다.

"많아야 그렇습니다, 베르제르 부인."

그녀는 아무 말도 하지 않았다. 이미 결정을 내렸다. 의사가 말하는 소리가 들리지만, 마치 장막이 그들을 갈라놓은 듯했다. 그녀는 이미 그곳에 없었다.

"심장이 다시 정상으로 돌아가는지 확인하기 위해 5일 동안 여기 입원시키겠습니다. 그 후 퇴원 서류에 서명하시면 됩니다."

그녀는 억지로 고개를 끄덕였다.

"다른 질문 있으신가요?"

그녀는 고개를 저으며 일어섰다. 더 이상 이곳에 머물 이유가 없었다. 가능한 한 빨리 사무실을 나가고 싶었다.

"없습니다."

의사는 그녀를 배웅하며, 창백해 보이니 물 한 잔이라도 권하려 했지만, 그녀는 정중히 거절했다.

"좋습니다… 그럼 5일 후에 뵙겠습니다, 베르제르 부인."

"안녕히 계세요."

그녀는 이미 사라진 뒤였다.

마을에는 아이들의 웃음소리와 외침이 울려 퍼졌다. 조안이 명상 시간에 본 빨간머리 소녀는 그날 다섯 살이 되었다. 오후에는 다섯 명의 다른 소녀도 함께 했다. 아이들의 소리를 들어보니, 파티가 물놀이로 변한 듯했다.

캠핑카 안에서 조안은 노란색과 주황색 커튼을 닫아 더위를 막았다. 특별한 집중력과 묘하게 진지한 표정으로 그녀는 큰 빨간색 배낭에 물건들을 정성스럽게 쌓았다. 검은 공책 두 권, 휴대전화, 그녀와 에밀의 지갑과 신분증, 배낭의 절반을 차지하는 새 하얀 캔버스, 팔레트, 붓과 물감 4개, 모서리가 접힌 누렇게 변한 책 한 권, 구급약품, 수건과 비누, 그녀와 에밀의 여벌 옷, 탈수된 음식 봉지 열 개, 씨앗과 말린 과일, 물병과 정수용 알약까지 모두 챙겼다. 그녀는 일어나 이마에 맺힌 땀방울을 닦았다. 날씨는 무척 더웠다. 6월이 찾아왔고, 에밀은 마을로 돌아왔다. 5일 예정이었던 입원은 급성 고혈압과 이어진 저혈압으로 2주로 늘어났다. 뇌간이 원인이었다고 마르게롱 의사가 설명했다.

에밀이 없는 동안, 그녀는 영속농업 텃밭에서 많은 시간을 보냈다. 첫 수박이 땅에서 자라났고, 그녀는 루시아와 함께 가장 먼저 맛보았다. 결국 사실은 밝혀졌다. 에밀에게 심장 마사지를 하고 그의 생명을 구한 사람은 루시아였다.

그녀가 없는 사이, 새로운 커플이 마을에 도착했다. 그들은 25세였고 1년간 안식년을 받았다. 집이 수리될 동안 텐트에서 자며, 하루 종일 뜨거운 햇볕 아래에서 일했다.

마지막으로, 조안은 피레네 가이드북을 다시 펼쳤다. 보다 정밀한 지도를 구입했는데, 피레네 아틀랑티크 지역을 중점적으로 다루는 지도였다. 포크는 어느 날 밤 얼룩무늬 암컷 고양이와 함께 캠핑카로 돌아왔고, 조안은 아침에 웃으며 포크의 반려 고양이가 유두가 부풀고 분홍색인 것을 확인했다.

에밀은 4일 전 돌아왔고, 이후 대부분 오후를 잠으로 보내고 있다. 그녀는 민트 아이스 티를 준비해 주고, 에밀이 상태가 괜찮으면 모노폴리 게임을 제안했다. 의사는 완전히 회복하려면 며칠의 시간이 더 필요하다고 말했다. 그녀는 배낭이 가득 찬 빨간 가방을 캠핑카 좌석에 놓고, 이제 출발할 준비가 되었다는 것을 확인했다.

그녀는 조리대로 향해 큰 물잔을 채웠다. 싱크대 옆에는 흰 봉투가 있었고, 주소가 적혀 있었다. 레옹 앙드레, 앙드레 부부 댁, 부르그 거리 12번지, 35430, 생쉴리아크. 안에는 녹이 슬어 갈색으로 변한 큰 열쇠가 들어 있었다. 버려진 텃밭이 딸린 돌집의 열쇠였다. 토마토는 이미 오래전에 죽었고, 작은 집으로 이어지는 길은 잡초로 뒤덮여 있을 것이다. 조안이 그 집을 떠난 지 거의 1년이 지났다. 레옹은 톰이 죽은 후 다시는 그곳에 가지 않았다. 조안은 휴양 센터에 있었고, 레옹은 부모님 집으로 돌아갔다. 그 집은 그에게 너무 많은 아픈 기억으로 가득 차 있었을 것이다. 조안이 휴양 센터를 나와 로안으로 돌아가기 전, 잠시 그곳을 방문했을 때 집 안은 습기와 곰팡이 냄새가 났다. 그녀는 모든 창문을 꼼꼼히 닫고, 큰 갈색 열쇠를 빨간 배낭에 넣었다. 오늘, 그 열쇠는 흰 봉투 안에서 레옹에게 전달될 예정이었다. 봉투 안에는 또 다른 것이 들어 있었다. 예쁜 카드지에 적힌 한 문장.

되돌릴 수 없을 때는, 앞으로 나아가는 가장 좋은 방법만 신경 써야 한다."

레옹에게.

작별 인사를 대신하여.

조안.

카드 뒷면에는 또 다른 인용구가 쓰여 있었다. 파울로 코엘료, 〈연금술사〉. 조제프가 처음으로 읽어준 책 중 하나였다. 몇 마디의 글은 그녀가 사랑했지만 그럼에도 깊이 증오했던 남자에게 건네는 격려처럼 들렸다.

"세상에는 항상 한 사람이 다른 한 사람을 기다리고 있다."

파울로 코엘료, <연금술사>

30

"포크와 그의 여자친구를 좀 봐줄 수 있어요? 사료와 물그릇을 캠핑카 앞에 놔뒀어요. 보통 포크는 아침 일찍 돌아와 먹어요. 자기 전에 그릇만 채워주면 돼요."

이사도라는 고개를 끄덕였다. 그녀는 텃밭 한가운데 놓인 커다란 갈퀴에 몸을 기대고 있었다.

"알겠어요."

"고양이가 곧 새끼를 낳을 거예요. 정확히 언제인지는 몰라요. 혹시 새끼들이 나오면…."

이사도라는 장난스럽게 반문했다.

"그렇게 오래 떠나지는 않겠지요?"

"그럴 것 같아요…."

"걱정하지 마요. 내가 잘 돌볼게요."

"좋아요."

이사도라는 잔뜩 짐을 멘 조안을 바라보았다. 터질 것처럼 가득 찬 빨간 배낭, 등산화까지 완전히 산행 차림이었다. 뒤쪽에서는 에밀이 포크 곁에 무릎을 꿇은 채, 그녀가 떠나기를 조용히 기다리고 있었다.

"캠핑카 열쇠는 여기 있어요. 두고 갈게요."

조안은 흙이 묻어 더러워지고 거칠어진 이사도라의 손바닥 위에 작은 열쇠를 내려놓았다.

"휴대전화 있어요? 혹시라도…."

이사도라는 에밀의 건강 상태와 그를 데리고 산으로 들어가는 데 따르는 위험을 떠올리며 조심스럽게 물었다.

"있어요. 배터리도 백 프로 충전돼 있어요. 사용하지 않고 계속 꺼 둘 거예요."

이사도라는 고개를 끄덕였다. 그녀는 얼굴에 떠오르기 시작한 걱정스런 기색을 애써 지우려 했다. 에밀을 다시 살아서 볼 수 있을지 문득 불안해졌지만, 그런 생각이 마음속에 자리 잡도록 둘 수는 없었다. 그래서 두 사람에게 환한 미소를 보냈다.

"몸조심하고 즐겁게 지내요!"

그들은 서로에게 크게 손을 흔들어 인사했다. 그녀는 그들이 6월 아침의 아직은 은근히 퍼지는 따스함 속으로 멀어져 가는 모습을 바라보았다. 포크는 몇 미터 정도 그들을 따라가더니 이내 멈춰 서서 그들이 멀리 사라질 때까지 조용히 바라보았다.

오늘, 에밀과 그의 어머니는 함께 산으로 휴가를 떠났다. 에밀은 이 즉흥적인 여행의 상황을 제대로 이해하지 못했다. 그가 아는 것은 아버지는 마을에 남아 있고, 마조리는 없으며, 어머니와 자신은 모험을 떠난다는 것뿐이었다. 그는 정확히 기억나지 않지만, 마조리가 어른처럼 설명해 준 대화를 떠올렸다.

"나는 친구 마리아 집에 갈 거야. 마리아 엄마가 내가 거기서 잘 수 있다고 하셨어. 내일 돌아올 거야, 알겠지?"

그는 고개를 끄덕였다. 그녀는 덧붙였다.

"내가 같이 가지 않아도 오늘 밤은 얌전하게 있어야 해, 미미, 혼자 자는 게 무섭지 않지? 넌 이제 다 컸으니까."

물론 그는 두렵지 않았다. 그는 마조리가 오늘 친구 마리아 집에 있을 것이라 생각했고, 어머니는 그를 데리고 산으로 가고 있었다. 그들은 텐트에서 잘 거라고 했다. 심지어 독수리도 볼 수 있을 거라고 약속했다.

그는 며칠 전 아버지가 발을 다쳐 목발을 짚고 있던 날을 기억했다. 마르조리와 그는 깁스에 그림을 그릴 수 있었다. 마르조리는 분홍 태양을, 그는 차를 그렸다. 엄마는 아버지가 계단을 오를 수 없어서 집 아래층을 재배치해야 했다. 마르조리와 그는 계단 난간 위에 올라서서 엄마가 매트리스와 침대, TV를 혼자 옮기는 모습을 지켜보았다.

아버지는 말했다.

"자기야, 그만해, 미친 짓이야. 그러다가 허리 다칠지도 몰라. 내가 친구 몇 명 부를게. 금방 끝낼 거야."

엄마는 대답했다.

"거의 다 끝났어."

그 후 그녀는 남편의 회복 기간 동안 거실의 모든 가구를 옮겨 아래층에 침실을 마련했다. 마조리와 에밀은 가구를 옮기는 것을 도와주고 싶어 했고, 아버지도 도와주려 했지만, 그녀는 그들에게 이렇게 대답했다.

“밖에서 놀고 있어, 애들아!”

그들은 목초지 한가운데서 잠시 쉬었다. 눈 덮인 뾰족한 큰 산들이 그들 앞에 있었고, 여기저기 그늘에서 낮잠을 자고 있는 소들도 보였다. 그의 어머니는 빨간 배낭에서 샌드위치 두 개를 꺼내며 말했다.

”샌드위치는 각자 하나씩만 먹을 수 있어. 오후에 배가 고프면 스낵을 먹을 거야.”

”스낵요?”

”말린 과일이나 그런 것들.“

어제 그는 어머니가 딸기 타르트를 만드는 것을 지켜보았다. 그들은 부엌에 있었고 창문은 열려 있었다. 그의 아버지는 정원에서 잔디를 깎고 있었다. 마조리는 어머니를 도와 딸기를 싱크대에서 씻고 있었다. 어머니는 밀대를 사용해 타르트 반죽을 펴고 있었다.

에밀이 물었다.

”내가 해봐도 돼요?”

그녀는 냄비에서 무언가를 매우 빠르게 저었다. 그는 손이 너무 빨라서 사라지는 것처럼 보여 놀라며 지켜보았다. 그녀는 계속 저으면서 생각했다.

그녀가 말했다.

“딸기는 잎을 떼어내야 해.“

마르조리는 씻은 딸기를 작은 그릇에 담아 그에게 보여주었다.

“초록색 부분이야, 우리 귀염둥이.“

그녀는 에밀이 테이블에서 너무 멀리 떨어져 있어 의자를 앞으로 가져왔다.

“낮잠 자야겠다, 에밀.“

그는 억울한 표정을 지으며 몸을 돌렸다.

“뭐라고… 싫어….”

공터에 있는 그의 어머니는 더 이상 손에 냄비나 거품기를 들고 있지 않았다. 그녀는 큰 바위 위에 앉아 있었다.

“거의 한 시간 걸었어. 잠깐 쉬자. 나도 쉴 거야.”

그는 테이블과 딸기 그릇, 의자, 마르조리를 찾아보았다.

“그런데… 딸기는요?”

그녀는 모자를 바닥에 놓고 풀밭에 누웠다.

“낮잠 자고 나서 먹자.“

그는 약간 당황하며 시키는 대로 했다. 그는 더 이상 자신들이 어디에 있는지 제대로 이해하지 못했다. 그들은 부엌에서 딸기 타르트를 만들고 있었다.

“마르조리는 어디 있어요?”

그는 그녀가 대답하지 않으려고 잠자는 척 하는 것을 분명히 알아차렸다. 그는 주위를 둘러보다가 몇 걸음 떨어진 곳에서 소가 소변을 보는 모습을 보고 재미있어서 혼자 웃음을 터뜨렸다. 조안은 반쯤 감은 눈꺼풀 사이로 그를 지켜보았다. 그녀는 소들이 잠시 동안이나마 그의 주의를 돌리는 역할을 했다는 사실에 안도했다.

해가 서서히 내려가며 드문드문 흰 바위가 놓인 초원을 비추었다. 석회암 바위에는 황금빛 반사광이 어른거렸다. 에밀은 오후 내내 잠을 잤다. 아침부터 고작 2킬로미터 정도밖에 걷지 못했지만 상관없었다. 이번 마지막 여행에는 시간이 충분했다. 아무것도 하지 않는 순간들조차 소중했다. 에밀은 여전히 잠이 들어 있었고, 조안은 그 사이 숲 가장자리로 가서 야생 딸기나 산딸기가 있는지 살펴보고 왔다. 수확은 빈약했지만 저녁 식사에 곁들이기엔 충분했다. 그녀는 가스버너를 가져오지 않았다. 배낭이 이미 가득 차 있었기 때문이다. 그래서 지난 여름 여행 때 남아 있던 동결건조 식품들 중 찬물만 부어도 먹을 수 있는 것들만 골라 챙겼다.

조안이 작은 금속 용기를 다루는 달그락 소리에 에밀이 깨어났다. 그는 산 초원 한가운데 있다는 사실에 놀란 표정을 지었다. 그의 눈빛을 보니 곧 수많은 질문을 쏟아낼 것 같았다. 하지만 조안이 먼저 말을 꺼냈다.

"당신, 이런 거 요리해본 적 있어?" 에밀은 당황했지만 호기심을 이기지 못하고, 물 위에 정체를 알 수 없는 죽 같은 것이 둥둥 떠 있는 용기 안을 들여다보았다.

"이게 뭐야?"

"오늘 저녁 우리 식사에요."

그의 얼굴이 밝아졌다.

"모닥불 피울 건가요?"

그녀는 그의 들뜬 마음을 실망시키게 될까 걱정했지만, 다행히 배낭 속에는 또 다른 비장의 무기가 있었다.

"아니, 우리에겐 더 좋은 게 있어… 오늘 밤 잘 텐트야. 네가 먼저 쳐 볼래?"

그는 벌떡 일어나며 외쳤다.

"내가 해도 돼?"

"그럼, 물론이지. 필요하면 나 부르고..."

그는 이미 빨간 배낭을 뒤적이고 있었다.

그녀는 에밀이 자랑스럽게 세워놓은, 말 그대로 난장판이 된 말뚝과 천을 해체하는 데 한 시간이 걸렸다. 에밀은 말뚝 하나가 바닥으로 떨어지는 순간, 텐트 천이 그녀를 통째로 덮치며 감싸 버리자 그녀가 비명을 지르는 모습을 보고 깔깔 웃었다.

"기다려, 엄마. 내가 도와줄게."

그녀는 텐트천에 파묻힌 채 그대로 굳어 버린 듯, 몸을 움직이지도 못하고 빠져나오지도 못했다.

그들은 마침내 식사를 했다. 하늘은 어두운 장막으로 덮이고, 첫 별들이 반짝이기 시작했다. 쌀과 카레로 만든 스튜는 꽤 맛있어서 조안을 놀라게 했다. 그리고 그들이 완전히 익지 않은 산딸기를 몇 개 삼키는 동안, 에밀이 말했다.

"마르조리가 무서운 이야기를 해줬어요."

"아, 그래요?"

"어두워야 이야기를 할 수가 있어요."

"음, 지금이 그때인 것 같죠?"

"아니, 기다려요… 텐트 안에서."

"텐트 안에서 해야 해요?"

"예. 그러면 덜 무서울 거에요."

나중에, 침낭에 몸을 감싼 채, 그녀는 에밀이 눈을 반짝이며 흥분과 두려움 속에서 숲속을 배회하며 아이를 잡아먹는다는 늑대인간 전설에 대해 얘기하는 것을 들었다. 이야기는 이렇게 끝났다.

“그리고 늑대인간은 마지막으로 잡아먹은 아이의 모습으로 변해요… 누가 알겠어요? 혹시 우리 중에 숨어 있을지도?”

그녀는 그가 자신을 향해 돌아보자 일부러 떠는 척했다.

그녀는 그의 기억 속에서 이 이야기가 줄줄이 남아 있다는 사실에 깜짝 놀랐다. 그 끔찍한 병에도 불구하고, 이 부분의 기억은 여전히 온전하게 남아 있었던 것이다.

다음 날은 푸근했다. 시원한 바람이 숲속 나뭇잎을 흔들었다. 그들은 길을 떠나기 전에 호두와 건포도를 조금 먹었다. 햇살은 약간만 비쳤다. 반 시간 후, 하늘이 파랗던 터라 예상치 못한 폭우가 그들을 덮쳤다. 그들은 나무 아래로 피했고, 에밀은 두 굵은 뿌리 사이 구멍에 빠진 작은 고슴도치를 발견했다. 그녀는 그가 나무 조각 두 개를 가져와 불쌍한 고슴도치를 구하는 것을 지켜보았다.

“어제 나는 마르조리를 벌에게서 구했어요.”

“그래요?”

“예. 벌이 그녀의 간식을 먹으려고 했어요.”

그는 고슴도치를 조심스럽게 풀밭 한가운데로 옮겼다.

그가 조안에게 물었다.

“고슴도치도 공격받을 수 있어요?”

“예. 천적이 있어요.”

“어떤 천적이요?”

“올빼미, 멧돼지….”

그는 무언가 생각하는 듯, 코를 치켜들고 나뭇잎 사이를 바라보았다.

"집을 만들어 줄 수 있을까요?"

어쨌든 비 때문에 멈춰 있었으므로 그들에게는 작은 고슴도치의 집을 만들 수 있는 충분한 시간이 있었다. 에밀은 주변에서 작은 가지를 주워 왔다. 조안은 더 큰 가지를 사용해 작은 오두막 구조물을 만들며 쌓았다. 지나가던 몇몇 등산객이 그들의 작은 공사 현장을 보더니 즐거워 하며 멈춰섰다. 고슴도치는 요리용 철제 용기에 조심스럽게 놓여 새 집으로 돌아갈 때까지 기다렸다.

비가 그친 후, 그들은 작은 동물을 새 집에 남겨둔 채 다시 길을 나섰다.

초등학교에는 내성적이고 항상 구석에 있는 남자아이 한 명이 있었다. 그는 약간 통통했고, 공을 따라 달리면서 이상한 발작을 일으켰다. 다른 남자아이들과 에밀은 왜 그가 쉬는 시간 내내 벤치에 앉아 '얼음 늑대' 놀이를 하지 않는지 궁금해했다. 여자아이들도 놀고 있었다. 그러다 어느 날, 에밀은 그 통통한 남자아이가 평소처럼 혼자 흙 위에 웅크리고 있는 것을 보았다. 그는 조심스럽게 가지와 잎을 모았다. 에밀은 '얼음 늑대'를 포기하고 살금살금 다가갔다. 둥근 아이는 작은 길을 흙에 만들고, 가지로 경계를 표시해 놓았다. 에밀은 그가 그러는 이유를 이해하지 못했다. 한쪽 구석에는 플라타너스 잎이 움푹 들어간 곳이 있어, 어떤 작은 동물을 위한 물통처럼 보였다. 움푹 파인 곳에는 몇 방울의 물과 클로버가 있었다.

에밀이 물었다.

"뭐 하는 거야?"

둥근 아이는 머리를 들고 경계심 어린 눈으로 그를 바라보더니 단호하게 말했다.

"네가 밟아 죽일 거야! 가!"

에밀은 무슨 말인지 이해하지 못했다. 아무것도 보이지 않았다. 그는 제자리에 서 있었다.

그 아이가 재차 말했다.

"내가 한 말 들었어?"

에밀은 흙 속에 난 작은 길을 자세히 보기 위해 웅크렸다.

"동물 마을이야?"

그의 호기심 어린 질문은 둥근 아이의 표정을 누그러뜨렸다.

"개미야. 안 보여? 밟으면 안 돼!"

에밀은 흙 속에서 수십 마리의 작은 검은 점들이 가지와 빵부스러기를 운반하는 것을 보고 눈을 동그랗게 떴다.

"마을을 만들어 주는 거야?"

둥근 아이는 고개를 저었다.

"나는 그들이 일을 잘할 수 있도록 설치물을 만들어 줘어. 우리 아빠는 개미가 가장 부지런한 생명체라고 하셔. 개미들은 하루 종일, 심지어 평생 일을 하지."

"저거 진짜 무거워 보이네."

에밀이 개미보다 열 배나 큰 나뭇가지를 보며 말했다.

"응. 그래서… 나는 길을 만들어 주는 거야."

그는 물이 고인 플라타너스 잎과 클로버를 가리켰다.

"여기서는 잠깐 쉬면서 물도 마시고 먹이도 먹을 수 있어."

에밀은 바닥에 털썩 주저앉아 다리를 꼬고 앉았다.

"근데 얘네는 잘 곳이 없나?"

작은 소년은 잠시 당황한 듯했지만, 몇 초 만에 대답을 찾았다.

"얘네는 잠을 자는 것 같지 않아."

"잠을 안 잔다고?"

"안 자."

에밀도 깊은 생각에 잠겼다.

그의 눈은 주변 땅을 훑으며, 그 안에 묻힌 작은 돌과 색이 바랜 오래된 고무줄, 어떤 아이가 남긴 껌 종이, 달팽이 껍데기를 살펴보았다.

"그럼 얘네를 위한 놀이터를 만들어 주면 되겠네!"

그가 신나서 말했다. 둥글둥글한 작은 소년은 잠시 망설였다.

개미들은 놀 시간이 없을 만큼 일이 많다고 말하고 싶었지만, 그가 처음으로 함께 놀 친구를 만난 터라 이 기회를 놓치고 싶지 않았다.

그가 말했다.

"음… 좋아."

그들은 즐거운 마음과 집중하는 표정으로 땅을 파기 시작했다.

잠시 후, 에밀이 소년을 올려다보며 물었다.

"그런데 넌 이름이 뭐야?"

그들은 같은 반이 아니었다. 2학년 반이 너무 많아서, 에밀을 포함한 일부 학생은 3학년 반에 섞여 있었다. 둥글둥글한 소년은 다른 반이었다.

"난 르노야. 너는?"

"에밀."

"에밀! 에밀?"

그녀는 그를 찾았다. 밤이 서서히 찾아오고 있었다. 그는 텐트 뒤에 자리를 잡고 땅을 살피고 있었다.

"당신이 길을 잃은 줄 알았어. 다음에 내가 부르면 대답해 줄 수 있어요?"

그는 고개를 끄덕였다. 그녀는 그의 옆에 무릎을 꿇었다.

"뭐 하고 있는 거예요?"

그는 순수한 어린아이 같은 눈빛으로 그녀를 올려다보며 당당하게 말했다.

"르노랑 나, 개미들이 다닐 수 있는 길을 만들고 있어요."

다음 날의 등반은 대부분 숲속에서 이루어졌다. 산길은 완만하게 오르막이었지만, 대신 그들은 그곳의 시원함을 누릴 수 있었다. 그들은 여러 차례 작은 시냇물을 만났고, 정오쯤에는 그것을 이용해 간단히 몸을 씻었다. 조안은 시간이 어떻게 흐르는지 감각을 점점 잃기 시작했다. 그녀는 마치 그들이 이미 2주나 떠나 있었던 것 같은 기분이 들었다. 다른 등산객은 거의 만날 수 없었다.

숲의 신선하고 푸른 이끼 위에서 자는 낮잠은 길어졌다. 에밀이 숨 가쁘게 헐떡이자 조안은 멀리 가지 않기로 했다. 그녀는 그의 옆에 앉아 나무 사이의 움직임을 지켜보았다. 그녀는 잠깐 동안 초록색 어치 한 마리를 보았고, 에밀을 깨워 보여주고 싶은 유혹을 겨우 참아야 했다.

저녁에는 재수화(再水化) 식사(토마토와 바질로 만든 이상한 리조또)를 했는데 버섯 맛이 살짝 났다. 조안은 이 울창한 숲속에서는 텐트를 칠 공간이 충분치 않다는 사실을 깨달았다. 그녀는 에밀에게 별빛 아래에서 자자고 제안했고, 그가 기뻐하는 모습을 보고 안도했다. 그들은 하늘 일부가 보이는 좁은 빈터에 자리를 잡았다.

에밀이 조안에게 물었다.

"별에 대해서 잘 알아요?"

"예. 몇 개는."

"그럼 내가 맞혀볼게요. 알았죠?"

"예."

그는 겨우 목동별만 찾을 수 있었고, 냄비 자리는 오히려 프라이팬 모양이라고 말했으며, 그 말에 둘 다 웃음을 터뜨렸다. 그들은 나뭇잎 사이로 부는 바람 소리에 흔들리며 잠이 들었다. 푸근한 밤이었고, 목동별은 특히 환하게 빛나고 있었다.

"이게 내가 마지막으로 그린 그림이예요, 알았죠?"

에밀이 고개를 끄덕였다. 그의 어머니는 평평한 바위 위의 풀밭에 흰 천을 깔고, 네 가지 색깔(하얀, 파랑, 초록, 빨강)이 들어 있는 물감 팔레트와 가는 붓을 놓아두었다.

"우리 둘이 같이 그려요. 괜찮죠?"

그는 고개를 끄덕였다. 그들은 예쁜 공터에 있었다. 그녀는 곧 앙사베르 오두막에 도착할 것이라고 말했다. 그곳에는 2~3일 후에 도착할 예정이었다.

"하지만 열심히 해야 해요."

"난 항상 열심히 해요."

그녀는 그를 보며 미소 지었다.

"좋아요. 그럼, 이 캔버스에 뭘 그릴래요?"

그는 어깨를 으쓱했다. 그녀는 공터와 흰 산, 아름다운 파란 하늘을 가리켰다.

"주변을 봐요. 뭔가 그리고 싶은 게 있죠?"

그는 손가락으로 그녀와 그녀의 가슴을 가리켰다.

그녀가 놀라며 물었다.

"나요?"

그는 웃으며 고개를 끄덕였다.

"그럼 당신이 나를 그리고, 나는 그다음에 풍경을 그리는 게 어때요?"

"좋아요."

그는 그녀에게 큰 바위를 가리켰다. 그녀는 그 위에 앉아 있어야 했다. 그녀는 그가 붓을 잡고 어떻게 그릴지 깊이 생각하는 모습을 지켜보았다. 마침내 그는 붓을 첫 번째 색에 찍었다. 그녀가 있는 자리에서는 무슨 색인지 볼 수 없었다. 대신 그녀는 그의 거친 숨소리를 들었다. 날이 갈수록 그 숨소리는 점점 뚜렷해지고 힘들어졌다.

"됐어요?"

그는 한 시간쯤 그림에 몰두한 것 같았고, 조안은 햇볕에 살짝 탄 듯 어깨가 뜨거워지는 걸 느꼈다.

그가 대답했다.

"거의 다 됐어요."

그는 여기저기 마지막으로 붓질을 하고 그녀를 불렀다. 그녀는 그림의 거칠고 불규칙한 선들을 보고 살짝 웃음을 지었지만, 곧 그 즐거움은 다른 감정으로 바뀌었다. 놀람이었다. 바위 위에 앉아 있는 그림 속 여자가, 조금은 어색하지만 누구인가와 닮지 않은 듯 보였기 때문이다. 그녀는 갈색 머리를 하고 있었는데, 조안보다 훨씬 진한 색이었고 어깨까지 짧게 잘려 있었다. 그런데 그것만이 아니었다. 그녀는 빨간 도트 무늬가 있는 흰 여름 드레스와 흰 모자를 쓰고 있었다.

에밀은 입가에 미소를 띠고 그녀의 반응을 기다렸다. 조안은 눈썹을 찌푸렸다.

그녀는 최대한 자연스럽게 물었다.

"나예요?"

"그럼요!"

그는 문제를 느끼지 못하는 듯했다. 그녀는 중얼거렸다.

"예쁜 드레스네요…."

하지만 그는 그냥 일어나며 말했다.

"이제 당신 차례예요. 당신이 여기에 풍경을 그려야 해요."

풀밭에 앉아 있는 에밀은 열 살이었다. 그는 고모의 결혼식에 참석했다. 여름이었고, 그는 엑상프로방스에 있었다. 교회 종탑이 울렸고, 신부가 신고 있는 굽 높은 구두가 골목의 포장길에 부딪혀 소리를 냈다. 하객들은 신혼부부를 따라 차까지 걸어갔다. 마조리는 한쪽에 떨어져 있었다. 그녀는 방금 열네 살이 된 참이었다. 그들은 서로 예전만큼 말을 많이 하지 않았다. 에밀은 그녀가 계속 달라붙는 것이 지긋지긋했고, 게다가 그녀는 점점 이상해지고 있었다. 얼굴에는 여드름이 생기고 치아 교정기를 끼었다. 방에는 우스꽝스러운 포스터를 붙였고, 친구들은 정상적으로 웃지 않고 닭처럼 낄낄거렸다. 오늘은 드레스가 몸에 맞지 않는다며 결혼식에 안 가겠다고 선언했다. 부모님이 강하게 권하자 그녀는 투덜거리며 따라갔다. 그녀는 팔짱을 끼고 하객들 사이에 떨어져 있었다. 에밀이 그녀에게 다가갔고, 신혼부부는 박수를 받으며 차에 올랐다. 그들은 한마디도 하지 않았다. 흩어지는 군중과 작은 그룹을 이루어 이야기 나누는 사람들을 바라보았다. 잠시 후, 에밀은 마조리가 코를 훌쩍이는 소리를 듣고 그녀를 향해 몸을 돌렸다.

"무슨 일이야?"

"아무 일도 아냐."

"말해 봐…."

"아니라고!"

그는 어깨를 으쓱하며 무심한 척했다. 그제야 마조리는 속마음을 털어놓았다.

"나는 절대 신부만큼 예쁘지 않을 거야."

에밀은 놀란 표정을 지었다.

"신부치고는 그렇게 예쁜 편이 아닌 것 같은데. 이미 마흔이고, 코도 오뚝하지 않아."

눈물을 흘리던 마조리가 이번에는 웃기 시작했다.

"아니, 난 그녀에 대해 말하는 게 아냐."

"티티 엘렌에 대해 말하는 게 아니라고?"

마조리는 고개를 저었다.

"아니… 난 엄마에 대해서 말했어."

에밀은 그녀의 시선을 따라갔다. 그녀는 몇 미터 떨어진 곳에서 다른 하객과 이야기를 나누고 있는 어머니를 바라보고 있었다. 그는 지금껏 어머니를 그렇게 주목한 적이 없었다. 어머니가 예쁜가? 어릴 때는 뭐든지 다 예뻐 보이는 법이다. 그는 생각해본 적이 없었다. 하지만 오늘, 교회 앞마당에서 이야기를 나누는 사람들 속에서, 어머니는 정말 눈부셔 보였다. 모든 하객 사이에서 오직 그녀만 눈에 띄었다. 아마도 그녀가 쓰고 있는 큰 흰 모자 때문일지도 모른다… 하지만 그것만은 아니었다. 그녀는 부드럽고 차분한 모습으로 서 있었다. 게다가 예쁜 여름 드레스를 입고 있었다. 에밀은 그제야 깨달았다. 흰색 바탕에 빨간 도트 무늬가 있는 드레스였다. 그렇게 보면 그녀는 어린 소녀 같기도 하고, 애니메이션 속 공주 같기도 했다. 단정하고 사랑스러웠다. 그는 하객들 사이에서 흰색 도트 드레스를 입고 서 있는 어머니를 오랫동안 바라보았다. 그는 이 어머니의 모습을 기억 속에 새기고 싶었다.

그 옆에서 마조리는 훌쩍이며 중얼거렸다. "엄마 옆에서는 내가 못생겼다고 해도 돼!" 하지만 그는 듣지 못했다.

조안은 그림이 마를 때까지 기다렸다가 배낭에 넣었다. 그녀는 다음 날 아침을 기다렸다. 그림이 훼손될까 봐 옷으로 조심스럽게 감싸 배낭에 넣었다… 흰 모자와 빨간 도트 드레스를 입은 여인의 뒤에는 그들이 있는 공터가 그려져 있었다. 초록색 풀, 바위, 멀리 보이는 자갈길, 낙엽송, 파란 하늘에 둥근 구름이 떠 있는 앙사베르 산의 봉우리까지. 그림은 묘하게 어색하고 조금은 엉뚱한 느낌을 주었다. 왜 이 발레리나 옷을 입은 여인이 산 한복판에 있는지 궁금해지는 그림이었다.

그들이 앙사베르 오두막에 도착하기까지는 3일이 더 걸렸다. 에밀이 피로해 하고 숨 쉬는 것도 점점 힘들어해서 하루를 통째로 쉬어야 했다. 그녀는 그를 텐트에서 자게 하고, 작은 시내에서 옷을 빨아 햇볕에 말리며 시간을 보냈다.

마침내 도착했을 때, 에밀은 풍경에 눈이 부신 듯 보였다. 숨을 고르기 힘들어했고, 동시에 시야에 들어오는 모든 것을 담기 어려워했다. 그들은 푸른 고원에 서 있었고, 피레네 산맥의 가장 아름다운 봉우리들이 그들을 둘러싸고 지켜주었다. 앙사베르의 뾰족한 바위봉우리, 페트라젬 봉우리, 앙사베르 봉우리… 평화로운 골짜기 가운데에는 오래된 돌로 지어진 세 척의 양치기 오두막이 있었고, 철제 지붕은 여러 번 수리된 흔적이 보였다. 각 오두막의 지붕 구조물 위에는 여러 층이 겹쳐 있었다. 각 오두막은 큰 바위로 보호되어 있었다. 이곳은 무서울 정도로 고요했다. 하늘을 나는 독수리조차 마치 이곳의 사생활을 존중하는 듯 조용히 날아다녔다. 조안은 몇 걸음 걸어 큰 바위 밑에 배낭을 내려놓았다.

"양치기가 한 사람 가장 작은 오두막에서 아직 살고 있어요. 나머지 두 개는 등산객용인데, 관리인은 없어요. 내가 읽은 바로는 오두막 구조는 매우 단순해요. 벽이랑 바닥, 지붕만 있대요."

에밀은 그녀의 말에 거의 귀를 기울이지 않았다. 그는 몸을 돌려 앞에 보이는 전경을 감상했다. 산들 속에 자리한, 푸르고 평평한 외딴 계곡, 석회암 거인들이 지키는 고요의 상자 같은 곳이었다.

에밀이 그녀 옆에 주저앉으면서 감탄사를 연발했다.

"아름답네요…."

그는 그녀가 건네준 물통을 거절했다. 그는 다시 말했다.

"정말 아름다워요. 꼭 지상 천국 같아요."

조안은 미소 지었다.

"천국이 여기라면, 나는 괜찮을 것 같아요. 당신은 안 그래요?"

그는 고개를 끄덕였다. 조안은 배낭을 뒤져 누렇게 변한 책을 꺼냈다.

에밀이 물었다.

“뭐해요?”

“인용구를 찾으려고요.”

“인용구요?”

“예. 아름다움에 관한 인용구요. 당신이 한 말과 관련해서… 풍경에 관한 인용구를 찾을 거예요.”

그는 그녀가 뭘 하는지 제대로 이해하지 못한 채 보고만 있었다. 그녀는 누렇게 바랜 책의 페이지를 넘기다가 가끔 동작을 멈추고 한 줄 읽고, 다시 검색을 이어갔다. 마침내 그녀는 책을 바닥에 내려놓고 말했다.

“찾았어요!”

그녀는 풍경을 바라보며 외쳤다.

“아름다움은 보는 대상에 있는 것이 아니라, 우리의 눈 속에 있다.”

에밀은 잠시 생각하다가 물었다.

“그게 무슨 뜻이죠?”

“당신은 이 인용구가 무슨 뜻이라고 생각해요?”

그녀는 질문을 던졌다. 에밀은 눈을 위로 치켜뜨고 입술을 깨물며 고민하더니 결국 솔직히 인정했다.

“잘 모르겠어요.”

“정확한 답은 없어요. 사람마다 다르게 이해할 수 있어요. 그래서 어떤 인용구는 누구에게는 의미 있고, 다른 사람에게는 그렇지 않을 수 있답니다.”

“아….”

“내 생각엔, 세상 모든 사람이 주변의 아름다움을 볼 수 있는 건 아네요. 충분히 아름다운 영혼을 가져야 그걸 느낄 수 있죠.”

에밀은 입을 벌린 채 멍하니 그녀를 바라보고만 있었다. 그녀는 오늘 밤 원하면 이 인용구를 그의 공책에 적어보라고 제안할 생각이었다.

가장 작은 오두막의 문이 열리자 두 사람을 깜짝 놀랐다. 문에서 나온 남자는 젊어 보였다. 그들은 나이가 많은 양치기 모델에 익숙해져 있었다. 이폴리트와 피에르-알랭. 하지만 그들 앞에 서 있는 남자는 40대, 머리는 갈색으로 곤두서 있었고, 베이지색 바지와 세월과 거친 생활로 더럽혀진 흰 셔츠를 입고 있었다.

그가 다가와 말했다.

"여러분이 마지막으로 떠나는 분들이군요."

조안이 일어섰고, 에밀도 따라 일어났다.

그녀가 물었다.

"무슨 말씀이신가요?"

"다른 등산객들은 모두 아침 일찍 떠났어요. 두 분이 아직 여기 계신 줄 몰랐습니다."

조안은 그가 오해하고 있다는 사실을 깨달았다.

"아뇨… 저희는 방금 도착했어요."

양치기는 믿기지 않는다는 표정으로 그들을 바라봤다.

"여기서 하룻밤 지내실 건가요?"

그녀는 고개를 끄덕였다. 그녀는 그가 왜 놀라는지 이해하지 못했다. 그는 푸른 하늘과 둥글고 솜털 같은 구름을 가리켰다.

"오늘 밤 시즌 중 가장 큰 열대성 폭풍우가 온대요. 뉴스 안 보세요?"

조안과 에밀의 당황한 표정을 보고 그는 이해했다.

"대부분 등산객들은 다 본다고요. 그래서 아침 일찍 모두 내려간 거예요. 하지만 이제 두 분은 시간이 없어서 내려갈 수 없을 겁니다….”

조안이 물었다.

“그래도 여기서 잘 수는 있는 거죠?”

양치기는 잠시 생각하다가 오두막을 바라봤다.

“이 오두막은 지붕이 완전히 구멍이 나 있어요. 한 시간도 안 돼서 젖을 걸요.”

그는 다른 오두막을 가리켰다.

“저쪽에 가시면 비를 피할 수 있어요. 하지만 천둥이 칠 수 있어요. 바람이 너무 강하면 입구 문이 버티기 힘들 거예요. 걸쇠가 약하거든요.”

조안은 어깨를 으쓱했다. 어차피 선택의 여지가 없었다.

“안은 흙바닥이에요… 두 분이 최소한 편한 매트라도 갖고 있으면 좋을 텐데요….”

그들의 표정을 보고 그는 이해했다.

“초와 성냥을 빌려줄게요. 손전등도 없겠죠?”

두 사람은 대답할 필요도 없었다. 젊은 양치기는 자기 오두막집에 가서 그것들을 가져오기 위해서 이미 몸을 돌리고 있었던 것이다.

오두막은 투박했다. 다져진 흙바닥은 더럽고 고르지 않았으며, 창문에는 때가 잔뜩 묻어 있었다. 그럼에도 그들은 안에서 나무 탁자와 긴 벤치, 그리고 사용이 막힌 듯한 벽난로를 발견하고 놀랐다. 조안은 배낭과 양초, 성냥을 내려놓은 뒤 다시 밖에 있는 에밀에게로 갔다. 이제 폭풍이 올 거라는 걸 알면서도, 두 사람은 여전히 목동의 예보가 실감나지 않았다. 구름이 빠르게 흘러가고는 있었지만, 하늘은 여전히 맑고 평온했다. 그들은 계곡 한가운데 누워 폭풍이 오기 전 마지막 햇살을 즐겼다.

폭풍이 다가오고 있었다. 하늘은 점점 어두워졌고, 몰려드는 구름은 더욱 검게 변했다. 차가운 바람이 불기 시작했다. 조안은 흔들리는 현관문이 열리지 않도록 나무 탁자로 버텼다. 두 사람은 철제 식기를 무릎에 올려놓고 벤치에 나란히 앉아 저녁을 먹었다. 아니, 조안만 먹었다. 에밀은 먹지 않았다. 그는 재수화한 볼로냐 스파게티 비슷한 음식에는 손도 대지 않았다.

"나, 배 안 고파요."

"힘내요. 하루 종일 걸었잖아요."

"토할 것 같아요. 피곤해요."

그녀가 걱정스레 몸을 일으켰다.

"토할 것 같다구요?

"예… 그리고 눈이 잘 안 보여요."

그녀는 포크를 입에서 몇 센티미터쯤 떨어진 곳에서 멈추었다.

"그냥 자고 싶어요."

그녀는 철제 용기와 포크를 내려놓고 일어섰다.

"좋아요. 그럼 이 구석에 네 침낭을 깔아줄게요… 땅이 좀 부드러우니까."

그녀는 비틀거리며 앞으로 걸어가는 그의 모습을 지켜봤다. 이상한 예감이 들었다. 폭풍우가 다가오고 있었다. 첫 천둥이 하늘을 가르고, 창문 하나의 틈새로 돌풍이 스며들었다. 촛불이 꺼지고 방 안은 반쯤 어두운 상태가 되었다.

에밀이 중얼거렸다.

"촛불…."

그녀는 마지막 몇 미터를 함께 걸어 그의 침낭까지 데려갔다.

"괜찮아요. 내가 다시 켤게요."

그는 누웠다. 그녀는 손에 잡히는 대로 저녁 식사 포장지를 가져왔다.

"자, 토하고 싶으면 여기에…."

그녀는 그의 옆에 앉아 그가 눈을 감기를 기다렸다. 오늘 밤도 그의 숨은 거칠고 끊어질 듯했다. 그녀는 계곡의 고요를 찢는 두 번째 천둥 소리를 애써 무시하며 다가오는 폭풍을 떠올릴 때 스며드는 두려움을 억눌렀다.

딱! 성냥을 켜자 작은 불꽃이 피어올랐다. 그녀는 창틀 위 굵은 양초를 다시 켜고 혹시 또 꺼질까 싶어 이번에는 방 곳곳에 더 많은 양초를 놓았다. 그리고 벤치에 앉아 식사를 마저 하려 애썼다. 하늘이 깊게 울리며 또 다른 천둥을 예고했다. 그녀는 창가의 양초를 바라보며 떨리지 않기 위해 온 정신을 그 불빛에 집중했다.

방 한쪽 어두운 구석에서 침낭 속의 에밀이 몸을 떨고 있는 것이 느껴졌다. 그녀는 양초 불빛 아래서 몇 분째 책을 읽으려 했고, 하늘은 잠시 고요해졌지만 그것이 오래가지 않을 거라고 생각했다.

그녀가 그에게 물었다.

"괜찮아요?"

약하고 억눌린 목소리가 돌아왔다.

"머리가 아파요."

그녀는 일어나 촛불을 들고 그의 곁으로 가서 흙바닥 위에 앉았다.

"아직 토하고 싶어요?"

그는 고개를 저었다.

"눈은 어때요, 에밀?"

"가끔 완전히 깜깜해요."

"어떻게?"

그의 목소리는 목이 막힌 듯했다.

"가끔 아무것도 안 보여요. 완전히 깜깜해요."

"그다음은? 다시 보여요?

"예. 가끔."

그녀는 마음속 깊이 평온함을 유지하려 애썼다.

"괜찮아요. 조금 자면 나아질 거예요."

그녀의 모성 본능이 다시 고개를 들었다. 폭풍을 마주한 순간, 그녀가 버티기 위해 붙잡을 수 있었던 것은 그것뿐이었다. 그녀는 그의 이마에 손을 얹으며 열이 있을까 확인하듯 살펴보았다. 하지만 당연히 없었다. 그는 바이러스에 감염된 것이 아니었다. 문제는 뇌간(腦幹)이었다. 모든 것이 안에서부터 무너지고 있었다.

"잠들 수 있도록 얘기 한 가지 해줄까요?"

그는 고개를 끄덕였다.

"좋아요. 그럼… 톰 이야기 알아요?"

"아뇨."

"내가 들려줄게요. 눈을 감고 있어요. 몸을 맡기고 잠들 수 있을 거예요."

그는 시키는 대로 했다.

그는 잠들었다. 밖에서는 폭풍이 다시 시작되었고, 바람이 거세게 불었다. 현관문에 달린 경첩이 덜거덕거렸고, 창문의 유리도 흔들렸다. 가끔씩 유난히 거센 돌풍이 방 안으로 밀려들어와 켜 둔 양초의 절반을 꺼뜨리곤 했다. 번개가 하늘을 갈라 방 안을 불길한 빛으로 밝히더니, 곧 산 중턱 어딘가에 벼락이 떨어졌다. 귀가 먹먹해질 정도로 요란한 굉음이 울려 퍼졌다. 그런데도 에밀은 깨어나지 않았다. 조안은 점점 더 초조해지며 그가 제대로 자고 있는지 수시로 확인했다. 굵은 비가 양철 지붕 위로 거세게 쏟아졌다. 그녀는 추위를 느꼈다. 결국 그녀도 에밀 옆에서 침낭을 둘러 몸을 말았다. 하지만 그녀는 도저히 잠들 수 없었다.

"엄마."

비와 바람, 천둥 소리가 너무 커서 그가 옆에 있음에도 에밀의 목소리를 듣는 데는 몇 초가 걸렸다.

"엄마…."

"응, 무슨 일이예요?"

"숨을… 쉴 수가 없어요."

그는 말을 더듬듯 토막토막 내뱉었다. 밖이 이렇게나 소란스러운 탓에, 그녀는 그의 숨이 점점 가빠지고 있던 것을 미처 듣지 못했다. 그녀는 침착함을 잃지 않기 위해 마지막 남은 힘까지 짜냈다.

"진정해야 해요, 에밀. 차분해지면 나아질 거예요."

"숨을 쉴 수가 없어…."

그녀는 그의 손이 자신의 손을 꽉 쥐는 것을 느꼈다. 그는 공황 상태에 빠지기 시작했다. 그녀는 목소리를 높여 그의 공포를 눌렀다.

"에밀, 내 말 들어요. 진정해야 해요. 집중해요…."

그녀는 방 안 어둠 속에서 무언가를 찾으며 번개가 하늘을 가르는 순간을 이용했다.

"하늘의 번개를 봐요. 산 위의 폭풍을 봐요. 멋진 풍경이에요."

번개가 석회암 절벽 사이 어딘가에 떨어졌다. 또 다른 번개.

"봐요, 에밀. 무섭지만 아름다운 광경이잖아요."

번개가 방 안을 비췄다. 그녀는 공포로 일그러진 그의 얼굴과 창문, 하늘, 번개에 매달리려는 갈색 눈을 보았다.

"잘하고 있어요. 계속 저 광경을 봐요."

에밀의 손이 그녀의 손을 짓이기듯 꽉 움켜쥐었다. 그의 입이 필사적으로 벌어지며 공기를 삼키려 했다. 거친 숨소리가 새어 나왔다. 숨이 통하지 않았다. 아니, 간신히 지나갈 뿐이었다. 그녀의 예감은 맞았다. 폭풍이 준비되고 있었다. 밖에서도, 그리고 그의 안에서도. 바로 오늘 밤이었다.

조안의 볼을 따라 눈물이 흘러내렸다. 그럼에도 그녀는 침착하고 다정한 목소리를 잃지 않았다. 그녀는 계속해서, 끝없이 그에게 말을 건넸다.

"번개와 천둥 사이의 시간을 계산해보면 번개가 몇 킬로미터 떨어졌는지 알아볼 수 있어요. 어릴 적 천둥이 무서웠을 때 그렇게 놀았어요."

입이 거칠게 열리고 닫혔다. 목이 뻣뻣하고, 공기가 기관을 지나가기 쉽게 몸이 움찔거렸다.

"아버지가 그러셨죠… 1초가 1킬로미터래요. 같이 세어볼래요?"

이번이 끝이었다. 에밀의 눈동자가 뒤집혔다. 그녀는 이 고통이 끝나기를, 그가 더 오래 이 두려움을 견디지 않기를, 이 느린 질식이 멈추기를 기도했다.

이것이 그의 마지막 숨이었다. 에밀은 거의 남아 있지 않은 공기로 어머니를 불렀다. 그는 그녀의 손을 움켜쥐었다. 그는 그 어느 때보다도 엄마가 필요했다. 그러나 지금 여기 있는 사람은 그의 어머니가 아니라 조안이었다.

그 순간, 거센 돌풍처럼 하나의 기억이 그녀의 머릿속을 세차게 파고들었다.

한여름의 숲. 깊고 불길한 흑청색의 야생 호수. 가시덤불과 키 큰 풀들로 둘러싸인 호수. 잔잔히 멈춰 있는 물. 물 위에 떠 있는 나뭇가지, 진흙 덩어리, 몇 장의 잎사귀. 그리고 작은 몸. 금빛 머리. 하얀 티셔츠. 그녀의 가슴 안쪽에서 폭풍이 몰아치는 듯한 통증, 모든 것을 휩쓸고 세상을 산산조각 내는 무언가. 물속으로 들어간 사람들이 있었다. 그녀의 아이를 끌어올리는 사람들. 그녀의 손은 긁히고 허공을 휘저으며 그 아이를 붙잡기 위해, 마지막으로 품에 안기 위해, 집으로 데려가기 위해 발버둥쳤다. 검은 옷을 입은 사람들이 그녀를 붙잡았고, 그들은 톰을 데리고 멀리 사라져 갔다.

그녀는 끔찍한 실수를 저질렀다. 그래서는 안 됐다. 그녀는 단순히 마지막 여행길의 동료가 아니었다. 단순히 에밀의 여자가 아니었다.

그녀는 '엄마'였다. 오늘밤처럼, 그 어느 때보다도 더 엄마였고, 이제야 깨달았다. 그녀는 한 어머니가 자신의 아이를 마지막으로 품에 안을 기회를 빼앗아 버렸다는 사실을.

31

큰 바위 위에 앉은 조안은 새벽이 밝아오는 것을 바라보았다. 폭풍은 지나갔다. 산속 골짜기에는 다시 평온이 찾아왔다. 새벽의 첫 빛이 산봉우리의 꼭대기에 반사되었다. 주황색, 분홍색, 붉은색이 어우러진 고운 빛깔. 하늘은 은빛이 감도는 푸른빛으로 물들었다. 조안은 느릿한 손짓으로 무릎 위에 놓인 검은색 노트를 펼쳤다. 표지의 고무줄 안에는 한 장의 종이가 끼워져 있었다. 그녀는 그것을 조심스럽게 펼쳐 읽기 시작했다.

부탁 몇 가지.

조안, 모든 일이 내가 바란 대로 진행된다면, 나는 병원이 아니라 조용하고 평화로운 산속 어딘가에서 세상을 떠날 거예요. 이후의 모든 절차에는 신경 쓰지 말아요. 인터넷이나 전화번호부에서 의사 한 명만 찾아서 연락해요. 그리고 그 사람에게 나의 사망을 확인해 달라고 하면 돼요. 나머지는 그 사람이 알아서 할 겁니다. 그는 나를 가장 가까운 장례식장으로 옮기고, 우리 가족에게 연락할 거예요. 그들은 내 시신을 가져가서 모든 절차를 진행할 겁니다. 당신은 이미 나를 위해 많은 걸 희생했어요.

우리가 이야기했던 대로 내 노트를 부모님께 보내주길 바래요. 주소는

베르제 씨 부부
112번지, 리스 거리
43200 로안

분실되지 않도록 반드시 등기로 보내줘요.

화장에 대한 지침은 부모님께 이미 전달했어요. 부모님은 내 뜻을 존중할 것이고, 아마 종교식 장례를 치를 겁니다. 장소와 일정은 로안에서 발행되는 신문 부고란에서 확인할 수 있을 거예요. 신문 이름은 르로안 앵포이고, 온라인에서도 볼 수 있어요.

그 외의 것으로 말하자면, 우리는 저 위에서 다시 만날 겁니다… 내가 톰을 잘 돌볼게요. 그리고 가끔 가장 아름다운 여름 하늘을 보낼게요. 당신이 저 아래에서 들판 한가운데 앉아 그걸 바라볼 수 있도록 말예요.

당신의 약속, 고마워요. 모든 것, 고마워요.

당신 남편이 씀.

에밀.

추신 : 내가 말은 안 했지만, 8월 31일, 에우스의 골목길에서 당신은 정말 아름다웠어요.

조안의 뺨을 타고 눈물이 흘러내렸다. 태양이 완전히 떠올라 절벽을 눈부신 빛으로 물들였다. 지난밤 폭풍의 흔적은 어디에도 남아 있지 않았다. 조안은 주머니에서 휴대전화를 꺼내 검색창을 열었다. 여러 개의 검색 결과가 뜨자 그녀는 무심히 눈물을 닦으며 첫 번째 결과의 통화 버튼을 눌렀다.

여자 목소리가 들렸다. 막 잠에서 깨어났거나, 그녀 때문에 잠이 깬 듯한 목소리였다. 조안은 용기를 내려고 깊이 숨을 들이마셨다.

"여보세요, 안녕하세요. 저… 저는 조안이에요."

전화 저편에서 억눌린 흐느낌이 그녀에게 돌아왔다. 뒤에서 남자의 목소리가 물었다.

"무슨 일이야?"

여성의 떨리는 목소리가 속삭였다.

"그녀예요."

전화기에서 무언가 떨어지는 둔탁한 소리가 들렸다. 여성은 흐느낌 속에서 겨우 물었다.

"그럼… 우리 아이는… 죽었나요?"

조안은 자신이 지금 어떤 행동을 하고 있는지를 완전히 깨닫기 위해 잠시 말을 멈춰야 했다. 그녀는 완전한 의식 상태에서 이 행동을 하고 싶었다.

"아니요."

전화 너머에서 두 번의 숨 막히는 외침이 들려왔다. 더듬거리는 떨림 섞인 말투, 믿기 어려운 희망에 차 있지만 쉽게 믿을 수 없는 목소리였다.

"뭐라고요? 그럼… 우리 아이가… 아직 살아 있는 거예요?"

조안은 아사베르 첨봉에서 단 한 순간도 눈을 떼지 않았다. 그녀는 그것을 바라보면서 마지막 힘을 끌어냈다.

"에밀은 밤을 보냈어요… 아마 오래 버티지는 못할 것 같아요. 기껏해야 하루나 이틀…."

그녀는 다시 흘러내리는 눈물을 손으로 닦았다.

"적으실 수 있나요? 에밀이 있는 위치를 알려드릴게요. 저희는… 산속 오두막에 있어요. 레스큉 근처, 피레네 산맥에요."

"잠깐만요. 남편이 종이랑 연필을 가져올 거예요."

잠시 뒤 분주한 소리와 낮은 속삭임이 들렸다. 마침내 남성이 말했다.

"됐어요, 준비됐습니다."

"좌표는 위도 42.898568, 경도 -0.716594예요."

"잠깐만요… 다시 한번 말씀해 주세요. 확실히 하려구요."

"물론이죠. 위도 42.898568, 경도 -0.716594입니다."

전화기 너머의 감정이 분명하게 전해졌다. 조안은 두 사람의 숨가쁜 속삭임을 들을 수 있었다. 하지만 그녀는 덧붙였다.

"에밀은 이런 곳에서 죽길 바랐어요. 그게 그의 가장 큰 소원이었죠. 저는 이렇게 전화를 해서 결과적으로는 에밀이랑 한 약속을 어긴 게 됐어요… 제발 부탁이니, 에밀을 병원으로 데려가지 않겠다고 약속해 주세요."

에밀의 어머니는 울음을 터뜨렸다. 조안은 눈물과 슬픔으로 일그러진 그녀의 얼굴을 상상했다. 하지만 그 목소리가 대답했다.

"약속할게요."

조안은 그들의 감정이 가라앉을 때까지, 눈물이 잦아들고 침묵이 찾아올 때까지 기다렸다.

"마지막으로 한 가지 더요."

"네…."

"베르제 부인, 부인께서는 이번 마지막 여행 내내 그와 함께했다는 사실을 알아주셨으면 해요. 부인께서는…."

조안은 금방이라도 쏟아질 것 같은 울음을 억누르느라 잠시 말을 멈췄다.

"부인께서는 그 마지막 여정에서 한순간도 그를 떠나지 않았어요. 에밀이 있는 오두막에… 그림이 하나 있어요… 부인도 보시게 될 거예요… 제가 잘 보이도록 놓고 갈게요. 그러면 알게 되실 거예요. 부인은 그의 모든 발걸음 곁에 있었어요."

그녀는 감정이 너무 벅차올라서 더 이상은 말을 잇지 못했다. 그녀는 아무 말 없이 전화를 끊을 수밖에 없었다.

에밀은 습기가 느껴지는 작은 오두막에서 깨어 있었다. 그는 너무 지쳐서 여전히 누워 있었다. 그래도 그녀는 아침에 그에게 마른 과일을 조금 먹이는 데 성공했다. 그녀는 자신의 침낭을 그에게 넘겨주었다. 이제 그녀에게는 필요 없지만, 그에게는 필요했다. 부모님이 올 때까지 따뜻하게 있어야 하기 때문이다. 그녀는 여러 번 그에게 설명해 주었다.

"당신 아버지가 오실 거에요. 그분이 오시기 전에 쉬어야 해요, 알겠죠?"

그는 고개를 끄덕였다. 이제는 말을 거의 하지 않았다. 한마디라도 내뱉으면 숨이 턱까지 차올랐다. 그는 창백했다. 남은 시간도 얼마 없어 보였다. 이미 오후로 접어든 때였다. 조안은 베르제 부부가 해 지기 전에는 도착할 것이라고 확신했다. 그녀는 모든 것을 목동과 미리 조율해 두었다. 다만 그는 그녀의 이야기를 거의 이해하지 못한 듯했다.

"사람들이 온다고요?"

"그래요. 에밀 부모님이 오실 거예요. 오시면 그들을 오두막까지 안내만 해주세요. 알겠죠?"

그는 그녀가 하는 말을 다 이해하지 못했다.

"당신은 안 계실 거예요?"

"예."

"무슨 뜻이에요? 예, 라니?"

"저는 가야 해요."

그는 불만스러워 보였다. 약간 짜증이 섞인 목소리였다.

"가끔 오셔서 에밀이 잘 있는지 들여다 봐주실 수 있을까요?"

이번엔 양치기가 노골적으로 짜증을 냈다.

"나도 일해야 한다고요!"

그녀는 더 말하지 않았다. 어차피 달아나듯 떠나 그를 혼자 두는 일은 도무지 할 수 없었다. 그녀는 그의 곁에 머물며 작은 모금씩 물을 마시게 하고, 이불을 턱 밑까지 끌어올려 주었다. 그는 추운 듯했다. 둘이 함께 그린 그림은 목재 탁자 위에 눈에 띄게 놓여 있었다. 에밀의 검은 공책도 바로 옆에 있었다. 조안은 창밖을 힐끗 보았다. 하늘이 파랬다. 해는 천천히 내려가기 시작하고 있었다. 그녀는 에밀을 푸른 풀밭까지 안아 데려가 마지막으로 노을을 보게 해주고 싶었지만, 그럴 힘이 없다는 걸 알고 있었다. 그래서 그저 창밖의 하늘을, 저 아름다운 푸른 하늘을 바라보라고 조용히 권할 뿐이었다.

멀리서 엔진 소리가 들려왔다. 차량이 다가오고 있었다. 양치기는 조금 전, 비상시에 골짜기와 오두막에서 몇 백 미터 떨어진 곳까지 이어진 가파른 길이 있다고 조안에게 알려주었다. 그녀는 그들이 온 것임을 알았다. 양치기에 따르면, 아무도 이 길을 이용하지 않는다. 4륜차가 있거나 특별 허가가 있는 경우를 제외하고는 말이다. 조안은 양치기에게 허가를 받는 일을 맡았다. 그는 접근을 막는 무거운 문의 열쇠를 가지고 있었다. 이 길은 그의 길이다. 이 길을 통해 그는 매달 한 번씩 식료품과 혈압약을 옮겼다. 양치기는 짜증이 난 듯했지만, 길을 열어주기로 했다. 베르제 부부가 오고 있었다. 몇 분 안에 그들은 차량에서 내려, 약 백 미터 아래에서 아마도 도보로 뛰어 오르기 시작할 것이다. 이제 조안이 떠날 시간이었다. 바위 사이로 몸을 숨기고 숲속으로 사라져야 했다.

그녀는 긴장된 목소리로 속삭였다.

"좋아요. 나는 떠나야 해요. 당신 아버지가 오실 거예요. 내가 그를 찾으러 갈 게요, 알겠죠?"

그녀는 그의 창백한 얼굴이 고개를 끄덕이는 것을 보았다.

"곧 다시 만나요, 내 사랑. 금방 다시 만날 거예요."

그녀는 그의 이마와 젖은 머리카락에 입을 맞췄다. 그녀는 마치 슬로모션처럼 방을 가로질러가더니 흔들리는 문간에 서서 그에게 마지막 시선을 던졌다. 그리고 더는 아무 말도, 아무 동작도 없었다. 그녀는 커다란 빨간 배낭을 메고 사라졌다.

"진정한 이별에는 말이 필요 없다."

에드몽 자베스, 〈닮음의 책〉

에필로그

흐리고 폭풍우가 몰아치는 어느 여름날이었다. 하늘은 낮게 드리워져 있었고, 공기는 무거웠다. 비가 곧 쏟아질 것 같았다. 노트르담 데 빅투아르 성당 앞마당에는 많은 인파가 모여 있었다. 게다가 사람들은 숫자가 계속 불어나고 있었다. 조제프는 늘 조안에게 이렇게 말하곤 했다. "죽은 사람의 나이를 알고 싶으면, 장례식에 온 사람 수를 세어 보면 돼. 사람이 많을수록, 더 젊은 나이에 죽은 거지." 조안이 왜 그런 터무니없는 이론이 성립하느냐고 묻자, 조제프는 어깨를 으쓱하며 대답했었다.

"늙은이의 장례식은 별 감흥이 없어서 사람들이 잘 가지 않아."

당시 아홉 살이었던 조안은 반박했다.

"그건 거짓말이예요!"

조제프는 다시 어깨를 으쓱였다.

"그럼 다른 이유를 알려주지. 늙은이들의 친구들은 이미 늙었거나 죽었지."

6월 20일 아침, 인파는 거짓말하지 않았다. 젊은이가 세상을 떠났다. 광장에는 갓난아기가 있는 가족들도 있었지만, 대학을 갓 졸업한 듯한 젊은이들도 많았다. 친구들이었다.

조안은 이른 아침 기차를 타고 로안에 도착했다. 새벽 네 시에 일어나야 했고, 이동하는 동안 잠도 제대로 지지 못했다. 역에 도착하고 나서는 이해할 수 없는 로안 버스 노선도와 씨름해야 했고, 그 과정에서 두 번이나 버스를 잘못 탔다. 그녀는 원래도 도시 생활에 익숙한 편은 아니었지만, 피레네 산맥 한가운데서 문명과 동떨어져 지낸 지난 12개월이 자신을 완전히 도시 부적응자로 만들어 버렸다는 생각이 들었다.

종소리가 울려 퍼지며 장례식이 곧 시작될 것임을 알렸다. 사람들은 성당 안으로 서둘러 들어갔다. 조안은 건너편 인도, 성당에서 백 미터쯤 떨어진 곳에 가만히 서 있었다. 모두가 안으로 들어가 자리를 잡을 때까지 기다릴 생각이었다. 이곳에서 그녀는 자기가 이방인처럼 느껴졌다. 백 명이 넘는 사람들이 에밀에게 마지막 인사를 하러 왔다. 그를 알고, 함께 지내고, 사랑했던 사람들이다. 그런데 정작 그가 죽음을 함께하기로 선택한 사람은, 이 많은 이들 가운데 누구도 아닌, 바로 그녀, 그들 모두에게는 완전히 낯선 존재였다.

사람들이 모두 성당 안으로 들어간 뒤, 조안은 무거운 나무 문이 완전히 닫히기 직전에 그 틈으로 몸을 밀어 넣었다. 맨 뒤쪽에 자리가 하나 남아 있었다. 그녀가 자리에 앉는 순간, 맨 앞줄에서 움직임이 느껴졌다. 남자와 여자, 그리고 어린 남자아이 하나가 늦게 도착한 한 젊은 여자를 맞으려고 일어섰다. 아이의 어머니는 금발의 곱슬머리에 진지한 표정을 하고 있었고, 아버지는 눈이 붉게 충혈되어 있었으며 어깨가 축 늘어져 있었다. 깊은 슬픔에 잠긴 모습이었다. 아마 에밀의 절친이었을 것이다. 어쩌면 르노일지도 모른다. 그들은 도착한 젊은 여성과 몇 마디를 나누었다. 그녀는 허리 중간까지 내려오는 완벽하게 곧은 짙은 갈색 머리, 둥근 입술, 그리고 작은 진주 귀걸이를 하고 있었다. 아름답다는 말이 자연스러울 만큼, 스스로도 자신의 아름다움을 알고 있는 듯한, 어딘가 도발적이기까지 한 아름다움이었다. 하지만 오늘 아침만큼은 얼굴이 텅 빈 듯하고, 눈빛도 흐릿하게 떠돌고 있었다.

그때, 깊은 목 가다듬는 소리가 울리며 장례식을 집전할 신부가 등장했음을 알렸다. 세 명의 어른은 재빨리 자리에 앉았다. 성당 안의 침묵은 더욱 깊어졌다.

조안은 신부가 읊는 말에 제대로 귀 기울이지 않았다. 대신 제단 위에 놓여 있던 은빛 유골함을 바라보았다. 그리고 사람들이 한 명씩 일어나 성경 구절을 읽거나 에밀을 기리는 말을 하는 모습을 지켜보았다. 그중에는 조안이 르노라고 짐작했던, 눈물 투성이의 남자도 있었다. 그녀는 자신의 추측이 틀리지 않았음을 확인했다. 조안의 시선은 다시 군중을 천천히 훑었다. 창백한 얼굴과 부드럽게 웨이브진 갈색 머리의 마조리를 알아보았다. 그녀는 첫째 줄에서 구부러지고 무거워 보이는 그들의 등을 보고 그들이 아버지와 어머니임을 짐작했다. 아기들은 유모차 안에서 조용히 잠들어 있었다.

그때 에밀의 어머니가 검은 가죽 제본의 작은 수첩을 들고 제단 앞으로 나아가자, 관중 사이에서 작은 술렁임이 일어났다. 조안은 자세를 바로 했다. 그리고 신부가 말하던 '에밀의 마지막 여행'(죽음을 앞두고 산으로 떠났던 여정)에 대한 몇 마디를 붙잡아 들었다. 그 여행이 에밀을 신에게 더 가까이 데려갔다는 이야기였다. 조안은 미간을 찌푸렸다. 이윽고 에밀의 어머니의 쉰 목소리가 성당 안에 퍼졌다. 그녀가 읽은 글은 짧았다. 너무 짧아서, 아무도 알지 못했던 그 여행에 대한 궁금증만 더 크게 남겼다. 조안은 본능적으로 몸을 웅크리며 벤치에 더 깊이 몸을 파묻었다.

나는 곧 죽겠지만, 내 자신과 이렇게까지 평화로웠던 적은 한 번도 없었습니다. 조금 어리석었던 젊은 시절의 나를 바라보는 시선도 이제는 너그러워졌지요. 이 몇 달 동안 나는 성장했다고 느꼈습니다. 더 높은 곳으로 올라선 듯한 기분입니다.

교회 안에서는 훌쩍임과 손수건 스치는 소리 속에서 목소리가 잦아들었다. 사제가 다시 말을 잇자, 르노와 함께 온 금발 곱슬머리 여자가 울음을 터뜨린 어린 아들을 달래기 위해 교회에서 나갔다. 조안도 그 뒤를 따라 무거운 나무 문 사이로 빠져나와 교회 앞마당에 섰다. 공기는 더 무겁게 가라앉아 있었다. 그녀는 길을 건너 맞은편 인도에 있는, 한 아파트로 이어지는 작은 계단에 앉았다. 그곳에서 교회 출입구가 훤히 내려다보였고, 멀리서라도 묘지까지 이어질 행렬을 지켜볼 수 있었다. 에밀의 부모가 그의 유골을 어떻게 처리하려 하는지 조안은 알지 못했다. 하지만 아마 묘지의 어느 무덤에 안치할 것이라고 짐작했다.

그녀는 하늘을 올려다보았다. 하늘은 불투명하고 회색이었다. 구름도, 가늘고 긴 흔적도, 주름 같은 것도 구분되지 않았다. 그 어떤 움직임도 없었다. 그녀는 톰과 에밀이 오늘 제 할 일을 하지 않았다고 생각했다. 그들은 게으름을 피운 셈이었다. 아마 서로 알아가는 데 너무 정신이 팔려 있을 것이다. 그들은 이 무미건조한 의식에 관심이 없었다. 어쩌면 에밀은 스크래블 게임을 마무리하면서, 한눈팔듯 의식을 힐끗 바라봤을지도 모른다. 여섯 달 전, 그는 복수를 하고 싶어 했었다.

그녀는 시야를 낮고 솜처럼 부드러운 하늘 위로 흘려보냈다. 그녀는 다른 방식으로 장례식을 치렀으면 더 좋았을 텐데, 라고 생각했다. 산자락 아래 작은 숲 속에서 나지막이 나눈 몇 마디 말들. 아니, 이폴리트, 세바스티앙, 두 명의 캐나다 여성, 이사도라, 마리코, 루시아, 포크… 그들이 직접 꺾어서 만든 꽃다발. 그들이 그 안에 은빛 유골함을 안치하기 위해 작은 나뭇가지로 만들어서 숲속의 두꺼운 이끼 아래 숨겨둔 오두막.

그녀는 떨리는 미소를 얼굴 위에 띄웠다. 그리고 그 숲과 그 의식의 장면들을 마음속 깊이 천천히 새겨 넣었다.

그들은 이제 에밀의 유골을 마지막 안식처로 옮기는 행렬을 따랐다. 가까운 가족과 몇몇 친구들만 남아 있었다. 르노가 그곳에 있었다. 그의 아내는 뒤에 머물러 아기를 달래고 있었다. 조안은 멀리 뒤쪽에 있었다. 그녀는 이 행렬에 속해 있지 않다고 느꼈지만, 에밀을 끝까지 따라야 한다는 의무감이 들었다.

은빛 유골함은 흰색 석판으로 덮인 작은 지하실에 안치되었다. 조안은 베르제 부인이 흐느낌을 억누르기 위해 손수건을 입에 갖다 대는 모습을 보았다. 남편은 그녀의 어깨에 팔을 감쌌다.

조안은 손바닥 안에 에밀의 반지, 즉 그녀가 그에게 사주었던 가짜 결혼반지를 쥐고 있었다. 그녀는 반지에 각인을 새겼다. 강철 반지 안쪽에는 조제프가 자주 조안에게 반복하던 짧은 문구가 새겨져 있었다. "하늘을 바꾸면 별도 바뀐다"는 코르시카 속담으로, 이 문구는 반지 안쪽에 가느다란 선으로 새겨져 있었다.

에밀의 유골을 마지막 안식처로 운반하는 행렬에는 스무 명 남짓만 따라갔다. 가까운 가족과 친구 몇 명뿐이었다. 르노가 있었다. 그의 아내는 뒤에 머물며, 여전히 울고 있는 아기를 안고 있었다. 조안은 뒤에 멀찍이 서 있었다. 그녀는 이 행렬에 속하지 않는다고 느꼈지만, 에밀을 끝까지 배웅해야 한다고 생각했다.

조안은 사람들이 흩어진 후, 은반지를 작은 흰색 석판 위에 놓거나, 길고양이가 가져가지 못하도록 그 옆에 묻으려 했다. 그녀는 나무에 숨은 채 모두가 사라지기를 기다렸다.

조문객들이 흩어지는 데 거의 한 시간이 걸렸다. 비가 내리자 작은 석판 앞에서의 포옹과 조문이 끝났다. 에밀의 부모와 그의 여동생, 그리고 남편은 마지막으로 넓은 검은 우산 아래서 묘지를 떠났다.

조안이 마침내 모습을 드러냈다. 그녀는 나뭇잎 사이에서 나온 듯 보였다. 비를 맞으며 중앙 통로를 가로질렀다. 이번을 위해 준비한 검은 숄을 머리에 둘렀다. 반지는 축축한 손에 쥐고 있었다. 이미 꽃과 기념판으로 덮인 흰 석판 앞에 도착하자, 그녀는 젖은 풀 위에 무릎을 꿇고 천천히 숨을 고르기 시작했다. 피로는 결코 완전히 사라지지 않았다. 때때로 눈앞에 하얀 별들이 춤추듯 보였다. 잠시 회복한 뒤, 그녀는 맨손으로 흰 석판 주위의 흙을 파기 시작했다. 흙은 손가락을 물들이고 점점 더 검은 손톱 밑으로 스며들었다. 비가 팔 위로 흘러내렸다. 그녀는 잠시 반지를 입술에 가져갔다가 흙 속에 놓고 묻었다.

그녀는 돌아서자 심장이 멎는 듯했고, 놀라서 헉하고 숨을 쉬었다. 몇 미터 앞, 검은 우산을 쓴 마조리가 서 있었다. 그녀의 얼굴은 마르지 않은 눈물로 젖어 있었지만, 눈빛은 부드러웠다. 마조리가 물었다.

"당신이 조안이죠?"

그녀들은 웨이터가 주문을 가져올 때까지 침묵을 지켰다. 마조리는 커피를, 조안은 허브차를 주문했다.

조금 전, 묘지에서 서로 마주 보고 있을 때, 마조리가 "당신이 조안이죠?"라고 묻자, 소나기가 더욱 거세졌다. 조안은 겨우 고개를 끄덕일 시간이 있었고, 마조리는 그녀를 자신의 우산 속으로 피하게 한 뒤 말했다.

"나를 따라오세요. 비를 맞지 마시구요. 맞은편에 카페가 있어요."

조안은 놀라움에 말없이 마조리를 따라갔다. 그녀들은 작은 카페의 문을 열고 들어가 빈 테이블에 앉았다. 비가 내리면서 유리 위에 예쁜 물방울을 맺었다. 웨이터는 그들이 자리에 앉자마자 주문을 받으러 달려왔고, 두 사람은 코트를 벗을 시간조차 없었다. 마조리는 코트를 벗는 중이었고, 조안은 흙투성이 손을 검은 드레스에 몰래 닦으려 애쓰고 있었다. 때때로 두 사람은 호기심 어린 시선을 서로에게 던졌지만, 몇 초간의 침묵이 마음을 가다듬는 데 필요하다고 생각하는 듯 동시에 하지는 않았다. 웨이터는 돌아오지 않았다. 마조리는 재킷을 의자 등받이에 정성스럽게 걸쳐놓은 다음 손바닥으로 한 번 쓰다듬어 정리하였다. 침묵이 그녀에게는 충분히 오래 지속된 듯했다. 그녀가 입을 열었다.

"저는 에밀의 누나 마조리예요."

조안은 고개를 끄덕이며 검게 물든 손을 테이블 아래 숨겼다.

"동생이 알려주었어요. 당신이 조심스레 행동할 수도 있고… 어쩌면 모두보다 먼저 떠날 수도 있다고."

조안은 놀람을 감추기 어려웠다. 그녀는 눈썹이 치켜 올라가는 것을 느끼며 감정을 억누르려 했다.

"12월에 동생이 편지를 보내면서 이것저것 알려주고 부탁도 했어요."

조안은 그 편지를 기억하고 있었다. 그는 어느 날 아침 사라져 편지를 부치러 갔고, 그녀는 그가 아스를 버리고 영원히 떠난 줄 알았었다.

"그 편지에서 동생은 오늘 당신을 찾는 방법을 알려주었어요. 검은 모자에 관한 내용이었지만… 오늘은 안 쓰셨네요…."

조안은 여전히 당황한 듯 고개를 끄덕였다. 마조리는 그녀를 편하게 만들려는 미소를 지었다. 바로 그때 웨이터가 주문한 커피와 차를 가져왔다. 웨이터는 마조리 앞에 에스프레소를, 조안 앞에 큰 머그잔 허브차를 놓았다.

마조리는 테이블 중앙의 설탕 봉지를 집어 커피에 넣고 저은 뒤, 다시 조안에게 시선을 돌렸다.

"저는 동생의 노트를 하룻밤 만에 다 읽었어요. 읽기 시작했는데 새벽까지 내려놓을 수가 없었어요. 아시죠…."

그녀는 에스프레소를 한 모금 삼키고, 다시 조안의 눈을 바라보았다.

"그의 일기 속 하루도, 한 구절도, 당신 이야기를 하지 않은 적이 없다는 사실을 아시죠?"

조안은 몸을 움찔하며 어색해했다. 뭐라고 대답해야 할지 알 수가 없었다. 그러나 마조리는 답을 기대하지 않는 듯 말을 이어갔다.

"우리가 교회를 위해 선택한 구절은 당신이 불편하지 않도록 일부러 예외로 했어요. 힘든 순간이 될 테니까… 하지만, 제 부모님께 전화하고 그림까지 준 당신에게 감사는 드리고 싶었어요. 우리 어머니는 당신에게 충분히 감사하지 못하겠지만, 당신의 말 덕분에 많은 힘을 얻었어요. 알아주셨으면 해요."

마조리의 얼굴에는 눈물이 흘렀고, 그녀는 테이블 중앙에 놓여 있던 냅킨으로 눈물을 닦았다.

조안은 처음으로 입을 열고 떨리는 목소리로 물었다.

“에밀의 마지막 모습을… 보실 수 있었나요?”

마조리는 코를 훌쩍이며 구겨진 냅킨을 주머니에 넣었다.

“저는 아니지만, 부모님은 그 작은 오두막에서 에밀이랑 같이 마지막 밤을 함께 보내셨어요.”

조안은 목을 막고 있는 울컥거림을 억누르고 물었다.

“에밀은 다음 날 아침 떠났나요?”

마조리는 고개를 끄덕였다.

“새벽에 평화롭게 떠났어요. 미소를 짓고 있었다고 해요.”

조안은 숨을 내쉬며 말했다.

그들은 몇 초 동안 감정을 가라앉히고 눈가에 맺힌 눈물을 닦아야 했다. 이를 돕기 위해 마르조리는 마지막 남은 에스프레소를 한 번에 마셨다.

그녀가 말했다.

”당신 덕분에 에밀은 정말 행복했네요.”

조안은 시끄러운 카페 속에서 몇 초 동안 시간을 보냈다. 빗방울은 여전히 유리창을 두드리고 있었다. 그녀는 식어가고 있는 차를 입술로 가져갔다. 마르조리는 검은 스웨터 끝으로 볼을 닦았다. 마침내 머리를 들었을 때, 이상한 빛이 그녀의 눈에 반짝였다.

”있잖아요. 우리 집에 방이 하나 있는데, 꽤 넓어요….”

조안은 아무 대답도 하지 않았다. 무슨 말을 해야 할지 알 수가 없었다. 그녀는 마조리가 말을 이어가도록 놔두었다.

"최근에 누군가가 준 아주 구체적인 지시에 따라 방을 꾸몄어요. 헌 책으로 채운 책장, 작은 낮은 테이블과 등나무로 엮어 만든 쿠션 의자... 그 위에는 시대가 느껴지는 예쁜 찻주전자와 인도, 중국, 동양의 다양한 차 컬렉션을 올려놓았죠."

조안의 얼굴에는 이해할 수 없다는 표정이 나타났지만, 마조리는 계속했다.

"고양이 화장실과 완비된 고양이 식료품… 창가 근처에는 이젤을 놓으라고 했어요. 가까운 장롱 안에는 빈 캔버스 여러 장과 15개의 물감 튜브, 붓 세트를 준비했어요."

조안의 입이 벌어졌다. 그녀는 계속해서 나열했다.

"침대 옆 테이블에는 오래된 빈티지 라디오가 있어요. 그 위에는 마일스 데이비스랑 루이 암스트롱, 엘라 피츠제럴드, 제가 음반 가게에서 찾을 수 있는 모든 위대한 재즈 음악가들의 컴필레이션을 놓으라고 했어요. 열 장 정도 찾았어요. 그 후, 작은 창가 화분과 흙 주머니를 사고… 정원용품 코너에서 후쿠시아, 베고니아, 바질, 로즈마리 씨앗을 찾았어요."

조안은 이해했다. 입이 크게 벌어지고, 눈물이 다시 흐르기 시작했다.

"에밀… 에밀이 한 거예요?"

마조리는 다정한 미소를 지으며 고개를 끄덕였다.

"네, 에밀이 한 거예요. 마지막 편지에도 쓰여 있었어요. 세 페이지 분량의 지침이었죠."

둘은 눈물 속에서 서로 미소를 지었다. 미소가 사라지자, 마조리는 점점 진지한 표정을 지었다.

"그는 당신이 혼자 남게 되는 걸 원하지 않았어요. 우리 집에 이 빈

방이 있다는 걸 알고 있었고… 에밀은 제가 당신을 기꺼이 맞이하리라는 걸 알고 있었어요."

조안이 무슨 말인가를 하려고 했지만, 마조리는 빠르게 얘기를 이어갔다.

"그는 당신이 거절할 수도 있다고 말했어요. 정식으로 거주할 필요는 없고, 며칠만 머물러도 되고… 바캉스용으로 사용하셔도 되요."

조안은 웃지 못하고 어색하게 중얼거렸다.

"이렇게까지 신경 써 주시니 정말 감사해요…."

마조리가 호박색 눈을 반짝이며 미소를 지었다.

"솔직히 말하면, 저에게는 참 재미있는 일이었어요."

하지만 조안은 여전히 당황스러워했다.

"저… 레스큉에 땅이 조금 있어요, 생태 마을 안에… 영속농업 프로젝트에 참여하고 있고… 그리고 포크가 곧 아빠가 돼요… 제 말은… 제 고양이가 얼마 안 있으면 새끼를 낳아요. 저… 제안은 받아들일 수 없을 것 같아요… 저… 저는 도시 사람이 아니라서요."

마조리는 전혀 화난 기색이 없었다. 그녀는 정확히 이런 반응을 예상한 듯 보였다.

"이해해요, 조안. 하지만 걱정하지 마세요, 휴가용 거주 옵션은 여전히 남아 있어요. 제 부모님과 저, 언젠가 당신을 더 공식적으로 만나고 싶군요…."

마조리의 입은 계속 움직였지만, 더 이상 소리는 나오지 않았다. 반대편 테이블에서 조안은 드디어 목과 어깨, 상체를 감싸던 숄을 벗었다. 그녀는 천천히 그것을 테이블 위, 뜨거운 컵 옆에 놓았다. 마조리는 자신이 보는 것에서 더 이상 눈을 떼지 못했다. 그녀는 손을 입에 가져가고, 의자 등받이에 몸을 기대며 뒤로 젖혔다. 그 앞에 있는 조안의 얼굴은 여전히 평온했다.

"이건…."

마조리는 말을 할 수 없었다. 다시 시도했다.

"에밀…?"

조안은 고개를 끄덕였다. 그녀는 새로운 눈물이 마조리의 얼굴을 적시고 손으로 흘러내리는 것을 보았다.

"에밀은… 알고 있었나요?"

조안의 눈에 슬픔이 스쳤다.

"아니요. 그는 이미 한동안 다른 곳에 마음이 가 있었어요."

테이블 맞은편에서 마조리는 기쁨의 눈물을 흘렸다. 이번에는 행복의 눈물, 믿기지 않는 듯한 눈물이다.

"이런… 당신은… 온 가족을 울리겠네요!"

조안의 손이 검은 드레스 아래 불룩하게 솟아오른 배 위에 살며시 닿았다. 눈 오는 날, 아스 계곡에서 크리스마스 이브를 앞두고 그녀 안에 자리 잡은 작은 생명, 이제서야 움직임을 느낄 수 있는 그 작은 존재. 지난 몇 달간 그녀를 그렇게 약하게 만들었던, 하지만 지금은 그녀를 강하게 만드는 그 작은 존재.

마조리는 눈물을 흘렸다. 조안도 시끄러운 카페 안에서 눈물을 흘렸다. 그녀는 이제 모든 것이 끝났고, 저주가 깨졌음을 느꼈다. 그녀는 사라지는 남자들에게 이제 지칠대로 지쳤다.

마조리는 눈을 닦기 위해 새 종이 냅킨을 집으며 물었다.

"이게 뭔지 아세요?"

조안은 고개를 끄덕였다.

“여자아이예요.”

마르조리는 눈물 속에서 미소 지으며 감동하여 같은 말을 반복했다.

“여자아이라고요?”

“네, 작은 오팔요. 가장 소중한 보석이죠.”

밖에서는 비가 서서히 잦아들고 있었다. 유리창에는 김이 서렸고, 거리에서는 한 아이가 그 위에 해를 그리며 놀고 있었다. 조안과 마르조리는 바깥에 펼쳐진 개운한 하늘, 푸른빛을 띤 호박색 하늘을 아직 보지 못했다. 나중에야, 카페를 나설 때 그 모습을 보게 될 것이다. 마르조리는 눈을 반쯤 감고 만족스러운 한숨을 내쉬고, 조안은 미소 지으며 몇 마디를 중얼거릴 것이다. ‘나 슬슬 조바심이 나기 시작했어...’

하지만 지금은 여전히 카페 안에 있었다. 마르조리는 손수건을 주머니에 넣으며 말했다.

“제가… 아마 당신 휴가용 집에 먼지도 좀 털고, 환기도 좀 해야 할 것 같아요….”

조안은 테이블 맞은편에서, 두 손을 배 위에 얹은 채 태연히 앉아 있었다.

“오늘 밤 우리와 함께 계실 거예요?”

조안은 몇 초 생각했다. 이사도라는 레스캥에서 포크와 얼룩무늬 암컷 고양이를 돌보고 있었다. 출산은 한 달 뒤 예정이었다. 굳이 오늘 돌아갈 이유가 없었다.

조안이 고개를 끄덕였다.

“좋아요. 하지만 미리 알려드릴 게 있어요….”

마조리가 걱정이 되는 듯 눈썹을 찌푸렸다.

“…네?”

"저녁 식사 때문에…."

마조리는 몸을 앞으로 숙여 기다렸다. 조안은 어색하게 미소 지었다.

"전 고기를 먹지 않아요."

"매일은 영원을 담고 있다."

파울로 코엘료, <연금술사>

하늘은 온통 푸른색 2

1판 1쇄 2026년 2월 20일

지은이 멜리사 다 코스타
옮긴이 이재형
편집 김효진
교열 이수정
디자인 최주호
펴낸곳 마르코폴로
등록 제2021-000005호
주소 세종시 다솜1로9
이메일 laissez@gmail.com
페이스북 www.facebook.com/marco.polo.livre

ISBN 979-11-24110-10-2 03860

책 값은 뒤표지에 있습니다. 잘못된 책은 교환하여 드립니다.